Extracted Trilogy Book 1

觉醒 I

EXTRA CTED

提取

[英] R.R.海伍德 ——— 著　　陈磊 ——— 译

百花洲文艺出版社
BAIHUAZHOU LITERATURE AND ART PRESS

图书在版编目（CIP）数据

觉醒．I，提取／（英）R.R.海伍德著；陈磊译
．— 南昌：百花洲文艺出版社，2019.4
ISBN 978-7-5500-3209-5

I．①觉… II．①R… ②陈… III．①科学幻想小说 –
英国 – 现代 IV．① I561.45

中国版本图书馆 CIP数据核字（2019）第 046495号

江西省版权局著作权合同登记号：14-2019-0002
Extracted
Text copyright © 2017 by RR Haywood All rights reserved
Simplified Chinese rights copyright © 2019 by Beijing HongTaiHengXin Culture
Communication Co.，Ltd
Co.，Ltd.，arranged through AMAZON CONTENT SERVICES LLC
All rights reserved.

出 版 者 百花洲文艺出版社
社　　址 江西省南昌市红谷滩世贸路 898号博能中心 A座 20楼　邮编：330038
电　　话 0791-86895108（发行热线）　0791-86894790（编辑热线）
网　　址 http://www.bhzwy.com
E - mail bhzwy0791@163.com

书　　名 觉醒 I 提取
作　　者 （英）R.R.海伍德
译　　者 陈　磊
出 版 人 姚雪雪
出 品 人 连　慧
责任编辑 胡艳辉　陈　园
策划编辑 李　艳　王　萌
封面设计 力　珲
经　　销 全国新华书店
印　　刷 三河市兴国印务有限公司
开　　本 880mm × 1230mm　1/32
印　　张 12
字　　数 260千字
版　　次 2019年 4月第 1版
印　　次 2019年 4月第 1次印刷
书　　号 ISBN 978-7-5500-3209-5
定　　价 49.80 元

------- | 提取
2061
2015
1943
2020

序

2061年，数字所有权的年代，无形产品的财产意义重大，但消费者们依然想要有形商品。他们依然想要购买有形物品。他们上网，详细阅读可供挑选的商品范围，然后购买，其余的则交给零售商。

那些站在技术前沿的零售商们，会运用无人机，以及由超级电脑管理的先进物流网络。他们的优势在于将货品从库房送往收件人手中，尽管他们已经取得了这样先进的技术，在将货物从A地运往B地时，还是不得不依赖有形运输工具，这需要花费时间，而时间就是金钱。

那些零售商和技术公司所投资的研究有许多不同的名称。但不管使用何种称谓，他们希望的都是能实现远距传动，以及瞬时之间将一件货品从生产商处运到消费者手中的能力。

这种技术如果能开发出来，应用于瞬时运送货品，那么假以时日，随着研究和理解的深入，它也可以应用于人类活动领域，实现瞬时旅行。

当然了，问题在于远距传动是不可能做到的。它是虚构的产物，是天方夜谭，是异想天开。理论科学可以随心所愿地创立理论，但它现在不会，而且永远也不可能成为现实。每个人都知道拿自然界的基础法则胡闹的危险性。任何一个曾经读过流行科幻读物的人都明白，会造成什么样的错误。因此那些公司声称，仅仅只是在研究和发展理论，他们声称是为假设的未来未雨绸缪，因为远距传动是不可能实现的。那是一项虚构的技术，不存在，而且永远也不会存在。

随之而来的是一声耳语。源头未知，但却蔓延开来，传遍了情报界。有人已经做到了。有人造出了一台设备，但目的并非远距离运送货品。那台装置的目的在于，运送货品和人穿梭空间和时间。

时间旅行。

人们的目光纷纷转向零售商和技术界的巨头。但直到最后，他们都坚称毫不知情，他们和其他所有人一样讶异。

虚拟世界开始密布先进的侵入式代码，其编写目的是为了监控数十亿计的社交网络账户，以及任意形式的书面和口头词汇。这些当然是在秘密中进行，因为这种事永远都不能透露给普罗大众知道。

搜寻工作拉开序幕。猎捕展开，但并没有确定的方位，没有起点，他们是在一片漆黑之中，于一片足有一颗行星那般浩瀚无际的汪洋上，靠几根鱼竿钓鱼，还徒劳地期许着能钓到水里唯一的那条。

2046

他低头看到自己近乎赤裸的身体，想着是否应该脱掉平角短裤，赤身走入海中，这其中所蕴含的象征意味，同他想要维持标准的想法起了冲突。他觉得裸身赴死并不是他心所愿，于是抬头看向镜面般映照出满月的大海。头顶繁星点点，数量如此之多，光芒如此闪亮。这是一个平静的夜晚，安宁、惬意。他将信放在锃亮的黑色商务皮鞋上整齐叠放的衣服上，沙子在脚趾间轻柔涌动。

是时候了，是离开的时候了。

控制力俱已丧失，自尊心和自豪感占据上风，但这一切都源自于他自己的行动。现在他必须付出代价，而他选择此种命运，才能最好的造福于他的家庭。

"好了，"罗兰喃喃自语，紧张地拍拍大腿两侧，"可以了，好了。"

他依然在等待，无法迈出第一步。思绪急切地搜寻理由，好再待一会儿。他环顾四周，查看自己的衣物，以及仍旧放在原处的那封手写的信。如果起了风，把信吹走了怎么办？应该不会。天气预报说接下来的几天都是晴天。他弓身理了理那堆衣服，将鞋子拿起来，放在信纸之上。又调整了一下，以确保信纸放在显眼位置。接着又理了理，调整了两只鞋之间的间距。他是该用一只鞋压住信纸，还是两只鞋都用上呢？一只鞋放在衣服下面，另一只放在上面怎么样？这样放会有区别吗？会在后来被分析为认知功能最终丧失吗？

专家们会判定，他将一只鞋放在上面，一只放在下面，然后穿着高级平角短裤走进大海，是完全发疯的行为吗？

在这一刻，鞋子的放置变得极其重要。这是他作为人类的最后行为，需要合宜。一丝困扰闪过，各种念头纷至沓来，淹没了他的思绪，他想着每一种调整在之后看来会有什么样的意味。有那么一瞬间，他甚至想把信放在一只鞋中，但接着又担忧鞋子会被某人偷走。

"老天哪，"他低声说着直起身，双手颤巍巍地将暗色头发按平，贴在脑壳上。他重又低头看向鞋子，皱着眉头，按捺住留下来继续调整的冲动。

他果决地点下头，坚定决心。他是英国人，他要走得体面，坚决沉着。第一步沉稳结实，像一个重获控制力的人，一个锐意进取，创造自己未来的人，尽管那未来十分有限。

跨越绵软沙滩的短短路途似乎用了几个钟头之久，但紧接着，它还是同所有事物一样，需画上终点。当他的左脚滑入清凉的海水之时，大颗泪滴从他眼中淌落，垂挂在脸颊上。他双唇颤抖，双腿开始发软。一阵战栗沿着脊背攀爬而上。思绪不顾一切地狂乱旋转。视野关闭了，心跳声犹如雷鸣。他的呼吸变得短促、浮浅，几乎气喘吁吁。

他继续往大海更深处前进，直至有水花溅上他的膝盖、他的大腿、他的腹股沟、他的腹部，随着浪花的每次拍打，他的眼泪也落得更快、更多，他害怕得小声呻吟起来。为了家人，他得这么做。

为了他们，他必须这么做。

"别走。"

在海滩的寂静之中，那声音显得刺耳，激得罗兰心中一阵愧疚。他在齐胸深的水中转过身，凝望着沙滩上那个孤单的身影，那影子沐浴在蓝色之中，周围是一片闪着微光的四方形的荧光区。

"是你吗？"男人激动地高呼。一个陌生人，但他身上又有某种熟悉之处，他的声音，还有站立的方式。

"我认识你吗？"罗兰问道，他的眼神在那奇怪的光线和男人之间游移。

"是我……"男人饮泣吞声说。

"我……我不认识你。"罗兰结结巴巴地说道，脑海中急切地想要理出个头绪。

"我需要你的帮助。"男人停下话头，衣服也不脱就走下大海，朝罗兰走来，"出错了……我……我把它弄坏了……"

"我不认识你，走开。"罗兰说着慌张地继续往深处走去，但那男人身上有某种东西，他的声音和行走的姿态中有某种东西。哀伤的语调，情绪，都不和谐地让他觉得熟悉。

"我把它弄坏了……我……别走……求你，别走……"

眼前闪过一幅不可思议的画面，一幅拼错的拼图。那感觉就像是看到一对身穿不同衣服的双胞胎。宛如看到某种大脑无法处理的事物那般，视线颠簸起来。

罗兰吓坏了，惊骇万分。他步入海中，怀揣着此举所引发的所有感情，准备赴死，但这些所带来的恐惧都无法与这个朝他走来的男人相提并论。这男人面孔上的每一个线条中都蚀刻恐怖与凄惨。他也是个年轻男子，从他的下颌轮廓、发际线、发色、走路的姿态、声音，都可看出。

罗兰感到腹部猛地一沉，很快地意识到某件不可能发生的事。他摇摇晃晃地向后退，双手拍打着海面，眼睛瞪得大大的，一眨也不眨。

"不……"罗兰小声呻吟着，快速冲向那光芒闪耀的蓝色方形区域，接着到了那男人身边，他如此地了解他，但并不是作为一个男人的他。而是作为一个孩子。他认识的孩子，他自己的孩子，在家里穿着有泰迪熊图案睡衣的孩子。

"我把它弄坏了，"男人呜咽起来，"我需要你……帮帮我……求求你，爸爸……"

1

2015

"史蒂芬，"本冲楼梯上喊，"史蒂芬？我得走了……"他看一眼手表，接着抬头小声嘟哝一句，说自己要迟到了。"史蒂芬？"

"哈？"他走进卧室时，她将电话丢在床上。"你要走了？"她迎上前去，一边问，一边突然绽出微笑，露出洁白的牙齿，眨着蓝色眼眸。湿湿的头发从她纤细的肩头垂落，一条湿透的毛巾紧紧裹住她的胸脯。

"对，"她凑过来亲吻时，他应声又看了几眼手表，"今晚我可能要晚些——"

"你说过了。"她打断他的话头，只倾身一啄，以免湿漉漉的身子压到他的衣服。

"是吗？"他问话间腰身弓向前方。

"地下？电刑？"她说着重新抬起头，先是盯着他，接着眨眨眼，然后迅速移开目光。

"我什么时候——"

"昨晚。"她用那个灿烂的微笑打断他的话，迅速拉下毛巾，赤身站在那里。

"该死，"他咕哝着看向她完美的胸脯，然后向下看到她颀长的双腿。她迎上前来拥抱，他鼻腔中灌满洗发香波、护发素、除臭剂和乳霜混合而成的女人味。他嘴巴探寻到她的脖颈，向下一路亲吻到她的肩膀。她发出愉悦的呻吟，但却抽开身。

"你的火车，"她说着张开一只手掌搭在他胸膛上，"你会误点的。"

"那就误点好了。"他露齿笑着说。

"别，"她大笑，"快走吧……去赶火车……"

"你已然点燃了我的兴致。"他伸出手，可她已经抓过浴巾，一下子就灵巧地裹住了身体。

"你能忍住的，"她说着闪过一丝笑容，这时她放在床上的电话震动起来，她快速走过去，用拇指拨弄着屏幕，转过身。这明显是一份邀约，邀请他从她身后凑上去，继续亲吻她的脖颈，也许还能偷偷瞄一眼电话屏幕，不过他双手刚搭上她的腰肢，她便挪开身子，挂掉电话看着他。"本，你会误了车。"

"我不在乎。我们可以像昨晚一样……"

"我说了不行。别犯浑了。"

"呃？"听到她严厉的语气，他停了下来。

她转身走到梳妆台前抓起梳子。"我痛恨别人摸我。你知道的。"

"摸你？你拉掉浴巾……"

"要是在法官面前，可以控诉你强奸犯了。"

"这该死的……"

"别冲我说脏话，本。"

"啊，那么，"本露出歉疚的微笑，一只手挠着后颈，低下头，抬起目光看向她。

"哦，别，"她厉声说着，气冲冲地对他摇头，"别来这一套。"

"哪一套？"他问。

"一边说'啊,那么',一边用手挠脖子。听着,我要迟到了,"她气鼓鼓地说,"今晚再见。"

"史蒂芬,等等……"

"我说了今晚见。"她厉声说。

"好,好。"他后退着,因为情绪突然转换而感到不快。她近来常常这样,不过话说回来,他们正筹备一场婚礼,且两人都在城里做着要求很高的工作。他走下楼梯,在门口停下脚步。他的脸写满忧愁。现在就算她的欲望很强烈,但她已经发怒,而且一旦争论起来,他二人都有迟到的危险。有时候,最好把事情搁置一边。"那今晚再见。"他轻声对楼上说。

"好的,本。"她用恼怒的口气大喊。

他叹口气,走出门。他驾车到达火车站,停好车后,冲上靠近报刊亭的站台,看到火车头从铁轨尽头开进视线时,他骂了一句。

"本。"

他四处张望,看见是茱蒂丝端着一只一次性的大杯子从报刊亭窗口探头出来。她和善地笑着,脸上满是皱纹,顶着一头灰发,眼神闪烁。"今天早上你来晚了。"

"是啊,太赶。不过还是非常感谢你……"他说着接过杯子,一只手伸进口袋。

"明天再给我钱好了,"茱蒂丝说着招手和他道别,"会误车的。"

"谢谢你,茱蒂丝。"

"史蒂芬快到了吧?"本穿过站台时,茱蒂丝大声问。

"对,现在应该在吹头发,我想。"

"那我给她准备一杯,等她。"

"谢谢你,茱蒂丝。"

"嘿,亲爱的,如果有时间的话,能帮我付一下咖啡钱吗,我差点误了火车。茱蒂丝说她会给你准备好咖啡，等你。亲亲。"

他按下"发送"键，为四十五分钟的车程做着准备，不过几秒钟后手机就震动起来，提醒史蒂芬的回信到了。

"好的。"

他注意到回信与从前的不同，缺了亲吻符号，也没有任何亲昵的话语。这样的情况已持续有一阵子了，这更增添了他的不适感，就像一种烦人的感觉萦绕在他脑后挥之不去。当某人对你失去兴趣时，你会觉察出来。比如拥抱缺失、接吻时她睁着眼。她有了别的情人。现在他知道了。不是因为任何占有或不安的感觉，只是因为将所有证据汇总起来，得到了一个有逻辑的推论评估。那人应该是她老板。史蒂芬以前就对他评价很高，而且说起过他平时总是多么的冷酷。本对那些话并不介意，但他确实注意到了，当她突然之间不再经常谈论那人的时候，那也正是她的爱恋停止，坏脾气开始的时候。她表情的微妙变化，还有她一直用的香水，她曾告诉过本，说她的老板是多么的喜欢。这一类的小事情，许许多多的小事情，但这正是本所做的。他将小事汇集起来，加以思考，找出合乎逻辑的结论。唯一的区别在于，此事有关于他的生活，并非保险理赔。他不曾有过任何表示，因为他担心听起来像是醋意满满的控制欲变态狂，为此他感觉糟透了，嗓子里像是系了一个永远解不开的结。

他曾问过史蒂芬一两次，问她哪里出了问题。她说她没事。他甚至问过她，只有一次，问她是否还想结婚，但她勃然大怒，让他别再患得患失，贪得无厌。

奇怪的是，直到昨天晚上，他才最终意识到，出了非常严重的问题。昨晚他们很长时间以来第一次做了爱，但那不一样。非常不一样，是在凌晨时分，他醒过来，发现她的手放在他的下体，她的嘴巴在他的耳畔。

"要我。"她近乎愤怒地要求道。

本翻过身，开始亲吻她的脖颈，但却被粗暴地推开。

"我说要我，"她嘟囔着用手指耙过他的肩膀，同时要求他用劲儿动作。很快便结束了，接着她抬头凝视着他，月光从百叶窗滤进来，过了很久，她才翻身直接睡了。她变了。她是如此的愤怒，看起来也似乎充满怨恨。本都认不出她了。

他们住在伦敦郊外。距离上说近吧，房价确实高得令人震惊；说远吧，也可以被归入伦敦周边各郡的范围。

四十分钟后，他快速跑下站台，慢跑横穿繁忙的街道，感觉血管中灌满了咖啡因。

"早啊，本。"当他推开大门，跑步横穿贴有瓷砖的地板，冲向电梯时，前台接待员和他打招呼。

"你好，特蕾西。"他招招手喊道，然后跑完最后几步，冲进挤得满满当当的电梯，一位身穿西装，梳背头的黑发男人帮他把门，冲他点点头，让到一侧好让他进来。本的公司在六楼，帮他把门的小伙子一直到电梯门在五楼合上依然还在。

"您去哈洛斯？"本礼貌地问。

"对，"那男人用和本一样的礼貌方式回答，并且通过异常文雅的语气和非常良好的教养，将礼貌等级提升了几个层次。"您在那高就？"

"是的。我叫本·卡尔肖特。很高兴见到您。"本说着伸出手。

"幸会幸会，卡尔肖特先生。您担任什么职位？"

"保险调查员，"本龇牙咧嘴地说，好像那是一件坏事情。每个人都有一段与保险公司打交道的不愉快历史，被剥削、不付款之类的。"不过不是损失理算员，"他又立即补充说，因为绝大多数人都会将这两种角色混为一谈。

"啊，非常有趣。"那男人说着，盯着本的牛仔裤和解开领口的格子衬衫看了许久。

"我今天要去现场调查，所以没穿正装，"本解释说，"您过来开会？"

"确实如此，"他以完美无缺的礼貌方式说，这时候门叮的一声打开。"幸会幸会，卡尔肖特先生。"他走出去，迈着自信的步伐径直走向前台。本看了他一秒，想要弄清楚这人是谁。他穿的西装很昂贵，剪裁精细，但其中有某种东西看起来显得不相称。而且也很少有人会来参加面对面的会议。不用说Skype网络电话，电话会议和邮件用起来都很方便。他将这事抛之脑后，看一眼手表冲进办公室。

"早啊早啊，"本急忙冲进已经坐满的会议室，"我迟到了吗？"

"刚好，"老板说，"去端杯咖啡。"

"还有其他人要吗？"本环顾四周问，看到的都是摇头，大家都端起杯子，表明自己已经倒过了。

本端一杯咖啡，从篮子里抓一只羊角面包，然后坐到圆桌旁，开始周一晨间举行的每周一次的例会。老板坚持要用圆桌，因为她称，用方桌的公司会导致不必要的阶级和等级结构，引发分化。圆桌意味着，任何人都可以坐在任何位置，而且一般都是老板第一个来，这就是说，她每一次都可以选择不同的位置就座。聪明女人说的就是老板。

本知道还有时间吃面包，他擦掉衬衫上的面包屑，等待着自己的发言时机。这时候大块头托德幸灾乐祸地笑着冲他挤挤眼。本也冲他快速比一下中指，轻笑着回应。本喜欢托德。实际上他喜欢这里的每一个人。老板招人时很谨慎，就和她挑选会议桌时一样。

"本，"老板说，"上周火灾的调查有结果了吗？都搞定了？"

"是，报告都写好了。"

"总结一下？"她问。

"啊，"本做个鬼脸，"乡间大宅，价值不菲。妻子、丈夫、两个孩子和两只狗。财政危机。丈夫的公司泡了汤，由此引发收入丧失。这就意味着，他们不可能买得起最新款的切斯特菲尔德沙发放进客厅。妻子在现有的沙发上放了火，我估计……"他停顿一下，举起钢笔，以达到强调效果。"我估计她一开始只是想烧掉沙发，但接着却起了贪心，认为如果损坏物品再多几件，她也可以为它们进行索赔……所以她才会在大冷天里打开窗户……"

"为了让火苗燃得更旺。"有人喃喃自语。

"正是。一支烟被扔在烟灰缸，掉了出来，滚过防火材料，掉在精心摆置在地上的大幅报纸上……火焰燃起……将整个房子烧了个稀巴烂，还烧死了狗……"

"呸，"托德说，"好一个贱人。"

"哦，她可冷血了，伙计，"本对他说，"就像库伊拉·德维尔，只不过更缺乏人性。"

"有助燃剂吗？"老板问。

"头一天刚给木地板打了亮光漆。"本说。

"火势猛吗？"

"非常，"本说着露出一个老板再熟悉不过的表情，"毁灭了一切证据。"

"明白了，"老板说着冲他皱起眉头，还叹气加以强调。"那就开始吧，"她说着又露齿一笑补充一句，"从你脸上的表情来看，我知道你已经有头绪了。"

"啊，这个吗。"本说着露出一个苦笑，一只手撑在后颈，低下头环视四周。

"他这就开始。"托德大笑着摇摇头，其余人也都轻笑起来。老板朝后靠去，双臂交抱，脸上露出一个愉快的表情。

"是这样，"本说，"地板六个月前刚抛过光，全部地板，请的是一个专业地板公司。大宅子，许许多多的房间。每一间都铺的是木地板，所以要给它们重新上漆，花费是巨大的。为什么才过了六个月，就要重新上漆？尤其是当你家正处于财政危机之时。一般住家平均保养地板的时间是五至十年。商务地产或人流量很大的房产可能会每隔三至五年重新做一次，可是六个月？即便是女王，也不会每六个月就保养一次地板。不过，我确实考虑过，或许某个房间的地板受了什么损坏要求重修，但是她将整座房子的地板都重新打理了一次，就连地板公司都告诉她没有必要。此举足以证明这是一次预谋纵火，将阻止保险理赔……我已经将报告复印了一份，只等签字完毕就可以交给警察。"

在座各位都微笑起来。大家点着头，小声议论，称赞干得漂亮。

"干得很棒，"老板说着朝本露出一个温暖的微笑，"你的百分百成功率又可以延续了。"

"谢谢，"本说着动了动身子，突然成为瞩目焦点让他不自在起来。

"接下来的地铁案子，你已经拿到资料了吧？"老板问，她已经知道答案，因为是她亲自将这个案子交给他处理的。

"拿到了。"

"地铁里有什么？"有人问。

"列车，"托德说着咧嘴一笑，环视桌子四周。"什么？多好笑的笑话啊。"

"不好笑。"本面无表情地说。

"你很搞笑。"他说。

"你看着才搞笑。"本说。

"孩子们，拜托。"老板说着好脾气地笑笑。

"有员工触电。"本对大家解释。

"在铁轨上？"克莱尔问。

"不，因为一个电路开关。他声称是电路故障，"本回答说，"黑暗、幽闭的空间，他称头戴式手电筒电池效果太弱，电路或是接线养护不当。"

"那就是双重责任，"克莱尔说，"是承包商？"

"对，他的公司是转包商，所以他声称公司提供危险设备，伦敦运输公司未能正确养护电线网。因为有工会替他发声，可能要支付一大笔赔偿金。"

"所以接下来几天你将钻进老鼠猖獗的隧道，"老板轻声说，"祝好运。"说完她又露出一个灿烂的笑容。"克莱尔，洪水的案子怎么样？"

"潮湿……"

本感觉手机在口袋中震动，他控制不住想要拿出来查看，但是那样所导致的后果将比死亡更可怕。老板虽然是个不可思议的人，但是惹怒她的人都会倒大霉，周一晨会时不要看手机已被刻入公司圣经。于是，会议期间他一直坐在那里，直到会议结束，才第一个掏出手机冲出门。

"今晚我们需要谈谈。"

这句话让本感到不祥，给他的胃里打了个死结。他在走回电梯途中，快速敲出回信。

听起来不妙。怎么了？亲亲。

我们今晚谈。

今晚我回家很晚……怎么了？你能说说吗？亲亲。

不行。忙。我们今晚谈。

我爱你史蒂芬，但是你最近表现很怪。昨晚是怎么回事？我感觉有什么事情不对劲。亲亲。

昨晚？

做爱的时候。是怎么回事？

你喜欢吗？

是啊，当然喜欢，但是有点怪。

我讨厌在短信中说。你能接电话吗？

从办公室到地铁站的途中，每收到一条回信，他腹中的结就变硬一些。就连她回复的延迟也会带来深重影响。曾经有一段时间，他几乎立刻就能收到回信，但现在不一样了，他好像沦为了事后才会被想起来的人，或是令人恼火之事。

地铁列车的车厢门关闭，将他关在拥挤的人群中，信号消失。他低头看着手机，当屏幕上的信号条消退时，他看到自己的未来也在迅速消失。最后他将手机放进口袋，和其他所有乘客一样，闷闷不乐地环顾四周。他脑海中满满的都是未婚妻躺在其他男人臂膀中的画面。他奋力想将这些想法赶走，但是到今日为止，现实情况变得愈发的严酷，他再挣扎也没有用，那想法反而悄悄潜入。他清清嗓子，快速眨眼，想摆脱这些想法，拳头重重地捶在安全护栏上。

他穿越伦敦，前往位于霍尔本的碰头地点。时间是初夏，每一座车站、每一辆列车中都挤满来自各个文化阶层、讲各种语言的人。现在已看不见冬装，取而代之的是轻型夹克、衬衫和轻便短上衣。他到了霍尔本，在售票处等待站点管理员。这是本和他第一次见面，目的是对现场进行第一次外观检查，车间主任将奉命，在没有工会代表或高层管理者在场的情况下单独与他见面。他一直看手机，但没有新消息进来。史蒂芬现在应该在办公了，不过她或许能在午餐时间回复他的信息。他腹中的结纠结着掉落下去，脸上写满焦虑。他将烦恼推开，让注意力集中在手上的工作中，随意观察着四周，当看到早晨在电梯里见过的那位身穿挺拔西装的男人出现在道路对面时，他这才反应过来。几辆公共汽车驶过，那人的身影从视野中消失了。有时候世界很小，即便是在伦敦。本又往那边看一遍，想着也许那人与今天这次碰头有关系呢，但是他的衣着太过光鲜，不可能是车间主任，看上去倒是更像一位高管。一群男男女女从本身边擦过，冲进地铁口。一个姜黄色头发的高个子男人因为撞到本的肩膀而回过头看了一眼，不过这是伦敦市中心，所以本笑了笑，表示并未受到冒犯。

"本·卡尔肖特？"

"哦，你好。"本转身看到是一个体重超重的男人，身穿一套皱巴巴的西装，正盯着自己。

"车间主管，"他用明显的伦敦腔开门见山地说，"你倒霉抽到下下签了，是不是？"

"是啊，差不多就是这样。"本回答说。

"有防护服吗？"

"呃，没有……我想着能不能借一套？"本说着做了个苦脸，仿佛在说自己的那一套忘带了。

车间主任脸上的假笑立刻消失无踪。"不能。"他没再说话，径自走开。本跟在他身后，穿过终端机，朝后部的一道安全门走去。那个姜黄色头发的高个子男人还和同伴待在地铁站里，本觉得他们是来自某个西方国家的游客。深色头发、浅色头发、苍白和橄榄色的肤色，所有人都穿着写有"我爱伦敦"字样的夹克衫，拎着包。不过他们看上去并不开心。说真的，在地铁上，没有一个人看起来是开心的。

本跟着车间主任走进安全门，门关上的一瞬间，终端机嗡嗡作响的声音就被关在了外面。他们穿过一座由走廊和门组成的地下洞窟，有楼梯通往下方，四周一片不可思议的寂静，只有列车经过发出轰隆隆的声音，引得周围一片震动。

"事故发生在哪？"本问，其实他完全清楚发生地点。

"在奥德维奇站，"车间主任的态度和先前一样生硬。"蠢东西，"他咕哝道，"哎呀，不允许发表观点。"他又意有所指地补充一句。

他们来到一个房间，里面坐满了正在喝茶休息的工人。到处都是橙色防护服、安全帽和头戴式手电筒，他们一进门，里面所有的谈话声都停止了。一只椅子背上搭着一套大号防护服，车间主任开始穿戴。

"你们好，"本环顾四周招呼着一张张脏兮兮的面无表情的脸，"情况怎么样？"没有回应。"那个小伙子触电时，你们也在为同一家公司工作吗？"

"你这是在询问我的员工？"车间主任厉声问，"如果你要那么做的话，他们可是有工会代表的。"

"好吧，"本说着抱歉地笑笑，一只手扶着后颈，抬头看向车间主任。"那他们是你的员工吗？"

"哈？"

"你是车间主任，对不对？"

"是。"

"所以你是伦敦运输局的雇员。"

"我是。"

本看得出，其余人身穿的防护服并非伦敦运输局发布的，这意味着他们并不是伦敦运输局的工人。

"这些是基层员工，"他朝依然一言不发的工人们点点头，"所以他们不是直接受雇于伦敦运输局。"

"啥？"

"只是问问。"本随意地耸耸肩，"你知道……严格说来，他们并不是你的员工。他们是转包员工，是受雇于领你们的薪水来完成某项工作的其他某个公司。"

"我们走吧。"他的脸立刻变红。

"问题在于，"本坚持立场，没有跟上他的脚步，"这些小伙子和其他所有在此工作的人一样，受同样的安全准则保护……但是他们不受伦敦运输局雇佣规定的保护。"本直视他的眼睛，仿佛只在和他一个人说话一般，但是他知道房间里的每一个人都在专注倾听。"所以如果他们有意愿，就可以和我说话，你知道……"他从裤子后面的口袋里掏出几张名片，"如果他们想告诉我任何事情，那他们有权力。"他将名片放在桌上。"违反安全规定的事情……不必要的风险……未受处理的故障报告……你知道，就是保险公司要赔款的那类事情……"他让最后几个字在空中多停留一段时间，感觉气氛发生了改变，车间主任看上去像是心脏病即将发作的样子。

"我们需要合作。"他咆哮着说。

到了隔壁房间，车间主任递给本一顶安全帽、一件橙色背心、一顶头戴式手电筒和一份供阅读的安全指南，接着让他在一份薄板状的访客登记卡上签名。本的办公室里装满了可以使用的防护服，但是什么也不带就现身总是很有趣，可以看看他们会违反哪些规则。这里的所有规定都执行得很到位。

"你应该全程都待在我的视野范围内，按我的要求做。"车间主任一口气说出安全说明，"紧跟在我后面走，未经许可不能触碰任何东西。我们不会去靠近载电轨的任何区域，但是仍然有可能碰到地下铁路运输与生俱来的危险。你明白吗，卡尔肖特先生？"

"明白，你可以叫我本，伙计。"

对方没理会他抛出的橄榄枝，于是两人无声地穿过下一座走廊的迷宫，直至来到一座高拱隧道，里面能听到他们足音的回声。本感觉到火车穿过其他隧道时四周的震动，于是紧紧跟在车间主任的身后，直至来到一座有灯光的站台，上面装饰着一块老式的标牌，指明他们在奥德维奇站。本在电影里见过这个指示牌，知道它被保留下来是因为曾出现在影视剧场景中，可方便团队游客参观。他们走上站台，朝曾经供公众使用的贴有瓷砖的主走廊走去。主任打开一扇侧门，他们走进一间黑暗的房间，里面是满满的一堆电路开关和电路。

"在这里？"本问。

"是。"

"发生了什么？"

"我当时不在场，没有看见。"

"好吧。事故发生后，有任何东西被触碰过吗？"

"斯帕奇来过，保证了设备的安全。"

"他是电工？"

"正如我所说。"

"事故发生后，有电工来过？"

"正如我所说。"

"他是什么人？我没听到任何相关信息。"

"不是我的职责所在。"

"那是谁的责任？"

"人事经理。"

"他说是哪根电线导致的事故？"

"不知道。"

"你当然知道，你是车间主任。哪根电线？"本厉声说，声音中展示出一定程度的果断，而不再流露出随和的笑意。

主任气鼓鼓地走到第二堆开关位置。"这个。"他指着一根通往一个开关的电线。

"那东西管什么？"

"为开关提供电力。"

"我不是问电线，我是问那开关。那开关管什么用？"

"控制楼梯井里的电灯。"

"他为什么要动这个开关？"

"有电影预约过来拍摄。他们想为那部历史片更换照明。"

"然后呢？"

"什么然后？"

"那位工人进这个房间，目的是什么？"

"问他去。"

"我在问你。"

"他被安排了任务，检查配件，以符合制片公司的要求，这样他们才能安排制作正确规格的电灯和设备。"

"他宣称碰了开关，触了电，"本说着指向那开关，"这就说明，这个开关里的线路有松动，使得整个外壳都带电。那电工发现什么没有？"

"不知道。"

"你知道吗？"本厉声说，"我不是你的敌人，伙计。我不是保险公司雇来的……我单干。我只想弄清楚发生的事情，汇报上去。"

车间主任移开目光，显然缺乏兴趣。他是一个彻头彻尾的公司人，把对公司的忠诚放在最重要的位置，你可以将他劈成两半，然后发现连他体内最核心的部位都烙印着地铁公司的商标。本了解这种人，于是放弃了任何赢得合作的希望。几招软硬招数都宣告失败，这告诉本，如果没有满满一公文包无记号的银行支票，任何策略都将失败。不过他另辟蹊径，叹口气加重效果，从口袋掏出手机，激活相机。

"我来拍照，"本慢慢说着，滑动大拇指，让手机屏幕上充满房间内的画面，并制造出假意按快门的恼人声响，"以确保从现在开始，到我带原告返回之间，这里不会有任何东西被篡改。"他继续拍照，制造出更多的快门音，换了几次角度，打开闪光灯，接着又熄灭，为保险起见，又将整个过程重复一遍。车间主任依然不为所动，脸上没有任何表情，不过尽管如此，他的脸颊还是不可控制地变红了，因为怒火已无法压抑。

"完事没有？"

"完了，谢谢。"本说着将手机放回口袋。

他们将来时的那一套重演一遍。一言不发地走完站台，穿过那条废弃不用的隧道，然后回到走廊迷宫。他们走到一扇门前，车间主任停下来，戴上安全帽，拿上手电筒，穿上背心，走到本前面去打开门，接着礼貌地让开。"您先请。"他引导本走进门，有那么一刻，本以为或许还有时间来思考和补救，直至车间主任说出那一句"很高兴见到您"，然后当着本的面拍上门，留他一个人站在霍尔本站台上。本想要砰砰敲门，但这个想法一冒头他就放弃了。还指望能有什么结果？

他开始在拥挤的人群中挪动，朝拱门入口走去，途中他看见那个身穿写有"我爱伦敦"字样的雨衣的姜黄色头发的高个子男人，背对着墙壁站在站台的远端。他想着那人一定是与同伴走散了，但就在这时，他又看见一个身穿同样写着"我爱伦敦"字样衣服的深色头发、橄榄色皮肤的男人，他跪在地上，在一只拉链包中翻刨。接着他看见同样来自那个团队的另一个人，正站在站台边缘。这引起了本的注意，他慢慢转身，辨认出那些外套和脸庞，是他之前看见挤进地铁的那群人。那个淡黄色头发，身穿粉红色写有"我爱伦敦"字样外套的女人也在那里，正跪在地上在包里翻找着什么。很奇怪，他们怎么会全都走散了。本回头看到姜黄色头发的男人，正一只手颤抖着擦拭额头，眼睛一眨不眨地盯着一个跪在站台边缘的棕发女人身上，那女人闭着眼睛，嘴唇翕动，好似在祈祷。

在她将右手举至腰间，伸进雨衣一只侧口袋的那一刻，真相大白了。

"为了地球……"那女人高喊着将左手握成拳，打向空中，接着她整个人消失在一团爆炸引出的粉色烟雾中，随着一声沉闷的巨响，那烟雾向四面八方炸开，吞噬掉站台附近的人群。滚烫潮湿的喷雾击中本的脸。站台和轨道上的人们都尖叫起来。受伤的身体蠕动不已，有的四肢因为被载电铁轨的电流击中，抽搐不停。

时间减慢到像是发生在一种精神状态之中，本之前曾有过一次这样的体验，眼前的一切都清晰到连最小的细节也纤毫毕见，他能看见一切，仿佛它们即将被播放出来。

姜黄色头发的男人抬起一只手臂，伸进雨衣侧口袋。本环顾四周，但一切好像都处于慢镜头之中。他看到深色头发的男人从一个包里掏出一支短管霰弹枪，接着穿粉色上衣的女人站起身，两只手里各执一把黑色手枪。更多身穿写有"我爱伦敦"字样服装的人集结到站台上来。人们在尖叫，人们在死去。到处都是鲜血和尸体。如果他袖手旁观，那么所有的人都会死去。事实是这里的每一个人都会死。

本开始奔跑，本能促使他做出行动。姜黄色头发的男人有一枚炸弹，要阻止它爆炸。这就是本全部的想法。他向姜黄色头发的男人冲去，那男人将右手插进上衣，什么事情都没发生。他的手摸索着，脸上露出一副疑惑的神情。门口传来两声巨大的轰隆声，深色头发男人的霰弹枪两支枪管同时开火，朝着四散逃亡的通勤者射击。效果是毁灭性的，一颗颗子弹被射进撕裂的肌肉和血脉之中。

本突然转弯，躲闪着穿过试图逃离或找个藏身之处的惊恐人群，但是唯一的出口已被扛霰弹枪的男人堵住。枪声在这密闭的空间里引发巨大的回响，而拿手枪的女人则直接瞄准无辜行人，开始一个接一个地射击。短管霰弹枪啪一声打开，深色头发的男人点点头，朝本转过身，从口袋里掏出两只新的弹药筒。

姜黄色头发的男人口袋里紧压的东西一定是一枚炸弹的引爆开关。扛短管霰弹枪的男人已经补好子弹，不过只射击了两次。一切都像之前一样清清楚楚。本内心里并不感到恐惧。只有一股冰冷的寒意告诉他，必须这样做。在那一秒，他认为那女人才是最具威胁的角色，于是突然转弯，从背后猛地撞上去。他们倒在一堆纠结在一起的肢体之中，短管霰弹枪的子弹从他头顶擦过。

"干掉他。"那女人大吼，深色头发的男人再次咔咔打开枪膛。本感觉到那女人在他身下疯狂挣扎，想把他从身上推下去。情况紧急，危险显而易见。深色头发的男人正在给霰弹枪重装子弹。姜黄色头发的男人正在引爆炸弹。必须阻止他们，否则每个人都得死。那女人挣扎着，将一支枪举起来瞄准本。他两手紧紧抓住那女人后脑勺上的头发，将她狠狠地往混凝土地面撞击，这时他眼前一道闪光划过。他扑向女人右手中紧握的那把黑枪，而与此同时，铺有瓷砖的入口再次发出一声巨大的爆炸声，更多人被弹片击中，发出痛苦的号叫。

他猛力将手枪从女人手中夺走，站起身，将枪筒指向下方，朝她脑袋开了一枪。反冲力冲得他跌跌撞撞朝后退去，绊在地上的身体碎片上，滑倒在地。本抬头看见深色头发的男人啪嗒合上枪膛，于是用两只手托起手枪，瞄准，扣动扳机。第一发子弹击中那人的腹部，所以本接着又开了一枪，接着又一枪，那男人向后撞在墙上，拉动扳机，两只枪管齐齐冲着天花板开火，随后才倒在地上，给身后闪亮的瓷砖溅上一层厚厚的血污。

本的左侧传来一声吼叫，回头发现是一个同样身穿写着"我爱伦敦"字样上衣的女人正朝他扑来，手里举着一把血淋淋的大刀。他转身开枪，思绪一片镇定，冰一般冷酷。子弹击中那女人胸部，旋转着穿透她的心脏。

在这一片混乱的喧嚣声中，本捕捉到一声不一样的尖叫，转过身才发现，是姜黄色头发的男人在踢一个女人，把她踹下站台边缘，落在下方的轨道上。同时他还薅住另一个女人的头发，力道之猛，与他瘦削的骨架形成鲜明的对比。那女人也落了下去，落在载电轨道几英寸外的地方。本朝那男人冲去，他心里知道，如果那男人引爆炸弹，每一个人都得死。另一个身穿写有"我爱伦敦"字样T恤衫的人朝本扑来。他停下来，瞄准，连开两枪。有一枪射偏了，另一枪击中那男人的脸。本转身，鞋子在满是鲜血的地上打滑。他发现姜黄色头发的男人此刻手中握着一根黑色的棍子，正狂乱地击打其顶端。接着那男人突然停止动作，慢慢举起那棍子，凝视从上面钻出来的电线，当他看到有一根电线裸露出来时，脸上露出近乎狂喜的表情。本瞄准，连开两枪，但因为是在奔跑过程中，两枪都射偏了。手枪发出咔嚓声，子弹没了。姜黄色头发的男人咧着嘴，露出胜利的微笑，将电线塞回棍子。本咬着牙，咆哮着蹲低肩膀，将他撞下站台，伴随着一阵令人恶心的嘎吱声落在轨道上。本感到晕头转向，眼前火星四溅。他挥拳，一下又一下狠狠锤在那姜黄色的脑袋上。

地面轰隆隆震动起来。炎热干燥的空气朝本猛扑而来。一列列车沿轨道疾驰而来，司机完全不知这个站台上所发生的大屠杀。本看着正迅速空荡下来的站台，到处都是尸体。轨道上的人哭号着想爬回去。

姜黄色头发的男人在他身下发出嘶嘶的叫声，双手笨拙地摸索那根黑色的棍棒。本撕开那男人的雨衣，发现里面是一件厚实的黑色背心，像是辅助军事用具，但是里面有电线，还有方形的大塑料块。

本没有细想就站起身，抬脚狠狠朝那男人的头上跺去，立刻结束了搏斗。他的尸体不能留在这里，如果被列车撞上，可能会引爆炸弹，余下的人还有很多。本对炸弹一无所知，但是他知道这里到处都有电，一个电火花落在炸弹上都可能引爆。

本以最快速度拽起那男人，他沿着手中尸体，一直看到最远处隧道入口。他两脚没停过，但进度还是太慢。列车灯光反射在墙上，本感到另一阵风吹过来，刹车引发了震动。

还是不行。这死去的男人太过沉重，且双脚一直被绊住，导致本失去动力。他紧咬下巴，更加用力。列车进入视线，两盏明亮的头灯就像蛇的两只眼睛，司机终于注意到轨道上正在冒烟燃烧的尸体。他踩下刹车，列车发出尖锐的声音，地面的震动愈发强烈。一个年轻的女警察冲上站台，目光扫视所有地方，直至发现本。他们的目光只交汇最短的时刻，女警察便转身冲司机大喊，但是列车已经轧上一具尸体，血水和血浆喷得四处都是。卡在车轮和金属轨道之间的金属物件射出火花。本抬头，看到随着距离逐渐逼近，四溅的火花也越来越近。

"抓住他。"

片刻的混乱之后，一个声音大吼道。他猛地扭头，看到那令人炫目的蓝光填满黑暗中的隧道口时，立即闭上双眼。一股冲击力从旁边冲来。有人紧紧地抓住他，强迫他穿过轨道。姜黄色头发的男人已从他双手中被拉走。列车飞速驶来。一瞬间太多的喧嚣，发生了太多事情。片刻之后，炸弹引爆，一股巨大的冲击波穿透隧道。砖块和尘土从天花板上坠落。一切都在震动和摇晃。声音难以用言语描绘，像一面由强烈音浪筑成的坚实墙壁。火，火焰，金属扭结，无数声音在尖叫。化学物质的气味和热浪掩盖了他的一切感官。他挥拳猛击，冲着袭击他的人大发雷霆。本感到混乱又困惑。有手电筒光照在他的眼睛上。到处都是声音。他被放倒在地，拖进一个意识无法理解的寂静世界。

"把他按住，"一个声音嘟囔着说，"看在上帝的分儿上……把他按住……"本重重地反击，拳头捶打在一个个身体上，他们发出痛苦的尖叫。

"把他按紧了吗？"另一个声音在稍微远一些的地方问。

"拜托……别再打我了！"

"马尔科姆，我建议你立即给他注射……"

"我在努力尝试！但是他反抗得像个……"

"本，冷静。我们是来帮忙的。"本潜意识的某个层面认出了那个声音，但是眼前却满是身穿写有"我爱伦敦"字样上衣的人，还有一条不知向何处伸展的乡村公路。浓烟渗透进房间，砖块和碎片掠过，撞在墙上落下来。

"关掉它！"

"我在拼命尝试……老大……关掉它……"

"本，冷静……"

有人在一遍又一遍地呼唤他的名字。他抓住某个东西，一口咬住。有人在尖叫，因此他咬得更用力，双脚踢到另一个人，而那人也痛苦地叫起来。两个人将他按住。他们手忙脚乱地想要抓住他的手臂，而第三个声音，也就是本认出来的那一个，在更远的地方发号施令。

"就是那样，现在把他放倒……抓住他的胳膊，马尔科姆。康拉德，你抓住他另一只手腕……现在赶紧的，小伙子们……"

"我在尝试。"一个声音抱怨道，接着本一拳打过去，那人尖叫起来。

"本，镇静……我们是来帮你的……"

"他击中我的脸了。我想他把我的鼻子捶断了……"

"干脆把他打晕，马尔科姆。"

"断了吗？"

"现在不是说这个的时候，马尔科姆！把他按死……我快抓不住他了。"

"就是这样，小伙子们。你们干得很好，但是请加快速度……"

本的上身被重重压住，一个人横在他身上，剪住他的双臂。"抓住他！马尔科姆……把他按死……把他按死……马尔科姆……把他按死……"

"我在尝试，康拉德。"马尔科姆的声音听起来很吃力，因为本扑起来，牙齿钻进了某个温暖丰满的地方。

"啊啊啊啊啊啊啊啊，"康拉德大叫，"该死的，他又咬我……"

"现在安静点，康拉德……"

"但是他在咬我……"

"知道，我看得见，但是没必要叫这么大声。像个男子汉吧。"

"收到。"马尔科姆大吼一声，与此同时，本感到有某种尖锐的东西刺进他的脖颈，一股暖流扩散到全身。脑袋变得太过沉重，无法支撑，于是他倒了下去，牙齿也从咬着的丰满的地方滑落。

"谢天谢地。"康拉德呻吟道。

"我鼻子断了吗？"

"现在不是说这个的时候，马尔科姆。他还在反抗。"

"给他一秒钟。老天呐，挣扎这一下，项目又不会出错！"

"为什么没用，头儿？他这会儿应该已经昏迷了才对。"

"因为他是本·莱德，小伙子们，而这也正是我们要他的原因。"

本·莱德？我现在不是本·莱德。我是本·卡尔肖特。伯明翰帮派。

他们找到他了。他们会杀了他的。他再次爆发，又有了新的反抗力量，像疯了一样又凿又咬，又打又撞，但是那股扩散开来的暖意沉得更深，将他拉扯下去，于是他像慢慢坠落下去一般再次倒下。空气过于炎热，感觉过于沉重。耳朵刺痛，每一寸肌肉都在疼，他想保持清醒，但是拉力太大，他沉落下去，听见的最后几句话像是都松了口气。

"他晕过去了。"

"确定？"

"好吧，他四肢麻痹了，马尔科姆，想想一秒钟之前，他像疯了一样反抗的样子，这意味着他晕过去了。"

"别冷嘲热讽的，康拉德。检查他的脉搏。"

"他一直这样撞啊撞的，我做不到。把他按下去……"

"我在按呢，快检查一下他的脉搏。"

"我在检查，马尔科姆！他的脉搏越来越慢……"

"那再检查一下他的瞳孔，康拉德。"那个动听的声音说。

"我又不是该死的医生，头儿。坚持住，对……对，它们散大了。他晕过去了。"

"我的老天啊，真是够呛，我的鼻子断了吗？"

"坚持住，我来看看……"

"别挡我的眼睛！"

"是你让我给你检查鼻子的。"

"是鼻子，不是眼睛，你这蠢蛋。"

"你的鼻子在两只眼睛之间，是的，断了，在流血。"

"断了？我的鼻子断了？"

"对，断了，就像……就像断了的……"

"真是疼死我了。"

"干得漂亮，小伙子们！好了，现在不要犹豫，把他弄走……别忘了注射其他药物。"

2

1943

哨兵在夜幕下咳嗽，呼出的热气液化成白雾盘旋着，最后消失不见。他弯曲两腿，刺激血液流通，戴有手套的左手放在机关枪枪筒上，右手则拿着一根烟。

哈里从阴影中的路肩观察相隔不到二十米远的哨兵，他知道哨兵背后的木头警卫小屋遮挡了咬人的尖风。他还知道那哨兵接下来的两个小时都无事可做，只能抽烟、跺脚，仰望黑色夜空中闪烁的上百万颗星星。两小时后，那哨兵将使用小屋中的无线电报告情况，每隔两小时，他都得汇报一次，直至站岗时间结束。在那之后，他会去食堂弄些热乎的食物，然后向团队首领汇报情况，再去补些觉。等睡醒，这位年轻的士兵将再次前往食堂弄些热食，接着向团队首领报告，再次回到岗位，这一定是任何士兵被分配到的岗哨中最槽糕的一个。

眼下正值战争期间，国与国的对抗，世界正在被第三帝国的力量征服。勇士正因杰出的英勇壮举赢得奖牌，而那哨兵每晚吃完热食，向团队首领汇报完毕，回来只能盯着完全一模一样的满天星斗。哈里能感受到那哨兵内心的愤懑。从他呼着白气，握紧机关枪，无聊哀叹的样子就能看出来。这人梦想着能在交战中强杀英国和美国士兵。

那年轻的德国兵撅起嘴唇，佯装用机关枪开火。这一幕更让人觉得可悲，光是这一个动作，就证明了他是多么的稚嫩，以及为什么他被用作哨兵，而非在前线冲锋陷阵的士兵。哈里等待那哨兵又点燃一根烟，他知道那士兵在夜间的视力，会因为盯着点燃的火柴看的愚蠢行为而暂时受到损害。他向前走去，一开始慢慢地，接下来突然转为全速奔跑。

钢刀猛不丁地抵在那哨兵咽喉上，刀刃深深咬了下去。他想尖叫，但是嘴被一只手死死捂住。他想转身开枪，但是扼住他手臂的力量太过强大。他想用脚踢，但是一只膝盖如此蛮横地从背后踢来，以至于他双脚被踢开，砰的一声倒在地上。这时匕首刺穿他的咽喉，他最后看了一眼夜空。一只大脚踩下来，使他归于永远的沉默。

哈里停下来站定。一个火星吸引了他的视线，从哨兵手中掉落的那根烟蒂还在燃烧，他将其踩灭，靴子在未铺砌的坚硬的路面猛碾，然后蹲下来，用那死去的德国士兵的束腰大衣擦拭刀刃。

哈里是自愿选择执行这次任务的。英国军队不曾命令军人执行自杀式任务，取而代之的是，他们礼貌询问，挑选志愿者。整个军团的人都自愿参加，但是所有人都知道他们会挑选谁。

"你明白，没有撤退计划，"上尉严肃地告诉哈里，"我们能把你弄进去，但是出不来，你必须绝对了解这一点。"

"是，长官。"哈里回答，他以稍息姿势站在那间小办公室，眼睛直视前方墙上的一个点。上尉是个好人，哈里知道如果没想好能与之相配的赏赐，他永远不会送一个人去死。

"如果能赶到那些船队，那你有可能，我要向你强调，是有可能，逃出来，但是那些船队所收到的指令，不会是袖手等待，听候命令。"

"是，明白，长官。"

"哈里，"上尉所用的那种口吻，哈里明白他是在要求自己看着他，而非看着墙上的斑点。"这是最高层的指示。他们要的是毁灭，彻底毁灭所有的一切。你有绝对的权力，制造彻底的大屠杀。"

"是，长官。"哈里说着坚决地点一下头。

哈里在哨兵的小木屋，发现了那支短波无线电信号收发器。一只挂钩上挂着一只带夹板的写字板，上面夹着一张纸，但是纸上没有任何有价值的信息，只简单记录了进入挪威峡湾深水港口的部队。

从这里到港口有两英里。在凌晨两点半之前，有两英里地需要覆盖，时间一到他就要发出信号。在挪威这样滴水成冰的冬季，在崎岖的地形中跨越两英里地，相比起实弹射击演习中，背一只装满砖头的背包跋涉十英里地的训练制度，还是要轻松得多。

他起身出发，本能地拐到草坪边缘，鞋底落地的触感变软了。浓密的黑色络腮胡为他的脸庞遮挡了寒意。他在厚实的针织套头衫外罩了一件深蓝色渔夫外套，从头到脚都和本地区的土著渔民一个样。一句挪威语也不会说并未让哈里感到困扰，这身伪装能让任何路过的巡逻兵都以为他是当地人。

　　十五分钟后，他登上山顶开始下山，往黑暗的港口前进。因为害怕英国皇家海军，一盏灯也没有亮。背靠着黑暗大海的，只有漆黑的一片，但是港口就在那里，其中停驻的都是U型潜艇，而U型潜艇就是目标。据报告有五艘潜艇被开来服役和接受检修。那里会有看守、巡逻队、军犬、探照灯以及随时准备好立即行动的快速反应部队，但是出其不意和纯粹的大胆将帮助他完成任务。

　　他单膝跪地，一边平复呼吸一边辨别更黑的建筑物轮廓，并在看到窗口及门缝中透出的第一缕银色光泽，以及温暖的黄色光芒时露出微笑。这里与英国和他所见过的其他任何基地都没有区别。战士们总认为自己万夫莫敌，尽管有一再的警报，他们就是忍不住要犯懒。门没有完全关严，窗帘拉得不够紧。战士们需要喝酒和走动。反正说到底谁会袭击这儿啊？仲冬时节袭击挪威？抵抗第三帝国的军队？没有丝毫可能性。不管怎样，英国皇家海军的飞行员即便飞越数千英尺赶来，也不可能看见地面上有一盏黄色灯光。

　　下一座哨所的哨兵警惕性很高，还有一位官员在严密监视。哈里趴在地上，肚子贴地，像草蛇一样爬过冰封的矮草，往镇子周围环绕的钢丝栅栏前进。爬到阴影处他停下来，从口袋里掏出钢丝钳，开始工作。每剪一下的声音都很沉闷，四面八方似乎都反射出回响，于是他频繁停止动作，扫视四周，倾听动静。

　　他稳步推进作业，剪断连接点，然后剥开钢丝网，制造出一个足够穿身而过的窟窿，接着后退，肚子贴地沿着围栏爬到哨所，一路上把头缩在高高的领子里，以免眼睛、脸颊和鼻子周围的皮肤反射出月光。

　　爬出五米后，距离已经足够贴近，能听见哨兵们小声的谈话，看见他们呼吸吐出的白烟。他掏出炸药，实际上就是几根炸药用电线连在一个电子计时器上。他转动刻度盘，设定时间为十五分钟，然后将炸药放在地上，接着肚皮贴地爬回围栏的窟窿处，钻进镇子。

他站起身，掸掉衣服上的雪，开始自由行走。这里应该有宵禁，但是马上就到涨潮时间了，德国兵会想吃鲜鱼。再过一小时，当地渔民就会准备出海。运气好的话，他会被人当成是早起打渔的人。

他停下来，在一座建筑的拐角点燃一根烟，火柴的光芒让他闭上眼睛。在一座渔村里，有一个大胡子的渔民抽烟，在没有比这更司空见惯的景象了。他看一眼时间，停顿两秒钟，接着将下一包炸药的时间设定为晚十分钟，然后将其放在那建筑的阴影里。

他沿着一条小路往港口溜达，一边漫不经心地抽烟，一边从舌头上挑拣掉落的烟草，并对附近一位夜间巡逻兵正步走所发出的沉重足音装出司空见惯的样子。每一位突击队员都知道被敌人俘虏的后果。日内瓦公约中有关战俘的规定不再适用于他们，国内要员已经接到过报告，称被俘队员已遭行刑队枪决。而且他还做了伪装，所以先被转运到其他某处，再遭枪决，将是非常不可能发生的奢望。他要么当即被射死，要么被拷打折磨致死。他本该领到一枚氰化物胶囊的，但是任务下达得如此迅速，没有人有时间去找那东西。

他在下一座建筑拐角停下脚步，窗帘缝里透出一丝黄色光芒，里面传来士兵说话的声音。他放下第三包炸药，时间设定为五分钟，改好计时器后，继续前行。倒计时三分钟，他坚定地往港口走去。倒计时两分钟，他认出水上那艘U型潜艇黑乎乎的轮廓。倒计时一分钟，他抵达那些用来存储渔船用渔网和捕鱼设备的旧木屋。

倒计时三十秒，他为镇内糟糕的安保水平直摇头。二十秒，他站在那因他的脚步而摇晃不已的黑影中，与此同时，右手紧握第一枚手榴弹。倒计时十秒，第一声警报拉响，夜间巡逻队发现了围栏上的窟窿。尖锐的哨声响起，其余哨兵纷纷吹哨回应，最后整个镇子都被通用警报声所覆盖，每一位士兵都站起来。

爆炸声并不是完全同时传来，但距离相当之近。最先引爆的是第二包。接着爆炸的是放置在哨所大门前的那包，最后放置的那包最后爆炸，但是差距都只有几秒钟，因此更增加了整个镇子的疑惑和恐慌程度。

德国士兵的注意力被分散了，他们以为袭击发生在镇子内部，必须保持这种误导局面，才能让其他突击队员有机会在潜艇甲板上放置炸药。

牺牲一个人，拯救成千上万的人。失去五艘U型潜艇，这样一来德军对同盟国舰队的毁灭性打击的速度将极大地减慢，而且考虑到对德国所造成的心理震慑，这样的代价是值得的。无论你在哪里，英国突击队都会将你找到，然后剿灭。

他深呼吸一次，拉开手榴弹的引线，但一直紧握在左手中，与此同时，右手则从腰带上抽出军用手枪。他低头看着现在已被引燃的那枚手榴弹，想到那颗致死的氰化物小胶囊，轻蔑地笑了一声。都有手榴弹了，谁还要胶囊呢？

喧嚣的漩涡之中有了秩序。德军虽然是敌人，但是他们所展示出来的纪律性，值得人们敬佩，他们的军官已经在发号施令。

他走出阴影，稳步走回镇子，他知道现在是时候为自己赢取名号了。

两名士兵朝他跑来，一副睡眼惺忪的样子。一时之间，伪装起了作用，他们没在意这位大胡子的渔民，直至他从背后开火。两位士兵都倒在地上，腹部中弹，没有立即死亡，年轻的面庞写满震惊。他们大叫起来，又因为子弹击中肚子所带来的灼烧痛感翻滚不停。哈里迈步向前，近距离平射两次，将他们立即杀死。他丢掉手枪，将手榴弹从左手换到右手，接着转身一口气将手榴弹朝镇子上空掷出。他从倒在地上的士兵身上掏出机关枪，一手握一把，手榴弹爆炸引发齐声尖叫哭喊之时，他继续前进。

　　他大步走上一条宽阔的马路，前面士兵集结成阵，一位军官站在一座房屋的高台阶上，言简意赅地发布号令。哈里从旁边横穿街道，两把枪瞄准密集的士兵同时开火。子弹从枪筒喷射而出，将他们撕成碎片。目标一阵抽搐，那军官胸膛绽开，从台阶上摔倒。他们开始反击，但是哈里逃进两排建筑之间的一条小巷。他扔掉一挺机关枪，又掏出一只手榴弹，咬出引线，举至头顶，朝他逃离的方向掷出。

　　哈里瞄一眼天空，渴望听到发动机的声音。他站在巷子里，将枪筒瞄准从对面走来的四名巡逻兵。他射中两个，接着感觉到而非听见，枪膛咔嚓一声空掉的声音，于是他将枪往第三个士兵的脑袋砸去。第四个士兵在原地转了个圈，举枪瞄准，但就在这时哈里扑上前来，用刀一下刺穿了他的脖颈。那士兵扣紧机关枪的扳机，朝空中盲目开火，他猛拔出刀，一刀又一刀地往他的胸膛捅，迅速将那已晕头转向的士兵放倒在地。四人都倒下后，他从建筑物之间的阴影里溜走。

　　探照灯扫过镇子。哈里根据海港传来的大口径武器和轻型武器的开火声判断，德军已经发现开向U型潜艇的快艇。德军开始往房屋投掷手榴弹，以为其中隐藏有多名突击者，爆炸引发的火焰将空气烤得炽热。

　　哈里从小巷冲上镇子宽阔的主路，朝四面八方冲来的士兵开火。他冲到一座建筑背后藏身，数到三又跑出去，朝追赶他的队伍开枪，几个人应声倒地。他挪步移开，猫着腰一边跑一边从口袋里掏出最后一枚手榴弹，咬开引线，站定，转身，将之滚回到屋角，然后躺平在地。追兵赶到屋角，先伸出武器开火，之后才冲上那条剿灭了他们一支小队的丢有手榴弹的小路。

哈里站起身一边狂奔一边往身后开枪，这时候空中传来发动机的咆哮声，镇上的灯火为英国皇家空军轰炸机的飞行员点亮了道路。

港口处，第一艘U型潜艇爆炸了，地动山摇的爆炸声震得哈里再次伏倒在地。燃烧的碎片旋转着飞向各个方向，二次爆炸所制造的噪音更是难以想象的惊骇。火焰熊熊燃烧，发动机嘶吼，炸弹坠落，枪炮射击，垂死的哭喊震天。

"你有绝对的权力，制造彻底的大屠杀。"大屠杀正在进行。毁灭正在发生。

第二艘U型潜艇爆炸了。轰炸机上投掷的第一枚炸弹击中目标，这座栖身于挪威峡湾边缘的小小渔村一片混乱，犹如地狱一般，数百人顷刻间丧生。

一位被火烧燃的士兵从哈里身旁跑过，哭着喊着叫妈妈。他后面又跑过来两名，狂乱地想要拯救自己的战友。哈里趴在地上开枪，将那两名士兵射死，却留下那个燃烧的，以便引出更多的同伴。又一枚炸弹落下。他看到勇敢的飞行员们飞到反击炮火最密集的区域，不由得露出微笑，他们的座椅下面现在一定在咔哒作响了。但当领头的飞机被击中，爆炸引发的火焰高高绽放在空中时，他的笑容僵住了，那飞机发出尖锐的声响，分解开来，垂直划过空中。

第三艘U型潜艇爆炸了，这一次，哈里感到海水如雨点般从空中落下。三艘都被摧毁了。镇子几乎就快跪地投降。现在无论发生什么，他们都已经获胜。这是训练成果，勇气与控制情绪能力的证明。数千名同盟军军士的性命获救，满载食物和补给的舰船将抵达英国海岸，为忍饥挨饿的人们带来急需的资源。

唯一的问题就在于，哈里还活着。他没想过能坚持到这一刻。实际上没有人说过这是一场自杀式的任务，但是形势显而易见。第四艘U型潜艇爆炸。他露齿微笑，同时试着思考现在该做什么。脑海中出现一个想法。"如果能赶上那些船队，那你有可能，我要向你强调，是有可能，逃出来。"他朝这个目标奋进，因为这尝试的大胆忍不住咧嘴笑了。他断然冲出去，跳过一具具死尸，绕过那仍在燃烧的男人。反击轰炸机的机枪仍在猛烈扫射。频频闪现的火光照亮天空。轻型武器依然在挑战，而在那喧嚣中，毫无疑问传来了斯特恩式轻机枪的声音。英国斯特恩式轻机枪的射程很短，声音断断续续。除了哈里以外，船上突击队竟然还有人活着。U型潜艇的爆炸应该已经让他们牺牲了啊。德军的反击应该已经让他们牺牲了啊。但是那声音绝无仅有。

他扔掉德国机关枪，奋力脱掉厚重的外套，任其掉落在身后。他摆动双臂，两脚敲击地面，这时候周围所有的房屋都被空中坠落的炸弹炸碎了。到处都是火焰。有人大喊着发布命令，他冲过所有人，脸上挂着一丝揶揄的微笑，想着或许，只是或许，他有可能逃脱，拿到汤姆欠他的那包烟。

水面上只剩下两艘突击队的木壳快艇，他们原本开来七艘的，那两艘船发出"嗖嗖"的声音来来回回，好吸引德军的注意，与此同时潜水员则潜入水中，将炸药安装在最后一艘U型潜艇上。

哈里冲下台阶，跑到一面较低的围墙上，穿过跪在地上反击的德军。

那船加速驶过平静的海面，朝U型潜艇的船尾驶去，哈里一路奔跑，跳过码头与潜艇之间的空隙，重重落在金属侧壁上。他全速冲刺，冲过一座跃出地面的塔楼，难以置信，竟然没有人射中他，接着当子弹开始在他脚边发出"嗖嗖"的声音时，他忍不住狠狠咒骂起来。

一股燃烧的渴望驱使着他。在快艇停下来接安放炸药的潜水员时，必须赶上。

他想大喊等一等，但是吸进的每一口空气都要用来为肺增添燃料，继而敲击心脏，驱使肌肉保持运转。冰冷的空气抽打在脸上，哈里透过有泪水流出的眼睛看见，有两名潜水员正被从海里拉起，另外两名突击队员则在更换斯特恩式轻机枪的弹匣。现在只有几米远了，他加速前进。一名突击队员换完弹匣，将螺栓拉回原位，然后瞄准码头，他脸上露出的惊愕神色让哈里差一点爆笑出声来。那突击队员捅捅同伴的胳膊，木然地指向哈里。另一名突击队员眨眨眼，慢慢摇头露出微笑。

"哈里，你这个胖杂种，"他高喊着挥舞一包烟，"你这个讨厌鬼。"他又是喊又是笑地将螺栓拉回原位。"跑啊，你这个蠢疯子。"他又喊一句，仿佛哈里没动似的。

突击队员的子弹擦过哈里，射在港口墙壁上，尽可能地提供少量掩护。战友们鼓励他，挥手大喊让哈里跑快些，再加把油。掌舵人拧动发动机加速，朝潜艇角落开来，好让他有机会跳上船，只是角度不对。突击队员停止射击，放下手头的武器，哈里惊恐地看到，随着他们开始调整角度，快艇与潜艇之间的缝隙也越来越大。隐隐有恐惧沿着血管扩散，哈里从潜艇跳下，但是距离稍稍远了几英寸，即便突击队员们伸开双臂，也没能够到他，于是他落进峡湾冰冷的海水中，肺里的空气都被挤出体外。

到处都是一片漆黑，恐惧直击他内心最深处。他害怕错失快艇，害怕看到船悄悄离开，害怕冰冷的海水灌进他的靴子。于是靴子变成锚，将他往下拉，往下拉。他的肺需要空气，一瞬之间由热到冷的转变使得他丧失了所有知觉。他突然想起培训内容，不要惊慌，要镇定，努力游上去。

他的脚最后一蹬，脑袋钻出水面，冰冷的空气灌进肺腔，引得他一阵剧烈咳嗽。有什么东西撞到了他的背，他震惊地逃开，回头一看，四面八方都是死去的德国水手烧焦的尸体。

还有最后一包炸药要爆炸，他游着穿过尸海，胸膛竭力咳嗽着，将腐臭的海水从肺里咳出来。耳畔传来最后一包炸药爆炸所发出的沉闷声响，他知道已太迟。一秒钟后，冲击波袭来，将他高高抛上死亡之浪。

片刻之后，他感到浪涛方向发生改变，令人晕头转向，是U型潜艇被爆炸力抛到空中留下的空洞需要有水去填补。碎浪打着漩儿奔向四面，他旋转着被拉扯下去。重力战胜爆炸力，潜艇攀升至顶点后重新落下，后续爆炸撕裂了船壳。船落回水面，将之前被拉过来的水又驱赶出去，变成汹涌的海啸奔向岸边。浪涛跃出港口围墙好几米，燃烧的残骸雨点般坠落，砸向站在射击位上的士兵。

所有感觉和意义都消失了。哈里无法游动，也无法抵抗浪涛的冲击，于是他放松下来，任海水裹挟着他。

结束了。战斗停止了。他曾有机会逃走，如果不出其他问题，战友们回去将会传诵，疯子哈里·麦登差一点就能回来拿走汤姆欠他的那包烟了。

五艘U型潜艇全部摧毁，连带着数百敌军被杀死，今晚将永载史册。最好此刻就死在冰冷的海中，总好过落入穿长筒靴的纳粹党卫军之手，然后再被行刑队处死。

反击轰炸机的枪声仍在不停射击，哈里张开嘴，有意识地吞下那令人作呕的海水。身体拒绝液体灌进肺腔，恐惧瞬间袭来，呕吐使得呼吸的渴望愈加急切，但哈里坚持不肯抬头，强迫自己克服恐惧，一口又一口地吞下海水。一生的画面从脑海中闪过。比如一个小孩在林中玩耍；比如有关他出生的那天，一颗彗星划过天空的故事。再到学校，到上班，到约会，接着是参军。在苏格兰高地接受训练，奔跑、游泳、大笑和搏斗。

"现在没有遗憾了，老伙计。不要回头。你已走完你的命运。任何人都只能做到这一步。现在睡吧。等着伊迪斯。"

伊迪斯。她的脸庞浮现在他脑海中，当死神温暖的双手将他从这个尘世抹除时，那是他唯一紧抱的画面。

"他在哪儿？那是他吗？"

"老天，这里有数不清的……我们怎么找得到他？"

伊迪斯是那样的美丽和弱小。她看到他们双手尺寸的差异大笑的样子。跟他巨大的手掌相比，她的手指是那样的娇小漂亮。

"哈里？不，那不是他……看看那个，马尔科姆……赶紧！"

"哪个？"

"不对，看看那个……他有络腮胡……对了！哈里？哈里？"

当那召唤变得如此强烈，让人难以抗拒时，几只手抓住他的肩膀，他还是拒绝了，那些手慌乱地将他从温暖的海水中拉起。

"是他！"

"把他拖进来……NEIN, ER IST TOT（不行，他死了）……"

"你说什么，康拉德？"

"我骗他们，说他死了……先把他拖进来，赶在他们发现之前……哈里？别出声……"

"作为一个德国人，你还有点用啊，康拉德。"

"谢了，马尔科姆。"

"那你并不感到困扰了？"

"什么意思？"

"你知道，来这里……"

"来挪威？"

"对，你知道……算了。"

现在他闹不明白了。伊迪斯还在他脑海中，但听到英国人说德语的声音，她的形象开始慢慢褪色，或者那是德国人在说英语？他被拖着翻进一只船的侧板，重重摔在地板上，有手温柔地拍打他的脸颊。

"够了，康拉德，别打他……"

"我在试着叫醒他，马尔科姆。"

"他可能会和本做一样的事，但是一个晚上，我可不想挨两顿揍。等等，他还活着吗？他看上去不太好。"

"他快休克了……肺里灌满了水……"

"给他注射肾上腺素，我来给心脏除颤器充电。"

"我来弄除颤器。"

"赶紧给他打一针肾上腺素。我来充电。"

"我们说好的，我来操作除颤器……头儿说了我来弄。"

"好好，康拉德！我只是给它充上电。"

"别把他电死了，马尔科姆。"

"我说了好，老天哪，只是一个除颤器而已。赶紧给他注射肾上腺素！"

"哪一个是肾上腺素？这个？"

"那是镇静剂。那一个……那一个……我的天哪，康拉德，该死的是那一个，你这个笨蛋。"

"知道了。好了，哈里……现在你将感到能量爆满了。如果他要打人怎么办，马尔科姆？"

"赶紧趁他还没死，给他一针该死的肾上腺素。"

不管死神还有些什么东西在召唤，肾上腺素一注射进体内，哈里立刻感到能量飙升，精疲力尽的身体瞬间涌动出力量。一瞬间便由溺水濒死转变为毫无疑问的清醒状态，他的思维一时无法适应这转变，仍试着想抓住伊迪斯飞逝的幻影。他反抗起来，不停地挣扎，一阵抽搐，肺里和胃里的海水都从口腔和鼻子里清理出来。他大口呼吸，吐得直打滚，因为冰冷的海水浸湿了衣物，一直在发抖。

"天哪，那东西真厉害，康拉德。"

"你试过吗？"

"肾上腺素？没有，你呢？"

"试过，"康拉德嗤了一声，"真是个爽翻天的东西。给他吸点氧。"

哈里感到脸上被按了一张面罩，清甜的氧气顺着烧灼的咽喉流入，与此同时有人开始割他的衣服。他无力地想要抵抗。

"没事的，哈里。冷静。我们是在帮你。"

体内涌动着能量，但是感觉冰一般冷，他的身体开始出现低温症的初期危险征兆，他的皮肤此刻暴露在空气中，感觉像是刚被剃须刀刮过一般。

"体温过低休克，保温毛毯呢？"康拉德说。

"在你脚边，白痴。而且是'hypothermic'，不是'demic'……'hypodermic'是皮下注射器。"马尔科姆说。

"注射器？好解释。"

"至少我知道是什么东西。"马尔科姆气鼓鼓地说。

那双手将他朝左侧翻过来，将一条薄毯子盖在他背上，然后将他翻到右侧，包在毯子里。

"起作用了吗？"康拉德问。

"我不知道，我现在正他妈的开船呢。"马尔科姆回答。

"起作用了。哦，感觉如此的温暖和舒适，我的双手都快冻僵了。"

热量瞬间将哈里包裹起来，但是因为毯子正提升他的核心温度，所以他仍在发抖。现在他没有呕吐了，但是每吸一口气肺部都会疼，喉咙像在烧。肾上腺素烧完，疲惫吞噬了他的思想。清甜的氧气和毯子的热量让他从狂乱的思绪中平静下来，朝梦乡坠落。

"嘿，我想他现在没事了。"康拉德说。

"干得漂亮，现在就该从这里逃出去了。"马尔科姆咕哝道。

"哈里，你听得见我说话吗？如果听得见，就点点头。他在点头。"

"是吗？嗯哼。"

"就知道冷嘲热讽的蠢货。"康拉德说。

"你刚刚证明了，如果你要 个英国小子点头，他是可以做到的……干得漂亮。"

"哈里，只管睡吧。我们会把你带去一个安全的地方，所以别害怕。一切都会好起来的。现在睡吧，哈里。我现在给他打一针镇定剂，马尔科姆。他睡着了。老天哪，那镇子被夷为平地了。你看见了吗？"

"真的？"

"啥意思？"康拉德问。

"你问我是否看见那镇子？是指刚才被炸了个底儿朝天的那座镇子……依然炮火连天的那座镇子……我们正准备逃离的……那座镇子吗？"

"你闭嘴。"

"不，我说真的。你是指那座镇子，还是说还有一座？"

"就知道冷嘲热讽的浑蛋。我们准备离开了吗？"康拉德闷闷不乐地问。

"差不多吧，我们还在明处。再等一分钟。"

"疯子哈里，啊？"康拉德说，"天哪，我们刚刚救了疯子哈里……名副其实的疯子哈里……至少我希望这是疯子哈里。你说这是疯子哈里吗？要是救错了怎么办？"

"没错。程序匹配了他。"马尔科姆说。

"不，我是说如果我们救错了人，比如说……救起来的是另一个小子呢。"

"哦，我懂了。如果救错人的话，我们就把他送回去，再救一次。"

"对，我猜也是。如果还得回去，我要戴上手套。"

"我要戴上耳机，这样就不用听你扯淡。"

"你说什么？"

"好笑！"

"我试试。"

"你真是讨人嫌。我们差不多了，你准备好了吗？"

3

2020

"听我说，"中士等待谈话停止，"分配任务。史密斯，前门；卡特尔和兰姆，正门；皮尔金顿，你在后面；还有帕特尔，你负责楼上。"他迅速念完名册，抬头确认每位警官是否都明白自己的岗位。"没有新的有用情报进来。周五夜，所以希望他会回自己房间，你们也好平安无事地站完这班岗。帕特尔，除楼上以外，你再负责注意主走廊。"

"遵命。"

"有问题吗？没有？很好。再过五分钟，我们就去做好夜班交接。"议论声再次响起，警官们开始检查手枪，擦拭靴子，掸帽子，梳理头发，往弹匣装填子弹，调整功能腰带。

"萨法，"中士叫道，"来我办公室说句话。"他说完便走开，任由其他警官低声嘲笑。萨法冲他们比一下中指，然后跟在中士身后穿过走廊，走进他的办公室。"关门。"他说着坐下来。

萨法照做，关上门，然后随意站在那里，看中士激活平板电脑的屏幕，用拇指划几下，一言不发地递过来。她迟疑几秒，伸手接住。

"你看看。"中士说。

"抬头说是机密。"萨法疑心这是不是在测试她的诚信度。

"跟你有关，只管看。"他说。

萨法下拉屏幕，看一眼邮件地址、日期和时间，然后才开始阅读正文。她心情沉重地读到最后一行，接着眨眨眼，又从头读一遍。她抬起头，发现中士脸上浮出微笑。

"通过？"她问，"真的？"

"信中是这么说的，"中士回答。"我当然试过阻止其通过，"他担忧地说，"我告诉他们，说你是我共事过的警察中最懒的，懒到骨子里，还说你不可能用霰弹枪击中谷仓墙壁，还说你很粗鲁、可恶，工作中也总是表现得一团糟。"

"所以他们没理会你的意见？"

"每个人都忽略我的意见，"他抱怨说，"倒不如离开这里的好，反正也没有一个人听我的话。"

"抱歉，您说什么？"

"非常好笑，"他说着站起身，伸出一只手，"干得漂亮，萨法。"

"终于通过了。"她说着握住他的手。

中士表情柔和下来："你有一个月的时间，"他轻声说，"我或许能帮你提前几天或一周……"

"好的。"

"不好。太不好了，萨法。"

"中……"

"去找联邦政府，"他催促，"找人说道说道。"

"不。"

"萨法……"

"不。"她语气透露出坚定。

"萨法，你知道即便你不同意，我也会做。"

"你不会，"她直言不讳，"你不能。"

中士跌坐在椅子上，摇摇头，萨法轻轻地将平板电脑放在他的桌子上。"如此下流卑鄙的变态。去大门……"

"中士，这事我们已经讨论过了。"

"生病？请几周病假。"

"绝无可能。"

"你看起来像是病了。"中士满怀希望地说。

"中士，"她柔声说，"我很感激，但是……我不会生病，我不会去看守大门或前门。三周。我能坚持三周。"

中士叹口气，迎上她的目光："好，但是如果恶化，就告诉我。"

"恕我冒昧，"萨法说，"我不会。我还是上楼得好。"

"是。我会尽量多上去。去吧。"

萨法带上门，走到主走廊尽头，在安全门旁的一面全身镜前停下脚步。黑色裤装整洁熨帖，靴子锃亮，头发在脑后紧紧束成团。白衬衫，黑领带。腰带上的手枪已检查完毕。她打开无线电信号机，将耳机拉到耳朵上，满怀希望地看着钩子上挂着的她的防弹背心。

正门和前门的警官都穿了防弹背心，但是负责室内的却没被允许穿戴，因为认为那会冒犯到访的高管和国家领导。

防弹背心应该能掩盖她的身形，弱化她外表的女性特征。它可能确实有用，但永远不可能遮挡她的眼睛和脸庞。

三周。我能坚持三周。二十一天，除去休息日，只剩十四天。这十四天中有七天是八小时轮班，剩下的七天则是九小时，加起来就是一百一十九个小时。天哪，这样算起来，感觉就更糟糕。还是记住十四天就好。就这样挺过去，前进。

她坚定信念，高高昂起头，走出警局，进入主走廊。她走员工楼梯上到顶楼，沿走廊走到头，同日班警官换班。

"抱歉，"她小声说，"中士刚刚要见我。"

"没关系。你还好吗？"

"是，很好。得小心了。"她轻声说。

"是吗？"那值班警官说着递出平板电脑，"那你要去？"

她快速点头，猛击屏幕，在上面签字。"三周，或许一个月。"

"哇哦，"马克小声说，"皇家外交官？"

"是，"她说，"有进展了吗？"

"没有，他将在一小时后回来。"

"一小时？他今晚也出去了？"

"没听到任何消息，"马克说，"他周五不出去，不是吗？"

"一般来说是。"她尽量小心翼翼地保持回答语气的中立。

"哦，好吧，我还是走得好。答应了带孩子们去游泳。"

"好，明天见。"

她开始站岗。走廊一片沉寂，她走到尽头，检查每一扇门都锁上，窗户都关了。她从秘密橱柜拿出扫描仪，检查靠墙的桌子和花瓶是否被安插了窃听设备，这是每位警官在轮班一开始就会进行的例行检查，同样的工作当班期间会重复好几次。等他回来，她将再次检查他公寓中的所有房间，然后在他认为合适的时机，再多次进行检查。

调任并不罕见，所需的技能组合都一样。外交保护警官负责保护政治家和高官，与保卫皇室的皇家保卫警官差不多一样。不过上岗六个月以内就调任却很罕见，因此她的要求一开始是被拒绝的。问题在于，没有充足的理由来要求换岗，但是她不能报告真正的原因，永远不能。只有中士知道真正的原因，但就连他也不知道事情有多么糟糕。最后，他们谨慎地提出建议，称有一位助手特别关注调动的执行。而在她大门站岗一天失败之后，他们意识到，最安全的选择，就是阻止任何负面公关。

萨法爱这份工作。现在英国所有的警察都配枪，所以当一个配枪警察并没有什么特别之处，但是当一名近身保护警官依然是精英梦寐以求的工作。霍尔本地铁爆炸案发生时，她刚上岗两年。她是第一个赶赴现场的人，也是最后一个看见本·莱德被列车活活压碎的人。当时她已经知道本·莱德的身份，每个人都知道，而且一开始正是因为他，萨法才想当警察。接着霍尔本地铁站发生爆炸，那一命运的触碰，或者说只是一个惊人的巧合，激发了她的欲望，让她想尽可能做到最好。此外，她厌恶以调查为主的警察工作。她太过顽固，太过实际，厌弃收集证据、整理法庭文件、撰写报告交待谁对谁做了什么及原因等一系列缓慢、单调的过程。

这份工作到现在为止是最好的。军警共通的技能都极为出色。有关于武器、战略、战术、战斗、使用武器与不使用武器的知识。要求的体能水平、持续训练、登堂入室、VIP护送、静态保卫、高速汽车操纵。这些工作内容早已远远超出普通警察工作的范围，她惊讶自己现在竟然还能自称警察。

　　一小时过去，耳机传来安全无线电信号收发器接收到的最新信息，现在他正在返回的路上。萨法看一眼手表，才过去十六个小时，这就意味着，傍晚前他会一直待在楼下。再过几个小时任务才会开始。紧张感加剧。她脑海中回想起，曾做过的变身疯子哈里对抗他的梦境。她赤手空拳几秒钟内就能摧毁他的身体，但是知道这一点反而让情况变得更糟，因为她有能力阻止他，但却不能这么做。

　　她现在没有化妆，也从不用香水，就连除臭剂都是无味的。一件运动胸罩将她的胸部尽可能地绷平，虽然穿起来不舒适，但是与降低关注度相比，这点代价还是值得的。她身穿的裤子很棒，能掩盖她的曲线，不过紧绷的实用性腰带却展露了她腰肢的纤细。其他大多数女警官看起来都很严肃，她们会将头发束在脑后，但是萨法如果这样做，会显得更迷人，因为那样会暴露她的脸型和眼睛。她宛如一位埃及女神。那双眼睛更是需要修图师在模特照片上忙碌几个小时才能修出来的效果。在她仅有的一次在大门口站岗的那天，她的上述容貌特征以及柔和的肤色和高颧骨，让全国媒体都发了狂。

　　他们之前也见过女警官，但是没有一个像萨法这样的。几个小时之后，她就被调离了岗位，因为互联网几乎被她的照片淹没。这样的关注度令人震惊，也差一点就毁了她在外交保护警队中的职业前途。近身保护警官是不能有出众的相貌、丰富的表情和情感的，其职责非常重大。高层做出妥协，他们不能将她从警队中开除，因为那样会为他们招来歧视警官的控诉，但是在国家安全部和安全专员的授权下，根据自由裁量权的原则，他们可以实施一项命令，禁止她担任任何需要抛头露面的角色。

　　她接受了命令，因为每个人都知道那岗位的要求。之前队伍里也曾有其他两位警官被调离了需要抛头露面的岗位。一个是因为脸上有道疤，另一个是因为有全身异色症，这些都是会被挤在外面的那些眼睛如秃鹫般锋利的媒体发现的细节。你其实无法责怪媒体，因为他们无事可做，一连几个小时等在一条荒凉的街道上，等着发生点什么新闻，所以如果来的配枪警官一只眼睛是蓝色，一只眼睛是绿色，自然就为他们提供了聚焦点，照片、视频和讨论会传遍网络，新闻频道也会二十四小时滚动报道。

被调到室内之后，她立刻便能以好心情对待那些嘲笑和议论。副手、工作人员、访客、政治家、甚至就连那个人，全都认出她就是那位曾上过新闻的女警官，但是她认为人们的关注会过去的。只不过现在没有过去，反而变得更糟。

"移动目标至大门，我们进入你的频道，现在即将靠近。"

"大门处静态警员收到，等候开门命令。"

"静态管控警员迎接移动目标，接到并理解请求。所有静态单位注意移动目标的靠近。"

萨法走到通往下层走廊的楼梯井，站在主电梯旁边的岗位上。

"移动目标到大门处静态警员位，现在请开门，代码阿尔法阿尔法九七。"

"代码阿尔法阿尔法九七收到，正在开门。"

她仔细倾听，与此同时也在脑海中推导出他们的移动过程。那个代码的意思是，没有问题，正常进门。

"移动目标至大门，我们进门了。通讯交给你们。"

"大门呼叫前门，现在即将抵达，请确认影像。"

"前门呼叫大门，影像无误，现在请与我会合。移动目标在减速。移动目标停下。门开了。移交正在进行，坚守岗位，他在回答媒体提问。坚持。坚持。坚持。移交正在完成，安全进入前门。"

萨法等待的同时，左手凑近激活按压讲话开关，这时前门打开，那个人一边对身后媒体挥手，一边走进门。

"我是内岗，"萨法轻声说，"现在已进门，门正在关闭……安全。"

前门关上，外面的世界一消失，一大群等在那里的助手就冲上前来。她观察着各个角落，每一个人。目光扫过所有举着平板电脑和文件夹的助手，不过她最关注的还是那个人，她想看看前门关闭时他对媒体露出的微笑是否褪去。没有，她的心沉了下去，因为对于她来说，这个人的好情绪比坏情绪更糟。他露出牙齿，对周围的助手微笑，用他粗鲁的方式开玩笑，他似乎永远都不明白，为什么在上一次选举时能赢得数百万人的支持。

"这一天真够呛，"他洪亮的声音在走廊里回响，"下班时间到了吗？"他问一名高级助手，后者沉重地摇头。

"没有，先生，很不幸，您还有一个预约。"

"还有一个？"他大声说，"老天哪，你们是想把我累死。"

"抱歉，先生。"那名高级助理说。

"我要是一早知道你们是这样的监工头，我永远都不会接受这该死的工作，是吗，卡迈克尔？你就是个监工头，是不是？"

"是的，先生。"

"他是不是也把你支使得团团转？"他问一名初级助理，"我猜一定是。"他说着又露出一个让全国上下都爱得不行的咧嘴微笑。"我敢打赌，他就是个刻薄的浑蛋，而且毋庸置疑，是个秘密的工党支持者。嗯，卡迈克尔？你支持工党，是不是？"

"我支持绿党，先生。"卡迈克尔面无表情地回答。

"绿党！"他转过身对周围微笑的阿谀奉承者说，"他说的是要命的绿党，你们听见了吗？他说是绿党！卡迈克尔支持要命的绿党……那卡迈克尔夫人呢？她也支持绿党吗？"

"很不幸，不支持，先生。卡迈克尔的好夫人宣誓支持现任政府。"

"支持托利党！"他获胜般地大喊，"请向你的好夫人转达我由衷的感谢，再告诉她，我说的，她丈夫是个邪恶的监工头。"

"我会的，先生。"

"那么还有什么事？"他夸张地重重叹口气问。

"私人事务，先生。"卡迈克尔回答，他明白不能在这条挤满助理的走廊里透露求见者的身份。

"哪一件？"

"先生，"卡迈克尔将平板电脑递过去，小心地调整屏幕角度，好让内容只有上司一个人能看见。

"好的。"他读着屏幕上的内容问，"多久？"

"十分钟，先生。"

"行，直接把他带过来，能请谁帮我泡杯茶吗？"

他没理会萨法，径直朝前走，而萨法也没理会卡迈克尔朝她投来的直白的嫌恶表情。助理们大声喧哗着冲过走廊，经过那座著名的黄楼梯底部。

"萨法呼叫静态管控位，走廊安全。"

"明白。"

她等待着，悠闲地站在电梯旁边，此时各位助理和工作人员正东奔西走。他还有一个约会，运气好的话，可能要占用很长时间，将他完成工作的时间推迟到夜里。

"大门呼叫前门，私人事务求见者正朝你走去。已完成全面检查，无碍。"

"前门收到，现在正对私人事务求见者进行影像分析。确认是白人男性，深色头发，蓝色西装，系深红色领带。"

"大门呼叫前门，影像确认。是的，是的。"

"前门接到求见者，正在移交。求见者在门口。"

一名助理匆忙跑过萨法身边，朝前门跑去，中途停下来拉直西装，换上一副得体的表情。

"晚上好，先生。请进。"助理将门拉开到足够那男人进门的幅度。"跟我来，"助理走进走廊，萨法扫了一眼那位私人事务求见者。

萨法一直目视前方，直至那人从面前经过，继续对他进行影像检查，现在是在检查他的背后，她的目光扫过他衣服上的褶皱，寻找是否有任何不应该存在的东西。

"萨法呼叫管控，私人事务求见者已进入。"

"明白。"

她等待着。事实上这就是这份工作的全部内容——等待。漫长的等待和观察。恐惧越来越深，感觉双肩紧绷，于是她轻轻耸耸肩。时间每过去一秒，都意味着距离他乘电梯下来的时间又近了一秒，而前面的漫漫长夜则更加让人厌恶。十四天。只需要十四天。

她没有任何办法能阻止或是避免其发生。没有人会听。这个男人被数百万人爱戴，这种支持度自战争时代的丘吉尔首相以来还从未出现过。每一个小细节都被考虑进来。她是在英国出生的，但是母亲是埃及人，父亲是印度人。她是一名年轻女性，身材健美，是一名警察，但是事实上警察的工资永远不会有那么高。而作为对比，他是首相，仅这一句就已足够。而且没有证据，永远不会有。唯一的选择就是离开，而那个选择即将实现。再过十四天，她将去负责保护皇室成员的安全。老派、衰弱、粗鲁且富有得让人难以置信的皇室成员，但那份工作不用出现在这里，这就是意义所在。

"皮尔金森呼叫萨法，私人事务求见者正朝你那边的出口走去。"

"萨法收到。"

先出来的是助理，他在前面带路，求见者跟在他身后。那男人走到走廊尽头，朝前门走去时冲萨法笑了笑，经过时还礼貌地点了点头。她以面无表情作为回应。

"祝您度过一个愉快的夜晚，先生。"那男人走出打开的前门时，那位助理急忙说。

"萨法呼叫前门，私人事务求见者过去了。"

"前门收到，求见者在出大门的路上。"

"大门收到，现在看见求见者了。"

她的心跳稍稍变快，紧张起来。她目视前方，目光坚定果决。她让自己做好准备。

首相只过了几分钟就出来了。他嘹亮的说话声在走廊里回荡，卡迈克尔紧随其后，两人轻声谈话。接着他们停止交谈，卡迈克尔点点头走了出来。

首相发出响亮的鼻音，轻快地走进电梯，等待萨法输入代码。萨法用目光检查一遍电梯内部之后走到一边，让他先进，之后才跟在他身后走进去。电梯门发出轻轻的嘶的一声后合上，将他们关在一个死亡区域。电梯里任何电子设备都不能运行。没有闭路电视监控系统，没有音频装置，甚至连她的无线电也无法传输信号。除地堡外，电梯是这座建筑中最安全的空间之一。一阵轻微的震动后电梯开始上升，她目视前方，祈祷他们能直接升上顶楼，但是那只手越过她的肩膀，按下按钮，让电梯轻轻停在楼层之间。

"你好吗，萨法？"他轻声问。

"很好，先生。"她语声沉闷地回答。

"周五夜。"他以气音回答，与此同时用手背按住她裤子的面料，力道刚刚够她感受得到。他的呼吸声在颤抖。他走近些，往她后颈吐出一大口气。她目视前方，轻轻抿起嘴唇，因为身体所产生的剧烈反感，左眼皮狂跳。"你想调任，"他说，她的胃再次抽紧。"想离开我，"他对她耳朵吐气，"我可以阻止你。你知道的。我是首相，我可以做任何事情。"他说完又凑拢些，"头上裹烂布的肮脏家伙，"随着情绪越来越激动，他的呼吸越来越急促，"我这位头上裹烂布的家伙想离开，是不是啊？"

她可以求饶，但那正是他所希望的。她可以将他撕成碎片，将他揉成一团血浆，但是她当场就会被击毙。她可以开枪打死他，然后杀死自己，但是那样会让家族的每个成员蒙羞，因为永远都不会有人知道原因。她不能告诉任何人，或是做任何事，因此她只能目视前方，任由左眼皮狂跳，而当她感觉到他的勃起顶在她的臀部时，眼皮跳得更加剧烈。

"你能感觉到吗，头上裹烂布的家伙？"他吐出这句话，将一只手抬起来放到她肋骨上，"我可以阻止你的调任……"那手抬高一英寸。"我可以将你和你那些头上裹烂布的家人都驱逐出境。"他右手食指指尖按住她运动胸罩的底边。"我这个头上裹烂布的肮脏的小东西……"

她的生活被吞噬了。她不会外出，从不化妆。她没约会过，总是穿宽大的衣服，对自己和家人都感到愧疚。这份让他们所有人都倍感自豪的工作，如此迅速地就变成了她所能想到的最可怕的噩梦。她从不曾哭泣，而是将泪水锁在体内深处，并坚持来上班，保护这个对她犯下这一切的男人。

"解开他们，"他颤抖着呼出的气体钻进她的耳朵，"快点。"她咽口气，知道除非按照他说的做，不然其他任何行动都会导致难以想象的严重后果。

"现在，"他以气音说，她举起双手解开白衬衫的纽扣。他从不亲自动手。他从不碰触她，因为担心会留下任何无法解释的DNA痕迹。如果她拖延，他便会发怒，而她的力量太过强大，不能冒险以身试法。他知道她所有信息。她父母任教的大学，她兄妹的职业。

"再开大点……"他从她肩头窥看，目光钻进她衬衫的开口，看到下面的白色运动胸罩。他的呼吸变得更加急促，顶在她背后的坚挺也压得更紧。

过去的六个月以来，她已经考虑了每一个方面。像他的裤子这样紧密地压在她的身上，或许会留下纤维痕迹。确实会留下，但是永远不足以证明任何事情，只能说明在护送过程中，两人挨得非常近。

"淫妇，"这句用正常音量讲出来的露骨话语，让她明显产生了畏缩。"把衣服穿上，"他冷笑着伸手越过她，按下电梯上的按钮，而她则手忙脚乱地重新扣好衬衫上的扣子。他后退，当电梯停下，门打开时，他自顾自地哼哼着。

"记住我说的话，"她往他公寓房门走时，他在身后小声说。她没有回应，只是打开门，先走进去，以目光扫视一遍浴室、厨房、更衣室和卧室。

"安全，先生。"她语声沉闷地汇报。

"谢谢，警官，"他友好地点头，"工作和以往一样到位。你可以离开了。"

她朝门口走去，经过他身边时，他小声轻轻地说："想一想。"

他不用把声音降到这么小的，他也不用假装一本正经的样子。他的公寓几乎和电梯一样安全。

她出门后，向管控汇报他已经进入公寓。信息发布后，整个屋子里的工作人员都松了口气。

夜幕降临。一位助理端来食物，银制托盘上盛放的是首相最爱的鱼和炸土豆条。她也领到了咖啡，还被中士准假去了一趟厕所，但是因为距离如此靠近他的公寓，他们只能用职业化的方式无声交谈。

到时间后的换班预示着最危险时刻的来临。晚饭已经送过。上厕所的休息时间已经结束，计划中再没有其他事情，而她知道，他就在那里，喝酒、谋划、盘算。她盯着那扇门，里面发出的每一个动静都让她紧张。阴影逐渐拉长，颜色变得更深，光线柔和的路灯在规定时间亮了起来。十四天。十四天。她重复念叨一遍又一遍。她想象着自己在皇室家庭工作，远离这里的样子。当他的公寓房门打开时，她没做出任何明显的反应。

"你能做一下窃听器排除检查吗，劳烦。"他用友善的声音说。

"遵命，"她走到橱柜前，拿起长探测棒，强迫自己深呼吸一次，勇敢面对困境。他不可能击败她。他不可能赢。十四天。"先生，哪间房？"她闻到空气中有威士忌的味道。

他笑着转身说："全部，劳烦。"

她点点头，从厨房开始将探测棒扫过所有的表面和物体，知道它将探测出任何有传输或接受信号功能的物件。确认厨房安全后，她走进浴室，瞥见他正在书房，坐在他的椅子上，盯着好几台电脑屏幕。浴室极尽奢侈，角落里一个深深的浴缸中装有按摩喷头，总面积甚至比她那间小小的公寓里的客厅还要大。全部安全，她出门，决定趁他在书房时迅速查完卧室。一切物品都干净整洁。客厅安全，休息室安全，还剩最后一间房。看到他半勃起的器官显眼地钻出拉开的裤门时，她呆住了。而他则依旧盯着电脑屏幕，仿佛浑然不知器官露出在外一般。

十四天，你不能有任何动作。他是首相。你只是一个警察。

"先生？"她强迫自己的声音保持平静。

"完了？"他的目光依然定在显示器上。

"是的，先生。"

"是吗？"他轻声问，"这里你查了吗？"

她迟疑起来，证明他的方法取得了微小幅度的胜利。"没有，还没查。"她迅速说。

"那最好查一下。"他亲切地说完，端起玻璃杯大大地吞下一口琥珀色液体。

她步伐坚定地走进去，双手开始安全检查的同时没露出任何颤抖的迹象。她沿着墙壁往下排查，油画的画框和墙上的画作，桌子上的台灯，台灯下的地方，她绕过去到桌子的对面位置。一抬头，她的左眼皮飞快地跳了一下，四台显示器上显示的都是阿拉伯模样的裸女。她快速思考，有没有可能在电脑上留下证据，接着意识到，他的电脑是世界上最安全的电脑，首相访问任何网站都不会留下痕迹。不过话说回来，如果首相想一边看黄片一边自慰，他有那个权力，所有人都有。

她必须检查桌子。她吞一口唾沫，握紧探测棒。

"先生，桌子需要检查吗？"

"是。"他的声音因为期待而变得沙哑。他想干什么？觉得她会看见那些画面，然后欲火焚身投入他的怀抱？看到他的老二她会躺下来，张开双腿？他未婚，是著名的单身汉，而且很有可能是全世界最有资格的单身汉。而且相对来说，他还很年轻，还不到五十。

老天哪，他现在勃起了。那东西在他的大腿位置呈现出立正姿势。他微笑着，转过头，慢慢舒展出一个微笑："我挡你道儿了吗？"他粗声粗气地说完，清清嗓子咯咯笑了，"需要我挪开吗？"他解释说，"威士忌喝多了。"

"如果您不介意的话，先生。"要强迫语气保持平静几乎是不可能的，但她做到了。她果决地站在那里，他推着转椅后退几英寸，双手枕在脑后，身体后仰，同时双腿张开几英寸，好似要骄傲地展示那肿胀的身体成员。

她跪下来，用探测棒扫过桌子腿、桌面下方以及电脑的外壳。他换了个姿势，她呆住了，当他静止下来后，她继续检查。

她从下方检查到桌子面上，试着忽略那些肤色柔和的女人影像。

"她们看着和你有点像。"他愉悦地说完后停顿片刻，仿佛在等待她的回答。"那个就很像，"他说着俯身，用指甲修剪得整整齐齐的手指指着屏幕左侧，"你不觉得吗？"

她没有回答，现在无论说什么，都会泄露她的恐惧。

"我问，你不觉得吗？"他又问一遍，"那一个。"他戳戳屏幕，"看着像你……你认识她吗？"

她依然没有回答，而是在显示器后方继续工作。

"还以为你们彼此全都认识，"他的语气稍稍有些含糊。"不过我不是种族主义者，"他很快又补充说，"喜欢所有头上裹烂布的家伙。"他大笑着急切地说完站起身。她保持着绝对的冷静，探测棒放到最后一台显示器背后一英寸的地方，他的身影出现在视线的最外围。

"我可以让警察从你父亲的办公室里找到极端分子的资料，"他快速说，"他会被捕，然后接受反恐法的讯问。媒体会得到泄露的消息，你的家庭与伊斯兰极端主义者有关……你明白吗？"

她的心在胸膛里狂跳，嘴里干拉拉的。她咽口唾沫，这是她紧张的表现，紧握探测棒的手指关节已经发白。

后来，当调查结束，报告文件将会证明，那架飞入英国领空的快速喷气式战机走的是一条计划提供给官方机构的航道。报告中将会详细说明，扫描站为什么没有探测出任何让人担忧的因素，因为那架喷气式战机并未打出军队标志，因此便被当作民用飞机接受了检查。

"拿着这双手套，戴上。"他从口袋里掏出一双紧身的橡胶手套，命令道。

那份报告将会详细说明，一套原始的导弹系统是怎样被安装到那架行政专机上的，而那架行政专机上配备的是飞行员凭借视线操作的基本激光导向系统。

她别无选择。威胁真实存在，而且每个人都知道，在首相友善、吵闹的表面伪装下，内心深处却流淌着冰水一般寒冷的血液。

调查将揭露，那架战机从一万五千英尺下降到五千英尺，最后下降到两千英尺，轰隆隆飞向首都。报道中将详细说明，希斯罗、盖特威克和斯坦斯特德机场内都警报高响，他们都接到警报，疯狂地想要同那架飞机取得联系，因为他们都以为那架飞机将从空中垂直坠落。

他的手套很紧，是精心挑选的，能防止DNA转移的同时也足够精致和轻薄，足够他感受她身体上的每一条曲线和每一处隆起。她自己的手套并未经过严格挑选，只是随便从急救室的盒子里拿的一副。只要能保护你的家人，无论什么代价，你都得承受。只要能在这世界上勉强过活，无论什么代价，你都得承受。他不会伤害她，因为任何伤口都是证据，所以她戴上手套，终于还是露出彻底的憎恶表情，但是那样只是在满足他所获得的权力感受。他冲她的衬衫点点头。一道无需语言传达的命令。她听懂了，一边痛苦地盯着他，同时却不得不开始解开纽扣，她的动作现在没有迟疑，而是变得坚定有力，勇敢面对困境。

空中交通指挥员没能联系成功，按照协议命令，他们向大伦敦地区的警察、消防和急救服务机构发出警报，与此同时他们继续追踪那架战机可能的坠落地点，他们依然认为，它会直接事故降落。当事实证明，战机的最终坠落地点可能是唐宁街时，他们唯一的反应就是向皇家空军发布警告，后者则匆忙钻进自己的快速反应战斗机。

她的衬衫解开了，运动胸罩清晰展露在外。他触摸着自己，脸上呈现出一副像是喝醉的表情，因为欲火在体内翻涌而脸色绯红。他从口袋里掏出一只方形小袋，从角落咬开，掏出里面的安全套，双手颤巍巍地戴上，眼睛依然死死地盯着她不放。

他又点点头，发出另一道命令，她几乎站成立正姿势，捏着运动胸罩的底边，拉开，袒露出胸脯。他饥渴难耐地倒抽一口气，凑拢些，伸出一只戴了手套的手，笨拙地又挤又捏。她瞪着他，没有动弹，没有退缩，没有发抖。

快速反应战斗机虽然是现代快速机型，敏捷高效，但也无法扭曲时间和空间，还必须等待人从乱糟糟的房间里冲出来，钻进驾驶舱，而且在飞行员按下实体按钮准备起飞之前，还必须关闭机舱。这个过程需要耗费一段时间，而每耽搁一秒钟，那架战机都在按照原来的飞行航道掠过大地，朝前方的目标地址飞去。

时间计划得严丝合缝，附近有不带标志的货车停在黑暗之中，车内的人们将冲锋枪紧紧按在胸前。这一计划准备了两年，是英国政治中心有史以来所遭受的最复杂的一次袭击。

调查报告中不会说明的是，在袭击发生的时刻，首相正在私人公寓里的私人书房中，一边喝威士忌喝得烂醉，一边性侵那位被分派来保护他人身安全的配枪女警官。他的右手在抽动，左手在挤压，眼睛则向下落在她腰间的皮带上。

飞行员实现了视觉瞄准，激光导向系统激活了。命令下达，是要求她脱掉裤子。货车里的男人们紧绷起来做好准备。飞行员锁定位置。她意识到形势恶化了，双手挪动到腰带上。激光导航系统稳稳锁定。大拇指按下点火按钮，释放锁扣，火焰点燃导弹上的点火装置，导弹脱离战机，呼啸声划破天空。唐宁街终于意识到袭击的降临，每一处警报都拉响了。首相沉醉在欲火之中，眼睛依然死死盯住她那双放在功能腰带带扣上的双手。

刺耳的警报声传至她的耳朵。训练时留下的每一秒记忆都复活过来，她猛冲向前，将他扑倒在地上，以自己的身体掩盖住他，这时候导弹击中前门上方的墙壁。站在门外的警卫内脏被炸落一地。夜班媒体队伍被炸得七零八落，只剩下分子结构。

她将他压在瓦砾堆中。爆炸声撕裂空气。所有物体都在震颤摇晃，首相吓得哭叫不停，萨法回头看到墙上的画作掉落下来，桌子在震颤。耳机中充满各种被尖叫所掩盖的声音，火球将一楼炸开了。她站起来，抓住他的胳膊将他拉起来，推着他走出公寓大门。她掏出手枪，冲进走廊，先查探一番，才拉着被吓坏了的首相穿过走廊，来到楼梯门口。

前面的墙上被炸了一个洞。门没了，窗户被炸掉了，烟雾乘风散出，火焰在高空舔舐。战机已经飞走，呼啸着消失在夜空中，两架皇家空军的战斗机从头顶轰鸣飞过，紧追不舍，他们已经锁定那架飞机，飞行员在心里祈祷。

那些货车上强大的发动机咆哮着，领头的那辆先冲，同后面的几辆一同加速。货车的底盘做过强化处理，车前有超大尺寸的保险杠。司机紧握方向盘，防弹玻璃上布满前门口唯一幸存的一位警察射击的弹痕。她的同事倒在地上，已经死去，头盖骨被导弹击中的砖块砸裂了。

那货车撞进前门。第二辆撞在第一辆车上，两辆一起加速前进，车上的人都抓紧焊在车顶上的安全把手。前门崩溃，发出金属被扭曲撕裂的声音。货车的发动机提高档位，撞门过程让第一辆货车的司机有足够时间发号施令。两辆车同时后退，车门砰的一声打开，戴有防毒面具的黑衣人跳下来，冲进门上被撕裂的口子，手中武器已经举起，瞄准到位。

萨法坚守住楼梯井顶部的阵地，仔细聆听耳机传来的无线电发布的命令。系统正在崩溃。许多警察都牺牲了，更多增援还在赶来的路上。她听到皮尔金顿从一楼主走廊的废墟中爬出来，告诉所有人，前门围墙已经被攻破，他一边单手开枪射击冲进来的人影，一边冷静地汇报最新消息，只听得一阵冲锋枪咔哒咔哒的射击声，他被杀死在原位。

首相呜咽着，缩在她身后的地上，欲望早已抛在脑后，绵软的器官依然垂在裤子外面。萨法利用等待命令的时间扣上衬衫的纽扣。

"萨法……地下室。"

"就到。"她用大拇指按下通话键。"现在给我站起来，"她一把抓住首相的胳膊，将他拉起来，"下楼去地下室。"

他呜咽着，哭得像个孩子，萨法拉着他匆忙跳下一层楼梯，然后挡在他身前，穿过通往二楼的门。空气中弥漫着厚厚的烟雾，还有化学气体。有火焰在燃烧。枪声，是大口径冲锋枪的声音，突然之间，她双手紧握的九毫米口径的手枪显得那么小。她带着他安全通过二楼，下楼往绝对安全的地堡走去，那里能承受巡航导弹的直接攻击。

在一楼，那些黑衣人的动作宛如职业士兵。有两人冲上来把住门口，另外两人冲进房间，一边走一边射击，并停下来将从战术背心中掏出来的炸药安放到位。他们遭到反击，有警察拿着从军械库搬来的手枪和冲锋枪开始还击。一位黑衣人的脑袋被击穿了，但是开枪的警察也在一瞬间被几架冲锋枪撕成碎片。应急灯频频闪光，屋子里一片红光闪耀，还混合有房前仍在燃烧的火焰所发出的橘色光芒。

萨法在楼梯井倾听其他警察所发布的信息。"袭击者很专业。他们急速射击，彼此掩护。我方多人死伤。袭击者一名被杀。所有警察下楼。所有警察下楼。"

她冲过一楼的楼梯门，知道控制室已经开始锁闭楼梯门，但却不知道有黑衣人正在门框上安放炸药。在冲下通往地堡的下一层楼梯时，她听见嘶嘶声，接着炸药爆炸，身后的门被炸碎，她蹲下躲避。首相双手抱头，躲在楼梯角落又大喊起来，一股尿液顺着裤子奔流而下。

萨法坚守阵地，双手握紧手枪瞄准，等待第一个人冲进炸毁的楼梯门。她开了两枪，子弹打得那人倒在墙上。她又开一枪，击中那人脑袋，然后拼命朝接着冲进来的人射击。她的脸紧绷得像一张面具，集中全部精力。两人倒下，被她直接击中毙命。走廊上传来大声发号施令的声音，用的是一种她听不懂的语言。一声大喊，一个物体滚了进来。她迅速抓住，扔了回去，在那手榴弹在密闭空间引爆的一瞬间趴下身去。她利用这一优势，探身钻出被炸毁的门洞，将袭击阻挡回去，拼命向外面走廊上尖叫不已的人影射击，直至弹匣空掉。

她数着射击次数，当最后一发子弹打出去后便退回来，抓住弹匣推出，然后将新的推放到位。她低头看见地上的尸体旁有一把冲锋枪，在反应过来的一瞬间，她就将那把枪抓了起来。枪是军用等级，高规格，专为职业军人设计和制造的昂贵的硬家伙。训练过程中，他们曾教授过，不要使用敌人掉落的武器，因为你永远无法确定那武器是否养护得当。但眼下，她需要的战斗力远远超出一把九毫米口径的手枪所能给予的。她检查一遍冲锋枪的弹匣，砰一下推回去。她朝一个正哇哇叫的黑衣人身上射了一枪试试效果。反冲力和重量都熟悉后，她将那把枪背在肩上，冲下楼梯，一把抓住正大喊大叫的首相的头发。当遇到大麻烦时，无论怎么做，只要把他弄进地堡就行。

到楼梯底部，她将首相一把掀到地堡的钢门上，同时用冲锋枪指着楼梯上方坚守阵地。有一台摄像机拍到的画面确认了这一幕，地堡门打开，里面的军方情报人员紧紧握住手枪。她将那哭喊不已的男人掀进去，与此同时，身后的楼梯井里则传来自动射击声。她迅速转身，朝上面开火，同时前进一步，以便阻止黑衣人的前进。按照残忍的协议规定，身后的地堡门关上了。首相安全了，任何东西都不能穿透那扇门，进入地堡。她回头看一眼，脸上只有条件反射的表情，但心里却知道，里面的士兵会发现，首相哭得像个孩子，身上都是尿液。值了，非常值。

她冲上楼梯，之前接受的训练内容都是关于防御，但这里的设计意图却在于进攻。她一步一步往上爬，去迎接危险。因为整个屋子都在熊熊燃烧，滚滚热浪向下翻滚。刺鼻的烟雾直冲她的眼睛。有子弹反弹在枪上，她蹲下躲避，然后俯卧在楼梯上，等待下一位袭击者闯入视线。她瞄准上方狠狠射击，子弹射中那人的肚子和胸膛，他摇摇晃晃地向后倒下。她站起身，一枪射中他的脑袋，结束了他的性命，然后从他腰带上拔出一个弹匣，给手中的那挺枪做了替换。她继续向上，一边爬楼梯，一边瞄准一楼的楼梯门，决定坚守住那个位置，直至援军抵达。耳中的无线电信息大爆炸。仍然有警察在被枪杀，有几位汇报称杀死了袭击者，但还有更多活着的。

她抵达一楼被炸毁的楼梯门处，背刚靠在墙上就有两个黑衣人握着冲锋枪闯了进来。她了解以目前的状态，大型冲锋枪有碍于行动。她丢下手中的冲锋枪，扑到那两人之间，一拳击中其中一位的喉咙，手肘打在另一位的脸上。两人都被她这出其不意的猛攻吓到了。她抓住离她近的那一位面罩上的凸起，狠狠一拉，拽得他弯下腰来，然后用膝盖狠砸他的脑袋，强迫他蜷成一团往他的同伴身上撞去，两个人都被撞在墙上。

她等到那位弯腰的袭击者站直身体，转过身，立即用右手臂扼住他的咽喉。她扼紧手臂，猛地往右一拉，只听得咕咚一声，拧断了他的脖子。接着她退后一步，掏出手枪，转身朝那位刚刚脱离墙壁的袭击者射击，子弹击中他的胸膛，他又撞在墙上。她调整目标，一枪射穿他的脑袋。视野外围有动静，她调整目标，射中正要冲进门来的黑衣人。

"后花园。"中士的声音在她耳畔大喊，背景中有枪声。萨法走出门洞，沿着烟雾弥漫的走廊大步前进，一路上不停地踏上和跳过尸体。"多个目标……我被击中了……我被击中了……"

她从一具尸体上掏出一个新的弹匣，重新装填完毕，然后朝封闭的后花园中的交战处冲去。手枪、轻型自动枪、冲锋枪。手榴弹爆炸，火焰燃烧，烟雾翻腾。每个门口和房间里都有死去的员工。卡迈克尔倒在地上，头盖骨没了。

萨法在通往后花园的那个房间门外停下脚步。在前方，有两个人跪在门口，朝花园射击。两人都穿一身黑衣，她迟疑着，不知道他们是袭击者还是最先做出反应的应急小组。这时有一个人转过身来，露出脸上佩戴的防毒面罩。她开枪，即刻将两人击毙。她顿了一秒，接着冲过去占据他们在门口的位置，子弹砰砰打进墙壁。

到处都一片混乱，人们痛苦地嘶叫，地面布满血迹，墙上满是污点。刺耳的声音淹没了无线电中传出的急速话语。她瞄准花园，左右扫描，等眼睛由室内闪烁的红光环境适应外面的黑暗。

"萨法？"她迅速转身，发现有两个身穿制服的警官朝她跑来，但她不认识他们之中的任何一个。两人脸上都有擦伤，其中一个折断的鼻子上还横着一块薄薄的白色纱布。

"卧倒。"她朝他们挥手高喊，要他们寻找掩护。

"萨法·佩特尔？"其中一人说着跪在门边。

"哪个分队的？"她冲他们大喊，意识到两人都没有配枪，然后回头面向花园。她锁定一个在几米开外奔跑的黑衣人，开枪将其击毙，与此同时两位新来的警察则因为枪声而蜷缩在地。

"你是萨法·佩特尔吗？"

"是，"她厉声说，"你们是哪个分队的？该死……"子弹射进墙壁和门框中，她退缩一下，然后开火反击，但是朝她射来的子弹太过密集，袭击者人数太多，而且他们一边前进，一边扔手榴弹，进行速射控制。

"后退，"她冲那两名未配枪的警察说，"出去……"

他们要赢了。天哪，袭击者要赢了。看到他们，她的心沉了下去。他们还有这么多人，而且仍在开火，任何反抗者都格杀勿论。身后前门外还有枪响，更多的袭击者在朝前门开枪，警察们在试着攻进街道。他们被困住了，没有出路。首相在下面的地堡，是安全的，但是留在这上面的所有人都死了。

"上楼，进电梯。"她对那两人说，根本没想过他们从哪里来，以及他们是如何进入房屋的。她从一具尸体上又掏出一个弹匣。"待在楼层之间……他们永远不会找到你们……快去。"看到他们没动，她大喊。

"好。"鼻子上包着白布的警察说着看一眼另外那位。"呃……你在这没问题吗？"他缓缓靠近，想看看门外的情景。

"赶紧给我走，"她大喊，"立刻……快走……他们就要来了……"

"抱歉，"那人伸出一只胳膊，将一根针头扎进她的脖子，然后将她拉倒。"快过来，康拉德。"他大喊。

另外那人点点头，从口袋里掏出一个物体。他猛拉出一枚别针，扔出门外，片刻之后，那闪光弹爆炸，燃烧产生的磷光持续不灭，花园里所有人都快被闪瞎了。萨法挣扎着想要挣脱，又踢又撞，但那人很沉。

"冷静点，萨法，"马尔科姆催促说，"拜托，我们是来帮你的。"

"滚开。"她挣扎着想掏出手枪，但发现手腕被一只手捏住，于是便改用铁头功，撞向他本就已经断裂的鼻子，一阵血水洒下，那鼻子崩裂了。

"我可怜的鼻子！"马尔科姆大喊起来，与此同时有拳头连续不断地重重锤在他的腰上，以及后脑勺上。"该死的，她下手好重……"

一股暖意从她的脖颈扩散到肩膀，然后向下到达她的手臂和躯干，进入她的双腿，渗透全身。她感觉自己的动作慢下来，但挣扎着，又踢又打，又捶又咬又凿，一直想把手枪掏出来。

"比本下手还狠。"马尔科姆啜泣着又挨了一拳。

"他们回来了，"康拉德喊着又朝花园掷出一枚闪光弹。"别往外看，马尔科姆。"

"呃？我的天哪，这么亮。"

"我说别往外看。"

"该死的，我一个东西都看不见。"马尔科姆抱怨说。

"你这该死的蠢货。"康拉德叹息。

"再给她来一针，"马尔科姆大喊，他的脑袋又挨了重重一拳。"她的时间比本长……"

"你可以去死了，马尔科姆，如果你觉得我肯靠近她的话。"

"只管他妈的给她来一针……"

萨法蹬着，滚着，但是药力太强，释放出来的肾上腺素很快便将其输送到全身，她开始下沉，变软，挣扎也不再起效。

"谢天谢地，"马尔科姆看到身下那女人开始瘫软，说道，"拖走她，赶紧……"

"我也想，"康拉德小声说，"但是你的肥屁股坐在她身上。"

"我他妈的要瞎了。"马尔科姆指着门外。

"怪谁？我说了别往外看……我说了……我说了别往外看……"

"赶紧把她弄起来，趁他们还没把房子炸平之前，"马尔科姆说着从萨法身上爬起来，"我们还有多长时间？"

"不到 分钟了，"康拉德说着人喊起来，然后躲闪着，因为房间里像是下起了子弹雨。"你们这些狗杂种，停下来，"康拉德喊着往花园里又掷出一枚闪光弹，爆炸后磷光划破天空。"本来在挪威就被揍得够呛，还他妈的几乎冻死，现在你们又开枪打我们……"

"康拉德，说那些也没用，不是吗？"马尔科姆说着眯缝起因为闪光弹仍在刺痛的双眼往外看。

"我心里感觉会好点，"康拉德小声说，"好吧，那就抓紧……"

"如果我能看得见就没问题了……而且我鼻子又断了……"

"天哪，你又抱怨上了。"

萨法最后的知觉，是被两个喋喋不休的人拖着走。她试着睁开眼睛，窄窄的视野被蓝色光芒填满，接着药物发挥作用，她坠入遗忘之境。

黑衣人仍然在进攻，冲进室内，却发现一个人也没有。他们接到一道命令，冲到前面的大门和交战区，爬过废墟来到街上。他们数量更多，武器效力更强，将刚赶到大门口的警察逼得连连撤退，一旦隔出安全距离，他们就按下一台设备上的一个按钮，首相所在地堡之上的连排房屋爆炸了，被室内安装的混合炸药炸得粉碎。室内所有的尸体都被摧毁了。墙壁倒塌，楼层塌陷，火球冲到街上，将夜晚照得如同白昼，而与此同时，那位首相则穿着尿湿的裤子在地堡中呜咽，围在他身边的军人都在想，到底应不应该告诉他。

4

康拉德和马尔科姆步伐僵硬地走在一条混凝土走廊上，在一扇门外停住脚步。两人都受了伤，嘴唇裂开，眼睛发黑，脸颊浮肿。

"啊，"罗兰听到他们拖在地上的脚步声，冲到门口，"怎么样？"

"怎么样。"康拉德咕哝着移开视线。

"进来，伙计们，"罗兰说着退回房间，里面只有一张粗制的大木头椅。"萨法·佩特尔呢？"他说着目光在二人之间移动。

"在她房间。"马尔科姆龇牙咧嘴地说，因为说话引发了嘴唇疼痛。

"真的吗？"罗兰说着脸上露出由衷的喜悦，"一晚上三个人都弄来了。太棒！天啦，我们忙得够呛，是不是？"

"一部分人是忙。"康拉德再次抱怨。

"是的，"罗兰说着慢慢摇头，仿佛难以置信，"那么情况如何？"

"情况如何？"马尔科姆看着康拉德，"好吧，我们把她弄来了。"

"不不，我是说她反抗了吗？"罗兰急切地问。

"你认真的吗？"康拉德问，"你没看见我们的脸？"

"我看见了，好极了，"罗兰看到两人暴怒的表情，打住话头。"我意思是，对，对，我当然看见了，而且，呃，干得好极了，伙计们。我欠你们的。确实如此。我原本是想亲自去找哈里和萨法的，但是，好吧，对。"他站在那里前后晃悠，双手背在身后以显得严肃慎重。"但是全部三个人！"他又大声吆喝起来，脸上露出灿烂的微笑，"怎么样？萨法也反抗了对吗？"

"是。"马尔科姆毫无波澜地说。

"几次？"罗兰问。

"许多次。"康拉德的语气和马尔科姆一样毫无波澜。

"那好，"罗兰说着冲他俩咧嘴一笑，"干得非常好，伙计们。"

"头儿，"马尔科姆说着担忧地看了康拉德一眼，"呃，等他们醒来，你打算怎么做？"

"你说什么？"罗兰问。

"他们不会开心的，不是吗？"马尔科姆说。

"而且我们已经被揍得屁滚尿流了。"康拉德补充说。

"你的鼻子又没被打断。"马尔科姆抱怨。

"你的鼻子又没被打断。"康拉德模仿。

"白痴。"马尔科姆气鼓鼓地骂一句，接着看着罗兰，"他们脾气很臭……我们绑架了他们，给他们注射药物，如果三人都发起疯来，我们真的无法阻止。"

"发疯？"罗兰说着将黑发往脑后梳。

马尔科姆看着康拉德，康拉德也看着他。"你想过这种可能吗？"康拉德问。

"我当然想过，"罗兰生硬地说，"不过，对的，我得承认，确实得考虑这种可能性，呃，就是，为此做好准备，当我们打算……"

"我们？"康拉德问。

"唔，"罗兰说，"我宁愿假设，他们醒来后我来解释发生的事情，并且……这么说吧……是这样……我是说，他们是哈里·麦登、本·莱德和萨法·佩特尔，这个项目需要气节和正直、勇气和胆量，与他们正相匹配。"

"不。"马尔科姆立即说。

"不？"罗兰问。

"对，"康拉德坚定地说，"你需要更多人。"

"更多人？"罗兰警惕地问。

"以防他们发疯。"康拉德说。

"是以备他们发疯，而不是以防他们发疯。"马尔科姆补充说。

"对。更多的人，是吗？"罗兰想到这种可能性，做了个苦脸，"呃，或许你们俩能找些人？"

两人交换一个眼神。"好的。"康拉德叹息。

"棒极了，"罗兰洪亮地说，"去找些厉害家伙。"

"厉害家伙。"康拉德精疲力尽地点点头说。

"但是别告诉他们……"

"是，头儿，"马尔科姆叹息说，"别告诉他们任何事情。我们知道。"

"他们不能看见门的事。"罗兰说。

"门的事。"康拉德咕哝说。

"传送门。"马尔科姆说。

"是，传送门的事。他们不能看见它……或者外面！天哪，别让他们看见外面。"

"我们不会。"

"给他们钱。"罗兰说着竖起一根手指。

"好的，他们不会免费劳动。"康拉德说。

"但是钱不能太多，"罗兰说着迅速露出一个恐慌的表情。他看着那两个面上有淤青的人。"好了，那你俩出发吧。"

"什么，现在？"康拉德问。

"我们才刚刚把萨法带回来。"马尔科姆说。

"但是他们可能会醒过来，发疯，"罗兰说，"我们需要有厉害家伙在这。"

"是，头儿。"马尔科姆再次叹息。

"好员工，"罗兰说，"干得漂亮，小伙子们！"

5

三个朴素乏味的房间。混凝土墙壁，混凝土地面和天花板。每个房间中都有一张金属框架的床。其中有两间有金属百叶窗，表明那里有一扇窗。

本轻轻动了动，松口气，重重呼吸。"能请你把灯关了吗？"他咕哝着紧紧闭上眼睛，以躲避天花板上悬挂的那盏灯所发出的刺目光芒。

哈里睁开眼睛，接着又立即合上，等待视网膜上的灼烧感过去，然后稍稍睁开一条缝以减缓疼痛，加快从黑夜到光亮的适应过程。

萨法醒来，立即翻身将头埋在枕头里，以躲避刺目的光芒，她变得极为敏感，后脑勺上像有什么东西在敲击般的疼痛。

本又尝试一次，慢慢睁开眼睛环视房内四周。他一定是在一间医院。一家着实很可怕的医院，负责运营的员工太过忙碌，无法为病人提供看护。或许，如果他们购买瓦数较低的灯泡，就能省下足够的钱来雇佣护士。这些玩意都能照亮一座足球场了。

哈里也环视房间四周。首先注意到的是百叶窗和门。他检查自己身上的伤损，抽动四肢，绷紧肌肉，想看看有没有任何部位断裂。他还留神细听。他一定是在德军营地，一定是德国兵将他从水里拖起来，带来这不知是何处的地方。根据峡湾里发生的事情，他们会发现他是一名突击队员。他用手背擦鼻子，手上沾了一抹血迹。头部像遭遇了重击，感觉就和训练跳水时一样，从深水区太快钻出水面。在峡湾的时候，他一定比预想中沉得更深。

萨法环顾房间四周。这一定是间牢室。她脑海中毫无疑问，这一定是一间牢室。裸露的混凝土墙壁、地面和天花板。一张金属框架的床，一扇金属铆接的结实的门。没有桌子。没有明显的摄像头。任何地方都没有警报电线或平板电脑。他们以为她也有责任，首相一定会命令将她依据反恐法收押，他确实这样威胁过。她控制住越来越高涨的恐惧情绪，当另一股恐惧即将出现时，她将其按回原地。如果是袭击者捉住了她呢？如果是恐怖分子抓住了她，已准备杀死她，并且在互联网上发布消息呢？

本感觉糟透了。脑袋里砰砰直跳，他不得不强行将舌头从口中干涸的上颚剥下来。喉咙也疼。他查看一下自己是否受伤，晃晃手、胳膊、腿和脚，但是每一处都完好。接着他想起，那些丧失四肢的人依然能感觉到失去的肢体，担心自己或许也失去了四肢，感觉到的只是幻觉。他推开毯子，是一块奇怪的合成纤维毯子，他低头看，灰色运动装下的身体似乎依然完好无损。混凝土墙壁？灰色运动服？他是在监牢吗？他又看了一眼墙上的百叶窗以及那扇结实的金属门，脑海中涌起一股新的担忧。

哈里用手指触摸身穿的运动服面料，点点头感叹那织物的高质量。感觉像是棉，但又不是棉。料子轻薄、柔软而且强韧。他也对毯子做了同样动作，用大拇指和其他手指摩擦。他再次敬佩地点头。德国人造的东西确实好。

萨法坐起身的速度太快，只能抓着床铺，等待眩晕感扫过，然后慢慢消失。她深呼吸，空气钻进鼻孔，感觉像是需要擤了。她用大拇指去擦，手指拿开时，上面沾了血，她斜着眼看得很疑惑。她一定是在那次战斗中遭遇重击。想到这里她抬头，再次环顾四周寻找摄像头。她看不见任何东西，但这并不代表他们没有在监视。无论他们是谁，这感觉很专业，感觉装配得太好，不可能是恐怖分子干的。如果她醒来是被链条锁着，关在一间狗屎般的房间，睡在一张污秽的床垫上，她可能会相信是恐怖分子所为，但是这里太好。那么一定是警察，或者其他某个机构。他们认为她也参加了袭击。那是好事，保持平静，等待调查展开。她是清白的，她知道自己是。

　　本站起身，但因为脑中涌动的眩晕感，很快又坐回去。他眼前一黑，感觉自己快要晕倒。他短促、清浅地呼吸，等待眩晕感退散，但是颅骨后方却留下一股毁灭性的疼痛。有热热的东西滴在他放于膝头的手上。他低头，看见是一滴粘稠的血液滴在指关节上。又一滴，让他意识到是从鼻子里淌落的。他环顾四周寻找纸巾，但就连这点动作也让他感觉恶心。好像脑袋要挣扎着才能赶上眼睛的目光似的。他按住鼻梁，稍稍仰起头，轻轻站起身，让血压有机会调整升高。他昏迷多久了？他们会把一个昏迷的囚犯独自丢在房里吗？如果他咬掉自己的舌头，或是溺死在自己的鼻血中怎么办？他知道他们有针对恐怖主义的不同法律，但是这是在英国，不是美国。他环顾四周，寻找摄像头或是圆顶状物，但是除了裸露的混凝土墙壁和天花板以外，别无他物。没有镜子，也没有地方可以隐藏摄像头。

　　他摇摇晃晃地朝门口走去，感觉每走一步脑袋都在疼。房间里温暖、潮湿且封闭。他敲门，等待有狱警来开门，但是没有任何动静，于是敲得更大声，依然没有回应，他用拳头侧面猛捶，却听到门对面传来沉闷的回声。

　　"有人吗？"他用嘶哑的嗓子大喊，喉咙疼得他龇牙咧嘴。"请问能给我一些水吗？"这太糟了。你不能把一个昏迷的犯人独自留在那里，而不给予任何医疗照护或水。

"喂，"他捶得更大声，时间更长，"我不是他们的人……看看闭路电视监控就知道……"

哈里听到门外传来的第一声捶击，抬起头。一定还有别的囚室。他从床上站起身，体内一阵呕吐感。他晃了一秒，抓紧床铺站起身。重重地呼吸，等待那反应过去。有人在用英语喊"有人吗"。哈里摇摇晃晃走到门口。手自动抓住门把手，拉开门。对面还有一扇结实的铆接的门，有人在另一面捶门要水。

萨法也听到捶门和说话声。现在她站在房中，感觉很虚弱，像是又要晕倒。听到其他人的声音也让她感到担心。尤其还是男性的声音。她应该不是在一座跨性别监狱，或是收容所。她静静地站着，看着门口，听着那人要水的声音。

本听到门那边的捶击声，吓得向后退去。门把手向下转动，门被拉向内侧，出现一个络腮胡的大个子男人，鼻子上带着血，正用充血的眼睛瞪着他。

"没锁。"哈里的声音和本一样嘶哑。

"你是看守吗？"本问，他没看见哈里身穿的灰色柔软棉布运动服。

"不是，"哈里粗声粗气地说，"哪个军团的？"

"哈？"

"军团？"哈里问，"军衔？"

"干什么，伙计？"本摇头，感觉脑袋又开始眩晕。眼前又是一黑，两只结实的大手抓住他的肩膀，扶住他站稳。

"我没事……真的。"本穿过门，眯着眼环顾一圈，发现有三只看起来很奇怪的像是某个机构所有的蓝色扶手椅，像是用一个模子倒出来的，没有缝隙，也没有扶手。虽然还是太矮，但总比倒在坚硬的混凝土地面要强。他摇摇晃晃走过去坐下，很大程度上是为了平复眩晕感。哈里看了他一秒，然后认为眼下坐着确实比站着好。他坐在第三张椅子上，任两人之间的那张空着。

"我叫哈里。"哈里用沙哑的声音轻轻地说。

"我叫本。"

"军衔？"

"军衔？"本看着他问，"哦……你是军人还是怎么的？"

"军人。"哈里说着用一只手摩挲浓密的黑色络腮胡，表情疑惑。

本摇头。"调查员……"他突然觉得一切都不对劲，于是停下来。"我们这是在哪？"

"POW营地。"哈里沉重地耸耸肩说。

"POW？什么意思，你是说战俘营？"

哈里点头，他看着本的表情由不解变成疑惑，本拍拍裤腿寻找口袋。

"他们把你的手机搜走了吗？"本问哈里，但是哈里只是眯着眼。"移动电话？"本问。哈里依然警惕地保持沉默。

这间房和他们醒来的房间一样，都是混凝土墙壁、地面和天花板，外加一盏太过明亮的灯。三张椅子和五扇门。

"那些后面是什么？"本说着指指那些关闭的门。

哈里没有回答。本转头看见他耸耸肩，但死死地盯着门。

"哪里的调查员？"哈里问。

"你说什么？"

"你是一名调查员。哪里的？"

"保险……"本转身，看到那扇通往他刚刚醒来房间的门上，用黑色模板印刷的字母拼出"本·莱德"这个名字，他胃里一沉，打断话头。本·莱德。他们为什么不标记本·卡尔肖特？谁告诉他们，他是本·莱德？他们怎么知道的？他想起来，当他被抓住放倒时有人在叫他的名字。他们叫的是莱德，不是卡尔肖特。

萨法又检查一遍房间，但是除了床和门之外，别无其他。她迅速掂量一番自己的选择，两种选择。在这里等待，或是试试开门。她聪明，但并不是一个自制力很强的人，尤其是家人正受到首相的威胁。她无声地挪动到门口，试着倾听。有两个声音，都是男性。一个非常深厚，她脑海中想象着是个大个子。虽然听不清话语内容，但却能捕捉到语气，句子很短，他们像是不认识彼此。一定是个监狱。她又擦一下鼻子，不理会仍在继续流淌的鼻血。

本环顾四周，看到另一扇打开的门，上面用同样的黑色字母写着名字。哈里·麦登。那名字敲响了警钟。哈里·麦登。在哪里见过来着？本记得那名字。哈里·麦登。老天哪，是二战时期的一位士兵，炸毁了一艘U型潜艇的著名人物。疯子哈里·麦登。本看他一眼，发现他连长相都和学校教科书中的照片一模一样。

"你刚说你是军人？"本问。

哈里依然没有回答，只是面无表情地看着他。他是个大块头，胸膛宽阔，生着浓密毛发的手腕从运动服上衣袖口戳出来。两腿像树干，脚踝上的毛发和脸上、手臂上一样浓密。

"有什么亲戚吗？"本强挤出一个微笑问。

哈里抬起头，没说话，但来了兴致。

"哈里·麦登，"本说，"疯子哈里？"

哈里看一眼贴在门上的他的名字，然后看着本，再看向另一扇门上贴的"本·莱德"这个名字。本期待着他看见自己的旧名字后会作何反应，但是哈里毫无反应。取而代之的是，他探身走向一扇关闭的门。本随着他的移动，看到第三扇裸露的金属门上也贴着一个名字。萨法·佩特尔。本看着哈里耸耸肩。

"另外某个人。"本说着站起身。

"你去哪？"哈里狠狠地瞪着他说。

本指着一扇未贴标签的门。哈里点头，仿佛在表示同意，也起身跟了过来。本慢慢走到那扇门前，试着转动门把手。门开了，里面是一个类似浴室的空间。最里端有一个淋浴间，一只一尘不染的钢制马桶，墙上安有一只水盆。有三条叠放整齐的灰色毛巾，各配有一只新牙刷，放在一只漂亮的塑料杯里。"是浴室。"本对凑过来从他肩后向里张望的哈里说。

本走进去，抓起第一个杯子，拧开水龙头放水。他涮了涮杯子，接满水，先是小口抿，接着一鼓作气贪婪地一饮而尽。那水和他之前喝过的都不一样。清凉，新鲜，轻盈，而且比他所喝过的任何水都要纯净。

哈里站在敞开的门口张望。他也走进来，拿起第二个杯子，伸到水龙头下方接水。他脸上一直保持着疑惑的表情，直至第一口下肚，接着他眼睛放光，一口气喝完，打了个响亮的饱嗝，脸上再次充满疑惑，但是这一次是针对水杯。他又接满一杯喝完，然后将杯子举到眼前，用一只指甲敲敲杯壁。

"这是什么材质？"哈里问。

"塑料。"本说。

哈里看着他："我们有塑料，但不像这样。"他说着目光从本身上移到杯子上。

本的目光跳出房间，看到那扇门上用模板印刷的"哈里·麦登"的名字。"你要撒尿吗？"本问，接着又意识到自己对这个身形庞大的大块头提出了一个粗鲁的问题，而且是在一间囚室的浴室里。"我是说，呃……你知道……如果你想的话，完全没问题。"

萨法听到他们穿过她房门那边的空间，有低声交谈声。另一扇门打开，听起来像是流水声，是这个声音让她打定主意走出去。她渴得快受不了了，嘴巴和喉咙都十分干渴，她需要水。她深呼吸一次，推推门把手，没想过门会开。但是门开了，她迅速后退，这导致脑中又是一阵眩晕。她抓住门框，闭上眼与那感觉作斗争。说话声停止。她听到有动静，猛地睁开眼，是本担心她跌倒走了过来。

"他妈的给我滚开……"她厉声说，然后因为视线模糊几乎就要看不见而向后退。

"放松，"本迅速柔声说，"你会没事的。眩晕感会过去……"

"别管我。"她严厉的声音听起来很小，等她睁开眼，发现那两个男人正盯着她看。其中一个是个大块头，长着络腮胡，至少有六英尺四，站在浴室门口，手捧一个塑料杯。他看起来很熟悉，但是她转移目光，看到另外那个朝她走来的人，然后眨眨眼，张大嘴巴。

"你没事吧？"本轻声问。

她看着他。看到他深黄色的头发和容貌细节，她立即认出了他，立刻想起了他。

"我叫本。"本说。萨法的眼睛瞪得更狠。她目光定在他脸上，追溯他的那道伤疤，然后向下看到他身穿的灰色运动服。

"你是萨法？"

她目光重新落回他脸上，直至他慢慢举起一只手，指指她身后。

她转身，看到自己的名字以粗重的黑色字母印在门上。萨法·佩特尔。接着她回头看看本，又看向哈里，后者看上去也如此熟悉。她仿佛认识他，但却想不起来。她慢慢向前走到门口，看到门外另一侧那扇打开的门，以及以同样粗重的黑色字体印上的"本·莱德"的名字。她的心脏重重敲击，在胸膛中发出雷鸣般的回响。

"我认识你吗？"本目不转睛地盯着她，"你看起来很熟悉。"

她咽口唾沫，强迫自己越过他看向那大块头男人。"你是谁？"她问，本指指她旁边的门。她只得走出房间亲自去看，但是那意味着她要离开在她看来很安全的空间。本和哈里都觉察出她的恐惧，同时后退，表明自己不是威胁。她慢慢走出来，环顾四周，看向旁边的房门，以及上面用黑色粗重字体印制的名字。哈里·麦登。她认真地看着哈利，心脏再次开始重击。他看着确实像哈利·麦登。另一个看着确实像本·莱德。哈利·麦登和本·莱德？他二人都死了啊。她看着他们的名字，接着再看着他们的脸，试图弄明白自己看到的、读到的到底是什么情况。

"疯子哈利·麦登。"她自言自语地摇摇头。这是做梦。噩梦或是因为药物而引发的幻觉。也许是某种精神疾病，目的是让她精神错乱，这样她就会吐露恐怖袭击的内情。"本·莱德。"她咕哝着看向本，目光和五年前一样无法挪开。是同一个人，她看着他，当时那个人是本，现在这个也是本。过去五年来，她几乎每一天都会想到这张脸。就是这个人让她想成为警察。

"你死了。"她小声说。

"感觉确实如此。"本说着脑袋后仰一英寸。

"喝水吗，小姐？"站在浴室门口的哈里嗓音低沉地说，他看到她脸上干涸的血迹，疑惑他们为什么会把女人投进战俘营。

"放轻松，"本看到她站在原地摇晃，膝盖发软弯曲，冲上前去。"坐下来，这里很安全。"

她任由他领着她走，想到是本·莱德在扶着她往椅子那边走，她发出醉酒般的笑声。"本·莱德，"她声音含混，并且再次打量他。"你是本·莱德。"

"卡尔肖特。"本说。

"哈！"萨法大笑着坐下，伸出一只手指，颤巍巍地指着他。

"不是卡尔肖特，是莱德。"她的双手紧紧捧着他的脸。他立即表现出的警惕表情被她沉重的思绪所掩盖。"本·莱德，"她又说一遍，手指轻抚他的脸颊，盯着他柔软的蓝色眼眸。泪水蓄满她的眼眶，顺着脸颊淌落。"本·莱德……"

"是卡尔肖特。"本看着她醉酒般涣散的眼神说，"小姐，休息一下。我试试找人来帮忙。"

她看着他。她是最后一个看见他的人。本·莱德。有史以来最后一个体面的人。她脑海中全是首相斜睨她，抓住她的场景。他沾染了威士忌气味的污秽气息吐在她的脸上和嘴里，在承受虐待的同时，她知道世界上曾有过体面的人，勇敢地做过正义的事。但是太难承受，这画面冲击力太大，她难以承受。身体里药物残存的最后效力让她重新陷入昏睡。

6

"真该死。"她终于放开他的脸，倒在椅子上，本说。她看起来确实很熟悉，他记得在哪里见过她。他又看一眼门上的名字。萨法·佩特尔，是个很特别的名字。那样的名字他会有印象，尤其还是这样一个女人。她很漂亮。

"她还好吗？"哈里问。

本耸耸肩朝后退。"她还有呼吸，"他说，"有警报之类的东西吗？也许应该叫辆救护车……"

"救护车？"

哈里说着又露出疑惑表情："她认识你？"

"呃。"本打住话头，想着应该说什么，但是萨法在椅子上挣扎，轻声呻吟着再次睁开眼。

"喝点水，小姐。"哈里说。他的姿态中有某种东西，他端着一只小塑料杯移动的样子，显然是尽量不要吓到她，他蹲下来，伸手递出杯子。在此之前，本从未见过一个人的侵略性比他更低。

萨法的眼睛重新开始聚焦，她接过杯子，和那两人一样，先抿一口，接着大口急切地吞咽。

"再来一杯？"哈里礼貌地问，并伸手去接杯子。她递过去，疑惑地抬起头，惊讶于一个身形如此庞大、毛发如此浓密的男人，竟然这样体贴入微，然后她又看一遍他门上的名字。他又为她端来一杯水，当她目光越过杯子边缘打量他和本时，他退到一旁。

"喝水吗？"哈里问本。

"呃，好，好的，谢谢。"

"本·莱德。"萨法小小的声音现在坚定了些，语气也更加正常。"你看上去很像他，而且你也有一道疤。"她说着向前探身，去看他右脸上那道褪色的伤口。"但是你不是他。"

"我们能坐下吗？"哈里拿着水和一些卫生纸回来后，本问。哈里的鼻孔中已经塞了两团纸，这一时刻完全超乎现实的混乱感，引得萨法和本都眨眼看着他。

"止血。"哈里说着给他二人也分别递上一些卫生纸，萨法意识到他二人都在流鼻血。深红色的血滴落在他们运动服上衣的前胸。她低头，看见自己胸前也一样，于是接过卫生纸，揉烂两团，小心翼翼地塞进自己的鼻孔。本看看她，又看看哈里，他依然在拼命思考，想弄懂他们的谈话。

"止血。"哈里又说一次，手中还举着给本的卫生纸团。

"我知道你不是本·莱德。"萨法看着本将卫生纸塞进鼻孔说。

"我看到本·莱德死了。我当时在场，"她又说，"在站台上……"

本被重重击中。他突然回想起那位穿制服的警察冲过站台，冲列车司机大叫的情景。她眼睛的轻妆。她脑袋倾斜的角度。她动作的姿势。本咽口唾沫，将杯子抓得更紧。

"我需要坐下。"

"你呢？"萨法说着将注意力转移到哈里身上，"你说你是哈里·麦登吗？"

"是，哈里。"哈里回答，他似乎思考了一秒钟，才走向最后那只椅子。

"不是那个哈里·麦登，"她清晰地说，"也不是那个本·莱德。"

三人都陷入一阵沉重的沉默，鼻子中塞着卫生纸，疑惑地面面相觑。

"我听说过这个。"哈里声音低沉地说。

"听说过什么？"本问。

"心理游戏。"哈里说着仁慈地看向本。

"什么意思？"

"这个。"他说。

"什么？！什么心理游戏？我们这是在哪儿？你们两个是谁，而且我他妈的在这儿做什么？"

"你不能在女士面前骂人。"哈里低声提醒。

"去他的。"萨法说。哈里不安地移开视线，好像很尴尬。"我同意，你们两个是谁，而且我他妈的在这儿做什么？你不是本·莱德，而且你……"她指着哈里，"我不知道你是谁。"

"我是本·莱德。"本说，"你是霍尔本车站站台上的那个警察。"她猛回头看着他。"我看见你了……你当时在奔跑，还挥手让司机停车……我把那个姜黄色头发的男人拉到下面的铁轨上了。"

"那他叫什么名字？"

"谁？"

"那个姜黄色头发的男人。"

"我不知道！我怎么会知道？"

"确实如此，你不知道，因为本·莱德和那辆列车一样，都被炸翻了。"

"没有，我没有。两个男人把我推进一间侧室，然后……"

"然后怎样？"她紧追不舍。

"然后……我不知道……我不记得了……我昏了过去，然后醒来发现自己在这儿。"

"是，那好，你一直睡了……五年？"

"五年？那是几个小时之前的事。你在胡扯什么？"

她嫌弃般地冲他摇摇头："别说了。"

"去找车间主任……或者我看到的那些喝茶休息的工人……或者我的办公室！他们会告诉你，我被派到那座地铁站，是去调查奥德维奇车站触电的那位工人……我不认识那些人……"

"心理游戏，"哈里发出啧啧声，"卑鄙。"

"我来告诉你什么叫心理游戏，"萨法说，"心理游戏就是被怀疑是恐怖分子，就因为你肤色较深，那是种族歧视。我当时是在工作，我无比希望，你们把那房子里的每位警察都弄过来，因为如果你们就因为我的民族而只把我一个人划出来，那我他妈的会像疯子哈里一样……"她这才意识到自己说了什么，停下话头，眯缝着眼睛看向哈里，而后者只是歪歪头眨眨眼。

"我把他送到下面的地堡了，"她继续说，"我把他送下去了……如果我是他们的同伙，那我为什么不把他杀了，或是交出去？我甚至都没和他一起进地堡……"

"和谁？在哪儿？"本问，"你在说什么？霍尔本？"

"他说他会这么做，"她声音低沉地咕哝。"他说过，"她提高声音对着空气说，好似有人在监听一般。"他说过，会往我父亲的办公室放恐怖主义材料，如果我不肯……"她又停下来，张开嘴巴重重地呼吸。"我不是恐怖分子。"她大喊。

"我也不是。"本冲着他想象中的监听者大喊。

"我是。"哈里的语气几乎可以算得上开心，"我叫哈里·麦登。英国军人。我被飞机投在港口几英里以外的地方。我在那座镇子上用炸药点燃一条路，好让轰炸机能瞄准U型潜艇开火。"他一副陈述事实的语气，听不出任何幽默或谎言的痕迹。"那么……"他停下来，目光从萨法移到本身上，"你可以放弃了。你不需要玩心理游戏，因为我承认自己的身份。"他喝干杯中的水，将杯子轻轻放在脚边。"哦，而且我当时穿的是平民衣服，伪装成间谍的样子。如果你们现在要对我执行死刑，我不会反抗挣扎，但是如果你们把我关在这儿，我会想办法履行职责，尝试逃走。"

跟着是一阵沉默。萨法和本都没有动，他们看到他向后靠在椅子上，伸开两腿。"不管怎么说，你们的杯子做得很好。"

"杯子？"萨法问。

"是，你们的塑料，"他说，"好东西。你们或许是敌人，但该称赞的还是要称赞。"

"我的老天哪，"本结结巴巴地说，"这究竟是怎么回事？"

"英语很流畅。在英国上学？"哈里问。

"英国？"萨法问。

"战前？"哈里问。

"现在是哪一年？"她一脸疑惑地看着他。

"1943年。"他回答。

"当然了，"她讥讽说，"而且你真的是哈里·麦登，而他真的是本·莱德。"

"我是，"本对她说，"但是他不是真的哈里·麦登。你认为，他们怀疑你与霍尔本的袭击案有关系？我可以告诉他们，我看见你拦地铁了。"本指着萨法，对房间外面大声说，"我看见这个警察在站台上奔跑，她穿着制服，朝列车跑去，试图阻止司机……我认为那个动作很重要。"他看到她瞪着他，停下话头。"是，我真的认为那个举动意义重大。想想看，如果你知道那车会爆炸，怎么可能还往那辆车跑？"

"我确实不知道那车会爆炸，"她愤怒地说，"可那是五年前的事了。"

"你把霍尔本给炸了？"哈里表情痛苦地问，"那里不是军事区，那里有平民。那里不是战场。"

三个人的话互不相干。本和萨法感觉他们像是喝醉了，和其他一切事物产生了错位。他们开始感到困惑，害怕起来。这里太热，他们靠得太近，而且鼻子里还塞着纸团。

"你不能这样待人，"本说，"《人权法案》怎么办？"

"哦，干得漂亮。"萨法的笑容中毫无笑意。

"怎么？"

"《人权法案》？2018年就被废止的那部？是那部吗？正如我说的，干得漂亮。"

萨法的双手颤抖起来。哈里则着实摸不着头脑的样子。本一直在咽口水。他们轮流瞪视彼此，每个人都认为其他人一定是被下了药，所以看起来才这么真实。这是一项测试，目的是导致精神压力和思维混淆，这样他们就能泄露挪威、霍尔本和唐宁街的秘密。萨法和本都在担忧，该如何说服对方。哈里则只是静静地坐着。

"我叫本·莱德，我与霍尔本的案子毫无关系……"

"那是五年前的事了。"萨法说。

"昨天才发生。"

"五年前……"

"昨天。"

"五年前。"

"昨天……我名叫本·莱德。十七岁发生那件事后，我改名叫本·卡尔肖特。我与史蒂芬订了婚。我们即将结婚。我在哈洛斯保险调查公司工作。"

萨法冷笑着调整姿态面对他："那么你十七岁时发生了什么，本·莱德？"

本迟疑着，不想将他埋葬了那么多年的事说出来。

"继续说啊，"萨法的语气显得很不耐烦，"你十七岁时发生了什么，本·莱德？"她又嘲讽地说。

"我杀了五个人……"本说。

"谁？"她打断他的话，哈里重新燃起兴趣，看着本。"你杀了谁，本·莱德？"

"请打住。"本移开视线，记忆如潮水般涌出。

"哦，你看上去很受伤，"她用一种嘲讽的温柔语气说，"加油，你是本·莱德。你杀了谁？"

"卡尔·波科克、达里尔·埃文斯、安巴萨·乌贝迪、西恩·哈里斯、马特蒙德·侯赛因。当时是在距离伯明翰三十英里的一个小村子中的洛弗尔巷……"

"是是，这些在维基百科上都查得到。"

"是可以查到，"本之前也用谷歌搜索过自己的名字，"但是那面不会说我们改姓卡尔肖特，我们搬去了萨里郡，不会说我父亲在国民西敏寺银行得到一份工作，我母亲在当地乐购超市当工资结算员。不会说我们养了一条狗，名叫鲍勃……上面会说这些吗？会说我去了利特希尔综合学校吗？会说我昨天去伦敦前调查的最后一个案子吗——"

"上面说了。"

"而且上面会说……什么？"

"是的，上面说了。"

"什么？"

"你刚才说的全部，维基百科上都有记载。还说你死的时候，已和史蒂芬·迈尔斯订婚。哦，现在别用那种震惊的眼神看着我，每个人都知道，又震惊了吗？本·莱德杀了五位嗑药嗑嗨了的帮派混混，救下一名妇女和她的孩子……接着几年之后，又在伦敦地铁中拯救了数百人的性命。上面都写了，字字属实。"

本的心脏在胸膛中加速跳动，他的嘴巴里干拉拉的。呼吸速度变快，他看看萨法，接着看看哈里。"真是一团乱七八糟。谁……我是说……那你究竟是谁？"他问萨法。

"萨法·佩特尔，"她又用像在对房间说话一般的语气陈述，"我是外交保护小组的警察。"

"然后呢？"本心虚地问，哈里只是饶有兴趣地在旁观看。

"哦，你想听其他的？"她语气严厉地说，"轮到我说了？哦，那好啊。我很高兴顺从你的意愿，本·莱德。"

"我不是——"

"01899号警察佩特尔，"她打断他的话，"昨天我在执勤。你想知道其他当班警察的名字吗？"她轻声问。"不想？已经抓住他们了？好的，那我继续说。我开始执勤，先是上楼与当天值白班的警察交接。接着我一直待在顶楼，直至首相回府，那时我下楼来到电梯旁的静态岗位。之后我在那里一直等待首相结束事务，在此期间，我没看见除唐宁街普通工作人员以外的其他任何人……不对，等等……有个私人事务求见者……"这时她充满讽刺的语气消失，她开始变得严肃和急切。

"他只在那里待了半小时，他身上有些奇怪的地方。你查过他吗？我们不知道他的详细身份，只知道他是一位私人事务求见者……查查他。"她冲本和哈里点点头，好似他们能安排这件事一样。"接着他……我是说首相，我带他上楼回房，呃……"她迟疑一下，"我在楼上走廊当值，直至他叫我进去搜查窃听器……我在，呃……第一颗炸弹爆炸时，我们在他的书房。我带他走楼梯下楼，我在一楼碰到袭击者，我知道自己杀了三个人，可能是四个。我把首相送进楼下的地堡，然后返回楼上，可以确定又杀了六个人。"哈里凑拢来。"接着我听见后花园有交战声，就赶过去，这时……该死，"她啐一口，"有两位警察……进来的是两位警察，但是他们没带枪！天啦，我当时怎么会没注意到？他们从房子前面进来，问我的名字。他们叫了我两三次，就好像是想确认似的，接着他们中有一个袭击了我。是的。"她脱口而出，显然又回忆起新的情况。"他跳到我身上，往我脖子里扎了什么东西，另一个人则往花园里投掷闪光弹……"

"往你的脖子？"本插嘴说，因为她的话引发了他新的回忆。

"一定是给我打了镇定剂，"她说着低头看两脚之间的地面，似乎在拼命回忆。"他们中的一个……鼻子断了，眼睛发青……他说了什么，关于……"她抬头看着本。"关于本打断了他的鼻子……"

"我？"本畏缩一下，"我记得脖子也被扎了，但是……"

"扎在脖子上？"她问。

"是，这边，"本说着举起一只手，放在脖子右侧，"还疼呢。"

"我看看，"她说着探身去看。

本转身，用一只手指着酸痛部位。"这里。"他说。

"把手拿开，"她说着把他的胳膊按下去，"这儿？"

"啊。"她用一根手指戳戳本的脖子，他畏缩一下，瞪着她。

"有扎孔。"她说。

"是吗？那让我看看你的。"

"这边，"她碰碰脖子左侧，"瞧见什么了吗？"

"什么，在哪儿？"本说着用手指戳戳她的脖子。她躲闪一下，也和他刚才的反应一样，瞪他。

"是的，"她咬着牙说，"是被扎过吧？"

"是。哈里呢？"本问。

"我就算了。"他说着看着他们，好似他们俩都发疯了。

"让我们看看你的脖子。"萨法要求道，哈里在椅子上弓身向前，"有什么地方痛吗？"

"到处都痛，小姐。"他咕哝着。

"这里？"她按按哈里的脖子，力气比刚才按本的时候轻柔一些，哈里也轻轻躲闪一下，点点头。

"真有？"本站起身凑拢来看，萨法将手指轻轻地按在哈里的脖子上。上面有一个小小的扎孔，和她脖子上的一样。

"我确实是打断了某个人的鼻子，"本承认道，然后坐下来，"在他们抓住我的时候……我以为他们是恐怖分子什么的……我是说，当时漆黑一片，他们头上戴着手电筒，照得我什么都看不见，但是我出拳了，还听到有一个人说，我把他的鼻子打断了。"

本突然想到，哈里是唯一一个承认做了某事的人，而且他看起来也最悠闲，而萨法和自己则都在辩解，试图向其他人证明自己的无辜。

"哈里？你发生了什么？"萨法问。

"告诉你们了，"他说，"我进入基地，点火炸出一条路，为轰炸机照明，同时分散敌人的注意力，好趁机轰炸U型潜艇。我是英军突击队员。"他说完移开视线，脸上没有任何表情，"我知道我在做什么。"

"而且事情发生在1943年？"她问。

"是，"他冷淡地回答，"是在1943年。"

"而你，"本看着萨法说，"是于2020年在唐宁街遭受恐怖袭击。"

"是。"

"我在霍尔本出事是在2015年。棒极了。明白了，现在都说得通了。"

另外两人都挑起眉头看着本。

"是吗？"萨法问。

"不是。"

又一阵沉默。他们依次擦拭脸上的汗水，而与此同时，身后的百叶窗上传来雨点持续敲打的声音。

"如果你们是从未来来的，"哈里慢慢说话，打破沉默，"谁赢了——"

"我们赢了。"本轻声回答。

"德国人？"

"不！英国人……或者说是盟军。"

"发生了什么？"他显得如此激动，以至于另外两人都觉得，他是真的相信自己就是哈里·麦登。

"我们赢了。"本耸耸肩说。

"怎么赢的？"

本低头看地，萨法清清嗓子。哈里·麦登的传奇已经在每一座学校流传多年。还有相关电影、图书、电视剧问世。甚至还出现了"疯子哈里"这个惯用语。这个人不是哈里·麦登，但是他所展现出来的确定感却很有说服力。

哈里一言未发，只是转过头，目视前方，慢慢点头。"从那里走出去是什么地方？"他看着门问。

"不知道，"木说，"也许是出去的路？"

哈里重重地叹口气，看着萨法："我现在要逃走。"

"好的。"她慢慢回答。

"如果你们试图阻止我，我会尽我所能不去伤害你们。"

"我不会阻止你。"

他看着本。

"哦，我也不会试图阻止你。"本快速说。

哈里慢慢走向门口，然后伸出一只手停下来，似乎在期待某种回应。

"怎样？"他站在门口头也不回地问，萨法和本交换一个眼神。哈里几乎是有些失望地发出啧啧的声音，手一把拍在门把手上，发出很大的一声响，他显然没想到门会开，当门向他转来时，他惊讶地往后退。

"该死，门是开的？"本问。

"维基百科上说本·莱德是个优秀的调查员。"萨法提供了一份证明。

"什么？维基百科上还说哈里·麦登是二战时期的突击队员……"

"空的。"哈里站在门口扫视左右后说。

"真的？"本说着和萨法一起走到门口。哈里走出门，让开路，让他们走进一条宽阔的走廊，里面的设计和他们的房间一样，都是混凝土墙壁、地面和天花板。头顶是刺目的条形照明灯，两边都是一模一样的金属铆接的结实房门。

"看到这个了吗？"萨法说着指指房门外侧，那上面也有黑色字母模印的他们的名字。哈里·麦登、本·莱德、萨法·佩特尔。

"这里感觉更暖和，"本小声说着拉拉灰色运动服上衣的领子，"走哪边？"

"那些门上没有名字，"哈里说着朝走廊对面的第一扇门走去。

"门开着吗？"萨法问。

哈里推下把手，后退转开门。"一样，"他说。萨法和本走过去，发现里面的布局和他们刚出来的房子一样。一间主室，里面摆着三只淡蓝色的铸造扶手椅。一间浴室中放着三条浴巾、三个杯子和三只牙刷。主室开有门，通往一样简朴的卧室，每一间里面都摆有金属框架的单人床。他们沿走廊前行，依次打开其余房间的门。每一套房间都一样，汗珠刺痛他们的脸和脖子，他们立刻感受到紧张。哈里腋下开始被汗水打湿变黑。他光着脚轻轻踩在混凝土地面，无法跟上其他两人步伐的感觉逐渐加深。他们停在走廊尽头，看着走廊上安装的那扇双开门。

"听，"哈里说着低头凑近房门，聆听门里的声音，"有人。"

"我们一定是在一座监狱。"本小声说。

"没有锁。"哈里说着摇摇头。

"那有可能是一座奇怪的监狱，像是特别的恐怖主义监狱？"本感觉事情已经完全超出他所能理解的范围，"或许……呃……我们应该待在一起？"本咬着嘴唇看着另外两人，试着思考该怎么组织语言。"萨法，你是警察对吗？"本问。

"是，怎么？"

"我想监狱里不喜欢警察……而且，呃，还是女警察。"本畏畏缩缩地说。

萨法脸色苍白，噘着嘴先看看本，再看向哈里。

"待在一起？"本问他二人。哈里点头，然后低头去看萨法。

"小姐？"

"我自己能对付。"她坚定地说。

"好的，抱歉我——"本说。

"那就待在一起，"她打断他的话，"如果你想那样，那就按你想的来。"

"我确实想，"本说，"我是说，看看他的块头。"他指着哈里。"我不想在淋浴间被人干掉。"

"干掉？"哈里不解地问。

"我们有独立的淋浴间。"萨法说。

"干掉什么？"哈里又问。

"你知道，"本对哈里说，"在监狱的淋浴间……"

"挨打？"哈里问。

"是，差不多类似的事，"本语气温和地说，哈里转转眼珠子。

"我开玩笑的，"哈里说，"我知道他们在监狱里干的事。"

"看在上帝的分儿上。"本咕哝着。

"他们偷彼此的东西，对吗？"哈里说话间，脸上依然毫无表情。

"我们进去吧。"萨法一脸阴沉地下令，她推开哈里，走进那扇双开门。

7

房间很大，是四方形的，所有墙面都是裸露的混凝土。有一面墙从这头到那头都安着金属百叶窗，下面是一张长木桌。哈里用手肘推推本和萨法，提醒他们看上面摆的一盘盘水果。

香蕉的个头……好吧……是非常大的香蕉，还有圆圆的橘子似的东西，不可能是橘子，因为它们的个头有蜜瓜那么大。大木碗中还盛着其他一些看上去像苹果、梨和莓果的东西，但个头都大得多，而且颜色也不一样。那些东西显然都是水果，但和他们之前看过的任何品种都不一样，它们生动的色彩在这一片灰的房间里更显活力。

有十几个男人站在房间最里面靠近几扇门的位置，在小声商议事情。几套粗糙的桌椅散落在四周。

感知出现差异，眼睛所见与他们的人生和知识经验出现差异。

对于萨法来说，这场景很不和谐，更加剧了她原本就已经高涨的不安情绪。监狱里是没有水果展示的，而且也没砸碎了就可以当武器的木头桌椅。监狱中也没有可供不同性别的人居住的公共住所。监狱中不会让女性拘留者与男性拘留者共用一间浴室。他们不会开着门，这里不是监狱，但感觉还是像监狱。那让她感到惊恐，颠覆了她脑海中的黑白观念，其中没有空间去容纳灰色的不确定地带。

对本来说，这场景蕴含着大量信息。他的思想比萨法开放，受法律与秩序世界的限制也没那么深。他看到桌上摆有营养丰富的水果，这说明他们付出了一些努力，来为应该住在里面的人提供照护。粗糙的桌椅说明，这里有很大可能还是一个建筑工地，而不是成品房屋，但再一次说明，他们还是付出了一些努力，来保证至少有一个能坐下吃东西的地方。他看到开着的门，有一种安全感，但不清楚它们是从里面锁闭，还是用什么东西从门外上锁。因此，整座建筑到目前为止，很难说已经竣工。

哈里看见的是一座战俘营，无需多说。

他们看着那十几个男人。萨法看见的是安保人员，穿着准军事风格的连裤工作服和皮靴。她看到宽阔的肩膀，挺直的腰背，剃得干干净净的下巴和军队级别的短发。

本隐约瞥见一位深色头发的高个子，身穿卡其裤，正在对其他人说话，但是每说一句都要停顿，仿佛有人在翻译他说的内容。他看到那些人的目光从身穿卡其裤的男人转移到其他人身上，追溯对话的进展。

哈里看到的是卫兵。

萨法再次环顾四周，依然感觉不和谐，依然无法确定。她的前瞻性思维告诉她，采取行动，取得控制权。

本看着这些人，想弄清楚谁知道发生了什么。他能听见他们在说话，捕捉到英文和德文词汇。他瞥见的那个深色头发的男人在说英语，但是其余人在帮他翻译成德语。为什么是德语？他得出结论，自己一定是在欧洲的一座拘留所。这就解释了陈设奇怪的原因。

哈里看到的是一群德国卫兵在一座德国战俘营说德语。

正当萨法准备大喊一声取得控制权时，正当本要向其他两人小声说出自己的想法时，哈里点了一下头，微笑着大步朝那群在德国战俘营讲德语的德国卫兵走去。

"呃……他要去哪儿？"本指着哈里后背问。

"哈里·麦登，中士，第二突击队……"哈里大吼着穿过房间，引得所有德国卫兵都突然扭头看向他，他们看到的是一个身穿灰色运动服的大块头，鼻子中还塞着卫生纸。

"我的老天啊，"萨法咕哝着，"他真以为他是……"

"伞兵师，英军……"哈里大吼，他低沉的声音充满自豪。他行走间转转肩膀，屈伸手腕，双手握拳，透露出作战的意图。"我是突击队员。我伪装成平民……"

本干笑一声，其中听不出任何笑意，左鼻孔中的卫生纸喷了出来。萨法难以置信地摇摇头，但是当看到那些身穿连体裤的男人突然间由一个紧密的集体分散开来，变换成侧翼机动模式时，她开始为他们的组合过程计时。她上前一步，眼睛捕捉到那些男人微弱的外表差别，他们检查一遍近身区域，滑动双脚，一只脚上前，一只脚后撤，摆出战斗姿势。

"哈里！"一个男人用英语大喊着从队伍后部大步走出。他是一个深色头发的高个子，就是本在人群中看见的那个人。本再次因为那既视感而震惊起来，就和当初他看见萨法和哈里时一样。同样古怪而令人不安的感触很快就变得太过熟悉。他的思维开始疯狂运转，开始回忆他是怎么认识这人的，但脑海中却想不出背景和地点。

"先生，"哈里突然站定，猛地敬了个军礼，"你是这座营地的指挥官吗？"

"什么里的什么？"罗兰眨着眼睛问。

哈里放下敬礼的手，立刻明白此人并不是军官。他再次转动肩膀，双手握成拳，环视那些卫兵。"那就放马过来，"他语气温和地说，"赶快了结此事……"

"了结什么？"罗兰问。本在脑海中搜寻，试图将盘旋的沉重的困惑抖落。萨法在旁观望，她留神倾听，看到那些身穿连体裤的男人围成圈向外扩散。他们双手离开身体，做好冲刺和战斗的准备，而且她还注意到，他们在冲彼此使眼色，确认队形和方位。于是她又上前一步。

"卑鄙的德国兵。"哈里的声音降低到危险的低音。"Kampf mich（打我）……"他又添油加醋补充一句。

"哦，该死。"康拉德抱怨说。

"Kampf mich，"哈里的声音更大，语气更狠，"Kampf mich……"

"啊，不……不不不。"康拉德哀号起来，一边冲身穿连体裤的男人挥舞双臂，一边愤怒地盯着哈里。

"他说什么？"马尔科姆问。

"哈里，让我解释。"罗兰说。

"搞什么？"本说。

"不明白。"萨法低声说。

"哦不，"康拉德又抱怨一句，"他让他们打他……"

"我他妈的一早就说过，他会这么干的，"马尔科姆说，"我们说过。我们说过的。罗兰，我们说过他……"

"好好，哈里。"罗兰试着表现得很平静，但因为突然涌起的担忧，声音直发抖。

"Kampf mich。"哈里大吼着朝离得最近的男人逼近一步，那男人却后退一步。哈里眼中看见的只有德国士兵。他看见金黄色的头发、蓝眼睛和傲慢的冷笑。他看见伯特、杰克、比利、迪克、沃泽尔，以及其余所有被这些纳粹杂种杀死的战友。他看见自己的祖国一片火海，妇女儿童在轰炸中死去。他看见战争的骇人景况，看见面前的敌军。他们想杀死他，他是一名突击队员，他们会派行刑队处死他，甚至更糟。他要出去迎战，而且对天发誓，他死也要拉几个人垫背。他看得见，那些卫兵正在靠拢，想挑战他。他能感到，局势一触即发。他踢倒一把椅子，朝一名卫兵发起攻击，然后佯装要向另一名进攻的样子。他们把他包围起来，蹲低身子摆出战斗姿态。他冷笑着，声音充满恶意。"Kampf mich，"他又说一遍，招呼他们冲他来，"Kampf mich……"

"哈里，请让我……"罗兰结结巴巴地说，局面迅速失控，"康拉德！做点什么……"

哈里听到康拉德这个名字，听起来像是个德国名字。那个英国人原来也是他们一伙的。他冷笑一声，站直身体，知道最后一句话将点燃战火。"Fick……deine……mutter……"他语气中充满恶毒的喜悦。正如他所料，骂世界上任何一位战士，干你娘，然后等着看好戏开场。

"不不不不。"康拉德大喊。

"浑蛋。"马尔科姆喊着说。

哈里一拳砸向第一个冲上来的人。以髋部为轴心大力挥出的那一拳砸断了那男人的鼻子，砸得他飞起来跌向后方。接下来的两个也被砸飞出去，血水和牙齿飞溅。但是那些毕竟是强壮的退伍军人，因为肌肉发达而被征招入伍，用途就是打架。他们从头三个倒地的士兵中吸取经验，组队进攻。哈里躲闪后撤。他出拳凶狠，相比起巨大的块头，他踢腿的动作却出人意料的敏捷。他抓住一个想挥拳砸他的男人的胳膊，突然膝盖一顶折断那人的肘关节。那人大叫着倒在地上。哈里一脚重重地将他踢到下一个人的脚下。

"上。"有人大喊。其余人一涌而上。所有士兵都冲上前来，挥拳朝哈里砸来，这攻势逼得哈里摇摇晃晃地朝后退。他重新振作，投入战斗，先是对准脸部出拳，接着以头撞击其他部位，但是对方实在人多势众。有两个人朝他腿部出击想将他放倒，但是他挺住站直。他咆哮着继续战斗，不等他们得逞先打伤他们。

一旁观看的本心脏突突地跳个不停，目光紧紧追逐。胳膊折断的声音令人胆寒。血液飞溅，牙齿散落在地面。桌椅翻覆，还有刺耳的拳头撞击声。战场在房间里挪动，他退缩躲闪。

萨法也在观看，脑海中的灰影逐渐消散，她小步朝哈里走去。这里情势分明，这是战斗。她不知道哈里是谁，只知道他不可能是疯子哈里·麦登，因此她对他并无忠心，但眼下他以一敌十，那样不对，错得离谱。她又走一步，又一步。她的视线追踪着他每一个动作和姿势。她心中急切地想要帮助哈里，但有个声音告诉她，这一切都不对。于是她和本一样，抽动躲闪着。一个男人被哈里重拳击中，面庞上血流如注，他跌跌撞撞地后退，愤怒扭曲了他的面孔，他抓起一把椅子，举过头顶，准备朝哈里砸去。

"那可不行，"萨法冲了出去，以那男人为目标。"哈里，当心……"

哈里转过身，那椅子砸在他胸膛上。木头如雨点般碎裂坠落，他跌倒在地，一群人又是踢、又是捶，双脚跺个不停。萨法快速冲上前。她目光锁定那个用椅子砸哈里的人。那男人转身面对她，脸上的愤怒变成疑惑，因为她闪到一侧好像要绕过他，但接下来却用一只胳膊锁住他的脖颈，将他狠狠扳倒在地。跟着她一拳砸在他鼻子上，鼻梁骨立刻折断。她身子一扭站起来，一步迈进那环绕在哈里周围的暴力漩涡，一腿扫倒一个人，一拳砸在另一人的咽喉上，后者双手抓住脖子朝后退，挣扎着急促呼吸。她又击倒两人，这时人群才意识到发生了什么事，开始对付她。不过她伸手够快，力量也够粗暴。她出手狠，一路扭头闪身躲避，用膝盖和手肘朝任何冲她而来的人出击。她很残暴。她很快便适应了这件自己所擅长的事，每一步都精心算计过，每一拳都瞄准目标。一只胳膊从她脖子后方绕来，她立即仰倒，脚跟向上，踢在那男人脸上。接着她翻身离开原位，然后迅速站起，与此同时哈里腾跃起来，嘶吼着将一个个卫兵打趴在地。

本只在一旁观望。他的脑海现在一片空荡。他的眼睛仍在看，但思绪却正在脱离现实。在那片混乱之中，他几乎是心如止水地看着，萨法究竟有多么强悍。她那样恶毒，完全彻底的恶毒。

战况愈演愈烈，暴力程度有增无减。卫兵们受了伤，怒火中烧。他们抓起椅子碎片，当成武器朝哈里和萨法冲来。作为回报，他们得到的是断裂的手臂、脱臼的肩膀、折断的手指、挫伤的手腕和肿大的鼻子。暴力程度继续增高，战况愈发恶化。萨法被一拳砸在脸上，她脑袋歪向一边之际，一个金发男人挥舞一只断掉的椅子腿砸中她双腿后部。她重重跌倒，试图翻身躲闪，这时哈里的大腿也被两个卫兵击中，摔倒在地，第三个卫兵扼住了他的脖子。萨法翻身试图站起，但那金发男人扑了上去，愤怒地大吼一声，用椅子腿将她打翻。

对于本来说，时间仿佛变慢了，但同时又似乎放快了两倍。上一秒他还是十七岁，下一秒就到了几个小时前，在霍尔本地铁站台上发生的那一幕。一切都纤毫毕现，每一步动作都如预料中的那般展开。

萨法猛地踢出双腿，将那拿着椅子腿的金发男人绊倒在地。那男人伸开四肢扑倒在她身上，更多的士兵冲上来对她又踢又打。有人抓住她的手臂，有人揍她的脸。哈里急着想站起来，但是更多卫兵压在他身上。那金发男人跪起身来，怨恨地一拳打在她的脸上，力道之猛，将她后脑勺打得撞在混凝土地面上。

本猛地冲上去，重心下移，展开双臂将那些卫兵从萨法身上掀开。男人们绊在一起摔成一堆，但是本的动作比他们更快，拳头如雨点般密集地砸在那金发男人身上，砸在他的鼻子、眼睛和嘴巴上。那金发男人还反击了几下，但他的鼻子断了、下巴脱臼了、眼窝被打伤了。他没了力气，突然晕倒在地，这时另一个男人架起本，把他扔到远处的地上。萨法起身将那男人从背后绊倒，再趁他摔倒时一拳砸在他后脑勺上。

　　一只拳头砸在本的脸侧，于是他奋起反击。他又挨了一拳，他再次反击。萨法翻到一侧，眼睛盯着那冲她扑来的男人，弹起身，侧身一步，手侧砍进那男人咽喉，接着旋到他背后，狠狠几拳砸在他的腰部。

　　哈里重新跃起，两个躺在地上的卫兵已经没有意识。另一个卫兵从他右侧扑来，但一记反手拍就又被扇走了。

　　本被人从身后扼住喉咙。萨法挨了重重一拳，但是她反应过来，抬高膝盖砸向那男人的肚子。那人一阵风般倒在地上，萨法一个转身，看见本被人扼住咽喉，于是扑上去。

　　"蹲下，"她小声说。本听从她的指示，重心下移，强迫那男人也随他一起蹲下，此时萨法开始用双手鱼际猛砍他脑袋两侧。那男人放开本，将他丢在地上。本平躺在地，扭动身躯，双脚向上踢中那男人的腹股沟，萨法继续出击，将那人逼退。她势如魔王，但被侧面扑上来的男人团团围住。本迅速起身，但被两个人制住手臂。他挣扎着踢走一位，抽出右手，但有人击中他的后脑勺。他摇摇晃晃扑向前方，感到一阵眩晕，接着被扯住了双脚。

　　哈里再次跌倒。一群人将他按在地上。萨法也一样，发了狂一般地喊叫，但仍是被压了下来。她依然在挣扎。踢、蹬、咬，但是他们出拳凶狠，将她制在地上。

　　有尖东西刺进脖颈，活塞压下。在他体内已有的基础上，这些新注射进来的药物释放出的热量扩散开来。他们继续反抗，但因为能量的失去，越来越慢、越来越弱。他们再一次坠入药物所引发的睡眠，反抗动作逐渐停止。

8

他将货车向后倒，关掉发动机，抓起那只黑色的公文包，然后下车穿过大门走到前台。

"需要帮忙吗？"接待员用德语问。

"我这里有一些伤员。"康拉德紧张地咬着下嘴唇，用流利的德语回答。

"好的，"接待员说着俯身去看康拉德的后方，"他们在哪儿？"

"外面。"

"明白了。有多少人？"

"十二个。"

"明白了。"

"你没什么要问的吗？"

"怎么付款？"接待员问话间脸上没有一丝表情。

"这个行吗？"康拉德将公文包放到桌上，转身让锁扣面对接待员。他啪的一声打开锁扣，将盖子掀开到足够接待员看清里面堆放的钞票的程度。

"好。"她说着平稳地站起身，合上包盖，将包放到桌子下方。"把他们带进来。"

"我不能，"康拉德说着往门口走去，"你这里有摄像头吗？"

"没有摄像头。"她说。

康拉德点头冲到门外，将那辆没有标记的货车留在停车位上。钥匙还插在点火装置中。这车没有登记，是用现金买的。他收集伤员送去地堡时用的也是这辆车。因为不会留下痕迹，而且毫无疑问，他还将开这辆车前往那座专门治疗在冲突中受伤的私人安保队员的私人诊所。

三人死亡。三人可能会死。其余都受了重伤，断骨、脑震荡、眼窝断裂、韧带和肌腱撕裂、手腕和手指骨折，而这一切都是拜那三名仍在遭受强力镇定剂影响的男女所赐。

那些人为汉斯·马克尔工作，引起注意的也正是马克尔先生。

康拉德正是同他的安保公司签订合同，雇佣了十二个人。现在六人死亡，其余六人重伤。

除了提前支付的费用之外，诊所不会泄露任何信息。事实上，钱不是问题。康拉德雇佣那些人时，向那位老板付了整整一公文包的钱，就那位老板所知，那份工作的内容是衡量一个标准地下拘留中心的安保标准，但是他不知道那中心在哪儿。

那十二个雇来的人被蒙上眼睛，接着乘车在柏林转了几个小时，之后下楼进入一座地窖，那里一进门是一面墙，墙上蒙着一块厚帘，让人觉得是在通过一座标准化的大门，从一个房间走进另一个房间。

那些幸存者只知道伤害他们的是两男一女，其中一个男人名叫哈里，是英国人，除此之外一无所知。就是这样。他们不知道自己被送去了哪儿，也不知道运营这座标准拘留中心的是谁。

马克尔先生扑灭了流言。他的人很强悍，他们全都是退役军人，他们是专业人士，可现在死了六个。是谁干的？

柏林的安保服务系统联系密切，此刻都在承受六名技工在一次未知工作中丧生的打击。此事引起了当地情报服务系统的注意。接着又无限加剧了眼下本就已十分紧张的监控状态。

事态很快也引发了柏林方面的关注。他们有一个地址，因此就有切入点。柏林立即竖起地理围栏。几十个机构派出数百名分析员，仔细搜索每一个社交网络账户，进出柏林的每一封电子邮件、每一条文字信息和每一条语音信息。

特工接到任务，进入到这片土地。机场采取大量应对措施，制造重重假象。

一场悄无声息的秘密捕猎，正式拉开序幕。

9

三个简朴乏味的房间。混凝土墙壁，混凝土地面和天花板。每间房中有一张金属框架的床。两间房中有金属百叶窗表明窗口的方位。

"该死。"本小声骂了一句。视网膜疼痛，脸庞疼痛，关节疼痛，身体的每一个部分似乎都同时开始疼痛。记忆迅速返回，地铁站袭击案，在这里醒来，遇见哈里和萨法。走进那个大房间，然后开始搏斗。

他站起身，眩晕感再次袭来，不过他坚持走到门口，闭上眼睛，靠着金属铆钉的门，呻吟着滑到地上，蜷缩成一团。

和上次一样，哈里也在同一时刻醒来。他慢慢睁开眼睛适应灯光。他绷紧四肢，感受疼痛，但知道没有任何身体部位断裂。他轻轻起身坐在床边，慢慢活动，等待眩晕的浪潮消退。搏斗的影响充斥他的脑海。他攻击的德国卫兵。他们为什么不朝他开枪？他没想过会再度醒来。他咕哝一声想起曾见到萨法搏斗的场景，他伸出一只手梳过浓密的络腮胡。以前他从没见过女人那样搏斗。

萨法和上次一样地醒来。她嘟哝着翻个身，躲避刺眼的灯光。

她立即回想起自己在哪儿，以及发生的事情。起身太猛，脑袋一阵眩晕，但是她跌跌撞撞走到门口，抓住门把手，站了一秒。

本在地上呻吟。

哈里在摩挲络腮胡。

萨法摇摇晃晃。

本站起身，猛地拉开门，哈里也拉开了他的门。两人看到彼此，都停下来，身体摇摇晃晃，静默几秒。本看向依然关闭的第三扇门。

"萨法？"本摇摇晃晃走到那扇门前，准备推门进入时，萨法却走了出来，逼得他直后退。她跌在他怀中，而他的手臂太过无力无法抱住，两人一同跌在地上，连连呻吟。两只毛茸茸的大手分别抓住他二人的胳膊，他们站起来，而哈里的脸色却煞白。他们摇摇晃晃分开来，朝蓝色椅子走去，坐下后呻吟叫苦不迭。

他们静默地坐着，脑袋里感觉既沉重又轻飘。眼睛无法正常运转，视线无法向大脑发布正确的信号。

"抱歉。"一个声音低低地说，音色独特而深沉，但是本和萨法还是不得不抬起头，确认是哈里在说话，而非其他人。那大块头将一只手举到膝盖上方一英寸的地方，接着又放回去。"抱歉。"他又说一遍。

"啊，"本不知道其他还有什么可说。他斜眼看着萨法："你没事吧？"

她耸耸肩，立刻疼得龇牙咧嘴。"我看起来有事吗？"她问。本停下来试图寻找她话中的讽刺意味，但并没有任何嘲讽。

"是。"本看着她脸上的淤青慢慢地说。

"那么糟？"

"是。"

两人都看着哈里，看到他脸颊和额头上的淤青和红肿时，都龇牙咧嘴起来。哈里却只是耸耸肩。

"比这更糟的情况也有过。"他的声音听起来像头老熊。

"更糟的？"萨法因为刺目的光线依然眯着眼。

"1942年，在朴茨茅斯……加拿大人……"

"哦。"她说，仿佛那样就足以解释所有似的。

"那群狗杂种负隅顽抗。"他小声说。

他们重新沉默下来，带着脸部的淤青，低头看着关节上的伤口。

"好吧，"萨法用几近条件反射的语气说，"进展顺利。"

本忍着鼻子的疼痛，干笑一声："你真觉得？"

她压抑着没有大笑出声，只微笑着："有可能。"

"不，很好，"本说，"爱死那种被揍得落花流水的感觉……"她嗤的一声停止干笑，哈里喷喷两声，接着呻吟着轻笑一声。

"别。"他说。

"什么？"本转身看着他，因为脖颈上的疼痛而龇牙咧嘴，这样子惹得哈里又笑起来，而看到这情景本又嗤笑一声。

"够了。"萨法轻声说着，试图压抑住咯咯笑的冲动。没什么值得咯咯笑的，但是想到"咯咯笑"这个词，惹得她又咯咯笑起来，哈里被点燃，本被逗得再次嗤笑。

"所以，"本轮流看着他二人，"我们赢了吗？"

这话逗得他们又笑起来。三人咯咯笑着，却拼命想要忍住，因为实在是太疼了。

萨法发出一声猪一般的哼哧声，她听到自己的声音也吓呆了，哈里和本都盯着她，接着再次开始大笑。

"什么声音？"本问。

"我不知道，"她说，"打住……疼死了……"

"怪你。"本吸口气看着哈里。

紧张，恐惧，困惑，痛苦，完全不知他们身在何处、为何在此。被注射药物两次，被揍一次，这已经足够，紧张情绪需要释放，于是它就释放了，泪水从淤青的脸上滚落，他们都试着不去看彼此。

他们没说话。他们不能。任何话语说出来都是错的，都会将他们点燃。于是取而代之的，他们坐下来，咯咯笑，直至眼中的困惑神情消散。

"我去打水。"哈里说着慢慢站起身，扶住墙，等待眩晕感再次降临。

"你是应该去。"萨法冲着他后背说。

"别又惹我笑，"本说。他们等待着，哈里走进浴室，接水，然后用巨大的手将三个杯子抱在一起，呈三角形端出来。他们拿到杯子开始喝水。哈里坐回椅子，他喝完水，抬头看萨法。

"谢谢。我没想到你会帮忙。"

"说好我们团结一致的。"萨法说着也看看他。

"谁教你格斗的？"

"伦敦警察厅。"她说。

"干得漂亮。"他说着歪歪头，脸上露出敬佩表情。

"说我？"她说着直摇头，"你太棒了，哈里。就像……你干趴了那么多人。"

"是。"他不以为意地说。

"你觉得我们打死人了吗？"她问。

哈里点点头。他面无表情。"至少两个，"他歪歪头，"可能还多一两个。"

萨法啧啧两声，表情沉下去，之后看向本："你还好吧？"

"哈？"本眨眼看看她，"你们打死人了？"

"是。"哈里的表情依然不以为意。

"什么，是说，打死了？"本依然感觉自己在醉酒。

"是。"

"见鬼。"本骂一句，低头看着手里的杯子。

"谁教你格斗的？"哈里问。

"我？我从没学过任何格斗知识。"本说，萨法紧紧地盯着他。

"它自动显现的，"他说，"自然能力。"

"自然能力，"萨法小声说。看到本的目光，她没有转移视线，而只是仔细打量他。"本·莱德曾经杀死了五个人，"她声音轻柔，仿佛只是在说给哈里听。"那时他十七岁，"她说，"走一条乡道回家……"

"十七岁？"哈里问。

"五个来自伯明翰的男人停在那里，袭击一个女人和她的女儿……吉塔·乔杜里……小女孩名叫米拉，才六岁，"本因为她的仔细审查而不安地挪动起来，她继续说，"左边的后车胎被刺穿。吉塔正试图换胎时，那些男人停下来……他们想要强奸这位女性，但是本·莱德出手相助……一位十七岁的孩子从一个男人身上掏出一把刀，用它杀了五个久经沙场的帮派成员。"她停下话头，哈里用同样的探寻眼神盯着本。"几年后，他在伦敦地铁遇到袭击案，再次杀死……"她看着本，回想起那段看了数百遍的来自霍尔本的监控视频。

"现在你信我了？"本轻声问。

她犹豫不决，眯起眼睛眨两下，移开视线："不。本·莱德死了。"

"我就是本·莱德，"本重重地叹口气，"我当时是……现在我是本·卡尔肖特。"

"你格斗的姿势和本·莱德很像。"她说着移回目光。

"你以前看过他格斗？"哈里问。

"闭路电视里，"萨法说着目光从本移到哈里身上，"霍尔本的摄像头记录下了整个过程。我们面前的本格斗姿势和……五年前的本·莱德一模一样。"

"霍尔本有摄像头？"哈里问。

萨法啧啧两声，转转眼睛："全彩高清实时录像。"

"萨法，"本说，"我就是本·莱德。"

"我是哈里·麦登。"哈里说。

她嗤一声，再次移开视线："疯子哈里·麦登……随你怎么说。"

他吸一口气，从毛茸茸的鼻子里呼出。"基地里是那么叫我的，"他说，"我执行的都是没想过能生还的任务……"

"那你一定是萨法·佩特尔了，"见哈里降低音量，停下话头，暗示他不会继续讲后，本立即说，"但是如果你真的是哈里·麦登，那么这就意味着萨法领先我们两人……好几年，我是说。"

"你是白痴吗？"她冷冷地问。

"有时是。"本可怜地承认。她幸灾乐祸地笑笑，然后试图用怒容掩盖。"那我猜你很出名。"

本看到她疑惑的目光，说，"哈里因为他的所作所为而名震千里。我知道我也因为十七岁时的事情而声名远播……"

"还有后来的事，"她插话，"在霍尔本。"

"那你一定也一样出名，因为你在唐宁街的所作所为。"

她想了想点点头。"媒体知道我是谁。我在大门前站过一次岗……就一次……"她酸酸地说。

"啊。"本意识到她的所指。

"怎么？"哈里问。

"首相官邸外面，有数不清的记者和摄影师，"本解释说，"萨法，

106

呃……好吧，原谅我的直率，她非常迷人……我不想说那种话……"

"没关系，"她说，"我不是自负，但是我一直都感觉得到。我的眼睛。"

"很漂亮。"哈里语气中没有任何怪异。

"媒体看到我都疯了。报纸和互联网上对我的报道持续了好几年……说我是警界的艳后。"她的嗤笑声中毫无幽默。

"互联什么？"哈里问。

"算了。"萨法抱怨说。

"互联网，"本对哈里说，"呃……你知道电脑吗？"

"你真的要解释互联网吗？"她问。

"计算机？"哈里问。

"比计算机小得多，功能也强大得多，"本解释的时候，萨法再次转转眼睛，生起气来。"可以说，世界很大程度上就是由它们在维持运转……有人想出办法，将它们全部联系在一起……就和电话一样吧我猜，但是每台电脑上都能存储信息，数不清的信息，其余所有的电脑都可以访问所有这些网站，以及其中的信息。我们还往宇宙发射卫星……"

"啊！"哈里难以置信地感叹。

"确实如此，"本说，"航天飞机将通讯设备运送到地球周围的低地航道。这就意味着，我们的电话和电脑是不用电线连接的。"

"就和无线电一样？"

"是，差不多，"本说，"使用蜂窝技术的移动电话……"

"你们之前还要过移动电话，"哈里说着看看本，"当时我还不明白……"

"现在每个人都有电话，"萨法补充一句，然后眨眨眼，"我为什么要跟你说这些？"她绷着脸，但是本知道她的意思。问题在于哈里所投射出来的自我认同感。仿佛他完全相信自己的身份。他没有恐慌，也没有试着说服他们，而只是一副平静坚决的样子。完全就是哈里·麦登在这种情况下会表现出的样子。

"那现在怎么办？"萨法问，"我们出去再来一轮？"

"门应该被锁了，"哈里说着小心翼翼地站起身，走到出口大门，拉了几下，"是，锁了。"

"合情合理，"萨法说，"经过那样的事，我也会锁门。我想知道的是，"她说着低头看着自己，"谁给我们换的衣服？"

"对，"本说着也看向自己身上的干净衣服，"没有血迹……我们还洗过澡，看上去像是洗过。"

"最好是女人帮我洗的。"她皱着眉头说。

"我肯定如你所说，"本快速说，"他们不会那么干，对吗？"

"这得取决于他们是谁，"萨法说，"话说回来，那些人是谁？"

"卫兵。"哈里的语气听起来仿佛在说，答案显而易见。

"好吧，是，不过……"萨法说着大段话头，"不过不是德国卫兵……我是说……"

"他们是德国人，"哈里说，"德国卫兵。"

"是，但不是二战时期的德国卫兵。只是……呃，瞎扯吧。我也不知道。"

"该死，"本突然在椅子上俯下身，"那男人……"

"呃，哪一个？"萨法问。

"房间里的那个男人。"本迅速地说。

"那我想再问一遍，哪一个？"萨法问。

"深色头发的那个……那个英国小子。他，我见过他！"

"是，"萨法慢慢地说，"我们都见过他，本。"

"不！我在伦敦见过他。工作的时候……我之前见过他……那天早晨……霍尔本袭击案发生的那天早晨……"

"什么？"萨法厉声问，哈里的表情也像是来了兴致。

"我工作的时候，"本说，"我去上班时在电梯见过他，不过他穿的是西装。呃……他问我是不是在哈洛斯工作……就是我公司的名称。"他补充说。

"我知道，"萨法不动声色地说，"半个世界的人都知道。"

"是他。就是他。我们交谈过，他……对，就是他。见鬼！他在这里做什么？"

"也许这里是他家，"萨法说着看看另外两人的表情，"我开玩笑。"

"这里不是家。"本说。

"我说了是开玩笑。"萨法说。

"你们俩见过他吗？"本问。

哈里摇摇头。萨法只是盯着本。"霍尔本的案子发生在五年前……"

"昨天。"

"五年前。"

"昨天。"

"五年前。"

"昨——"

"打住。"哈里说。

"那他当时和你说什么？"萨法问，"五年前。"

"哦，你是说昨天吗？是这样，我说你好，他说你好。接着我问他，是不是要去哈洛斯，他说他是要去。但是别的任何事情都没说……对，他问我是否在那里工作。是，就是这样，我们握手，我告诉他我的名字，但是他没说他叫什么……他对待我的方式，仿佛

109

是因为我打扮得很得体。"

"为什么？"她问。

"我当时穿的是牛仔裤和T恤衫，没穿西装，因为稍后要去地铁。"

"你跟他说过吗，说你要去地铁？"哈里问。

"呃，天哪，我不记得了，但是可能没有……我不知道他是谁，所以我不会提及案子或调查的任何信息。"

"五年前。"萨法小声说。

"你觉得我记忆不准？"本问，"哈里还是从1943年来的呢。"他说着对哈里点点头。

又是一阵沉默，但是这一次却充满了脑袋中齿轮咔嚓转动的声音，像在暗示，他们三人来自不同年代。本看着萨法，萨法则扬起眉头看着哈里，哈里耸耸肩。

"我没说。"本告诉他二人。

"我们俩一定有一个人记错了。"萨法说。

"那就是你记错了。"本说。

"我？不可能。哈里？"

他叹口气，环顾四周，仿佛完全不在意："我们在一座德国战俘营。"

"什么？"本问。

"说德语。我听见他们说话了。"哈里说。

"好吧，"本慢慢说，"我觉得不是。"

"那我们在哪儿？"哈里问。

"本？"萨法催促道。

"你是警察。"本试图回避话题。

"完全说不通，"她咕哝道，"好吧，那我就说了。"

"那就说吧。"本见她迟迟不说,催促道。

她转移目光,转转眼睛,说:"感觉很蠢。"

"看在老天的分儿上,"本抱怨道,"时间旅行……好吧,我说。"

"什么?"她说着仰起脸,"时间旅行?"

"哈?你不是这么想的吗?"

"不是!我准备说我们都死了。"

"死了?什么……死了?你是说,真的死了?"

"是。"

"那这算哪门子的死?"

"我不知道。我以前从来没死过。"

"要是我们都死了,那这来世可真够糟的。"

"哈里死在挪威,你死在霍尔本,我一定死在唐宁街……"

"是,但我们并没有真正死去。"

"你怎么知道?"

"好吧,比方说,我们之前才因为一件事情而大打出手。而且我没看见周围有天使飞翔,没看见珍珠装饰的大门,没看见拿长柄叉的魔鬼,没看见云层,没看见婴儿耶稣一边和摩西一起唱圣歌,一边解释自己的母亲是圣母。而且我的脸因为一再挨拳头而疼痛。虽然我并没有读过《圣经》,或是任何其他宗教书籍,但我认为,其中并没有提到任何反复挨揍的内容……"

"维京人?"哈里适时打断他的话。

"但是……"本结结巴巴地说,"不……根本不是……根本不是……"

"这么说,你认为我们没有死?"萨法问。

"我的老天哪!你是什么警察啊?我们醒来时感觉被注射了药物,你却立即判定我们都死了?"

"好吧,"她自卫般地说,"那是怎样?"

"我刚说过……"

"时间旅行？"

"对啊，"本耸耸肩，但立刻觉得自己愚不可及，"或是被绑架和下了药，就像被洗脑了，所以我们会真的以为我们就是自己心中所想的那个人。"

"这说法倒是更合理。"她迅速地说。

"是吧？比死了要强吧？"

"可能性更高，"萨法说，"我是说洗脑。"

"不，不对，"本难以相信他们的反应，"绝无可能……我宁愿相信死后余生之类的狗屁幻梦，也不相信是洗脑。"

"为什么？"她问，"时间旅行是编的。是幻想……就像僵尸……吸血鬼或是……"

"你不可能给某人下药，然后就让他们完全相信，他们是别的某个人……还拥有了那个人的记忆和感触……还有知识……还有各种东西……这样的事，一次都不可能发生，更别说重复两次。"

"那就是精神分裂？"萨法问。

"你认真的吗？"本说着慢慢摇头，"不，那不可能……就是不可能。我就是我。你相信你是你吗？"

"是的。"她立即点头。

"哈里呢？"

"我有经验。"

"那么谁被下药，被洗脑了？我知道我没有……所以那只能认为是你们俩……"

"好吧——"她说。

"而且，"本打断她的话，"我们在说的可不是两个普通人，而是两个记忆力超凡绝伦，学识渊博的人……只有在原本就非常脆弱，很容易受影响的情况下，才有被植入记忆的微弱可能性……"

"人们一直都在获取错误的记忆，"萨法说。沉默再次降临，她回想起一生中的记忆和经验。"好吧，"她说，"我没有被洗脑。"

"我也没有。"本说。

"但这不是时间旅行。"她说。

本叹口气，沉在椅子上。"我不知道发生了什么，"他承认，"还有别的什么——"哈里挥手打断他的话，迅速朝门口走去。

"有人来了。"哈里说着后退几步，脚步声越来越近，是沉重的靴子踩在门外裸露的混凝土走廊上所发出的稳定沉闷的声音。

"呃，你们好？你们醒了吗？"一个男人大喊，跟着是一阵轻柔的敲门声。哈里转身，目光从本移到萨法身上，仿佛是在等待命令。

"醒了。"萨法回应，起身时又疼得龇牙咧嘴起来。

"都醒了吗？"那男人问。

"都醒了。"萨法说。

"我们不想惹任何麻烦，"本大喊，"我们只想知道发生了什么。"

"我们也不想，"那声音亲切地说，"如果我们打开门，你们会发起进攻吗？"

"不会。"本大喊。

"莱德先生？是你在说话吗？"那声音问。

"对，是我。"

"那佩特尔小姐和麦登先生呢？"他问。

"他们也在这儿。"本说。

"康拉德，得了吧，"那男人小声咕哝，"我可不想干这事，你来。"

"我？"另一个声音说，"你滚，我的鼻子被打断了三次，就在过去的——"

"那反正已经断了，继续呗，马尔科，你来干。"

"不！"马尔科嘘声说，"你来干。"

"不行，我害怕，"另外那个声音说。

"我们不会袭击你们，"本喊着看看其他两人，"会吗？"

"呃，不会。"萨法说。

"我会。"哈里说。

"哈里。"本抱怨道。

"该死的。我不会开门的。"一个声音小声咕哝。

"如果麦登先生要袭击我们，那我们是不会开门的。"另外那个声音喊道。

"哈里，"本说，"我只是想从这儿出去。"

"我们在德军战俘营，"哈里说着转转肩膀，准备作战，"他们知道会发生什么。"他转身看着本和萨法，"你俩后退靠着那面墙……要么就躲到别的房间去。好了，你们这些卑鄙的德国佬，本和萨法不想打，所以别把他们牵连进来……朝我来……"

"我们不是在德国，"马尔科姆大喊，"麦登先生，事情完全不是你所想的那样。"

"心理游戏。"哈里啧啧两声。

"到窗口去看看。"另一个声音小声说。

"我们可以证明，"马尔科姆脱口而出，"但是请保持冷静。"

"我很冷静，"哈里说着回到和昨天一样的低沉语气。

"该死。"本抱怨道，哈里做好准备应对要来的人，无论是谁。

"哈里，"萨法迅速说，"我们现在和德国没有发生战争。"

"你来吗？"哈里大喊。

"我们正要证明给你们看。"马尔科姆说。

"得了吧。"哈里冲门口咆哮。

"哈里，"萨法紧张地说，"别站在门口了，快回来……"

他们听到身后的金属百叶窗开始上升的声音，立刻转过身。

"他们要破窗而入……"

"我们不会破窗而入，麦登先生，"马尔科姆大叫，"请千万保持冷静。一切都会有合理的解释。"

"怎么回事？"萨法说着看看本。她的脸色阴沉下来。

"我不知道。"本回答说，"但是我们会团结一致的，对吧？"

"好的，"她说，"哈里呢？"

"可能是毒气攻击……他们往房间里灌毒气……"

"我们现在不是在德国，"萨法打断他的话，"我们没有开战……"

发动机发出轻轻的嗡嗡声，将金属百叶窗拉起，发出火车慢速行驶一般的噪声。阳光从下端正逐渐变宽的狭窄缝隙照射进来。他们待在椅子边，哈里离门最近。三人都看着那窄窄的光线裂缝越变越大，百叶窗上升，展露出一块厚厚的玻璃。百叶窗越升越高，哈里朝本和萨法靠近，然后停下脚步。一片草绿跃入眼帘。颜色浓郁，看起来草长得很茂盛。是一座小山的山腰，左侧有一道陡峭的草坝。百叶窗噼啪作响，他们无声地看着那风景越来越大，那草坝一直延伸至远方，仿佛陡然沉落向右侧。

"蓝天。"萨法说着蹲下来从百叶窗下方窥看。窗帘继续升高，一片深蓝色的天空跃入视线，洁白无瑕的蓬松云块在天空驰骋。这景象看上去很寻常，虽然美丽，但很寻常。

"去窗口看看，"马尔科姆大喊，"往山下看。"

"陷阱。"哈里小声咕哝。

"我去。"萨法说着朝窗口移动。

"小姐，让我……"

"我说了我去。"萨法说着冲他挥动一只手。她走到窗口，先看看左边，接着看上方，最后向右看到山下。她呆住了。一块肌肉都无法动弹。她眼也不眨，只是盯着看，心跳声如此之大，她恐怕其余两人都能听见。

"见鬼……"她小声骂一句。

"怎么？"本问。

"我的老天哪……天哪……天哪……"

"怎么？"本又问。

"过来看。"她只说了这几个字，举起一只颤巍巍的手，向下指向右侧。本看看哈里，两人一同绕过椅子，走到她身边，朝下方那座气势壮观的巨大峡谷张望。他们的反应和萨法一样，都呆呆地盯着一个点，无法动弹。

"那到底是什么？"萨法最后问。

"它们是……"本咽了口唾沫。

"是吗？"

"呃……看上去是的。"本说。

"我明白了。"她冷静地回答。

"是。"哈里咕哝道。

"是。"萨法说。

"确实。"本说。

"是。"哈里说。

"天哪。"萨法说。

"确实。"本说。

"是。"哈里说。

"外面的，"她说，"那是……"

"确实，"本说着终于从窗口移开视线，看着她。在这超现实般的瞬间，他看到她眼中映射出的猫一般的形状。

"外面的，"她小声说，"是恐龙。"

10

被提取，被下药，在一座地堡中醒来。搏斗，挨打，再次被下药。再次醒来。每个人都认为，其余两人以为他们就是自己所宣称的人，这种观念有了小小的变化。困惑，恐惧，不安，不辨方向，现在又看到恐龙。

"真正的恐龙。"本小声说。

"外面，"萨法对着房间里的寂静轻声说，"外面真的是恐龙。"

他们透过一块厚厚的玻璃窗，看到一大片开阔的风景。茂盛的青草，又长又绿。每样事物都那样鲜活，色泽艳丽，色调深厚。可能是拜体内药物以及方向感所赐，但在这一刻，他们看到的天空的蓝色色泽是以前从未见过的，那样的纯净、深沉和浓厚。

他们所在的地方是一座非常高大的山的山腰，外面是平坦的台地，下落很大的跨度后抵达一片宽阔的谷地。谷底是茂密的森林，其中树木的尺寸之大萨法从未想象过。森林之间是宽阔的平地，还有绝对不会看错的长颈长腿的恐龙。数以百计，有大有小，还有的看上去像是刚出生的幼崽，紧紧跟在其他恐龙身边。

他们一言不发，目瞪口呆地看着窗外下方谷底的灰色兽类，本想起大象。它们都是一样的灰色，而且看起来也和大象一般安静，仿佛就这样步伐沉重地走来走去吃吃草，抬起头吃吃树上的叶子就很满足。

"该死，"本的眼睛开始向大脑发送争取讯息，他终于联系起来，"那些树，看看那些树。"

"啊？"萨法咕哝着抬起头，终于也反应过来。"好大的树啊，"她慢慢地说，"真的……真的好大的树啊。"

那些生物体型之巨大是毋庸置疑了。他们站在很远的距离之外，但是即便如此，他们依然感觉到它们的巨大，而且那些恐龙需要仰起长长的脖颈才能够到树枝，那树一定也是庞然大物。

"超出量度。"哈里插话道。

身后的门锁开了，但是他们都没动，依旧盯着谷底的那群恐龙。

"大家都还好吗？"门旋开后，一个声音试探着问。

"啊！"本冲萨法和哈里惊呼，两人都被他的突然之举吓了一跳，"我说对了吧……我怎么说来着？"

"什么？"萨法问，"哦……那个……"

"我们死了？"他自鸣得意地咧嘴笑着问。

"好吧。"她咕哝道。

"我们在德军战俘营？"他问哈里。

"可能。"他低声说。

"不，"本嘲笑说，"那些是恐龙。那也就意味着这是时间旅行。"

"不，"萨法轻蔑地说，"我们可能是在什么公园里面。就像侏罗纪公园那样……"

"她说的是一部电影的情节。"本说。

"公园？"哈里问。

"侏罗纪公园。"萨法说。

"在德国？"哈里问。

"都是编的。"本说。

"时间旅行也是瞎编，"萨法指出。她站直身体揉揉眼睛，"好吧，"她说着先看看本，然后看着哈里，"是，它们还在。"她说着回头看向窗外，然后才看向门口，"你们知道外面有恐龙吗？"

"呃，知道。"马尔科姆的脸上又横了一条新的绷带，他说话的鼻音很重，要么是因为鼻子堵塞得厉害，要么是因为鼻梁一再折断的缘故。

"它们非常安静。"康拉德小声说。

马尔科姆紧张地笑笑，那三人转身看着他："呃，然后……唔……头儿已经准备好要向你们解释了，而且，呃……"

"是那个深色头发的人吗？"本问，"那个英国人。"

"呃，是的，"马尔科姆说，"那就是头儿……罗兰。"

"罗兰？"本问，"他叫这名字？"

"问得好，"萨法讽刺说，"干得漂亮，调查员本。"

"哦，我们死了，是吗？"他问她，得到的是一个怒容。"死后余生还见到恐龙了，是吗？"

"我认为，我们应该见见这个罗兰。"萨法对他的评价不予理会。

"也许他也是死人。"本说。

"讨人厌的浑蛋。"她咕哝道，"哈里？"

"怎么，小姐？"

"没必要叫我小姐，叫萨法就好。我们去会会这个罗兰？"

"好。"

本目光越过萨法看向哈里，发现这个大块头男人重新恢复了不置可否的表情。

"罗兰会解释一切，"马尔科姆小心地说，"但是拜托……我们真的需要你们的帮助……"他的声音低沉下来，往房间里面走进几步。"你们所有人，"他依次看看他们三个人，补充说，"没有你们，我们无法继续，而且光是把你们三个请来就够艰难了，所以我们无法再回去请更多的人来。因为，比方说吧，我的鼻子已经断了好几次，我告诉罗兰，我不会再回去，而且……事情紧急，而且……事情不是你们以为的那样，真的不是……"

"我也不会回去，"康拉德说着还摇摇头加以强调，"拜托……"他以恳求的口吻补充说。

"拜托什么？"本问。

"拜托，"马尔科姆说，"让罗兰来解释……"

"去他的，"本说着叹口气，朝门口走去，"我和他们去。我太困惑了。"

"所有人都去，"马尔科姆急切地说，"不会有事的。"

"现在你们三个人聚在这里，"康拉德补充说，"罗兰说这是最难的部分……把你们请过来。"

萨法和哈里跟在本身后，马尔科姆和康拉德走到外面走廊上，朝尽头那扇门走去。

"大家好啊，"哈里说着咧嘴一笑，上下打量空荡的走廊，"其他人呢？"

"呃，他们在医院，麦登先生，"马尔科姆说着担忧地看着康拉德，"不管怎么说，有部分人进了医院，"他用更小的声音补充说。

他们走进对开门，进入那个大的房间，里面现在没有其他人，只有折断的桌椅摆成一堆。空气中残留有化学物质的味道，地上的水渍说明血迹已被擦洗干净。本和萨法打量彼此，仿佛是在寻求确定。哈里看上去完全没有不安或困惑，只是继续前行，目光饥渴地盯着满桌的水果。

穿过下一道门，进入另一条走廊，模样和之前那条差不多，两旁也有一系列金属铆钉的门，其中有某些东西让哈里立即想起员工宿舍。经过的三个房间里散放有个人物品。

他们又走进一扇门，进入另一条走廊，但是这一条长度较短，左边有一扇打开的门，右边那扇则锁闭着，门楣上方安有一盏红色灯泡。走廊尽头还有一扇门,上面横着一根结实的金属锁闭杆,两边和上方墙壁中都固定有奇怪的一尘不染的钢条,构成一座粗糙的门洞。

"啊,马尔科姆。"他们转移目光,看见那个深色头发的男人正站在那扇敞开的门内。

"罗兰。"马尔科姆说着松了一口气点点头。

"我们这是在哪儿?"萨法语声含混地问。

"我来解释,"罗兰严肃地说,他的每一个字音都充满真诚,"拜托,请进来,坐下。"他领着他们走进房间,绕到一只粗凿的大木桌的另一边。桌前放着三只同样风格粗糙的木头椅,他挥手示意大家就坐。"请坐。马尔科姆、康拉德,能不能烦请你们帮我们的客人弄些咖啡。"

"好。"马尔科姆回答,两人都忙不迭地离开,显然都松了口气。

哈里先行一步,坐在最远的那只椅子上。本坐了左边的那只,把中间的留给萨法。

"好了,"罗兰说着抬头看向哈里,接着是本,最后看看萨法,"我欠你们一句道歉。"

"显而易见,"萨法厉声说,"该死的……"

罗兰被她的凶狠语气吓得脸色煞白。他的目光转移到哈里和本身上。他将头发顺到脑后,慢慢坐下。哈里盯着他,看到他身穿的卡其裤和短袖衬衫,好像是军官在丛林所穿的制服。本观察房间,粗糙的木头桌椅,那男人脸上明显流露出恐惧。毫无疑问,这就是他在电梯里见过的那个男人,他在电梯里充满笃定与信心。而现在的他则完全相反。萨法只是怒目而视。她也能看到这男人的恐惧,但她生性冲动,想要答案,而且现在就要。

萨法准备说话时,罗兰举起一只手打断她的话。"我没想到你们的反应，我真是愚蠢，彻头彻尾的愚蠢。我竟然没考虑到你们的背景，这简直不是愚蠢所能概括的，所以，"他说着伸出颤巍巍的双手，"我很抱歉……我也为随后发生的流血事件感到抱歉，但是我们时间紧迫，行事太过匆忙，以至于没有一个人知道自己在做什么。"他停住话头，鼓起脸颊吐气。

"我不知道该怎么解释，所以请你们听到最后，保持冷静……真的。"他眼神恳切地看着他们，双手颤巍巍地放在桌面，"除了给你们注射药物之外，我们没有能力应对你们，不过我想，我们不能再用那药。我们这里没有真正的医疗设施和专业医务人员，唯一的治疗方案就是返回，但那并不是一个可行性选择。"

本认真倾听，听到"返回"这个词。他看看哈里，然后又看看萨法，他在脑海中思考他们原本生活的年代，接着想到窗外的恐龙。他碰碰鼻子，仿佛是想看看还有没有流血，这时他意识到头痛依旧在持续，还有眩晕感，虽然正在减弱，但依然存在。

"氧气，"他咕哝道，接着抬头看向罗兰，"氧气中毒。"

"啊。"哈里说着点点头，因为他也想到了同样的事。

"什么意思？"萨法问。

"非常好，莱德先生，"罗兰说着紧紧地盯着本，"我们在白垩纪。这里的氧气含量比人类所能适应的任何水平都高。"

"那会杀死我们。"本迅速回应。

"什么？"萨法又问。

"就像潜水，小姐，"哈里说，"你听说过减压病吗？"

"哦，对。"萨法警惕地说。

"我们得离开这儿，"本说着站起身，"老实说……这么高的氧气含量会杀死我们……"

"你们都已经接受过药物治疗，能预防任何中毒，"罗兰说着伸出双手安抚，"影响会减弱。事实上，马尔科姆、康拉德和我已经来这里三周了，现在都还没出现副作用。"

"药物治疗？"本提问之间仍然站着，"没有任何药物治疗能针对——"

"有的，"罗兰打断他的话，"请容我解释。拜托，请容我解释。一切都会真相大白。"

本坐下来，部分原因是他知道自己需要听取真相，不过更主要的还是因为他起身太猛，脑袋里又开始晃荡。

"马尔科姆和康拉德被你们吓坏了，"罗兰继续说，但他不确定该从哪里开始，或是该说什么。"真是太愚蠢了，太愚蠢了，将你们这样的人才带回来，却不做任何预防措施……"

"像我们这样的人才？"本问，"一位战士，一位警察，一位保险调查员？"

"听着像个笑话，"萨法看到罗兰突然来了兴致，几乎满含希望的眼神，嗤笑一声。"我们到底在哪儿？这两个人到底是谁？"她用大拇指指着本和哈里。"还有，你们为什么要在该死的花园里养恐龙？"

"时间旅行，"本说着斜看萨法一眼。

"讨厌。"她咕哝着瞪回去，而罗兰的脸上依然保持着那个满含期待的表情。

"谢谢，"本微笑。"那么，"他说着目光回到罗兰身上，"该死的真相到底是什么？我的意思是……真相到底是什么？"

"我和他想的一样，"萨法说着指指本，"该死的真相到底是什么？"

"确实，"罗兰说着嘴角抽搐一下，露出一个最不易察觉的微笑，"幽默面对逆境……是的……确实如此。"

"还需要我再问一遍？"萨法说着抬起头，怒目而视。

"天哪，不必，"罗兰说着收起微笑，"但是我需要你们保证，不会过激反应，而且你们会听完我的全部解释。你们三个都同意吗？"

"同意。"哈里看到罗兰的目光，机灵地说。

"谢谢，麦登先生。佩特尔小姐？"

"只管说。"

"莱德先生？"

"完全同意。"

罗兰深呼吸一次，将两只手的手指抵在一起搭成尖塔。他再次紧张起来，开始清嗓子。"在我们提取的时候，你们全部都已经死亡了。麦登先生，你死在挪威；莱德先生死在霍尔本的铁道上；佩特尔小姐死于他们炸毁唐宁街之时……"

"炸毁？"萨法突然问。

"稍后我会尽我所能地解答疑问。拜托，请听我说完。我需要你们首先理解，我所指的时间线是什么意思。我的时间线，举例来说吧，是从我被孕育的那一刻起，到我的死亡，然后到死后。"

"死后？"本问，他感到空气又开始凝重起来。

"人类的时间线是由每个个体生命，以及每个由个体生命所制造的个体所组成。"

"呃？"萨法摇摇头。

"你们每个人被杀后，你们的时间线就结束了。但是，你们的生命对整个人类的时间线的影响，却在你们死后依然存在。哈里成了著名的疯子哈里·麦登。本因为解救吉塔·乔杜里和米拉而闻名，后来他又拯救了伦敦地铁中数百人的性命。萨法，那天你也出现在伦敦地铁，引导数百人获得安全，此外，如果不是你的行动，首相毫无疑问已经被杀死。你死后的名气大到惊人，并且激励了许多女性加入警察和武装部队。你们明白时间线的概念了吗？很好，了解这一点很重要，而且随时要记住，因为你们永远无法重返过去。"

本听到这直白无误的话语畏缩起来。萨法冲罗兰眨眨眼，哈里则只是和以往一样无动于衷。

"你们在那个世界已经死亡，而且永远无法重返那段生命。我们不能，也永远不会送你们回去，另外，一旦你们明白自己来这里的原因，并完全理解了时间线的概念，你们也将同意，自己将永远无法返回过去。你们的出现会影响成百上千，数以百万计的人……改变人类历史中数不清的小事，并最终造成毁灭性的影响。"

本咽口唾沫，无法理解，也无法领会罗兰话语的含义，因为他刚才的话语是无法被人接受的。

"你们三人可以用武力接管这地方，"罗兰对着房间里的寂静说，"你们有那个能力，因为你们通过了非常严格的挑选……"

"为了什么？"萨法的声音哽咽而嘶哑。

"在2061年，有个年轻的科学家凭一己之力，取得突破性进展，使得时间旅行成为可能。我不知道其运行原理。这里没有人知道其运行原理。它与一个数学方程式有一定的关系，而这就是我对其原理的所有了解。我只想说，它确实有用。有一个装置，能让时间旅行成为可能。"

"是谁制造的？"萨法问。

"这重要吗？"罗兰小心翼翼地问，"事情发生在你死后的四十一年，佩特尔小姐。那位发明者对于安保工作毫无概念，因为他或她从来没想过危险性，他或她从来没想过有任何其他人会考虑安全性。那件装置变得人所共知。"他继续坦诚实情，"原件已被保护起来，但是我们知道还有一件复制品，也就是我们现在所使用的那件。"

"你是怎么知道的？"本问。

"因为人类的时间线被改变了，莱德先生。那位发明家穿越到五十年后，进行社会观察。未造成影响和干扰。那些观察只不过是作为一系列测试的一部分，用来证明设备的准确性。后来，当发明家再次返回那个时间点，发现发生了变化。第一次五十年后的穿越之旅发现，社会和物种出现了应有的进步。第二次前往同一时间和地点，发现的却是一片后启示录式的荒原。城市沦为废墟——"

"或许他算错了日期。"

"不，莱德先生。日期没有错。和之前穿越之旅的时间地点都一致。"

"你怎么能如此确定？"

"那个人发明了时间旅行！我确信，他们能够精确记录一个日期和地点。"

"差错在所难免，"本说，"人们总是会犯错——写下错误日期……攻击一个满是德国卫兵的房间……"

"我道过歉了。"哈里咕哝道。

"我的脸可还疼着呢。"本直截了当地说。

"闭嘴。"哈里低沉地说，"军官在说话，我想听。"

"我不是军官，"罗兰对着静得出奇的房间说，"你听明白我刚说的话了吗，麦登先生？"

"是，你查过那些德国兵了吗，先生？他们干的事。"

"呃。"罗兰的思绪显然被打断了。

"查查那些德国人，"哈里狡黠地说，"那是餐厅，对不对？"

"餐厅？"罗兰和蔼地说。

"你也饿了吗？"萨法问哈里。

"是。"

"我们能去拿些吃的再回来吗？"萨法问。

"回来？"罗兰问，接着似乎猛地反应过来，"可以，当然可以。你们一定饿坏了。呃……你们都表现得非常平静。"

"惊慌失措没有意义，先生。"哈里说。

"很有道理，"罗兰说，那满含期望的表情再一次不知不觉地爬回他的脸庞，"我想说，我们能不能再聊一会儿，然后再休息用餐？那样可以吗？"

"可以。"哈里的语气中带着失望。

"所以二〇六一年的五十年后，也就是……呃……二一……一一年？"萨法说。

"对。"罗兰说。

"二一十一年？"本计算出来。

"是的。"罗兰说。

"我刚刚算出来了。"萨法说。

"你说的是二一一一。"

"和二一十一是一回事。"萨法说。

"我的说法比较酷。"

"两千一百一十一年，"她说。"不，"她又想了想，"二一一十一年……"

"还是我的说法比较酷。"

"二，三个一！"她说，"这比二一十一年酷。"

"不，二一十一年。"

"你们怎么说？"萨法看着一脸惊讶的罗兰。

"呃，二一十一年，"他温和地说，"但是二，三个一年也很好。"

"自以为高人一等。"萨法气呼呼地说。

"不，天哪，不是……不是自视甚高，不过，呃……两种说法我都喜欢。"罗兰说。

"哈里？"本说着低下身子，目光越过萨法，"二一十一年，还是二，三个一年？"

"那是水果吗，先生？"哈里问。

"是的……不过我们能继续谈谈吗？"罗兰说着摇摇头，接着继续，"我们——"

"那么事情发生在什么时候？"萨法问。

"你说什么？"

"世界末日是什么时候发生的？"

"他刚才说了，"本对她说，"二一十一年。"

"不，他说他们在二一十一年时发现世界已经终结，但并不表示世界终结在二一十一年。"

"好想法。"本妥协了，他的思维一直在高速运转，以至于丢失了一些显而易见的联系。

"那么是什么时候发生的？"她又问。

"我们，呃……"罗兰开始说，但在萨法听来语速太慢。

"你们应该，"萨法说着再次向前挪动到椅子边缘，"返回二一一〇年，看看那时的世界。如果已经都被毁灭，那么就再往前推一年，直至找到一切还完好的年份，这样你们就锁定了出事年份……接着你们应该——"

"萨法，"等萨法终于停下来换气时，本插话说，"或许我们应该只倾听就好？"

"我们确实在听，"她说，"他说世界在二，三个一年会毁灭——"

"二一十一年……"

"随便吧，"她喷了两声，"我想说的是，他们应该每次都将返回的时间往前推一年，直至弄清楚那些坏家伙是什么时候做的坏事，然后电话联系。"

"德国人。"哈里说着朝罗兰点一下头。

"电话联系?"本问。

"对,"她耸耸肩,做了个怪脸,"给警察、美国联邦调查局,或是该死的前苏联国家安全委员会打电话……我不知道是谁干的,但是……关键在于要弄清楚并不难。"

"确实如此。"罗兰说。

"确实如此。"萨法说着坐回去,交叉两腿,房间里一片寂静,期待的氛围越来越浓重。她换个姿势,将右腿从左腿上拿下,接着重新将左腿架在右腿上。哈里轻轻咳嗽一声,本则打量着她。"这么说,你是想要我们来做这件事?"她终于提问。

"是,"罗兰语气坚定,同时又极大地松了口气。在这样一个气氛高度紧张的时刻,能开玩笑或玩幽默是个好兆头。战士和专业保安认识才会这么做。他们管这叫黑色幽默,是一种减轻压力,表明非恐吓形势的方式。他期待哈里能做出这样的回应,也期待萨法能适当响应,但实际上,就连本也做出了这种回应,这是一个非常好的兆头。再说他们都没有发火,也没有将他揍翻。

"咖啡来了。"马尔科姆站在门口说。

"我们现在可以吃饭了吗?"哈里问。

"我拿了些小面包蛋糕来。"康拉德说着跟在马尔科姆身后走进来,手里提着一个篮子。

"给你们几分钟时间,"罗兰说着站起来,往门口走去,"我得拿些东西。"

11

"好了。"罗兰端着一杯咖啡返回房间,绕过桌子,发现篮子现在已经空了,哈里正在狼吞虎咽最后一块蛋糕。

"你想吃一块吗,先生?"哈里含着满嘴的蛋糕问。本和萨法则端着未上漆的陶土杯,小口抿着咖啡。两人都没说话,都一副深思的样子,看着哈里干掉一整篮的面包蛋糕。

"不用了,谢谢,"罗兰以他文雅的方式回答,然后坐下来,将一台大屏幕平板电脑放在桌上。"现在,我来解释余下的部分。在2111年时,世界已经毁灭。"

"我们知道了。"萨法说。

"很好。但是之前不是那样……那位发明家第一次穿越到五十年后时世界并未毁灭,所以我们知道出了事,但是不知道是什么事,也不知道罪魁祸首,但是我们知道,出现了一台复制品。"

"谁复制的?"本问。

"我们不知道,"罗兰回答,"更不用说那位发明家,意识到危险性后,他采取措施将那件设备保护起来,这也就是我们现在来到这里的原因所在。来到白垩纪。"

"我不懂,"萨法说,"这事和恐龙有什么关系?"

"没有关系。"罗兰对这个问题感到不解。

"这里只是,呃,"本看着自己喝空的杯子小声说,"一个藏身之处?"他看着罗兰,后者点点头。"白垩纪跨度有百万年之久。"

"明白了,"萨法说,"所以我们是藏在这里?"

"对。"罗兰说。

"你们是怎么把那设备弄过来的？"本想弄清楚的是，该怎样运送一台时空穿梭机，过程中他一直抓耳挠腮。

"好问题，"罗兰的语气中透露出真诚的钦佩，他的期望仍在增长。"我们没有。发明家又制作了一台机器，于是我们用第一台机器将第二台运送至此。第一台机器现在已被毁灭。"

"好吧，那么让我来理顺，"本慢慢地说，"你们造了一台时间机器，当另有他人造出时间机器时，你们发现酿成大祸，于是就将机器送到非常遥远的过去，避免被任何其他人发现？"

"呃，是的……完全正确。"罗兰想了片刻说。

"现在你们已经清楚，制作出第二台时光机器的人做了些事情，并在2111年前毁灭了世界。对吗？"

"是的。"罗兰说着冲本露出微笑。

"我明白了。"本说完看着萨法，"你呢？"

"明白。"她说。

"哈里？"本问。

"啊，现在我明白了，"他说着冲本点点头，"但是那位军官说的话，我一个字也没弄明白。"

"我不是军官。"

"那我们为什么在这里？"本问。

"啊，"罗兰露出一个哭笑不得的表情，将双手搭成尖塔，放在桌上的平板电脑上方。"我们意识到，对时间线造成的任何影响，都有可能给未来的人类带来灾难性的后果。我们需要你们找出来，怎样才能做出改变，阻止其发生，如果有可能，你们将锁定并毁灭那一台时光机器。"

"棒极了，但是我们为什么会在这里？"本又问，"为什么会选中我们？"

"我们有个项目。一套先进的软件程序，是在你们死后开发的，它能让我们挑选出能起到协助作用的拥有特定技能和知识的人。无论是我，还是马尔科姆或康拉德，"罗兰强调说，"都不具备完成这项任务所需要的特定技能。你们知道，我们讨论过是否需要找历史学家、科学家或其他专家，然后我们认为应该先将你们三人接来，考虑到你们的暴力倾向，这个任务当然更难……"

"我们并不暴力。"本被那话语中暗含的意味吓呆了。

"我很暴力。"哈里诚恳地说。

"是的，我也有可能。"萨法说。

"我不暴力。"本再次被那话语中暗含的意味吓呆。

"最后，我们决定冒险，先将你们三人提取过来。"

"你们为什么不直接调用你们的战士？"萨法问，"你知道，就是昨天没打赢的那些蹩脚货。那些战士……"

罗兰的脸色沉了下来。他在座位上换个姿势，眼睛沉了一秒。"你一共杀死了三人，"他小声说，"看样子，原本可能有更多人会被杀死……他们离开这里时，都受了重伤，而且——"

"可那又是谁的错？"萨法严厉地说。

"我知道，我知道。"罗兰小声说着伸出双手。

"该死的，你到底在指望些什么？我们中有两个接受的训练就是为了杀人，你这该死的蠢货……你给我们注射药物，还让我们独自醒来！"

"我说了，是我的错，"罗兰回答时脸上重新显出担忧，"我们已经对时间线造成影响。三人死亡……更多人受伤……这座地堡……光是出现在这里就有可能对时间线造成影响，但是如果我们不做些什么的话，整个世界都将终结。我已经竭尽所能。这里几乎一切东西都是用有机材料建造，还有……"

"电线，"萨法说，"百叶窗，浴室是用不锈钢造的。"

"是的，我说了是几乎一切。墙壁是混凝土建的，我们相信，在接下来的数百万年中，它们将被腐蚀一空，不留任何痕迹。电线确实是一个风险，百叶窗也是，不过非常时刻要用极端方法。马尔科姆和康拉德已经竭尽所能，但是正如我一直在说的……这种事之前没有先例可借鉴，我们不能牵扯上其他任何人。你们打的那些人实际上是被雇来帮忙的。他们不知道自己在白垩纪，还以为是在柏林的一座标准化拘留中心。老天哪！我们只有三个人在做这事。只有三个人，而且上周才开始。所有事情都是在那个时间完工的。这些荒凉的混凝土还未干透。我们对氧气中毒的影响毫无概念，还必须研究和寻找药物。我们不知道，自己身上的任何细菌是否会杀死外面的任何东西，反之亦然。请听我说，相信我，这一切都是我们在路上匆忙之间完成的。"

房间里一片沉寂。罗兰狂乱又激动地沉在椅子上，让之前固定在脸上的伪装面具滑落下去。现在他脸上呈现的只有纯粹的担忧。纯粹、绝望的担忧刻在他脸上的每一条皱纹之中。

"程序选中你们，"他说着依次看着他们三人，"在成千上万的选项之中，被选中的是你们三个。原谅我的直言不讳，你们都杀过好几次人，麦登先生更是杀死过许多人。在逆境中，你们展现出勇气，在巨大压力的时刻，你们有能力保持平静与轻松。你们有智慧，或者至少拥有任务所需要的技能。你们有两位还是受过训练的调查员……"

"是，"萨法慢慢地说，"可是我对调查实在一窍不通……而那也正是我进入近身防卫队的原因之一。"

"保险，"本指出，"我调查的是保险索赔。"

"我们查过，莱德先生。你的技能完全可以转化符合任务要求，当然也能满足你十七岁时和后来在霍尔本的行动的要求。"

"比我更胜任这项任务的人成百上千，"本说着摇摇头，"说真的，你们找错人了。"

"是，"萨法说，"你们需要的是战士，不是警察。去找特种部队……他们一定有数百人会欣然接受这个机会……"

"我们需要的，是提取之后不会对时间线造成任何损害的人。首先，"他说着举起一根手指，"特种部队的战士一般会登记在册，甚至包括牺牲之时。第二，特种部队的战士可能比你们更难提取。第三，正在服役和绝大多数退役的特种部队战士，一般并不为我们能进入和了解的这些软件程序所知。第四，我们所能找到的，最符合要求的接受过特种部队训练级别的战士，是麦登先生，而他已经在这里。"

"特种部队是什么？"哈里问。

"就是你这样的战士，"萨法说，"或者说，你们以后就会被叫那个名字。那你们可以去找特种武器战略部队，或者联邦调查局探员……中央情报局？"

"和特种部队一样，"罗兰说，"你觉得符合要求的人会数以千计，对吗？错。并没有。不，确实有数千人，成千上万人，但是当你将范围缩小到要正直、诚实、可靠、值得信赖，能够杀人、保持冷静、复原能力强、训练有素、严守纪律，并且死亡时刻可被提取，那么符合要求的数量就急剧下降，最后只剩下寥寥几个……也就是你们三人。"

"我想说，"本说着举起一只手，"我没有受过训练。我说过的，我没有受过训练。我是一位保险调查员……"

"程序匹配了你，莱德先生，"罗兰的回复几乎带着歉意，"你拥有百分之百的成功率，我相信。"

"所有人都知道那一点，"萨法小声说着看向本，后者眨眨眼看看她，接着又看回罗兰。

"在保险调查中，我负责调查保险索赔。我不是该死的侦探。"

罗兰冲他点点头，悲伤地笑笑。

"那我们的身体呢？"本突然问。

"麦登先生的身体一直未能恢复，这我们都知道。"罗兰柔声说。

"我不知道。"哈里咕哝道。

"佩特尔小姐的DNA在碎石下被找到，但是接着发生的爆炸毁灭效应太强，她已被完全抹除。至于你，莱德先生，列车头撞击炸弹背心所引发的爆炸发生在隧道之中，以至于隧道后来坍塌，热量被限制在其中，毁灭了所有生命组织。你的DNA再也未能得到恢复，你拖住的那个人和列车司机也一样。那是我们选人方法中需要考虑的另一个因素。也有其他一些人被选中，恕我直言，其中有些人更适合，但是他们的身体，或者说他们的身体部件后来被复原了。提取他们将会对人类的时间线造成冲击。"

"在恐龙生活的时代造一座该死的大房子就不会造成冲击了？"本瞪着他再次问道，"安装该死的电线和百叶窗？你们搞不好还在屋顶草坪上安装了太阳能电池板。它们会被腐蚀降解吗？如果以后有人发现了一块太阳能电池板化石怎么办？那时候如何是好？"

"但是他们还没发现，"罗兰依然柔声说，"我们现在是在过去，莱德先生，但我们依然能进入正常的年代……或者说从这里前往未来……所以我们知道，这片地方还没有发现任何东西。"

"但是……"

"另外我们也知道，这个地址早在第一个人直立行走的很久以前，就已被大海吞没。我认为……"他说着停了片刻。整个房间里都能感受到他的情绪。在这一刻，他的真情实感变得愈发强烈。他举起平板电脑，划过屏幕。"我想现在是给你们观看这段视频的最佳时机……"他用拇指输入密码进入设备。"发明家记录下一些视频片段……我想很有必要展示给你们看。它有一定的冲击力，而且相信我，我无意继续加深你们的悲痛，但是我想它有可能帮助你明白事态的严重性。"

"那是什么？"哈里盯着罗兰手中那个薄薄平平的东西问。

"就像电视，"萨法说，"本之前说过电脑吧？"

"这台平板电脑实际上可以3D立体呈现，不过我想，鉴于哈里在场，标准的二维视频应该就足够……这段影片实际上是一台无人机捕捉到的……"

"无人机？"哈里问，他因为以后可能会有机器人战士这一事实而感到惊恐。

"就是小型飞行设备，"萨法解释，"就像直升机，你们那时有直升机了吧？"

"我知道直升机是什么，就是旋翼飞机吧？"哈里说，"见过一次，无用的玩意。"

"它们进化了，"萨法说，"比以前厉害得多……无人机非常小，由一只远程遥控器操作。他们将摄像机放在上面，记录地面情况，军队则用它们来投掷炸弹，执行跟踪任务。"

罗兰等萨法解释完，意识到面前的三个人之间已经建立起联系。他翻转屏幕，面朝他们，凑到屏幕上方，按下三角按钮播放影片。声音填满整个房间，是一阵微弱的嗡嗡声，接着转变成无人机螺旋桨转动的声音。屏幕上开始出现影像，是一片没有焦点的灰色残影，以及一个摄像头试图聚焦的明显动作。哈里遮着眼睛俯身向前。他的注意力既放在平板电脑上，也聚焦在屏幕内容上。

　　无人机螺旋桨的声音越变越大。发动机声音提高，突然之间镜头画面开始升高。远处几英尺的下方出现了灰色碎石。高度还不及一人高。三人全都仔细看着屏幕，罗兰则在一旁观察他们。画面开始移动，无人机向前飞行，稳步上升。屏幕上开始出现更多的碎石，这可能是任何地方，画面没有任何意义。本绷着脸，感觉像是被一个蹩脚的戏法耍了。萨法更加激动，扬起一只眉头看着罗兰，而后者则只是继续等待。

　　无人机升得更高。画面视野变大，一只半烧焦的儿童玩偶为屏幕增添了一丝戏剧性色彩。本喷了两声，萨法转转眼睛，哈里因为影片的高清晰度而欣喜不已。

　　"你认真的吗？"萨法问。

　　"再等等。"罗兰说。

　　他们等待，看到更多的碎石。无人机升高，证明那是一座被摧毁的建筑。残骸中散落着脏乱的棕色、灰色砖块，板岩顶板，窗框和家居用品，就像一部影片的开场。无人机继续升高，更多被摧毁的建筑跃入视线，看上去就像是一条普普通通的街道，可能是在西方任何一个国家。房屋坍塌得七零八落，道路弯曲折断，坑坑洼洼。树木只剩下烧焦的树桩。没有生命迹象。看不到任何活着的东西。可能是二战之后被德军轰炸过的地区的影像，可能是任何数量的冲突爆发之后的场景，也可能是电影场景。

　　无人机升高，视野变大。更多的街道进入视线，都是同样的惨状。到处都只有碎石和残骸。规模之大开始令人惊骇。整片地区的街道都被摧毁折断了。能看到汽车和各种车辆，但是以无人机现在的高度，无法看清其生产商或款型。无人机仍在升高。

　　视野中不再是街区住宅场景，开始出现更大的建筑，依然是破碎的，丢在那里被废弃了，但外观更具商业色彩。无人机继续飞，屏幕顶部开始出现铁路线。一辆辆卡车并排停在那里，但是都被扭曲折断了。在轨道的旁边，不知是什么建筑的巨大的屋顶粉碎一地躺在那里。本和萨法反应过来后，都向前凑去。

在轨道的那头，有一座摩天大楼歪倒在地。残骸将道路完全封锁。不论发生了什么毁灭性打击，其规模都显而易见。

"该死。"萨法骂道。第一个座舱进入眼帘。主辐条被折断，躺在远离其巨大轮盘的地方，那是曾经的伦敦眼。地上到处都散落着座舱。有些依然连在辐条上。到处都是砖块、生锈的钢梁、混凝土厚片。但是没有草，废墟的缝隙之间没有杂草，完全看不到任何绿意。河畔出现在视野之中。无人机向左拐弯，只见肮脏的棕色河水淌过沉落的器物。威斯敏斯特桥的中断被河水吞没。大块的建筑从河流表面挺立出来。无人机继续升高，国会大厦的废墟出现在荧幕上。大本钟显眼的表盘躺在一座座砖石建筑和尖顶之间。一切都是破碎不堪。一切被摧毁了，满是污秽，颜色暗淡，毫无生机。

本的心脏在胸膛中重重地捶击。萨法口中发干。哈里只是看着屏幕，隐藏了所有的情绪，但是他的眼神中写满理解。罗兰看着他们。眼前的情景就和他把这段视频播放给马尔科姆和康拉德看时，两人的反应一模一样，而且毫无疑问，他自己第一次看到这画面时，脸上也一定毫无表情。

伦敦被摧毁了，国家的首都不复存在，著名地标倒塌碎裂了。任何地方都不再有生机。整个景象看起来是那样的荒芜。地面上没有一片草叶，天空中没有一只飞鸟。

"我们不知道这种局面是怎么造成的，"罗兰轻声说，"但是我们知道它会发生。这就是我们需要你们的原因所在。我们需要你们去弄清楚，这一切是怎么发生的，然后加以阻止。我不能强迫你们帮助我……我只能寄希望于，你们看到形势的严峻性之后，愿意帮忙。

除了发明家之外，知道这件事的，只有我自己、马尔科姆、康拉德，现在又多了你们三个……"

萨法的目光从屏幕上转移到罗兰身上。哈里也是。他们的脸上都毫无表情，冷静得看不出一丝恐惧或担忧。

"如果我们帮忙，"萨法慢慢地说，"那我们能回到过去吗？"

"佩特尔小姐，"罗兰的声音中透露出深沉的悲伤，"我们永远不可能回到过去。我们只能……"他停下来，眼神左右闪烁，试着找到合适的词汇，"从我们过去的人生中超脱出来……那些人生并不属于我们。"

"我们？"本问。

"是的，我们。我也是被提取过来的，莱德先生。事实上，我是第一个被提取过来的人。"

12

"德国柏林，"她说着看着桌面。多年的训练成果表现出来就是，她冷静的面庞上完全没有任何表情。"私人诊所，收入十二位技工。六人死亡。六人受伤。这事是起点。"

"明白，"他说，"团队？"

"你，再加上四个人。"她说。

这人受过高强度训练，但是在这间简报室的安全死区环境中，即便是他也表现出一丝最细微的表情。在他的世界里，五个人算一支大型团队了。他们要么单独行动，要么两两搭档，三人合作的时候都很罕见，只有在例外情况下，他们才会四人一同行动，五人队伍更是前所未闻。

"五只数据识别包。五本护照。五本驾照。五个传说需要学习。"她将五只没有标记的棕色信封放在桌子上,推到他面前。"你是阿尔法,在我们的通讯中,你会成为阿尔菲。由你来指派布拉沃、查理、德尔塔和埃科。我是主管。在我们的通讯中,我是母亲。"

"那么说,这事是真的了?"阿尔法问。要在如此短的时间内,生成五个能贴合每位特工的故事,需要耗费些力气,而且她依然担任主管,这事也超出常规。他曾听过这种做法的谣言,原本也一直在耐心等待调遣,但是内心深处却不肯相信。时间旅行是不可能的,是虚构的,并不存在。

"谁知道呢,"她脸上依旧毫无表情,"但是不上前线,目标太大……而且我们一直都冲锋在前线。"

他点头,只点了一次,脑袋一沉。这里是游戏中最重要的环节,身体语言的任何一个轻微变化都会被深入分析,远远不是凭猜测能力就能控制的,由此也就创造出一种不会表露任何反应的人。这里是安全的。和她在一起是安全的,但是尽管如此,他刚刚还是表现出一个微小的反应,而且他非常确定,经过那一次之后,他在短时间内不会再表露出其他反应。

"预算?"阿尔法问。

"没有。"

他再次抑制住任何想要表露情绪的冲动。她看着他,探寻他的反应,看见的却是他竭力压抑的情景。他很棒。他是他们所拥有的最棒人选,当然要将她除外。

"任何方法都需要提前获批,"她说着继续仔细观察他,"你们有自由行动的权力,但是我们将冲锋在前线。包里有信用卡,楼下有现金等待你们去领取,我们无需发票。"

去他妈的。不要发票？这可就稀罕了。这简直大大超越常规。这是破天荒。

"不过，我们需要结果，无论是肯定还是否定。有问题吗？"

他面无表情。脑海中的齿轮在运转。"没有。"

"旅途平安，阿尔菲。"母亲露齿微笑，笑容中充满温暖与仁慈，她的整个面貌和举止立刻都变得生动起来。

"好的。"他也微笑回应，高兴得好像她也在他即将奔赴的旅途之中。

"有进展记得通知我。"他站起身时，母亲说。

"会的。"他说着露出微笑，完全符合他的个性。

"我想看到照片，"他往门口走去，她轻声责备，"而且一定要合理进食，别吃太多垃圾食品……还有，别找妓女鬼混……"

"好的，母亲。"他说着转转眼睛，仿佛刚刚真的受到轻微指责一般。

13

"香蕉，"他又说一遍，"绝对是香蕉。"他活像一只饥饿难耐的大猩猩，啪的一声折断其顶部，将那长长的身体剥开第一瓣。"闻着也像香蕉，"他闻闻那被剥开的水果说。接着他大咬一口，咀嚼片刻，嫌恶地仰起头，"不是香蕉。"他告诉他们，将满嘴的糊状物吞咽下去，然后吸口气，接着又咬一口。

"那你为什么还吃？"萨法看着他脸上的惊骇表情。

"不能浪费食物。"他说着又咬一口。

他们看着他吃，而他那种悠闲自在的姿态，与本所感受到的冲动情绪形成如此鲜明的对比。在一开始不知道发生了什么事时，本感觉也还好，紧张感还在。但现在他只感觉到难受。

"我想我不适合干这事。"他说。

"那你还有什么选择？"萨法问，"回去，在地铁中被炸成碎片？"

"你呢？"本问，"你的家人？朋友？你的生活……我订婚了，就要结婚……"这些话脱口而出，他想起史蒂芬。她当时有了私情。他在地铁中被炸成碎片时，她却有了私情。

"谁有刀子？"哈里问。

"你是订婚了，"萨法咕哝道，"你听到他说的了。你死了。我们都死了。"

"我没死。我在这里，你和哈里也在。"

"那就是没有刀了？"哈里说着环顾房间。

"本，你听到他说的话了。我们不能回去……哈里！"哈里一拳砸向那个绿色的大水果，块状粘稠物飞得到处都是，她大喊。

"抱歉。"哈里不好意思地看看这次小型爆炸所造成的后果。

"弄得我头发里都是，"她喷一声，从黑色发丝中揪出一块绿色的粘稠物。

本从脸上剥掉一块果肉，盯着看了几秒："这是什么？蜜瓜？不对，那是……是酸橙？"

"不晓得，"哈里说着大声咀嚼，"吃起来不错。"

本舔舔那果肉的末端，等待味蕾告诉他，想不想继续吃。是蜜瓜，但是有酸橙的味道，或者苹果，或者其他别的某种水果的味道。味道不错，但是比他吃过的任何其他水果的土味都更重。他伸手从桌上又捡起一块湿乎乎的果肉。

"也许他弄错了。"本含着满嘴的果肉说，萨法也开始咬那些果肉块。

"什么弄错了？"她一边问，一边狼吞虎咽地啃水果。"哦，时间线。但是他说的一切都合情合理。等等，哈里，你能把那个砸开吗？"她说着把另一个大果子向哈里滚去。比他刚刚砸开的那个要大，色泽是深红色，有绿色和橙色条纹从一根粗茎辐射开来。

"找掩护，"哈里说着举起拳头。萨法和本都躲起来，他一拳砸下，更多肥大的粘稠物喷射得房间里到处都是。他们重新坐下，看哈里从胡子里挑出果肉块，同时一只手上下挥舞，想把粘在上面的果肉摆掉。

"我先来，"萨法俯身，从那碎裂的硬壳中掬起一捧柔软的果肉。她先是闻一闻，测试一下，接着试探性地舔一舔，然后塞进嘴里。"哦，"她激动地说，"尝尝这个。"

"怎样？"本说着伸出手来，"是什么？"

"像是梅子……"她说着喷了一口果肉，"抱歉。"她捂住嘴，品尝那类似梅子的水果的滋味，不过口感更深厚、浓郁，让人想起其他水果，与之前那个轻盈、清爽的口感不尽相同。"别和我说话。我的口腔正在享受高潮。"

"小姐！"哈里大喊一声，脸颊一片绯红。

"怎么了？"萨法看到他尴尬的样子笑起来，"我说的是实话。"她说。

"我……好吧，我从来没有——"哈里拘谨地说。

"从来没有什么？高潮过？"萨法问，哈里的脸变得更红。"我只是说了一句'高潮'而已。"

"别说了。"哈里气冲冲地移开视线，不过手又伸过来，抓起一块类似梅子的水果。

"我忘了，你们那时候，对于性是非常压抑的。"她故意刺激般地说，哈里则开始咳嗽，语无伦次地回应。

"不是压抑……只是谨慎。"他咳嗽连连地说。

"随便啦，你刚才说什么来着？"她问本，"哦，你说他对于时间线的说法可能是错的。"

"对，"本看着另一个西葫芦状的长形东西，"很有可能。"

"他没错，你知道的。"

"我什么都不知道……哈里，那是个什么？"本感觉痛苦被饥饿感压倒了。

"这个？"哈里举起那只"西葫芦"。

"对，"本回答，接着看看萨法，"所以你就这么接受了他的说法？"

"我们有什么选择？"她问。

"想吃吗？"哈里举着那西葫芦状的东西问他二人。

"能让我来开吗？"萨法问。

"那你能别再说粗话了吗？"

"或许不能，"她回答，"好吧，好，我保证会试着停止说粗话……"看到哈里笑着将那"西葫芦"拿开，她补充说。

"很重。"他说着将那东西重重地放在桌子上。

"我来开。"她说着站起身，"找掩护。"

"已掩护。"哈里说着和本都躲起来。

"该死！"萨法使出一招空手道的劈砍动作，却被那西葫芦一样的东西弹开，她痛苦地大喊起来，"再一次……啊……该死的玩意……哦！该死的愚蠢……狗屎！"

"小姐，你想要我来……"

"不……啊……哦，你这狗屎……对……"

"那就别再砸它了。"本在桌子下面说。

"该死的，有了。"萨法怒吼着，将那"西葫芦"举到头顶，重重砸在桌子上。

"搞定？"本从桌子边缘窥看。

"一个坑都没砸出来，"她气鼓鼓地说，"行吧，我们就趴在地上吃好了。"她又将那东西举起，向下狠狠地砸在混凝土地面，果壳终于破开，冲击力撞出啪嗒的一声，里面的果肉散落而出。"去你妈的。"她一副胜利的口吻说。

靠得最近的本凑过去，从那刚砸开的水果中抓起一块，闻到一股令人作呕的恶臭，被熏了回去。"不会吧。"

"真这么臭？"萨法说着自己也抓起一块，"哦，真是令人作呕……那是什么？感觉就像是脚……像脚臭……"

"我还是吃梅子吧。"本说着丢掉那脚臭味的"西葫芦"块，回去继续吃美味的梅子一样的果肉。哈里蹲下来，小心地闻闻那碎裂的脚臭味的"西葫芦"。他伸出一只手，挑起一小块舔了舔，萨法捂住嘴巴。哈里点点头，将手指塞进嘴巴，再次点头，抓起一大块。

"哈里，"萨法呻吟道，"太恶心了。"

"像是我们在法国吃过的发霉的干酪。"他说。

"我可能是粗俗，但你这就是不雅了，"她说着别过脸，哈里抓起一大块放到桌子上。"这下子整个房间都臭了。"萨法说。

本吃着水果，没去理会心中越升越高的恐惧，他这会儿可是在数百万年以前，被几个来自未来的人拯救，脱离了死亡命运。太不真实了，是编的，不可能是真事。这样的事不可能在现实生活中发生。十七岁的孩子不可能在乡村小路上杀死帮派分子，十七岁的孩子也不可能变得那么出名，以至于他们不得不实施证人保护程序，为他建立新的身份。那样的十七岁小孩不可能长大，更别说在一座地铁站台上阻止一场恐怖袭击。

但这发生了，这是事实。他突然一个趔趄，饥饿感瞬间消退，脑海中开始疯狂搜索一条关键信息，或是某种能证明事情没有发生的证据。

"史蒂芬怎么样了？"他的问题如此突然，以至于萨法停止咀嚼，像只被车头灯照到的兔子一般看着他。

她吞下口中的果肉，沉默良久，以至于他都开始以为，她不会回复了。"本，如果某件事是你不该置若罔闻的，"她柔声说，"那或许还是不要知道得好。"

"不。"

她继续咀嚼，不过移开了视线，深陷沉思之中，接着吞咽下去，重新看着他，脸上明显能看出挣扎。"知道又有什么用？"她的声音如此轻柔，就连哈里也觉察出来，饶有兴趣地看过来。

"史蒂芬怎么样了？"

萨法的温柔像是被按了开关一般，迅速退去。"我不会撒谎，不管是对你，还是对任何人，"她坦率地说，"不要问我。这不公平。"

"不公平？你这算是嘲笑？"

"我是认真的，我们不谈这事。"

"我们一定要谈，"他看着她说，"告诉我。"

"罗兰说，我们必须忘记过去……"她的声音一秒比一秒强硬。

"过去？该死的过去？那是昨天……我想知道……"他意识到自己被隐瞒了某些事情，不由得提高了音量。

"我也有家人，"她大声对他说，"我不知道他们发生了什么。哈里也一样。放手吧。"

"我们刚刚才过来，而且我和你们不一样，"他厉声说，"我不是战士，也不是警官。我在一家该死的公司工作，负责调查保险索赔。"想到这其中的不公，这纯粹的令人痛苦的不公，愤怒涌遍他全身。

"放手吧。"哈里将一块脚臭味的"西葫芦"举到他面前。

如果说那话的是别的任何人，本可能都会爆发，但那是疯子哈里·麦登，他正举着一块数百万年前的脚臭味的"西葫芦"，再一次的，这场景再次让他感到深刻的超现实性。

"吃些梅子吧，本。"萨法说着从那被压碎的水果中撕下一块。

"我不想吃该死的梅子。你怎么能这么平静？"

萨法耸耸肩，这个姿势并没有具体意义，也是在避免回答。"你需要学习把它深锁起来。"

"你是怎么学会的？为什么？你不得不深锁起来的是什么？"本大声问，接着看到萨法怨恨的表情，吓得畏缩起来。

"吃，"哈里轻松的语气打破紧张气氛，"你们俩都吃。"

于是他们就开始吃。他们吃的那些并不是梅子的梅子类水果，是类似柠檬和酸橙，但两样都不是的蜜瓜。

萨法注意力集中在手中的水果上，眼泪退了回去，不露一丝感情或情绪地吃。他是本·莱德，真的是本·莱德，是她加入警察局，选择近身防卫队伍的原因所在。现在他正坐在恐龙时代的一座堡垒，坐在她对面，在被告知他们得去拯救世界的消息之后，他开始吃水果。哦，桌子边还坐着疯子哈里·麦登。她接受了这一事实，整个事实，整个事情，以及她脑海中所形成的那件，即她再也不用被那个卑鄙的男人触碰。在这里不会，也不会被任何人触碰，此外，尽管她不认识哈里，但她已经感觉出与他之间联系着一条纽带，并且知道他会站在她背后支持她，正如她在那次打斗中为他做的一样。唐宁街那次是她第一回杀人，以前她总在好奇，面对知道你夺取了他人性命这种事会是什么感觉。但当事情真正发生时，她却没有任何感觉。他们进攻。她执行工作。就和那个房间里的那些男人一样。他们可能也只是在执行命令，想要制服哈里，但是他们带着武器，而且当她加入支援时，那些人也用武器来对付她。事情就是这样。她回头看看哈里，他正若有所思地吃水果，她又看看对面的本，目光在他右脸褪色的疤痕上多逗留片刻。本·莱德。真的是他。一想起他之前冲着加入战斗的样子，她就想笑，但是她忍住了。他完全没有受过训练，没有任何技巧，但是他足够勇敢，还聪明，非常聪明。他是本·莱德，大名鼎鼎的本·莱德。

哈里吃着水果。他很饿，四年的战争经验教会他，能吃的时候尽量吃。这一切对他来说都不稀奇。他的思维已经钝化，因为任务似乎永远执行不完，交火，破坏性突袭，游击战，肉搏战，背街小巷伏击，跳伞落在开阔地，在坦克摧毁村庄时躲在后面寻找掩护。如果那艘快艇把他带出挪威，他会得到表彰，然后再被派出去。事情就是这样。不过他喜欢萨法。她是女人，这一事实并未在他脑海中造成影响。他合作过的许多反抗战士都是女性，而且她能打。天哪，她能打。他在心里思忖着，一想起在那次打斗中，本胳膊挥舞得像连枷，他的嘴角就要牵出笑意，不过他必须忍住。那男人缺乏训练和控制，但是他勇敢，而且有真本事，还聪明。他脑子转得很快。

本吃是因为其他两个人也在吃。他脑子转得飞快，他的肚子在翻腾，他的神经很烦躁。他想起史蒂芬，痛恨自己被隐瞒某事的感觉。萨法在隐瞒某些事。他的人生已经结束。他死了，又没死。他不是战士，不是警察，不是侦探。他不是他们需要的人，但他还是来到了这里。这个程序为什么会选中他？他经手的案子有百分之百的成功率，但那是保险索赔案，不是谋杀案调查，而且当然与解开未来谁毁了世界之谜没有任何关系。他看一眼哈里，希望能拥有他那样的平静。他看着萨法，惊讶于世界的狭小，她竟然是霍尔本站台上向他冲来的那位警察。即便粉黛不施，她也美得惊人，但是她脾气也很臭。实在是很难相处。他为什么不能和他们一样冷静？他为什么不能投射出那种水平的……

"窗户上可能是全息投影。"本说，他脑子中的齿轮再次开始运转。想到这种可能性，他的心激动不已。他停下进食动作，看了一眼萨法，接着又看向哈里。

"全息投影？"哈里问。

"就像幻象。"萨法小声说。

"不。"哈里立即说。

"技术比1943年时进步了很多，哈里。"萨法说。

"那我们应该到外面去，亲自看个清楚。"哈里平静地说。

"那座山谷离这里很远，"本突然想到，"但还是有可能是假象。"

"想弄清楚，只有一个办法，"萨法说着坐起身环顾四周，"我们需要看到它实际运转。我们需要证据。"

14

"我们想要证据。"萨法在走廊上看见站在办公室门口的罗兰，示意大家停下。

"好的，我早就想到，你们会要求……"

本站在后面，注意到与哈里相比，萨法的身影显得那样的渺小，他惊讶于哈里竟然会允许她像现在这样领头。或许哈里满足于只站在后面观望，仿佛要先掂量评估整个事态，然后再打定主意。本祈祷窗外的画面都是全息投影，罗兰是个变态绑架狂，即将被萨法和哈里揍得屁滚尿流。他忽略了这样一个事实，那就是他已经相信，萨法和哈里就是他们所宣称的身份。这点小事与他孤注一掷的期待毫不相关。

马尔科姆将一把钥匙插进一扇顶上有一盏红灯的门，带领他们走进去。那是一个很大的房间，装饰风格也很平淡，也是裸露的混凝土墙壁、地面和天花板。唯一的区别就在于，里面立着两根独立的长金属杆，底部放有看似结实的负重板，以保证金属杆站稳。每根金属杆上粘有两个像音箱一样的光滑的黑箱子。他们三人看着那两根金属杆。任何地方都没有电线，没有古怪的装置，没有闪光灯。只有两个带音箱的金属杆。本开始寻找魔法大门一类的东西，但什么也没找到，于是失望骤增，这一切真的都是扯淡。

"它在哪儿？"萨法问。

"让人很失望，对不对？"罗兰说着经过他们，走到金属杆前。

"那个？"萨法指着金属杆，然后看看康拉德和马尔科姆，仿佛要朝他们发起攻击。本倒是希望她出手，他甚至可能会帮忙，倒不是因为她需要帮忙。

"等他们装完，佩特尔小姐，"罗兰说，这时马尔科姆从口袋里掏出一台平板电脑，滑动拇指，激活屏幕，康拉德则推动滚轮，将金属杆分开，宽度大约相当于一扇门。接着他松开一只音箱上的固定螺栓，将其滑到金属杆上方，停下，看看哈里的身高，接着继续往上推，然后停下拧紧。他对另一只音箱也做了同样的调整，直至两组音箱分别位于杆顶和杆底，彼此相对，形成一个四方形。

"激活。"马尔科姆说着抬起头，只见四角的音箱发出荧光，构成一个蓝色的四方形。它很美，表面有淡淡的色泽波状起伏，微微闪光。

"饶了我吧。"本看到这迷人的景象小声咕哝一句。看上去像是一面由这种蓝色色调的光芒构成的结实的墙壁，但其中又荡漾着光谱中的所有色彩。同时又融合得完美无缺，单是这景象就值得一看，不过整个房间沐浴在色彩之中的样子，让他立刻回想起在霍尔本地铁隧道中看见的光彩。

康拉德盯着那光看了片刻，接着转身面对他们，"穿过这堵墙，就能到那边去。"他平静地说。

"你认真的？"萨法问他们两人，"那就是时光机器？"她难以置信地指着那东西，哈里交抱双臂，轻轻皱起眉头。

"是的，佩特尔小姐。"马尔科姆说着视线重新落回平板电脑。

"它确实就是，"罗兰说，"很简单，对吧？但是你们想要证据。"

"我们穿过那个，然后就能穿梭时空？"本说完等待萨法出拳揍人。

"是，莱德先生。"

"好。"本耸耸肩上前一步，准备证明他的错误，不过又有一种奇怪的沮丧感，担心一切会变得更糟，"那就继续。"

罗兰没有回应，而是轮流打量他们每一个人。"不过在我们继续之前，我需要你们每个人都保证，无论何时都会完全遵守我的要求。我们将穿梭到人类时间线上的一个点。我们参与的任何交流都可能改变时间线。我们不能与任何人交谈。我们不能在目光所及的任何人能听见的情况下讲话。任何时候我们都不能做任何会吸引他人注意的事。如果我说终止，那我们立刻就要穿越这座门一样的东西，直接返回——"

"入口。"康拉德咕哝道。

"谢谢，康拉德，"罗兰生硬地说，"我们在那里待的时间不能超过一分钟，但是我相信，足以满足你们要求证据的想法。我们不能待太久，因为没有足够的衣服可供你们融入我们即将前往的那个时代。此行只是为了观察，纯粹是为了证明这件设备的能力。你们明白？"

"相当清楚，"本急切地想要立即进行，好等待结束后证明这家伙是个变态，然后找到出去的路。越是这样想他就越是觉得那窗户是全息投影效果。但是那个警告的声音还在。只不过他没理会那声音，因为他不喜欢那声音对他所说的话。

"麦登先生？你能保证吗，遵守我给出的指令？"

"小姐呢？"哈里问，这让本再次惊讶地直眨眼，他竟然又一次向萨法妥协了。

"好的。"萨法看着罗兰，"但是如果本或哈里出了任何问题，我不会放过你们三个。这一点有异议吗？"

"同意，"罗兰说着紧张地看了一下两个员工，"这是一次荣誉与诚实的测试，也是证明时间机器能力的方法。"

"测试谁？"哈里问。

"我们双方，我想——"罗兰说着僵硬地笑笑，"我想我们已经准备好出发了，马尔科姆。我们去康拉德租的那个房间。"

"好的，"马尔科姆说着用大拇指在屏幕上非常熟练地操作起来，"要不到一分钟。"

"房间？"萨法疑惑地看着康拉德，"一个房间能证明什么？"

"会的。"罗兰只是简单答一句。

哈里走到设备面前，抬头看着音箱，接着看看地面，然后绕到那光芒的背后。

"你们能看见我吗？"他问。

"看不见，伙计。"本大喊。

"我也看不见你们，"他说完从那一头重新钻出来，"我能摸摸它吗？"他伸出一只手去碰那光芒。

"完成。"马尔科姆说。

"请先允许我检查一番，"罗兰告诉哈里。他走到光门前，马尔科姆迅速竖起大拇指，他向前弯腰，脑袋钻进光幕，躯干的上半部分消失不见。他在那儿，但又不在那儿。就好像身体的上半部分被剪掉了一般。哈里迅速绕过去看向光门后部，然后摇头。

"不可能。"本冲到光门后，那边和前面一模一样，但是显然并没有看见罗兰的上半身戳出去。他大脑拼命运转，想要弄清眼睛看见的情景。罗兰在那儿。俯身向前，但是从门后并没有看见他的身体。

"没问题，"罗兰说着站直身体，"好了，直接进门吧。"他走进光门后，整个人就完全从房间中消失了。罗兰不在那儿，他消失了。他们三人瞪大眼睛，想要把光门里面的情景看个清楚，但是门那侧却什么也看不见。

"很安全，"马尔科姆冲着那扇亮蓝色的门点点头，"真的，不会有任何伤害，或其他影响。我和康拉德都进去过数不清多少次了。"

"数不清。"康拉德说着冲他们直点头。

哈里先进。他举起一只手，轻轻接触光芒，仿佛是想用指尖触碰一下，但是他的手指直接穿了过去。

"你能感觉到它吗？"萨法问。

"不能。"哈里回答。他咕哝着冲向前，似乎是想用头去撞那扇光门，但是却直接穿了进去。片刻之后，他面色惨白地钻出来，被震惊得无以复加。"在这儿等着。"他小声说着走上前去。

"该死的，怎么回事，"本咒骂着，不知不觉地靠拢萨法。"天哪。"当看到哈里的脑袋从光门里钻出来，仿佛是在门里面侧身时，他惊呼。

153

"快过来。"哈里露齿大笑，接着再次钻出来，回到众人视线之中。

"见鬼。"本张大嘴巴看着萨法，后者也看着他，看上去非常激动。她微笑着抓起他的手，冲光门点点头。他咽口唾沫，也点头回应。

"数到三，"她说，"一……二……三……"

穿梭过程直接、简单。就像从一个房间走到另一个房间，但显然没有任何感觉或生理反应。他们隐隐约约感觉到冷，但那只不过因为光芒是蓝色的。

他们迅速环顾四周，扫视一眼那房间。是一间旧式的卧室，有一只看起来很古老的黄铜框架的床，靠着一面墙摆放，墙上的灰泥工艺是他们所见过最糟糕的，到处都是坑坑洼洼的。还能看到一条条受潮后留下的棕色印迹，房间里闻起来有股霉味。床上铺的寝具是粗糙的羊绒材质，满是污点。另一面墙上倾斜靠着一只旧抽屉柜，破烂不堪的样子。木地板裸露在外。墙上安的是一扇旧式木框推拉窗，只有一块玻璃的那种，自然日光透过窗户照射进来，点亮空气中闪闪发亮的尘埃。

接下来击中他们的是气味。人、饭、火焰、马粪、烟、煤灰，还有其他十几种气味一齐扑来。附近传来人们说话的声音，外面的街上充满生机。有马蹄发出的囊囊声，一个男人用一种他们听不懂的语言大喊，不过辨别的出那是法语。本认得出所有的事物。例如，那张床是床，抽屉是抽屉。每样东西都很老，但是在这里却并不显得老旧。

"本。"萨法呼叫他名字的期间，已经走到窗口，不出声地向外张望，哈里陪在她身旁。

"请不要在窗口停留太久，"罗兰小声说，"还有请小声说话。"

"好的，当然，"萨法立刻减小音量，服从他的要求。"看啊。"本走过去，她点点头。他们站的窗口位于一座楼房的四楼或五楼，下面是一条繁华的街道，上面人群接踵摩肩。这场景是那样的熟悉，但同时又显得那样不和谐。本和萨法在电影里见过许多这样的场面，但都不像现在这样逼真。这真的是在过去的年代，根据成千上万的老照片以及那些拥有精致布景的好莱坞电影的场景，立刻就能辨识得出。到处都是马，拉着二轮马车，或是旧式的封闭式的四轮马车，旧的快要散架，新的则闪闪发亮，前面的车夫也穿着色彩缤纷的神气的制服，亮蓝色、红色、黄色，还有层层金色晕影。行走的人们有些穿着肮脏的棕色和灰色服饰。其余一些人的衣装则色彩生动，款式时尚。有类似集市的货摊在售卖食物，有鱼、肉、面包和其他一些他们没认出来的东西。各种气味随风飘进窗口，这一次他们直接分辨出来，还看到闪烁的煤块上放置的炖锅，一个老妇人用勺子从一只罐子里将汤盛到一只碗里，递给一个男人，后者当即就吃了起来。感觉应当是春天或是初夏，头顶的蓝天清澈，空气中还有那种冬天终于过去，白日变暖变长时所特有的嗡嗡声。

"看那儿。"萨法用手肘推他。本沿着她的手指，接着却被看见的情景吓得晕头转向，收回视线。

"饶了我吧……"

"是真的，"她说着转头冲他微微一笑，然后再次抓住他的手，"该死的，这是真的，本……"她情绪激动起来。时间旅行是真的。哈里·麦登是真的，而且她正牵着本·莱德的手。时间旅行是真的。再也没有人会像那人那样碰她。她已经远离那个地方，远离那个年代，而身边的两个人都明白何为荣耀和体面。

她所指的那东西不会看错，即便现在才刚刚建到一半。埃菲尔铁塔是这颗星球上最具辨识度的建筑，而它就在那里。它四条巨大的腿向中央聚拢，向上支撑起已经建完的第一层平台，哪怕是从这么远的地方越过座座屋顶看到，都能分辨出它格子状的框架。

"法国巴黎，1888年4月。"罗兰在他们身后说。

"我能开窗吗？"萨法急切地问。

"可以，但是请不要引起关注。佩特尔小姐，你的外表很醒目。我能提醒你一句吗，不能做任何会引起旁观的事。"

"当然，"萨法说着举起窗闩，推开窗户。外面的空气涌了进来，真正的空气。真正的充满煤灰和烟尘的气息，在习惯了堡垒纯净的空气之后，这肮脏的空气几乎令他们窒息，但闻起来还是那么的美妙。哈里低头确认没有任何人抬头看到，这才快速探身出去，深呼吸一次，然后又闪身进来。

"康拉德是在当地时间今天早上租的这间屋子，按照我们的时间是在一周前，但是尽管如此……我恐怕我们必须离开了，"罗兰说，"我们不能冒着会被人看见的风险，而且我一直担心，蓝光会被反射，或者被某个人看见。"

他们逐渐后退，像一群被牧羊人驱赶的温驯的小羊，穿过蓝光，返回那间现在显得昏暗不堪的混凝土堡垒里的房间，这里的空气显得那样厚重、干净和丰富。罗兰跟在他们身后走出来，对马尔科姆点点头，后者拇指划过平板电脑上的一个红色大方块，那座蓝色大门一眨眼就关闭了。

他们站在那里，依然处于震惊之中，没有发言。三人都因为刚刚目睹的景象错愕不已。马尔科姆和康拉德微笑着看看对方，他们第一次见识时也是这样。罗兰停下来，给他们一分钟时间消化。

最终，他清清嗓子："那……呃，刚才那些足够了吗？"

"当然不够，"萨法嘲讽间，脸上没忍住露出一个灿烂的微笑。"我是说，不够，"她严肃些说，"完全不能证明……根本不能证明。"

"什么？"罗兰难以掩饰语气中的震惊。

"你还有什么？"她问。

"还有什么？"罗兰问。

"对……别的证据？别的证据？不能证明……还需要更多证据。哈里？你被说服了吗？"

"没有。"哈里语声深沉，不过眼神中也闪烁出一丝光芒。

罗兰啧啧两声，转转眼睛，生起气来："这可不是玩具。"

"对，这是要命的时间机器！"萨法说着再次露出一个灿烂的微笑，"好了，我们还能去什么地方？"

"没有其他地方，而且……"

"你给我们下药，"萨法坦率地说，"两次……"

"我知道，佩特尔小姐，但是我们非常小心，只用过那一个房间。我们没有其他任何安全的时代可供——"

"那么，"本说着将一只手放在后颈，抬头看向罗兰。萨法突然回头看着本。罗兰、马尔科姆和康拉德也一样。本看到众人突然聚集起来的目光眨眨眼，却并未说出脑中的思绪。"问题在于，"他露出一个歉意的微笑说，"你给我们播放的视频，可能是伪造……电脑生成。"他悠闲地耸耸肩。萨法盯得更紧，在本的眼睛中发现一抹捕食者的神色。"那些恐龙隔得那么远，而且还在窗户外面……所以它们也可能是假的。我们刚才去的那个房间，只不过是一个能俯瞰街道的房间，也可能是假的。我们才进去不到两分钟，到目前为止，你向我们展示的东西，没有一样能说服我们——"

"原谅我，"罗兰打断他的话，"我们不能，也不会冒险，闯进随机的年代去满足你们的好奇心。风险太大。任何一个违规，或者……或者，"他一只手往空中挥舞，"交流，都可能会对时间线造成毁灭性的影响。"

本啧啧两声，点点头，依然保持着那种随意的风度："那么，我因为霍尔本的事出名了？"

"我不明白这两者有什么关联。"罗兰语声僵硬地说。

"但是你知道，你会在霍尔本的什么地方？对吧？"

"好吧，是的，但是……"

"所以，那你为什么要在那天上午去我的公司？有什么非去不可的理由？我的意思是，这对时间线的威胁是非常巨大的，不是吗？你知道我会在什么地方，那么为什么还要冒险？"

"啊，是，确实如此。"罗兰急切地说着，气愤地将头发往脑后梳，皱着眉头直跺脚。

"那是你的玩具，对吗？"本尖锐地问，"不想分享对吗？"

"天哪，不是的。根本不是……我只是说……"

"里约热内卢，"本说，"1999年。狂欢节在2月13日到16日之间举行。街道上汇聚了超过两百万人，到处灯火通明。晚上去，那样蓝光就不会显现……"

"我的老天啊，我们不能做这种事。"罗兰急切地说。

"可是在我进地铁站之前，你就站在街道的对面，"本的语气依然悠闲自在，但是侵略性加强了。"有什么非出现不可的理由吗？伦敦到处都被闭路电视监控系统覆盖。到处都是智能手机……你挑了一个日期向我们证明。现在我们也要挑一个日期。我要求的又不是古罗马，耶稣诞生，或是黑斯廷斯之战，罗兰。想想你要求我们做的事……"

"他说得对，"马尔科姆咕哝着看向罗兰，"你都让我们看了泰坦尼克号出海……"

"什么？"听到马尔科姆的抱怨，本厉声问，"你让他们看了泰坦尼克号？该死的，你是不是蠢？"

"哦，我们当时站在后面，莱德先生。"康拉德说。

"而且我们还穿着当时的衣服。"马尔科姆补充说。

"我们也没让任何人拍到我们的照片。"康拉德说。

"我们去了，大概……五分钟？"马尔科姆说着看看康拉德。

"哦，没那么久……差不多四分钟吧，可能三分钟……"

"而且罗兰很开心，"马尔科姆说，听到本再次抱怨，他声音低了下去。"实际上还是他建议的，对不对，康拉德？"

"无耻的浑蛋。"萨法瞪着罗兰说。

"好吧，好吧，"罗兰说着伸出双手抚慰他们，"行吧，里约一九九九。我们需要些时间来组织。"

"组织什么？"本立即问，语气中带着强烈的怀疑。

"呃，我们需要GPS配合，莱德先生。"马尔科姆说。

"叫我本，伙计，"过了这么多年，本还是不习惯被人叫做莱德，"你怎么组织？"

"他们还需要衣服，"康拉德对罗兰说，"我们有个地方可以利用，"他又说一句，看着本解释说，"需要半小时。喜欢什么样的衣服？"

"街头服饰。牛仔裤，T恤衫……便装，"本不等罗兰回答便说，"哑光素色，不要任何亮色或花纹。"

"你怎么知道需要什么样的变装行头？"萨法问他。

"常识，"本就说了这么一句，眼下并不打算对任何人做任何解释。"我们到那个大房间等。"

他们列队走出房间，留罗兰、马尔科姆和康拉德沉默地站在原地。他们回到走廊，原路返回，穿过一扇扇门，走向那间有水果的房间。

"干得太漂亮了，本，"萨法说着再一次走在前面领路，不过她转身冲他笑了一下。

"是，干得漂亮。"

本没有回复。情绪急转直下，变成绝望和困惑，头脑再次变得混乱。

15

萨法看着他。自从他们走出来，在这间主室等待以来，他几乎没说一个字。"你看起来不错。"她看着他的牛仔裤和素雅的黑色T恤衫露出微笑。

"谢谢。"本说着冲她露出一个紧张的微笑。

"美国佬才穿丹宁布。"哈里说着嫌恶地看着腿上的牛仔裤，发出啧啧的声音。

"只是暂时穿穿。"她说。

"便裤有什么问题？"

"没事，就是现在没人穿它们了。"萨法说。

"美国佬才穿丹宁布。"

"是吗？"萨法问，"美国佬穿丹宁布？"

哈里啧了几声，笑着看看她。他原本是嘲讽，但萨法幽默地化解了。服装都是基本款，而且按照本的要求，是哑光素色。普普通通的牛仔裤，按照战后西方世界的任何标准来看都平淡无奇。本拿到的是一件黑色T恤衫，萨法是深蓝色，哈里是深灰色。配备的是三双样式简单的棕色靴子。本看看另外两人，又低头看看自己。他们看上去就像穿便装的警察。靴子、牛仔裤和几乎配套的T恤衫，不过暂时够用。他有些惊讶，萨法竟然没有挑剔这身近乎制服的装束，不过话说回来，她是近身防卫队的人，原本就要穿制服，所以或许她没有伪装的经验。哈里实际也是一样，他以前一定在敌后工作过，他说过在挪威他是平民打扮，或许是有人为他们挑选服饰。这样就说得通了。

"准备好了吗？"萨法说着喷了几声，"哈里，把你的T恤衫拉出来。"

"为什么？"

"没人会把T恤衫扎进牛仔裤。"

"为什么？"他虽然口上这么问，但还是拉了出来。本猜对了，哈里是在敌后工作过。本的猜测是对的，有专人为他们挑选合适的衣服，就是他们要前往工作的那些区域的专家和当地人。

萨法再次打头阵，带领他们穿过堡垒，发现马尔科姆正在放设备的那个房间门外等候。

"你和我们一起去？"萨法看见他也穿着一样款式的牛仔裤和T恤衫，语气生硬地问。

"只在门口等。"他低下视线，不与她对视。

"活见鬼了，"她说着走进房间，看见罗兰和康拉德也穿着牛仔裤和T恤衫，"这么说，我们都一起去？"

罗兰听出她语气中的谴责意味，僵在那里，看起来就和身穿牛仔裤和休闲上装的哈里一样不自在。"马尔科姆在出口那边等候。康拉德留在这边，不过随时准备好，一旦有需要就穿越进入。我当然要一起去，保证将与时间线的交流减到最小。穿越时不能和任何人交谈，不能参与——"

"你之前说过，"萨法语气生硬直接，"我们执行得很好。"

"是的，但是——"

"本，哈里，不要和任何人交谈。不要做任何事。明白？"

"明白。"本说。

"收到。"哈里说。

"太好了，"萨法冲罗兰点头说，"那我们出发？"

康拉德操作平板电脑，蓝光再次闪现。房间立即沐浴在微微闪亮的华丽蓝色荧光之中，萨法、哈里和本再次着了迷。罗兰第一个进去，他走到光门前，探身穿过的途中停下脚步，将那个姿势保持几秒后又撤回。

"完全正确，"他对康拉德说，"我们在某座建筑背后的一条小巷……主路就在正前方，狂欢的人群正在经过。非常喧闹，灯火通明。"说完他又补充一句，"对了，好吧，确认无误。我带头进。"之后他没再多说就走了进去。

"小姐？"马尔科姆礼貌地看着萨法问。她没理会他，穿过光门，立即走进一条黑暗的小巷，前方一百米处主路上的声音和光芒投射过来。四处散落的都是垃圾，炎热潮湿的空气中充斥着各种气味，再一次与堡垒中的纯净环境形成异常鲜明的对比。到处都是音乐声。快节奏的特色舞曲与这狂欢节的氛围搭配得天衣无缝。欢闹声，闪烁的灯光，经过巷口的人们身着的行头越来越古怪。十英尺高蓬松的巨大的人造羽毛，裙摆如巨浪般汹涌。衣着清凉的男男女女经过时一路旋转和舞蹈。本跟在萨法身后走进来，她向前走腾出地方，哈里也进来了，接着是殿后的马尔科姆。他们谁也没说话，都只是看着这喧嚣和明亮的环境，感受着空气的炎热和潮湿。原本荒凉的环境顷刻间便充满了声色犬马。

"我们得走过去。"本要大声吆喝，才能压倒周围的吵杂。他需要说服他们。他需要知道此情此景是真实的，是正在发生的，现在是1999年。

　　萨法点头回应，然后往小巷前方走去。虽然罗兰和哈里也在，但她并未征求大家的意见，又一次领了头。她的威信虽然是自然流露，却非常强大。哈里的能力显然也很强，但与萨法的气质不同。

　　她走到巷口，惊讶地看到一队队汽车、彩车和人群集结起来，缓缓经过。乐声震天，成百的鼓阵，成百的乐器，都在飞快地演奏，一切都像是发了狂，其中涌动着能量。一大群穿白衣的男男女女舞动着从眼前经过。他们头戴巨大的头饰，披肩飞旋，腿上还绑着羽毛。所有人都和着节奏，大声歌唱。街道两边都密密麻麻地站着观众。光是这一条街上就聚集了数千人。萨法心跳加速，不是因为恐惧或战栗，只是从堡垒来到这里的自然反应。看到这盛大的场景，听到这喧嚣，闻到这气味。其余人跟上来，站在她两侧，都震惊得张大嘴巴。尤其是哈里，他以前从未见过这种场景，从未想象过这样的事情。这五光十色的充盈的生命力。这夸张的服饰和清凉的装扮。这音乐和舞蹈。他抽动嘴唇，一开始只浮出一个浅笑，接着笑容慢慢扩展到整张脸上，一副喜不自禁的样子。

　　一个他有生以来见过的最漂亮的女人在跳舞，身上只穿着内衣，后背贴着浓密蓬松的黑色羽毛。她的大胸和大屁股，正和着音乐摆动。她走了过去，哈里一转身又看到一个更美的女人，她也只穿着内衣，背上贴着浓密蓬松的白色羽毛。如此继续。他摇摇头，先是露齿而笑，接着大笑起来。战争是肮脏的，战争是可恶的。这才是生活应该有的面貌，生活应该只有这些。

　　本环视四周。所见与哈里相同，但是他过去已经见多了这种场面，虽然他依然感到精力涌动，脉搏加速，但目力所及的冲击力并没有那么大。这是1999年吗？他该怎么辨别？他回头往巷子里面看，看到那蓝光的投影，它看起来很弱，与眼前的光芒相比，显得微不足道。他对萨法说了句什么。萨法看着他，笑容灿烂，却一直摇头。

"听不见你说什么，"她指着耳朵说。

"报纸。"本在她耳边大喊。

她点点头环顾四周。如果是她，她可能就只站在这里旁观，但是她已经意识到本有多么聪明，他之前所说的每件事都很合情理。之前的所有玩意都可能是假的，但这些？这不可能是假的。绝无可能。但他还是想要报纸来确定。她抓住本的胳膊，示意哈里和罗兰跟上，然后迈步穿过街边的人群。罗兰一想到要离开门口，吓得畏缩起来，但他也明白，自己无论做什么都不可能阻止他们。这里如此吵闹，光线如此明亮。他就像鱼儿离了水，但不同于哈里的是，他畏缩不前，还低着头。

萨法回头，确定其他人都紧跟在身后。本在她正后方。他脸上有汗水在闪光，深黄色头发因为潮湿和热浪开始浮油。他冲她微笑，示意她继续走。这一幕显得那样的不可思议。有一半的她展开眼前的工作，扫视四周洞察可能的危险，评估眼前的每一个人，自觉开始扫描每个人是否带有武器，这习惯现在已根深蒂固。不过还有一半的她想要和着音乐摇摆，为自己正在做的这件激动人心的事哈哈大笑。

他们左侧的建筑退向后方。一张红白相间的雨蓬从一家酒吧门前伸展出来。到处的人们都在欢饮瓶装啤酒，一边舞蹈，一边打量走过的狂欢人群。她注意到本的视线，冲那家酒吧点点头。本也点头回应。接着她冲哈里和罗兰示意，要他们在酒吧附近停下。她带领一行人，在酒吧入口几米开外的地方，找了个足够容纳他们所有人的空地。空气中弥漫着啤酒的味道，还混有烹煮食物和汗水的味道，不过这并不会让人感到一丝不快。

本搜索了一圈周围的地界。他所需要的只是眉头上有日期的一页报纸。哈里和罗兰站在萨法身边。哈里的眼睛定在眼前舞动着经过的女郎身上，那是他这辈子所见过最美的女人，直至那舞者回头一笑，哈里才恍然大悟，那是个穿女装的男人。哈里脸色煞白地往后退，迅速转身，脸上显然是吓呆了的表情，萨法看得哈哈大笑。本离开一行人，朝酒吧前门走去。但是每走一步都有人在冲撞和推搡。到处都是笑脸。有人拍拍他的背，他一回头看到是一个醉汉冲他竖起大拇指。酒吧里面比街上更甚，满满当当都是人，他们大吵大闹，手里挥着钱，可怜的酒保一手递啤酒，一手抓钱，看也不看给的是什么面额。

他看到门口有一小群人站在一起。男男女女都一边喝啤酒，一边看着游行队伍笑着摇摆。其中一个男人屁股口袋里戳出一份折叠在一起的报纸。本朝他们走去，笑着挥手想引起那男人的注意。那男人转过头，虽然开心，却摸不着本的来意。本笑着指指他口袋里的报纸，打手势询问是否能看一下。那男人展开笑容哈哈大笑，然后掏出报纸递给他。

"谢谢。"本大喊，心里思考着巴西人怎么说"谢谢"。他们是说西班牙语？还是葡萄牙语？Gracias（谢谢）还是Obrigado（谢谢）？"Obrigado，"本想起电影《上帝之城》，于是大喊。当本展开报纸时，那男人笑得更灿烂。页眉正中用黑体印着"环球报"三个大字。他扫一眼下面的信息栏，看看罗马数字的版面数字以及旁边的日期。

1999年2月14日。

有人往他手里塞了瓶啤酒。他抬起头，吓了一跳，他确认了日期以及时光机器真的存在，而且他死了，之后还看见了恐龙，世界在2111年终结，他陷入震惊。给他报纸的男人又笑起来，示意本喝酒。本呆住了。音乐喧天，光芒闪耀，四处一片喧闹。他死了。这是真的。那男人凑过来，举起本的手，仿佛是想帮他喝酒。本喝了。他喝了啤酒，那男人和他的朋友都开心地鼓起掌来。本继续喝，他大口吞咽那嘶嘶冒着汽泡的热乎乎的啤酒，因为他死了。他死了。他再也看不见史蒂芬。他再也看不见他的家人，或家里的房子。乡愁击中了他，绝望在他心中下沉。他继续喝，突然之间感到那样的干渴。他喝完整整一瓶，放下瓶子。那男人接走瓶子，又塞过来一瓶。

"Obrigado。"本大喊。那男人快速说了句什么，笑容灿烂。本也笑着回应。好玩，这一切都好玩。"我死了，"本告诉他。那男人和他的朋友大笑。"我死了，"本告诉他们。他们又笑。本也大笑，他喝着啤酒，一滴泪从他眼眶淌落到脸颊。一只手搭在他肩上，萨法出现在他身边。她凑过来看报纸头版，找到日期。她不知道Fevereiro是"二月"，但其余的数字显而易见。她冲他微笑，看到那滴眼泪，但以为那只是一滴滚下来的汗珠。

一瓶啤酒被塞进她手中。她笑着接过来点点头，看到那群人脚边放着一箱箱的啤酒。她抿了一口那温热的液体，回头发现哈里和罗兰过来了。那群人看见那个要报纸的漂亮男人的朋友来了，也给他们塞了啤酒。罗兰有些担心。这是交流，这可能损坏时间线。哈里喝着啤酒，用怀疑的目光打量他这辈子见过的最漂亮的女人从旁边跳着舞经过。

本喝酒。他在1999年2月14日的里约热内卢炎热潮湿的空气中喝啤酒，而且他知道他死了。他死了。他不存在。

16

三个没有装饰的乏味房间。混凝土墙壁，混凝土地面和天花板。每间房中都有一张金属框架的床。

他们醒来，因为头顶闪耀的灯光而眯缝起眼睛。嘴巴发干，脑袋疼得像有东西在重击。萨法咕哝一声翻身将头埋在枕头下。哈里闭上眼睛，又眯开一条缝，好让视线适应，同时也开始现在已经养成习惯的检查过程，看身体是否有哪里折断。本呻吟一声抬头，眯着眼环顾这个让人讨厌的房间，然后再次沉下脑袋。

萨法转动身体坐在床边，等待眩晕过去。她的嘴巴如此干渴，喉咙也是。她在出汗，感觉身上很脏，头发也发油。她看看昨晚脱在地上的衣服。是昨晚吗？这里有时间存在吗？她因为自己这个愚蠢的问题眨眨眼，觉得自己可能还在醉酒。她咂咂舌，想起罗兰惊慌失措地想让他们离开里约，但是他们却根本不予理会，同新认识的伙伴喝啤酒喝到酩酊大醉。

她像大多数人在度过昨天那样的夜晚之后清晨醒来会做的一样，咯咯直笑。哈里当时和狂欢队伍里的女孩们跳着舞。想到那画面，她噗嗤一声笑。那满脸络腮胡子的大块头不停跺脚，将一瓶啤酒举到头顶，胳膊挽着衣着清凉的女人们旋转舞动。罗兰那时候已经怒不可遏，可是新朋友又往他们手中塞进更多的啤酒。

她呻吟一声站起身，意识到其实比上次在这房间中醒来时感觉好很多。四肢的疼痛在消散，无力感只是因为宿醉，并非是被下药后的反应。她出门走到中央的房间，接着意识到自己只穿着胸罩和内裤，又一路跳回来。她笑了片刻，耸耸肩，迅速跑进浴室。里面有个简单的细细的滑动螺栓。她用了马桶，刷了牙，拧开喷头。冷水哗哗流淌而出。她等着水变热，但是没有，她又多等片刻，水还是冰的。好吧。她钻进去，冷水洒在她赤裸的身体上，她尖叫一声立刻打起冷战。一开始的冲击过去后，她放松下来。这地方的空气温暖潮湿，水花将宿醉感冲洗一空，感觉花洒也变得可爱了。旁边有一瓶新的沐浴露。她打出泡沫，迅速冲洗干净，又用那瓶东西清洗头发，同时在心里思考他们所需要的所有物品清单。他们是否要继续待在这里，已是一个无需回答的问题。事情已经得到证明，时间旅行存在。他们正身处一个百万年前的堡垒。世界终结了。他们必须阻止那个结果的出现。这种想法，这一压倒性的想法掩盖了她所感受到的任何思乡情绪。她爱她的家人。她想念他们，但是她的思想是任务指向型的，向来如此。对于萨法来说，事情非黑即白。她必须这么做，必须留在这里，因此对于思念家人和家园的情绪，她无能为力。此外，她还将与疯子哈里·麦登和本·莱德共事，这已经足够让她开心了。她已经喜欢上了哈里。这人真是不可思议，而且和她原本以为的完全不一样。他完完全全是个新兵。昨天晚上他喝了太多的酒，又是唱歌，又是跳舞，声音比他们所有人都大，但是他却怀着深沉的敬意。他高贵而自豪，而且显然热爱巴西女人。想到这里，她又笑了起来，又好奇罗兰是否还在生闷气。必须说一句，就连他也喝得东倒西歪，最后一直念叨，有他们在那儿，他是多么的开心。"我如此开心。如此开心。真的如此开心。真的，我真的特别开心。"他甚至承认，他也对自己正在做的事毫无头绪，但是那话他是喃喃自语，于是她就假装没听见。有时候杀手锏最好还是放在最后用。

不过本呢。冷水冲掉她头发中的泡沫，她茫然地皱着眉头。她看不透本。上一分钟他似乎还相安无事，下一分钟却沉默寡言，完全不说一句话。前一分钟他还在因为哈里和狂欢队伍中的女孩跳舞，而罗兰心烦意乱的样子大笑，下一分钟他却呆呆地盯着空中，一瓶接一瓶地喝闷酒。他也喝醉了，完全醉了。她和哈里不得不帮他返回入口，等在那里的马尔科姆和康拉德因为他们离开那么久，正惊慌失措。

"去他们的，"本没理会他们，"弄台时间机器……"

他说那话的样子很好笑，但他本意并不是为了搞笑，而是震惊。

她点点头，向自己确认，是震惊。她和哈里有一份优势，工作让他们原本就长时间不能回家。但本却从未那样过，他只是需要适应。

她冲完澡，用浴巾裹住身体，走到主室，看到本和哈里跌坐在蓝色椅子中狼狈的样子，不由得大笑起来。

"浴室可以用了，"她大声开心地说着回到房间换衣服。她只推上门，留了条缝，"我们需要一个队长，"她对外面大喊，"哈里？你是中士，你来当？"

"不。"他用嘶哑的声音说。

"你拒绝是因为宿醉吗？"她在房里问，因为不得不再穿昨天上街的衣服而做了个苦脸。

"不，"他又嘶哑地说，"你来当。"

"你确定？一个女人对你指手画脚的，你能受得了吗？"

"可以，如果你不大喊大叫。"

"收到，那就我来当队长。反正本来就该是我当……"

"我知道。"

"本，你需要训练。"

"训练？"他的声音和哈里一样沙哑。

"你已经开过枪了，"萨法大喊，"所以那至少是开了个头……"

"呃？什么？我为什么需要训练？干什么用？"

"那两个白痴来找我时，一点头绪都摸不着。他们需要专业人士。我们就是专业人士。"她说着走出房间，现在她已经穿好衣服，她冲他们两人摇摇头，心里依然在为他们感到遗憾。"我们今天就开始训练，不过需要工具箱。你俩做好准备。我要找罗兰，告诉他一个好消息。"

"好消息？"本问，他完全不明就里，感觉脑袋里依然一片混乱，搞不懂她在说什么。

"就是我们要留下来，"她说，"起来吧。冲个凉，会感觉好些的，多喝些水，我过几分钟就回来……"

本和哈里看看她，接着面面相觑，耸耸肩。

"我们同意。"萨法在罗兰的办公桌前站定，双脚打开，双手巧妙地勾在背后。

"哦，那真是太好了。"罗兰沉在椅子上，宿醉的脸上一片惊恐难受的表情，但是总算松了口气，"真的。我无法表达我有多么的……我有多么的荣幸，谢谢你，谢谢你，还有……好了，你们什么时候能开始？"

"我们需要时间训练。"萨法坦率地说，她泰然自若地站在那里，目光越过他的头顶。

"训练？"罗兰说着站起身，表情立刻又写满担忧，"需要多久？"

"只能顺其自然，"萨法说，"你想完成这项工作，那么我们就要做到万无一失。"

"佩特尔小姐，我明白你在说什么，但是我们需要推进——"

"从2061年往后推五十年？"她问，"那就是……哦，距今大约数千万数十亿年以后，所以我们还有时间。我们有足够的时间。"

"好吧，"罗兰说，"那你需要多久？"

"我刚说了。顺其自然——"

"是的是的，顺其自然，我听见了。"

"听着，我们已经同意帮你做这件事，"她冷冷地说，"我们都拥有其他人想要的技能。但是哈里已经落后于时代大约八十年，本需要从最基本的项目训练。不管怎样，你有时间机器，对吧？"

"是，但只能用于特定目的。"

"那是什么？"她问。

罗兰眨眨眼，摇头。"那么你们可以调查弄清楚事情的发生经过……你们可以阻止它的发生。还能提取任何你们觉得能起到帮助作用的人。关于这一点，我有一个人员清单——"

"这么说我们可以用这台时间机器帮助执行任务，而且任务内容有可能随着我们的进展而变化。"

"是，"罗兰语气中带着疑惑，"但是我们不能因为自己的目的而操纵时间。"

"你已经干了，"她厉声回应，"我们死了，记得吗？"

"好吧，好吧。"他伸出双手，手掌面向她，"好了，是，我明白你需要时间训练，但是请尽快。我们需要推进。"他停下来，似乎在期待她表示感激，"怎么？"感激并未来临，他于是问。

"设备，"她说，仿佛那是显而易见的事，"衣服、靴子、武器、无线电、工具箱……"

"武器？"

"哈里那个年代，用的是该死的长矛——"

"佩特尔小姐，我想不到在什么情况下你们需要使用武器。"

"想不到？"她语气中带着嘲讽的惊讶，"那为什么找我们来，先生？是谁毁灭了世界，先生？是一些坏人吗，先生？"

"哦，看在上帝的分上。你需要什么武器？"

"全部，先生。"

"什么？"

"全部，先生。"

"你说的'全部'是什么意思？"

"我的队伍需要使用任何他们能拿到的武器，先生。"

"别再叫我先生！"

"你想要一支训练有素、纪律严明的队伍吗？"

"是，"他叹口气，"好……萨法？这真的有必要吗？"

"有。"她严肃地说。

"好的，列个清单，交给马尔科姆和康拉德。反正我很快也要回去。我需要确保，昨晚的崩溃没有造成毁灭性影响。"

"真是美妙的一夜。"

"那样做很蠢，无论在任何情况下，我们都不能重蹈覆辙。"

"收到……先生……"她说着嘴角牵出一个微笑，"我们在那边时，我还以为你很开心。"

"你说什么？"他的脸色稍稍发红。

"如此开心，如此如此开心，真的无比开心。"她说着目光再次飘到他头顶上的某个点。

"非常好。有任何其他事需要我帮忙吗？"

"没了，先生。谢谢你，先生。我可以走了吗，先生？"

他挥挥手，像是变成了一头怪物，现在站在办公桌前。

"我们能出去吗？"她的语气重新恢复正常。

"可以。"他叹口气，脑袋因为宿醉还在疼，迫切地希望她赶紧离开。

"我记得你说起过细菌什么的。"

"我们调查过。马尔科姆或康拉德会给你们展示，不过后门处有消毒空气喷涂处理。"

"专业技术。"她咕哝道。

"我不是专业技工。那些事马尔科姆和康拉德做。"

"你做什么？"

"我弄钱支付这一切费用。好了，还有其他任何事情吗？"

"呃……"她拉长了脸想着，"暂时没有。"她点头轻快地转身，走到门口发现马尔科姆和康拉德正仓促地离开。

"你们两个，"她大喊一声，两人停住了脚步，罗兰在办公室因为她粗暴的语气吓了一跳。"我们需要工具箱。有纸和笔吗？"

"纸？"马尔科姆语气非常礼貌。

"列个清单，"她说话的样子，显得好像哪怕是这么短的耽搁也会导致她发怒，随时可作出暴力反应。那两个人吓得直哆嗦，支支吾吾，紧张地环顾四周。

"有个平板电脑，"马尔科姆说着从裤子的许多口袋中的一个掏出一台设备。他从侧面拉出一支尖笔，聚精会神地激活屏幕，"那么，呃……我能为你做些什么？哦……"萨法猛地从他手中抽走电脑和尖笔，开始在屏幕上涂写。

"你有我们的尺码吧？"她冲那两人大喊。

"尺码，萨法小姐？"康拉德问。

她慢慢抬起头。"脚。"她用清晰的发音吐出这个字。

"哦，鞋子尺码，有的，我们有，还有衣服尺码和……"

"谁帮我洗澡换衣服的？"她不经意地说。

"什么？"马尔科姆脸上一下子没了血色。

"谁帮我洗澡换衣服的？"她又问，"如果我发现是男人趁我在被下药期间帮我洗澡换衣服，那我会杀了那人。"马尔科姆没有回答，而是沉默地站在那里，一副吓坏了的样子，康拉德则吓得退后几步。"是男人帮我换衣服的吗，马尔科姆？"

"不是，佩特尔小姐。"马尔科姆低声说。

"我在这里没看见任何女人，马尔科姆。"

"罗兰找了个过来……"他结结巴巴地说，"一个女人，我是说……罗兰找了个女人过来……"

"罗兰？"萨法大喊，"真的吗？"

173

"真的。"他从办公室迅速回应,速度非常之快。

"你说过,除了我们之外,没有任何人知道……"

"我向你保证,"罗兰走到门口说,"是女人。"

"要是你们撒谎,那我会杀了你们所有人。听清楚了吗?好了。现在抓紧,我希望你们能在一个小时之后赶回来。"

"一个小时?"康拉德接回电脑看上面的清单,"但是……它们……"

"一个小时,"萨法厉声说,"世界的命运就背负在我们肩上,所以必须快马加鞭。一个小时。"

"是,小姐。"两人朝门口冲去,康拉德大喊。

她迈步穿过走廊,来到大门处,发现哈里站在一张大桌子前,往三只陶土杯中倒咖啡,而本则坐在剩下的一张完好无损的桌子边,双手撑着头。

"他们去办了,"她声音明朗,立刻变了语气,"我给他们列了一张很长的清单,只给他们一小时……而且我还发话,如果发现是他们给我洗澡换衣服,那我会杀了他们。显然他们找了个女人来做的这事。"

"谁?"本抬起头问。

"没问,"她说着耸耸肩,"你是调查员,我不是。"

"可你是警察。"他说。

"我告诉你了,我在查案方面烂得一团糟。"

"随便吧。"本咕哝着,哈里将一杯咖啡重重地放在他面前。

"你在清单上都列了些什么?"哈里说着重重地坐下。

"靴子和衣服,没什么太难找的。你确定和我们一起干吗,本?"

"暂时,"他诚实回答,"罗兰怎么知道,我们不会在第一次出任务时做那个?"

"做哪个？"哈里问。

"离开，径直走开。"本说。

"做那个意思就是开溜？"

"是，差不多吧，像俚语。如果你想离开，你就说'我去那个了，伙计'，如果你想离开某处，就说'我要去那个了'。所以不管怎么说，罗兰怎么知道，我们不会出第一个任务就自顾自离开？"

"我们执行任务。"哈里表情严厉地看着他。

"这不是战争，哈里。"

"他说世界终结了，"哈里说，"我们必须阻止它。"

"我们必须阻止世界毁灭。"本摇着头，轻轻重复一遍。

"我们之前就干过。"

"什么时候？"

"打德国人。我们阻止了他们。"

"哈里，这跟那一次不一样。"本说。

"别高估。"

"伙计，这不是高估不高估的问题。这不是开飞机和舰艇就能打的战争……"

"那就是你们对战争的看法？"哈里的笑容显得很悲伤，"不过你们有回望历史的优势。我们没有。我们只知道眼前发生的事，我们信任那些了解更多的人。我们现在到了这里。不能第一次出任务就去那个，因为那样会陷其他人于不利境地，不能那样对自己的战友。"

"不利境地？"萨法问。

"我不明白。我不……饶了我吧……"本倒吸一口气，又吐出来，狂乱地环顾房间四周，"你为什么让萨法领队？"他问哈里。

"你刚说什么？"萨法厉声问。

"不，"本咕哝道，"我不是那个意思。我是说……是这样……哈

175

里是从战争时代来的突击队员，对，所以……哦，看在上帝的分儿上。萨法，我没有负面意思。你棒呆了，我会追随你去任何地方，但是……"

"只管回答你的问题。"哈里语气轻松地问。

"这就是见鬼。我们在过去的一座该死的堡垒中等靴子……"

"本，"萨法轻声说着走到桌边，将一只手搭在他胳膊上，"你只管放轻松，顺其自然，没事的。"

"好的，抱歉，"他说着冲她点点头，"抱歉，哈里。"

"没关系。"

"我们到了这里，"萨法对他说，"事情发生了。这是现实，而且罗兰选择了我们，因为他知道我们不是会逃避的那类人……不会碰到第一个困难就放弃。"

"但是……"本结结巴巴地想说出脑中的所思所想，却无能为力。他感觉绝望，完全地、彻头彻尾地迷失了。

"我看到你在霍尔本的所作所为了。我知道你十七岁时的壮举。那正是罗兰选择你的原因所在，就和他选择哈里和我一样。唯一的区别就是，哈里和我已经接受过训练，对于接受各种事情有更好的心理准备，仅此而已。听着，本，"她的声音如此柔软，以至于他每一个字都要仔细思索，"我们会帮你通过这一关。你现在的感受会过去的。我保证。我最早加入警察局，接着进入外交保护警队时，也有同样的感受，我敢保证哈里最早应召入伍时也一样。"

"正常，"哈里说，"成熟点。会好起来的。"

本眨眨眼，被哈里的话语轻轻刺痛，于是挺直腰背："好。"

"好的，"萨法冲他微笑，"你会好起来。我保证。一旦我们开始为自己负责，你就会感觉好起来。现在，想吃点水果吗？或者，那东西到底是……"

17

"真够快的，"萨法在椅子上转过身，看见马尔科姆抱着两个巨大的黑色旅行袋冲进主室。"所有物品都弄到了？"

"对，"马尔科姆说着放下包，大口喘气，"我和康去了……当时……我们……对。"他又说。

"康拉德呢？"她问。

"哦，在那边，"马尔科姆说着指指门口，"他不肯进来。"

"为什么？是他给我换的衣服？"

"天哪，不是！不，佩特尔小姐……不不不……他，呃……好吧，他……我记得你说的话。"

"是他给我换的衣服？"她眯缝起眼睛看着他。

"不！我保证。是个女人……说实在的……我帮莱德换的，然后……"

"什么？"本厉声说着站起身。

"哦，该死……"马尔科姆说着退出房间。

"你碰到我的小弟弟了？"

"不……不我没有……哦，天哪……"他结结巴巴地说完走出房门，冲进走廊，"我们没有碰你的小弟弟，莱德先生……我们谁都没有……我保证我们没有……"他慌慌张张地跑掉，本转身看到萨法咯咯直笑，哈里也咧着嘴大笑不止。突然之间世界摆正了轴心，在这里也没那么糟。

"你碰到我的小弟弟了？"萨法说，"经典……哈里，你知道小

177

弟弟是什么吗？"

"知道。"

"好的，"她继续笑着抓起包。他们返回房间。本突然意识到一个事实。那就是，他已经认为那些是他们的房间了。他的房间。他有一个房间。他跟着他们进门，立刻在一把蓝椅子上坐下。

"让我们来看看，里面有些什么，"萨法说着拉开拉链。她把里面的东西一件件掏出来，依次检视，"一双给我的靴子……哈里我猜这双是你的，"她说着掏出一双巨大的。

"那些是什么？"他问。

"靴子。"她说着抬头看他。

"不是靴子。"他说。

"哦对，你说得对，"她说着站起身将它们小心托起，"合成材料，有能透气的网眼……是战术警察、士兵、特种部队用的……分量轻，透气好，抓力也好的不可思议。"

"我要我的靴子。"

"哈里，这些靴子非常棒。"

"好的，那你留着吧。我要我的靴子。"

"我们没有给你准备靴子，我们只有这些靴子。"

"我之前穿的靴子。去哪儿了？"

"我不知道。我也和你一样，被下了药。"

"我要去找我的靴子，"他说着往门外走。

"哈里，你就试一试，你会爱上它们的，我——"

"马尔科姆？我的靴子呢？"

"好吧，"她说着看看本，然后低头看那双靴子，"都是好靴子，"她告诉他。"你的，"她说着从包里又掏出一双，"我们还有裤子……吸汗上衣……衬衫……包……腰带……他把所有物品都弄到了，"她被掏出来放在地上的物品震惊到了，"而且每一样都是崭新的。"

"是你要求黑色的吗？"本看着堆成三堆的衣服。

"是，怎么？你想要其他颜色？"

"不，只是问问。"

"你要是喜欢，可以要黄色或别的颜色。"

"我说了只是问问。"他回答的速度非常快。

"我只是开个玩笑，没有恶意的，本，"她说着站起身，"我没有任何所指。"他慢慢呼口气，闭上眼睛待了一秒，时间又开始绕着那支该死的轴往回转，"抱歉。"

"没事，"她的语声如此温柔，与她对马尔科姆、康拉德和罗兰说话的口气形成鲜明的对比。"我们会挺过去的，我保证。"

"你怎么知道？"

"因为，"她说着慢慢绽出一个笑容，"你是本·莱德……"

"别，"他咕哝道，"别说那种话。"

"相信我，你不知道自己拥有怎样的能力。"

"我知道，但是不包括成为一名身穿一身黑的战士。"

"全世界的警察战术训练学校，都播放过那个视频……"

"什么视频？"

"霍尔本的。那天你在站台上的所作所为。"

"为什么？"

"为了表明要求的水平。"

"水平？什么水平？我当时吓疯了。我一定跌倒不止十次，几乎每颗子弹都射偏了……糟透了……"

"那不重要，"她说，"那是训练内容。开枪射击和与人搏斗是通过训练就能具备的能力，但是你的所作所为却出自本能。我敢打赌，你当时一定觉得时间很慢，对吗？"看到他点头，她露出微笑。"但是时间并没有变慢，结果是这样的，"她敲敲手指说，"两分钟的工夫，就结束了。关键在于你奇快无比，而且你还按照优先顺序，辨别出了每一个目标。是的，你粗心大意，是的，你跌倒过，你没有穿轻型透气战术靴，而且你也没有经过数月的艰苦训练，但你还是做到了。你阻止了他们。就和你阻止了那群混混一样……"她停下来，绽放出一个炫目的微笑，露出洁白的牙齿，"我曾同哈里·麦登和本·莱德并肩作战过一次……再加上你昨天同罗兰说的那些事……"

"事情不是那样的。"本说完，哈里匆匆冲进房间。

"找到它们了，"哈里声音低沉。"这双，"他自豪地抱着那双看起来很沉重，磨损厉害的旧皮靴，"这才是好靴子。拿在手里都感觉得到它的分量。"他将靴子递给本，"怎样？感觉到了吗？"

"真的很沉。"本照实直说。

"穿这样的东西，可怎么踩别人的脑袋呢？"他一只手轻蔑地指着那双现代化的靴子，"会伤到脚的，"他补充一句，一本正经地点起头来，"脚疼可不是笑话。"

"换好衣服我们出门。"萨法说着抱起她那一堆。

"出门？"本从椅子上站起身，"那细菌呢？"

"哦，他们在后门口有消毒系统。"

"专业。"本说。

"我也是这么说的，"萨法说，"马尔科姆和康拉德知道该怎么用。"

"那野生动物呢？外面有恐龙……大得吓人的恐龙。"

"你不会有事的，"她笑着走回自己的房间，"我们如果被困，那就用哈里去喂它们。"

"收到。"哈里说着走进自己的房间，关上房门。

本捞起自己的那堆衣服，走进门上印有自己名字的房间，那不是他的房间，因为他不属于这里。这是个错误。他们觉得他有特殊能力，是某个能完成惊人壮举的人物。本·莱德。他不是本·莱德。他是本·卡尔肖特，正要与史蒂芬结婚，但史蒂芬却有了新的恋情。一想到她，他的情绪就急转直下，沉入绝望，他的五脏六腑都被一齐攫住，一股虚无感扩散到全身，让他无比渴望被自己所熟悉的事物环绕其中。他不在乎自己十七岁时发生的事。他做了几年的心理治疗，但是说实话，杀过人的事实从来都没有真的让他感到困扰。他能在脑海中为自己辩护。那些人可能会杀了他，杀了那女人和她的孩子，所以他所采取的行动是正义的。真正困扰他的是，每个人都告诉他，说他应该感到沮丧和受伤，但是他没有。最让他难过的是，竟然发生这种事，他为那女人和她的孩子遭遇这种事情而感到抱歉。最后他不得不假装，因为那是他唯一能够结束治疗的方式。他告诉心理医生，他感觉很糟糕，任由他们说服他，说他不该感觉沮丧。霍尔本的事也是一样，尽管那事就发生在几天之前。糟糕的是，发生此事的这一事实。人们因此丧生，这很可怕，人类在面临这种事情时应有的情绪反应，他全部都有。但是对他杀掉的那些人呢？不，他没有任何情绪。他再一次完成了辩护。那些人有可能杀掉他和其他许多人。事实在于，在他的脑海中，这两件事都没有让他成为英雄。哈里和萨法是英雄，因为他们付出生命来保护他人。他没有那么做。他只是看到眼前的威胁做出自然反应，仅此而已。

他返回中间的客厅，胸中开始升起一股恐惧，哈里系完旧靴子上的鞋带，站起身，用手指触摸裤子的材质，接着触摸上衣。"好东西。"他咕哝道。

"我做不到。"本快速说。

"你们俩都准备好了？"萨法大步走出房间，看样子她对新衣服非常满意。"本？你没换衣服。"

"我做不到。"

"你能帮我把这东西撕开吗？"她说着将自己的灰色运动服上衣递给哈里，"我需要一条大概这么厚的束发带，"她说着稍稍张开大拇指和食指，"去换衣服。"她对本轻声说。

"萨法，我做不到。我做不到你们做的事——"

"我会培训你，"她打断他的话，"你会没事的，我保证。"

"我就是做不到。"他快速摆手，与这两个出色的专业人士待在一个房间，他感到迷失，"我想回家。"

"本，我们得留下来，"她依然维持着那种温柔的语气，"你只管换衣服。"

"但是……"

"拜托了。"她的目光锁定在他身上。

"我不知道该做什么，"他坦陈，"你们俩穿上那衣服，看起来都很自然。我不行。我看起来会很蠢，因为我不属于它们。"

"本，去换衣服。"

"萨法，我做不到……"

"你可以，而且你会，"她说着朝他靠近一步，"你会没事的。天哪，你是本·莱德，"她说话间深色眼睛再一次锁定在他身上，"想想你那些不可思议的壮举。"

"让我困扰的不是那些东西。"他绝望地说。

"那是什么？"她疑惑地问。

"我不知道，感觉像是……远离家园，而且……不是在家里……"

"那是思乡。很正常，每个人都会。"

"但这种状态将永远持续……我们无法回去。"

"好吧，"她说，"那坐下来，待一分钟。"

"萨法，我可以坐下，但是——"

"很好，那就坐下。"她带着他走到一把椅子边上，哈里开始将她的灰色上衣撕开做成发带。"把时间分解，以一个小时为单位。"

"我不明白。"

"我们已经与过去的自己失联。我们来这里是为了做这件事。我们死了。我们不属于我们来的地方。所以，"她说着停顿一下，坐到椅子边缘朝他靠拢，"为下一个小时担忧，而且只为下一个小时可能发生的事情担忧。熬过去，再为下一个小时担忧。这样一来，最后所有这些一小时的时间段会集成一天，你的这种感觉就会缓和一些。"

"你怎么知道？"

她耸耸肩，回想起她不得不在唐宁街忍受的回忆，那十四天感觉就像是一辈子那么久，但是她知道她会熬过去。"因为事实如此。"她说。

她对他说话的方式，她看他的神态，她说话的语气，她眼中的关怀，以及她举止中发自内心的关切，一起发挥作用，将他的恐惧推开，让他感觉到安心，重新平静下来。

"好的，"他更多的是在对自己说，"一次一个小时。"

"一次一个小时。"她说。

"好的，抱歉。"

"不要感到抱歉。"她立即又伸出一只手，有那么一秒钟，他以为她会抓住他的手安慰他，不过她却停了下来，在最后的时候收了回去，"我会帮你熬过去，本。现在去换衣服。"

他返回房间，试着抑制情绪。只需要按照她说的做。他脱掉运动服，开始换衣服。只需要按照她说的做。穿裤子，穿衬衫，腰带穿过裤环，不过他没有将衬衫扎进去，而是开始穿上黑色的新袜子。按照萨法说的做。靴子很怪，拉链在侧面，鞋带也是用奇怪的材质制作的，他猜是不易燃的材质，或是不易断的。

"裤子太短。"他说着走进主室，裤边距离靴子还有一英寸距离。

"不是。"萨法说，哈里微笑着，"裤边是要扎口的。"她又说。

"什么意思？"他问。

"我给你演示。"她蹲在他脚踝位置，打量他裤子的底边，"看见这个了吗？"她说着从里面抽出一根细绳，"有两个头，把它们拉紧，系紧裤脚，塞进靴子。"

"哦，好的，"他看着她的头顶，注意到她的头发已经在脑后束成马尾，用的是一条撕裂的灰色运动服布料，"我一直以为，他们就是把裤子塞进靴子而已。"

"防止布料钩住任何东西，"她说着把它们系紧，"好了，看看，"她说着站起身后退一步，赞扬地看着他，"非常好。感觉还好吗？"

"无话可说。"他说着将两只手抄进口袋。

"你会习惯的，"她说，"准备好了？"

"无话可说。"他又说一遍。

18

它看起来极其巨大。它确实极其巨大，从枪托底部，到长长的金属枪筒下方，都能清晰看到木材的纹理。

"那是给我的？"哈里从桌子上将它拿起。那把步枪是给他的，这毫无疑问。本看着他滑开枪栓，一边检查枪筒，一边掂量枪身的重量和平衡。哈里嘴里咕哝一声表示赞许，将枪栓拉回几次，以把握其灵敏度。

"温彻斯特马格南四五八旋转后拉式猎枪，"萨法说，"现在体积更大，力量也更强了，不过我想你可能更喜欢原来那种款型。它显然足够大，一枪就可以让一头大象毙命。"

"它们可不是大象。"哈里咕哝着用一只手拿住步枪，打开装满大颗黄铜子弹的纸板箱。

"不过，我们现在容器不足，"萨法说着拿起一只枪套，里面插的是一把矮胖的黑色格洛克手枪。

"那是什么？"看到她手中检查的手枪，哈里冲她点点头。

"格洛克。九毫米。"

"它也能放倒一头大象吗？"

"不，如果我用那玩意，会被反冲力冲倒的，"她看着哈里的步枪，不以为意地说，"我需要练习才能使用那种枪。"

本看着他们。看到武器，气愤骤然严肃下来，都是真枪实弹。萨法将皮套扣在腰带上，将一只弹匣插进手枪，然后将枪插进皮套。哈里往口袋里装一大把子弹，然后将枪甩到背后。

"你不上子弹？"萨法问他。

"在这儿？"哈里问，"我出去再上。"

"本，"萨法说着掏出双筒望远镜，"你拿这个。"

他接过黑色的望远镜，没有发言，但是感觉却非常不踏实。马尔科姆和康拉德在不远处打量，两人都没说话，显然很紧张萨法。马尔科姆换个姿势，清清喉咙，准备好告诉他们，不能真的朝恐龙开枪，因为子弹以后会被发现的。不过他没说，相反，他张开嘴巴，却保持沉默。

"准备好了。"萨法说着看看他二人。

那两人领着他们走出主室，穿过走廊来到后门，不锈钢嵌板将门廊有效地防卫起来。

"就是那东西？"萨法像以前一样直言不讳，"看起来像个金属探测仪。"

马尔科姆点头，康拉德按下右边侧板上的开关。灯亮了起来，三块嵌板上都有蓝色的LED小灯。

"他们在实验室里用，"康拉德解释说，"像是电脑实验室，以及需要无菌环境的地方。"

"这里可不是无菌环境。"本立刻说。

"但还是有用。"康拉德说着按下另一个开关。嵌板发出低沉的嗡嗡声，还有空气的嘶嘶声。就像公共浴室中用的烘手器，不过声音小很多。本往前走，将手伸到门口，感觉有风从那三块嵌板中吹出来。

"就这样？"他皱眉问。

"就这样，"康拉德说，"出门时过一遍，回来时也一样。"

"你知道哥伦布登陆美洲时发生了什么吧？"本问，"他们带去的疾病杀死了数百万人。如果我们对这里也造成同样的破坏怎么办？如果是我们带来的该死的伤风病毒将恐龙抹杀干净，那该怎么办？"

"我们已经出去过了，"马尔科姆说，"许多次。建造堡垒时不得不出去……我们带的药，能阻止我们身上的任何东西伤害外面的任何东西。"

"饶了我吧，"本摇着头说，"这是我听过的最不科学的事情。我们体内也有那些药物吗？"马尔科姆点头。康拉德低头看自己的脚，主动回避萨法附近的任何区域。"我们是必须注射更多药物，还是一次就好？"

"唔……只那一次就行。"马尔科姆咕哝道。

"好的。"本不知道其他还有什么可说。这整件事都糟糕得令人惊愕。枪、穿一身黑色的作战服、两个白痴给他们注射鬼才知道的药物、还有这个该死的烘手器。目的是阻止他们无意之间造成种族大灭绝。绝望感重新返回，那感受让他耸耸肩，变得被动。

"那我们走吧，"萨法发现他的变化，"我们是站在下面，还是直接走过去？"

"呃，好吧，制造商说你们只需要走过去，不过我和康拉德会在下面站两秒……你知道……只是为了确保万无一失。"

"那制造商知道这东西要用在该死的白垩纪吗？"本一时重燃斗志。

"呃，不，不，我们只是看的说明书。"康拉德小声说。

"该死，我们只管走吧。"萨法再一次打头阵。她等着马尔科姆将锁条从门口中扒出来，抽出门顶部和底部的大螺栓，推开门。

一走出大门，那种螺旋下沉的绝望感便消散一空。这一刻她只感到纯粹的好奇，程度如此剧烈，以至于无法细想任何事情，一瞬间，感官超负荷运转。她瞪大眼睛，思维变得清晰，目力所及的每一个场景都迅速被转换为感觉，顺畅而自然。

他们三人立刻焕发出生机，兴奋起来。他们看到草是绿色的，但是茎秆更粗更宽，他们每走一步都能感觉到大自然的抵抗力。

本走在浓密的杂草中，那些草拒绝被踩踏，奋力将他托起来。到处都是马尾草。它们是如此的醒目，绿色茎秆的交接处，有黑白条纹的连接组织，浓密的叶片中有小小的芽苞钻出。它们低低地扩散向四面八方，肆无忌惮地从环绕在堡垒周围的草丛中钻出来。堡垒位于一座小山的岩脊上，小山则构成山谷的一壁。

1993年时出了一首歌，本很喜欢，经常一遍又一遍地反复播放，是Cypress Hill（柏树山乐队）唱的《Insane in the Brain》。歌词一直萦绕在他脑海中，乐队独特的名字也是。多年过后，他调查的一个保险索赔案中，一场大火毁了一座花园中的棚屋，同时也烧死了一颗柏树。他不知道这就是那棵柏树，但是在索赔表格上读到了那名字。他看到那树，想起他热爱的那首歌的歌词，现在站在这里，他能辨识出那颗长在山腰的树是柏树。它从山腰倾斜长出，形成一个直角，然后向上伸展，树冠就像直升机停机坪一样平，树干上面的枝丫短小脆弱，看起来几乎一片荒芜。他环顾四周，发现山腰上还有许多这种树，一片片地一直长到山谷底部，谷底看上去很危险。

山腰矿层纵横交错，倾斜度不尽相同的岩石上长着树、蕨类和野花。本慢慢转身，不由得好奇起来。这景象看起来如此寻常，但却稍稍显得有些偏离中心，就像半醉状态下试图阅读一本古典文学作品。你能看清字词，但是却死也读不懂意思。倒不是说他读过古典文学作品，但是他能想象那该是怎样的体验。

山谷底部用广袤都不足以形容。用他们在其中看到的森林作为衡量标准，那里堪称壮阔。一片片浓密的森林沼泽地各不相同，彼此独立，其中点缀着看上去一片荒芜的开阔平原，还有湖泊。巨大的湖泊闪闪发光，湛蓝的湖水泛起一串串涟漪。有树木从湖里长出，本再次发现那与众不同的落羽杉的身影，它们的树根底盘如此巨大，一条条树根鼓胀出来，向上长出一根根细长的树干。它们长在水中，在沼泽地高湿度的温暖大气环境中开枝散叶。至少那座被烧毁的花园棚屋的房主在本问起索赔表格上的柏树时，是这么告诉他的。

他们在窗口看见的正在吃草的恐龙也在那里。右边有一群，湖畔、湿地旁边也有几群，有的正在涉水穿过沼泽，不过左边下方远处更多。不同体型和样貌，或者说种属，或者是亚种，不管它们叫什么。有些堪称巨大，不过数量较少。数量较多的群体里的恐龙的个头较小，其实也很大，只是没那么大。它们都长着长长的脖颈，小小的脑袋和长长的尾巴，但是身体厚度、尾巴长度和高度都不同。

有些正在地上吃草，其他的则伸直脖颈够低处枝丫上的树叶吃。它们大多数都是灰色，不过本在其中也看到一些颜色较深或较浅的，有些类似于棕色和绿色，但都是自然的肤色，看上去很精细。

"难以置信，"萨法啧啧几声，摇摇头，"我是说，没有预警，没有清单列出危险，或是什么可能伤害外面的物种。不知道现在是一天中的什么时候，不知道我们能走多远。没有说明。真是太过分了。哈里？你觉得过分吗？"

"是。"他说着将步枪从肩上滑下来。他掏出一颗巨大的子弹，啪地一声塞进步枪，操纵枪栓，准备就绪。他举起枪，低头审视下方的平原，用放大镜以获得更近的视角。

本的脑海中划过"生态系统""小气候""生物"和"遗传特征"等词汇和短语。他的历史、地理和生物老师要是看到这幅情景一定会欣喜若狂。他沿着堡垒侧墙走，堡垒完全融合在山腰之中，外墙刷成绿色和棕色，同环境融合得天衣无缝。也没有尖利的棱角，所有地方都是圆滑的，设计看上去很自然，他猜测在远处甚至要费一番工夫才能看见它。他经过的应该是罗兰办公室所在的地方，接着是主室，估计下面的部分应该是通往他们房间的走廊。

经过堡垒后，地面依然是平坦的，那里是一片自然形成的岩脊，逐渐变细，延伸数百米远。本条件反射觉得这里是一座屋顶花园，有一排安全围栏，身穿白衬衫的侍者在为孩子们准备清凉的饮品，人们坐在竹椅上，享受下方的风景。但取而代之的是，他看到更多的柏树、杂草、蕨类和岩石，这个世界已经形成数百万年之久，而且还将永远延续下去。时间在这一刻毫无意义，它什么也不是，时间不存在。只有太阳跟着月亮划过天空，行星旋转，在宇宙中绕行。

他还记得上学时学过的一个知识点，大陆漂移就发生在白垩纪。美洲大陆块同欧洲、非洲和亚洲连在一起，形成一块超大陆，但他不记得那超大陆的名字了。庞？潘格尔？盘古大陆？类似的名字。他们可能在世界的任何角落。他们可能在后来变成了大西洋的地方，或者是在北京，或者是在该死的巴特西猫狗收留中心。但是解体正在发生，大陆此刻正在分裂。他们行走或驾车开出数千英里，却一无所见。海岸线也完全不同。每样事物都不一样，但完全是你想看到的模样，找个艺术家读几本有关恐龙的著作，然后请他们将脑海中所浮现的画面画出来，应该就是现在这幅模样：潮湿，炎热，葱绿。

萨法所感受到的由失去约束所带来的刺激很快烟消云散。阳光灿烂无比，风景令人惊艳，空气如此浓厚和干净。她深吸一口气灌满肺腔，一时之间几乎眩晕起来。本说过，这里的氧气含量更高，但罗兰又说他们已经接受过药物治疗。她看见哈里在仔细观察下面平原上的野生动物，回头一看本，发现他兴高采烈的表情不由得微笑起来。他看起来像是又换了个人，就像他刚活过来，不能转头转得太快，将所有事物都看在眼里。

她示意哈里沿着堡垒边缘走下来，加入本的行列，她低头看下方，看到那壮阔无比的风景，和他一样目瞪口呆，那风景任何一个人都不会看倦。萨法的想法是对的，本的头脑已完全打开，他竭力想看清远景和背景，思绪飞旋，划过脑海。

"上去？"本眨眨眼，回到现实，发现哈里正朝堡垒后方耸起的土堤上走。

"是该上去。"萨法说着背对山谷，抬头看向土堤上方。她怎么能那样做？看到那样的风景，怎么能有人忍心转身？"本？"她大喊。

"来了。"他咕哝着。

这一回是哈里打头，沿一条曲折的小路爬上陡峭的土堤。几分钟工夫，本就气喘吁吁，脸上渗出汗珠。

"苔藓。"哈里从前方上面说。

"什么?"萨法问。

那大块头停下脚步,指着一片岩石和蕨类植物。

"苔藓。"哈里又说。

"好吧。"萨法慢慢回答。

哈里看看她,又看看本。"苔藓生长在北侧,值得注意。"他说着指向身后的堡垒。

"啊,对。"萨法嘴角抽动着,漫不经心地说。

"怎么?"哈里问。

"没怎么,"她轻声说,"技巧高超。"

"唔,"哈里咕哝着若有所思地看了她一眼,然后走了几步,接着又停住脚,"怎么?"他问她。

"北半球,"她笑着说,"苔藓生长在北半球的北部,不过并非总是准确。"

"我也觉得并不准确,"本大喊,"我在某个地方读到过,说与湿度和太阳有关。"

"那边是北。"哈里说着又指一下。

"好的,山地达人,"萨法说,"带路。"

他们爬坡攀上土堤顶部,看到眼前展开的惊人风景再度停下脚步。前方是一块长宽皆有几百米的空地,那头的林木线波浪般起伏,有些地方凸出来,有些地方凹下去。就和下方山谷底部一样,这里那里点缀着一块块软胶般的湿地,马尾草和蕨类植物中散落着大块圆石、岩石和石块。

"看那边。"萨法指着地上的一片植物,看上去就像在地中海酒店门厅会看见的热带盆栽植物。大钉一般的长枝条摸起来其实很柔软,长得很繁茂,叶片和茎秆的长度和大小几乎一模一样。中央长着奇怪的籽实似的东西，看上去就像穿了罗马式铠甲的松果，只不过看起来更软，甚至可供食用。

"花。"哈里这样描绘他所看见的东西。他们环顾四周，看到在一片绿色和棕色的海洋中，闪烁着其他色彩。白色、红色和其他介于中间的各种色调。黄色和紫色的东西像是玫瑰、向日葵和木兰，但显然不是任何一种上述花卉。它们形状像杯子，花瓣展开成圆形，引诱昆虫进来授粉和饕餮大啖。有些是管状，像喇叭，其余有些更直，有些像是玫瑰，同轴的花瓣卷成圆形，紧紧地压在一起。

他们再次体会到一种不和谐感。萨法看着一株头部很宽大的开花植物，她一看到脑海中就冒出向日葵的名字。但那不是向日葵，她不知道那是什么。本也没有认出任何花卉，但是他能看出进化的过程。这个将进化成为向日葵。那个将成为玫瑰，但尚未完成进化，还要等待数百万年。

静止观看是一回事，气味、声音和这地方给人的感觉就又是完全不同的另一种感触了。高温是闭合的，就像丛林，空气中有成千上万只昆虫嘤嘤嗡嗡的鸣叫声，还有其他一些生物发出的响而粗的叫声。

他们跟着哈里，找出一条进森林的路，看见有甲虫在植物茎秆上攀爬，还有更多的将脸埋在粘稠的花粉之中。到处都是小飞虫，看起来像黄蜂的东西，长着黄色和黑色的身体，但是体型更大，看起来也更凶狠。有那么一瞬间，本觉得它们一定是蜜蜂的祖先，直至他看到蜜蜂，震惊地咕哝起来。那蜜蜂大得吓人，比他所见过的任何种类都大得多，它们的腿就像鞍囊，装满花粉坠在下面，宽大的翅膀震颤着，盘旋在空中，在花朵上沉沉浮浮。看到那些生物，萨法抓紧手枪，按在身侧。她将大拇指按在安全开关上，追踪那巨大蜜蜂嗡嗡划过空气的踪迹。哈里则只是观望。他曾在世界各地的丛林服役，看到新的物种虽然惊讶，但并不会像另外两人那样震惊。注意，非洲没有恐龙。有大虫，但没有恐龙。

有生物在岩石和植物之间匆忙逃窜，不等他们转身锁定，就都消失得无影无踪。他们看到一行蚂蚁列队前行，本的脊柱一阵颤抖。每只蚂蚁长度应该都超过两英寸，有些后端鼓胀出来，显得更大更厚。它们看上去也很恶心，仿佛轻易就会对你造成伤害，但是只扫一眼，就看到数百只。

水花泼溅声引得他们都立刻转身，发现是一个小东西飞出来，往林木线飞去，在那一刻，他们才看出长在最外缘树木的尺寸。

本认出是柏树，但是这些长在森林里的柏树要大得多，高度一定超过五十米。有些看起来像是西克莫无花果树，或是他和萨法在公园和空地常见的伦敦悬铃木。粗大结实的树干向上伸展，长出巨大的枝干，上面长着浓密的绿叶，从下到上逐渐变细。还有类似针叶树的树木，这让他们再一次感受到不协调，以为看到的是一个东西，实际上看到的却是不同的东西。

他们走得越近，树木的尺寸也越大。树木之间有宽阔的缺口，形成小径和宽路，穿过一根根树干。噪音也越来越大。刚才那片空地就像是安静区域，森林才是主要景点，一切都能让噪音鲜活起来。

到处都传来尖锐粗重的声响。枝干因为生物追赶和被追赶而发出窸窸窣窣的刮擦声。不知何处传来一阵响动，树枝断裂的声音让他们停下脚步，耳畔传来某种生物被啃噬所发出的垂死嘶叫。

一个东西飞入视线，像一只长着宽阔条纹的蜜蜂，却是红色和黑色，而非黄色和黑色。尺寸有橄榄球那么大，翅膀长度有哈里的胳膊那么长，但是飞起来却像蜜蜂，那东西嘤嘤嗡嗡地飞向最近的花朵，盘旋在上头，好似闻到有什么好东西。

那东西滑走了，声音增高变成高音，像一只电钻在高声旋转，它飞高，声音就变大，它落向下一朵花，声音就变小。他们看得目瞪口呆，那动物轻轻地落在一朵盛开的花朵的中央，而那花卉在重压之下几乎一动也不动。那大脑袋的东西先是一头扎进花芯，嗡嗡声停息，他们听见一种像是狗舔舐清洁自己身体的吮吸声。吮吸，嘎吱嘎吱，吞咽。吮吸，嘎吱嘎吱，吞咽。接着那嗡嗡声又增大，"发动机"爬升，它刚吃醉了花蜜，在空中飞得歪歪斜斜。

一阵尖锐的声音划破空气，让他们蹲下躲避。萨法和哈里都举起武器。那只"橄榄球蜜蜂"没有在意，撞得树木冠顶炸开，叶片飞舞，树枝坠落。

三人准备逃回堡垒，这时一个嗡嗡的声音从树冠顶部的叶子高处迅速猛降下来。木头碎裂，树枝被折断，一个黑色身影挣脱障碍，展翅朝高处飞去，为了成功高飞，翅膀拍打的节奏那样猛烈，即便隔着这么远的距离，他们也能看出那东西巨大的体型。那东西不顾一切地高飞，想要远离树林，而另一头同一种属的野兽也突然冲出来，展翅翱翔，去抓捕之前的那头，断裂的叶片雨点一般洒落。

飞到足够高度后，第一头生物在空中轻轻一翻，尖头朝下，鱼雷一般以一定的角度摆脱追赶的那头。它翅膀张开，长如游艇上捕捉上升热气流的船帆。第二头生物立即学样，直至与第一头肩并肩，游玩般乘着巨大的附属肢体翱翔，那肢体看上去很结实，却是透明的，三人所能想到的最接近的东西便是龙的翅膀。

那生物毫无疑问看见了他们三个人，因为它们已经调整好了目标，从低空划过，直朝他们的方向而来，但是他们却看得如此着迷，以至于没有逃跑，也没有开枪，就那么张大嘴巴站在那里观看。那生物有着长长的弧线形嘴巴和下肢，在天空的映衬下，邪恶的爪子纤毫毕现，长长的身体看上去同时覆盖着羽毛和鳞片，就像一匹制造精妙的织锦。

那两头生物俯冲下来，到了近处只乘着暖空气滑行。一直到最后几秒三人才意识到危险，朝四面匆忙逃窜，而那飞翔的家伙在头顶强而有力地滑翔，一头朝更深处的山谷地面扎去。

本冲到边缘，观看它们俯冲的情景，看到它们在空中翻滚旋转几秒后，向反方向滑翔分开，接着又联合起来，那样子只能是以空中舞蹈的形式在进行求偶仪式。

"本！"哈里大喊着提醒。本转过身，两只眼睛锁定在朝他飞来的上百只随那"橄榄球"一同而来的同伴。他看到哈里和萨法让到两边很远的地方，举枪瞄准。

"别开枪，"他轻声喊着，观察那生物的每一个细节，毛茸茸的大腿、鼓胀的鞍囊、震动速度快得连眼睛都看不清的翅膀。这样的体型是怎么飞起来的，他完全想象不出，不过话说回来，他的思维受限于他之前所生活的世界，而这个世界并不是属于他的。

那生物速度慢下来，嗡嗡声更大，仿佛正在换挡，保持静止姿势，以掂量、嗅迹、闻味、观察，然后裁定。无论本拥有什么样的花粉，它都不想授粉，于是绕着圈子，懒洋洋地朝哈里和萨法飞去。两人受到明星般的待遇，然而事实证明，它对他们二人也不感兴趣。他们不是食物，因此便被忽略了。

突然之间，一团由鼓动的翅膀组成的乌云从地面腾起，声音仿佛是在愤怒地嘶吼，并且逐渐升高，变成声嘶力竭地鼓翼吼叫，雷声一般震耳欲聋。一开始没有比例的概念，他们只是站在那里观看，接着那昆虫的尺寸显露出来。像是蜻蜓，每只脚上都有双层翼幅，身体甚至更长，它们几百只聚集在一起，盘旋而上，就像一群聚在一起的鱼，动作几乎一致，就像一个有机的整体。它们越来越近，还有更多的昆虫从地上飞起加入队伍，慢慢越升越高，躲避那正朝它们靠拢的三个人。

那些昆虫一涌而上，脑袋上上下下，动得那样快，却不会彼此碰撞。它们如此密集，看上去坚不可摧，但又足够轻盈，很自然地便被视为昆虫。它们的身体闪烁着红蓝两种光芒，翅膀有淡淡的彩虹色泽，就像褪色的蝴蝶。

这里没有危险。他们都没觉察到危险，都只是敬畏地看着这地方的生物，他们抬头看着那乌云，仿佛在祈祷，但立马都被吓得连连后退。一只飞兽突然从林木中冲出来，张大嘴巴左右猛咬，穿过那团乌云。那生物脑袋快速一抹，便将一只蜻蜓吞下肚中。之前飞到更高更远的地方去捕捉逃走猎物的第二只生物，此时也滑翔下来，四处吞咬，直至抓住一只蜻蜓做了午餐。

三人站在那里观看，像是定在了原位。两只生物飞到更高的地方，接着张开翅膀，在空中懒懒地转身，接着像鱼雷一般再次俯冲向下，穿过那一群疯狂鸣叫的昆虫。

那些飞兽发出尖锐的声音。其中有兴奋的纯粹的激动，大声叫唤。这一次它们联合起来，迅速下降，最终击中飞虫阵的边缘，接着才张开翅膀重新向上飞，钻进虫阵，蜻蜓被大量捕获吞入肚中。本意识到，人类的出现已经造成了原本不可能出现的影响。如果不是他们的存在，那两只飞兽可能无法享受这顿盛宴，而那些昆虫可能会躲藏在长茎草丛中，躲避白日的炎热。

飞虫朝树林冲去，因为那里是唯一能看见的躲避点，捕食者穷追不舍，上飞，然后突然转弯，再次从虫阵中穿越饱餐。

这一次他们速度减慢，一步一步朝林木线前进，因为好奇心的力量克制了趋利避害的欲望。他们应该待在堡垒旁的空地，这样在有需要的时候才能迅速转身狂奔。但他们不是那种人。本刚刚在统治这地方的会飞的恐龙身上见证了生死，它们大啖巨型昆虫，而昆虫献出生命，保证循环永远持续。人类有意识思维，这是区别于其他任何生物的原因之一，但是这种意识思维所造成的破坏，比之前存在过的所有生命所造成的破坏合起来还要大。本被一股压倒性的力量压倒跌落在地。他的脸上汗如雨下。2111年无论发生什么可能都是活该。去他的吧，我们竟然能走到那个年代，我都吓坏了。

"那是毛虫？"萨法只是出于好奇问道。本和哈里应声看过去，想着会看到什么奇形怪状的大家伙，他们果然没有失望，看到一棵树干的侧面贴着一个奇形怪状的大家伙，毛茸茸的，鼓鼓囊囊，身上有条纹。那东西身长超过一米，粗得堪比哈里的大腿。"我对毛虫过敏，"她以闲聊的语气说，"我会起疹子。"

"要真是那东西，你可能不只是起疹子这么简单了。"本的语气听起来也非常淡定，完全与他此刻依然感觉奇怪的世界脱节。

"太大，对吗？"她说着重新看向那东西，觉得这一定是她有史以来所做出的最保守的评价。

"很吵，"哈里说，"我1941年去过马来西亚……当时见过的也很吵。"

"再往前走一段？"萨法问其他二人。哈里点头。本耸耸肩，几乎想要听天由命。

一只蛇皮管状的东西摇摇摆摆爬过下层灌木，他们停止交谈。它像是一只犰狳和食蚁兽的杂交动物，正在一个池塘喝水，没给予他们任何关注。突然听到身后有动静，三人立即转身。本紧张地一抖，哈里和萨法都是冷静确信的样子。他们继续向前，每走几步就因为周围的某样东西瞪大眼睛，比如爬在树上的浓密的藤蔓、大的过分的蕨类植物、阳光能穿透的地方无处不在的奇特花卉。

还有蝴蝶。比他们看惯的那些要大，但是不如之前看到的那条毛虫大，这让本觉得，那根本不是蜕变之前的毛虫。

"回去，"哈里打破幻想。他伸展脊背，抬头仰望树冠，"一般情况下我都能判断一天里的时间，但在这里却做不到……"他的声音逐渐减小。

"那是什么？"本指着右侧空中盘旋的黑色物体，那东西颤抖着移动一步，狂乱颤抖的样子他熟悉，但看不懂。

"不知道，"萨法说着朝那些东西走近些，"它们是什么？"

大约有十二只的样子，它们似乎在两棵树之间的半空中颤抖。他们三人肩并肩观看，最后一个不易察觉却独具特色的声音让他们停了下来。

"什么东西走了一步。"萨法说着慢慢回头看哈里，后者点点头，举起一只手，示意他们安静。

"可能是任何东西。"本说出这句话，气息从肺部出来，震颤着通过喉头，发出声音，组合成词汇，再投射到远处，被他们身后的不知什么东西利用，掩盖住它们的另一步举动。四周再次安静下来，他们保持姿势不变，哈里慢慢转身看向后侧。

"有东西吗？"萨法小声问。她说话时那东西又拖着脚走了一步。

有动静抓住本的视线。阳光在某样东西上闪耀，那东西闪烁了片刻。他转身看到一缕缕光芒穿透树冠，洒在一只蛛网金色的丝线上，而那些之前他以为悬在空中的东西就在那网上，他观看蛛网的同时，也辨识出昆虫的形体，认出有十几只甚至更多蜻蜓被网在上面。下层灌木中又是一阵动静，紧张感越来越强。头顶传来尖锐的一声响，有昆虫碎步疾走发出的微小的声音，爪子刮擦在粗糙的树皮上，被捕住的蜻蜓发出惊恐的嗡嗡嘤嘤声。现在一切都感觉那样的贴近。

又有动静，但是这一次是一只从一根丝线上滑下来的蜘蛛，八只分成数节角度尖锐的腿，完全对称地从足有一只握紧的拳头那么大的身体上垂下来。

哈里咕哝一声，看到蛛网附近的那只蜘蛛，不由自主地向后退去。他握紧步枪，指关节都握得发白，一贯总是和颜悦色的脸上流露出纯粹恐惧的表情。萨法看到蜘蛛时，下层灌木中又传来一阵动静。他们转过身，扫视窥看周围所有的阴影。附近的一丛灌木中传来碎步疾走的声音，他们目光锁定下层灌木，但又有新的脚步声加入进来，再加上那些蜻蜓的嘤嘤嗡嗡声一直在提高，它们拼命挣扎，想要摆脱发黏的蛛丝。

"该死。"哈里的声音中透露出恐惧。他开始后退，露出害怕的表情，萨法和本扭头看到有一只蜘蛛从灌木丛中钻出来，发出那种碎步疾走的拖拽声。它经过后，他们看见它身后有一根根蛛丝蜿蜒爬过地面，那里有一个洞，大小和獾洞入口差不多。这东西堪称巨大，像是从噩梦中爬出来的，黑色的身体上盖着短而硬的毛，前端长着看上去很恶心的钳子上下摇摆。其后端是棕色，有一条条的线条，看上去像是皮肤中鼓胀出来的血管。一般来说，本并不害怕蜘蛛，但是这一只却吓到了他，它身上有某种东西向他的大脑发出信号，让他想要尖叫着将其杀死，或者尽可能快地逃走，但是取而代之的是，他像个傻子一样，呆在原地，站在萨法旁边。他们看着那怪物爬过眼前，爬到一棵树的脚下，开始向上爬，吓人的尖爪刺进树皮。那东西攀爬的速度很快，而且越来越快，因为它想回到捕到了蜻蜓的网中。而那只顺着蛛丝悬垂下来的蜘蛛继续下降，已经抵达被网住的最高的一只昆虫，最终灵巧地落在自己的网上，用钳子刺进蜻蜓的身体，注射进毒液，将其毒死。

又一声脚步声，但是这次近一些，还有一阵轻柔的喷气声，附近一些生物都安静下来。一切都呆住不动。那只正在攀爬的蜘蛛完全静止下来，在网上抱住已经死亡的蜻蜓的那只也一样。到处都一片寂静。就连那些被网住的蜻蜓也都安静下来，一动也不动。恐怖氛围越来越高涨。有某种坏东西往这边来了，某种这些生物知道并恐惧的东西。时间停止，大陆漂移停止，地球旋转停止。任何东西都没有动静。又一声喷气声。深沉，饥肠辘辘，接着它突然开始行动，朝他们冲来，重重踩在地上的脚步声也不再鬼祟。

他们开始奔跑，无需任何提醒或言语，只是打破寂静，全力开始疾跑，拼命穿出下层灌木。

哈里扭头去看，脸上露出一个微笑，停下脚步。"慢着。"他轻声对另外两个仍在跌跌撞撞奔跑的同伴大喊。萨法回头，看见哈里目不转睛的样子，伸出手碰碰本的胳膊，拉着他慢慢停下来。他们回头看哈里，萨法呼吸轻松，本则双手撑在膝盖上大口喘气，望远镜挂在脖子上。

"那是什么？"萨法轻声问。

"过来看，"哈里小声说着示意他们返回。他们小心挑出一条路，悄无声息地回到哈里身边，后者正在灿烂微笑。

那东西符合他们曾见过的所有两足恐龙的形象，它依靠两只强壮的后腿保持直立，一条长尾巴保持平衡，脑袋像蜥蜴，两只眼睛闪着狡黠的光芒。它像是蜥蜴，但爬虫的特点很少，更像是动物，两只前肢长得很小，但是上面的足趾正在抽动。

"我的天哪，"萨法惊喜地说，"它真漂亮。"

那恐龙很小。站起来高度还不及萨法的腰部，它停在那些被网住的蜻蜓下方。

"看。"哈里小声说。那恐龙后退一小段距离，抬头打量上面的蜻蜓。它眼中闪烁着智慧的光芒。它奔跑，起跳，钩掉一只，然后落在地上大声咀嚼，眼睛愉快地转动，显然非常喜悦。那小东西看见树上那只巨型蜘蛛，向前猛冲一步，脚趾抽动，眼睛眨巴眨巴聚焦瞄准。它吞下刚捕获的猎物，尾巴从地面扬起。接下来它的速度惊人。它眼睛一眨，全力发起冲刺。最后一秒，它弹跳起来，啪地一声干脆利落地咬住蜘蛛，落回地面。接着它立即放掉蜘蛛，像狗在威吓猎物时一样跳回去。那蜘蛛调整好姿态，举起两只巨大的獠牙，而那两足恐龙只是上下跳跃，一脚就将那蜘蛛踩碎，只听见令人恶心的甲壳碎裂的声音，还混合着腿脚折断的声音。那脚最后一转，挪开，它转身低头看看自己的杰作，然后低头狼吞虎咽地吃掉碎成浆糊的残余物。很快，空气中只听见舔嘴唇的声响，那恐龙咯咯咬牙，接着将一大块食物投到空中，让其落在自己张开的大嘴中，咯吱咯吱全部吞掉。

黏液顺着它下巴流淌下来，它咕噜咕噜转动的眼珠中显然写满开心，咀嚼速度如此之快，仿佛这是它最后的晚餐。

"该死。"萨法小声说。

"我们该走了。"哈里嗓音低沉地说。那恐龙听见哈里的声音看过来。两只狡猾的眼睛充满好奇，接着它又回头继续吃那只蜘蛛。

他们开始穿过森林往回走。本大汗淋漓，环顾四周，感觉一切的重量再度压在他身上。他们不属于这个世界。他们害得蜻蜓飞散，害得它们被蜘蛛网捕住，而这又引得那只蜘蛛爬上树干，引来了恐龙。时间线被打断。这些事实让他再度感到绝望和思乡。

他们回到堡垒，一言不发地穿过干手器一般的消毒装置。每个人都沉浸在刚才所见的场景之中。本走回他的房间，从出口走回房间的短短旅程让他的情绪沉得更深，更难受。他走进自己房间，关上房门，感受着横亘在他和他所知道的任何事情之间那超过百万年的时间。他像个胎儿一样蜷缩起来，紧紧攥住垫在脑袋下面的枕头，紧紧闭上眼睛。他不想待在这儿。他不能待在这儿。

他想回家。

19

"完了？"阿尔法问。

"还没。"布拉沃直截了当地说完，敲击手中拿的平板电脑的屏幕，然后停下动作，用力呼气。他转身先看看左侧的查理，接着是右侧的德尔塔，透过脸上蒙着的巴拉克拉法帽用力呼吸。

"他，"阿尔法说着冲那跪在地上的男人点点头，"吓尿了。"

"求求你们……我求求你们……"

布拉沃喷了两声，移步走开，以避免尿液沾到他的鞋子。

"完了？"阿尔法又问。

"还没。"布拉沃又咕哝一句。

汉斯·马克尔以为自己是个硬汉。他是军人，在冲突区域服役。他精通武器和战略，有安全意识。他的家很安全，门锁坚固，窗户有三层玻璃，安装的是最先进的警报系统。

"完了？"查理问。

"没。"布拉沃咕哝着敲击屏幕。

"求求你们……我有钱……"汉斯呜咽着说。他跪在自己的卧室。他不知道这五个身穿黑色衣服，蒙着巴拉克拉法帽的男人是怎么闯进他家的，只知道他们确实进来了。他已经将他知道的一切都告诉了他们，那十二个人受雇于一个标准拘留中心，有三人送进诊所时就已经死亡，还有三人稍后也死了。汉斯已经告诉他们，是两个男人和一个女人在一座地下堡垒中攻击了他的十二个人。其中一人名叫哈里，他们都是英国人，那女人非常迷人。

现在他不知道他们想要什么。只知道有四个人正在等待第五个人往平板电脑上写什么东西。

阿尔法叹口气，调整一下握枪的姿势，枪口瞄准马克尔先生的脑袋。布拉沃干这个最在行，但是他写东西花费的时间太长。阿尔法又叹了口气，看一眼布拉沃，后者停下动作，抬头扭向一侧，接着继续敲击。查理大口喘气。德尔塔在用脚敲击地面。埃科环顾房间四周。布拉沃感受到他们的催促，冲他们发出啧啧声，又继续敲击几分钟，这段时间里汉斯呜咽不止，一直在祈求饶命。

"完了。"布拉沃说着抬起头环顾四周，虽然有巴拉克拉法帽薄薄的黑色面料蒙住脸，但他们都知道，他脸上一定写满自鸣得意和满足的神情。

"终于，"阿尔法说着放下枪。他低头看看汉斯，然后转换成流畅的德语，"马克尔先生，你想活命吗？"

"想！"汉斯快速而含混不清地说，"想……任何要求……我有钱……"

"这，"阿尔法说着冲布拉沃点点头，接过平板电脑，转动屏幕让汉斯能看清，"这是一份你的合法授权书，其中决定将你收留的六个人转移到一家最先进的私人医院，在那里继续接受治疗。我们需要你签名。"

"好！"汉斯脱口而出，连连点头，拖着膝盖穿过尿液，往他们的方向爬去。

"谢谢，"布拉沃用流畅的德语礼貌地说，"在这儿签名。"他伸出一根戴着黑色手套的手指，点点一行虚线，同时递给汉斯一根尖笔。汉斯一把抓过来，接着又为自己的动作道歉，然后在指出的区域签名。"还有这儿，"布拉沃的语气依然很礼貌，现在他指着另外一个区域，"最后还有这儿……谢谢……我的笔？"

"抱歉……"汉斯将笔递回去。因为这种紧张的姿势,他膝盖发疼,双手颤抖。

"完了?"阿尔法说着看向布拉沃,后者检查了一遍刚刚下载并篡改使其看起来拥有法律意义的表格。

"呃……是,是,都完了。"布拉沃说着抬起戴着巴拉克拉法帽的脑袋,冲阿尔法点点头。

射击声音很小。子弹从枪筒射出,穿过消声器,进入马克尔先生的额头。

阿尔法拧掉手枪上的消声器,低头检查尸体,其余人则像外科医生般仔细搜索,确保没有任何物品留下。"门口有个摄像头。"他漫不经心地说。

"我进来时就抹除了监控系统,"埃科说,"下载了一个腐化文件。"

"我们完事了?"阿尔法说着将消声器放进口袋。其余人点点头。

两辆私人救护车停在外面。五个身穿医护人员绿色连裤衫的男人跳下车,一边因为长时间乘车伸展身体,一边大声聊天。

阿尔法拿着一台平板电脑绕过车子,拇指在屏幕上划动,检查两辆车的车厢后部。那些男人与他开起玩笑,他笑着说了几句,然后进门走到接待处。

"你好。"阿尔法冲克拉拉绽出笑容。

"需要帮忙吗?"克拉拉回应的声音听不出一丝情绪起伏。

"我们是来接他们的。"阿尔法说得好像对方应该做好准备,等待他们似的。

"接谁?"克拉拉问。

阿尔法皱眉微笑,仿佛有些困惑的样子。他看一眼平板电脑的屏幕，"马克尔先生没告诉你？"

"呃……"克拉拉迟疑着，脸上露出疑惑。

"该死，"阿尔法啧一声，"总是这样。告诉你，他有很多……你知道……和他故去的家人。不管怎样，是的，我们是来接剩余六位病人前往另一家医院。"

"抱歉，先生。我没接到这个通知。我们不能放病人走，如果没有——"

"我拿来了，就在这儿。"阿尔法笑着看着那位美丽的接待员，并把电脑递给她。她用修剪着完美指甲的双手接过去，浏览授权表格。

"我需要一份复件。"

"当然。"阿尔法说话的语气显得他好像已经历过上百次这样的程序，对官僚程序早已熟稔在心。

克拉拉将平板电脑连上她的系统。表格复件直接共享进入他们的数据库。很快，桌子下面的打印机吐出一份硬纸印刷的表格。她弯腰去取，同时对阿尔法露出笑容，后者也笑着回应。他真的相当迷人。

"你是哪个公司来的？"她漫不经心地问。

阿尔法保持住微笑。他看出她眼中的神采，那细微的眼神变化透露出她对他的外貌所产生的回应。

"医疗保健病人运送服务。"他回答的样子也像是同样的话已说过上百次。他确实说过，在过去的几个小时中，他将这句话练了上百次，直至能轻松脱口而出，并精准传达出这种语气。"那你，呃……你是全职工？"他问话的语气也很轻松自然。

"是的。"克拉拉看见他刚刚直白投来的表情。

"那么我可能还需要回来。"阿尔法羞怯地笑笑，小声说。

"我想需要，"克拉拉审慎地点点头，眼中闪过一丝顽皮，在此期间，她处理完一系列释放病人的系统程序，"好了，看起来符合规矩……"

"很好。卡尔？"阿尔法大声喊，"卡尔？"

"在，怎么？"查理说着走进门来，"他们准备好了吗？"

"是的，帮他们搭把手，"阿尔法说着冲查理眨眨眼，他知道那位接待员会看见，"我还，呃……还得处理文件。"

查理点点头，转转眼珠，示意其他人跟上。"文件……当然得处理。"他咕哝道。

"那么，"阿尔法说着回头看向克拉拉，其余四人列队走进医院，不耐烦地东瞄西看，"你喜欢在这儿上班吗？"

调情的艺术，不露声色地传达出兴趣，通过询问单调无聊的问题，弄明白对方是否也有兴趣。克拉拉知道实际上他对他所问的问题并不感兴趣，比如她在这儿工作多久了，这份工作好不好，她喜不喜欢，他问这些只是想知道她会怎么回应。她也问了问题，同样不露声色地传达出她的兴趣。

他们微笑，眼神交汇。他们降低音调。她凑拢些，抬起头展露出脖颈的长度和形状。他也凑拢去，双手放在桌面，以表明他没有结婚戒指。

那六人被从另一个出口运进等待在外的救护车。他们并不知道正在发生什么事，不过汉斯倒确实告诉过他们，说他们正受到密切关注，所以他们以为，他是要将他们转移到别的某个更私密的地方。他们无权争论或问及这种事。止痛药效果太强，弄得他们稀里糊涂，昏昏欲睡，被药物麻醉后他们处于被动状态，被吓坏了，甚至现在都没恢复。

"搞定。"查理说着探进门，不耐烦地打量阿尔法。

"我得走了。"阿尔法说着遗憾地笑笑。

"好的。"克拉拉拿出自己的手机放在他的旁边，发出哔的一声。阿尔法冲她笑笑，按下"接收"键，将她的联系信息自动下载到他的通讯录。"要是哪天晚上想喝一杯。"她轻声说。

"好的，"阿尔法擒住她的目光，"那我，呃……得走了。"

两位可能坠入爱河的人不情愿地分开。他回头依依不舍地看了她一眼。她微笑，脸颊上泛出红晕。他轻声笑笑转过身，其余人嘲笑着揶揄不止，她听见也笑了起来。他钻进车子，准备离开时再次招手微笑。但是一离开她的视野，他脸上的微笑就消失了。

"她的手机被加密了。"布拉沃轻声说。

"通知母亲。"阿尔法说。

救护车一离开，她脸上的笑容就消失了。她激活手机，环顾四周，确定没有人能看见她。

刚刚有五个人用两辆救护车将他们带走了。医护病人运送服务的人。表格合法。其中有一个非常会调情，我们交换了电话号码。

她发送信息，开始处理工作。医院经理已通知所有员工，之前送来的十二个病人正受到密切关注，不过他们的规矩依然和以前一样。任何情况下都不能透露任何信息。

两天前，她在家里。一位快递员送来一只包裹，里面是一支手机。她不解地打开电源。一条信息让她登陆一家老牌银行的网站。她使用登录信息，登入一个登记在她名下的银行账户，里面有一百万欧元。下一条信息让她检查手机通讯录。她照做后，发现是根据她自己的手机复制的。她自己手机中的每一通通话、每一条信息、每一张照片现在都出现在这支新手机中。她惊讶于这种事竟然发生在自己身上，不过电话克隆技术已经出现多年。下一条信息让她无需担忧。"你没有危险，我们不会伤害你"。信息中说她可以现在就丢掉这支手机，留下钱，或者她可以提供信息，接受账户余额的增长。如果有兴趣，请现在回复。她回了信："我有兴趣。"新账户的余额立即增加到两百万欧元。

现在她开始在私立医院的前台背后履行职责。她的手机哔哔作响。她假装不经意地环顾四周，确保隐私。

"干得漂亮。酬劳已经汇入你的账户。将表格复件发送一份。如果那男人联系你，请即刻通知。坚守工作岗位。"

她查看账户，里面现在有六百万欧元。她只是发送信息，汇报她所知道的情况，两百万就变成了五百万。现在又多了一百万。

她本以为随着那六人离开医院，交易就将结束。她已经在考虑，递交辞职报告，在阳光下开始全新的富裕生活，但是那条信息要求她坚守工作岗位。她思考片刻，认为确实合情合理，直接离开会引发怀疑，多留一周也不妨事。再说，那男人非常迷人，而且可能还有继续挣钱的机会。她感觉自己像是个间谍，或者秘密特工。这种想法让她心中一阵激动，成为间谍很性感。

20

"本，你醒了？"

"嗯。"他嗓音低沉沙哑，因为门口传来的持续不断的轻柔敲门声醒过来。这一夜糟透了，真的惨不忍睹。他不断地惊醒，不知身在何处，翻身时总希望能接触到史蒂芬温热的身体，但同时又知道她不在这里。虽然百叶窗关着，但外面刺耳的尖叫声还是钻进他的噩梦中。

他醒来时感觉烦闷不已，身体失去知觉，但是因为思乡病比昨天更加严重，那沮丧感反而让他添了一份喜悦。他不能待在这里，他不想待在这里。他需要回家，回到他的世界，以及他所了解的事物中间。

"本！你起来了吗？"萨法砰砰捶着门又喊。

"我说了，起来了。"他厉声说着，恶狠狠地看向那金属铆钉的房门。

"好的，去洗澡。我们要跑步。"

他第一只鞋子穿到一半停下来，把鞋子向房门砸去。

"我不想跑步。"他说着猛地拉开门，看到哈里正在他房中用毛巾擦干头发，萨法正将头发梳到脑后，用之前那只撕下来的灰色绑带绑成马尾。

"坚持，"她柔声说，"昨天光是在土堤上步行，你就累得够呛。"

"那是因为我不是战士，也不是警察……"

"本。"哈里在他房中提醒。

"看在上帝的分儿上。"本感到胸中燃起怒火，"该死的，我才不待在这里，所以我才不需要跑步……"

"那你会死，"她说着脸上露出那种关爱的眼神，"你选。"

"要么训练，要么死？"他冷笑道，"什么——"

"成熟点儿吧。"哈里突然爆发，那气势吓得本站直身体。哈里展开毛巾，啪啪抖开，轻轻搭在打开的屋门角上。

"不行，"本恳求地摇着头说，"不行，我不能这样。我不是你们。"

"他们会把你送回去受死，"萨法轻声说，"下药……或者打晕……"

"不会的，如果我们三人……"本说着停下来，最后一丝自尊迫使他没有将话说完。

"听我说，本。我们帮你，没问题的，我们接受这份工作。哈里还有我，我们会完成他们要求的事，但是如果你不和我们一起，那他们会把你送回去。罗兰别无选择。"

"该死的，我不是小孩……"

"对，你是本·莱德，拯救了数百人的性命，因为这一点，"她说着竖起一只手指，"我愿意付出任何代价，陪你一直走下去。"

他竭力寻找正确的词汇，想要大声喊叫，她弄错了，他们两人都弄错了。他之所以会那么做，完全是 时头脑发热，来不及思考，他只是凭本能反应，但现在不是需要本能的时候。他不想和他们一起，他不想待在这里，但是也不想他们背负起帮助他的责任。他向浴室走去，随手轻轻关上门，小便、刷牙、冲澡，像个机器人，之后又一言不发地回房换衣服。

"你穿好衣服了？"萨法在门外问。

"嗯。"

门开了。萨法探身进来，脸上露出担忧的笑容。"今天会很辛苦，但是我想你应该没问题。如果想停下，只管说，好吗？"

"好的。"

"我们先跑步，接着吃点东西……喝点水。"

"我不用……"

"喝水，你需要喝水。"

他耸肩，一副漠不关心、不为所动的样子。他不在这里，他不属于这里。他想回家。

本跟着他们穿过走廊，穿出主室，等待萨法将他们所需要物品的新的清单交给马尔科姆。他心不在焉，懒散地看着哈里悠然自得地站在那里的样子，哈里穿着黑色的作战裤，一件黑色紧身灯芯绒上衣，像是英国空军特别部队的制服，也像是特种部队的军装。他才是真正的厉害角色，他的一言一行都那么安静，却散发出不容置疑的自信。萨法领着他们走到外门，停下来激活消毒设备，接着穿过大门走出去，外面天气晴朗，灿烂的阳光晃得他们睁不开眼。

"热身，然后做拉伸，"萨法说着走到堡垒的角落，"我们先暂时沿着堡垒的边长跑。对，以稳定的速度慢跑。"她速度很慢，更像是在费力行走，而非慢跑，来回两趟后她下了另一条指令，"脚跟抬到臀部。"她先示范，速度依然是慢跑，不过脚一直抬到能触碰到压在屁股上的双手位置。哈里看她一眼，耸耸肩开始照做。本光是抵达终点就已经快喘不上气来了，返回也一样累人，等抵达终点时，他已经大汗淋漓。

"侧向跨步。"

他们开始侧向跨步。

"高抬腿。"

"脚跟踢到臀部。"

"正常慢跑。"

有那么几分钟时间，本确实感觉很好，能使用肌肉做点事情。

"拉伸。"萨法说着带领他们离开堡垒，朝尽头的空地走去。他们开始双臂画圈。先是转小圈，接着幅度逐渐增大，但是速度太慢，几秒钟后本的肩膀就因为费劲而烧疼起来。他们停住脚步，逆向画圈，疼痛缓解了一两秒钟，接着再度开始。他们弯折身体，拉伸脚筋，抬脚提踵，拉伸大腿前侧肌肉。手臂再度画圈，接着举到头顶拉伸，到这个时候，汗水已经在本涨红的脸上肆意流淌。

"列队，"她示意大家走到堡垒尽头那条想象的起始线位置，"重新开始慢跑。"

这一次速度只比之前稍稍快一点点，抵达终点后又慢跑返回。

"加快速度。"

他们抵达终点，再度返回。

"加快速度。"

抵达，返回。

"加快速度。"

慢跑变成奔跑，只差变成全速短跑，不过她督促大家一直跑，直至本的双腿开始疼痛，胸膛迫切地需要新鲜空气。

"休息。"

萨法停了一分钟，几乎看不出她有吃力的痕迹，只是脸上有一层汗水在闪光。哈里的体能非常好。他呼吸粗重，但是话说回来，他毕竟是个大块头。本没有体能，丝毫没有。他要多久才能提高？

"准备好了？重新开始。"

他们来回慢跑。他们来回奔跑。本跟不上他们。他胸腔疼痛，大腿感觉像是果冻。

"出发。"萨法抵达起始线，原地转身。本转身奔跑，胳膊抽动，大口喘气。哈里呼吸粗重，脸庞因为炎热而发红，但是他紧跟着她抵达终点。

"返回。"

他们转身开跑。本的脑袋开始发晕，一股眩晕划过脑海，他跟跄几步，直至重力占据上风，他倒在柔软的草地上，躺在那里喘气，感觉像是即将死亡。

"够了，"她的声音从附近某处传来，"休息两分钟。我去拿水。"她返回堡垒，任他平躺在草地上。哈里则背靠在堡垒墙壁，张大嘴巴连连喘气。他们没说话。本疼痛难忍。她端着三大杯水走出来。本大口吞掉自己的那杯，感觉清凉的水沿着他烧灼的喉咙往下落。

"到这儿来。"他的杯子刚喝空，她就发话。他站起身，拖着脚往她那边走去。

"循环练习，十个俯卧撑，十个仰卧起坐，休息，重复，十个俯卧撑，十个仰卧起坐，休息，重复……明白？"

"只做十个？"哈里趴在地上准备就绪。

"暂时只做十个，"她说完对本点点头，让他跟随她的动作开始。"三，二，一……开始！"

本做完俯卧撑，接着完成十个仰卧起坐，有那么一秒钟，他觉得自己也许没有之前想象的那么不健康，但是休息时间很短，他很快便将整个身体的重量撑在两只手上，重新开始。

下一轮要难一些。他刚完成九个，萨法就喊着口号让开始仰卧起坐。他做完第十个，肚子一阵疼痛。休息，重复。他们休息，然后重复。本的肩膀和手臂烧疼，肚子上的肌肉急切地渴望停止。他重重地坐在草地上，到第五十或六十轮的时候，他几乎喘不上气来，眼睛因为汗水而火辣辣的疼。

萨法和哈里继续，本感觉自己像是正在沉入地下，幻想着躺在家里的沙发上和史蒂芬一起看电视的画面。史蒂芬出轨了。

"够了，"萨法说着翻身躺下，呼吸终于粗重起来。她感受到那股熟悉的疼痛，微笑起来。耳畔传来嗡嗡声，内啡肽已经开始释放。她迅速复原。等她翻身双手撑在地面时，呼吸已经重新得到控制，她轻轻一跳站起来。"我去拿水。"

"多拿些来。"本声音沙哑。

"你很弱。"

哈里的话让他抬起头来，以漫不经心地口吻答话。

"我不是战士。我在办公室工作。"

哈里没有回答，只是看向远方。

"我不会待在这里，哈里。"哈里依然没有回答，而是站起身，这时萨法拿着水杯走出来。

"你喝两杯，"她告诉本，"我在里面喝过了。"

本接过水杯，几口就将两杯全部吞下。很快他又想喝水，于是站起来，"还想再来一杯吗？"他问哈里。

"不用。"

"暂时先别喝了。"萨法说。

"为什么？"

"会痉挛的。我们先放松放松。"

"但是我还想喝水。"本坚持说。

"本，拜托……如果不好好放松，肌肉会抽筋的。"

他们重复之前的动作，但是萨法延长了他们拉伸的时间，本的肌肉感到极大的痛苦。

"在这里等着。"她返回堡垒，本再次倒在清凉的草丛中。

"我不会待在这里，"本又对哈里说，哈里依然一言不发。本耸耸肩转过身，"我不会留在这里。"

"把它放到那边。"萨法帮马尔科姆和康拉德撑着门说。她没有说"请"或"谢谢"，简短的词句用的是命令语气。

她将一只黑色袋子放在桌上，招呼两人过去。"哈里，我知道你昨天看过我的枪，不过你以前用过半自动手枪吗？"她说着从袋子里掏出一把粗短的黑色手枪。

"是贝雷塔。"

"你用过贝雷塔手枪？"

他点头。"我们也有勃朗宁。"他说着拿起那把枪掂掂重量。

"本，给你的，"她说着递过一把枪，"都没上膛。"

"马尔科姆和康拉德找来的？"本拿起那把枪问。

"对。"

"从哪儿弄的？"

"我不关心。"

"不，我说真的，他们到底是从哪儿弄的枪，这么轻而易举？"

"再说一遍，我不关心，"萨法说，"他们有时间机器，要是愿意，他们可以直接从工厂拿。对了，这是一把格洛克半自动手枪，用的是九毫米子弹。那个——"

"你干什么？"

"本，你看好，记清楚。这是保险栓，开，关……看见了吗？开，关。"

"我不是士兵。"他说着将枪放回桌上。

"你说了你会试试。"她说。

"我跑步了。"

"这个也需要。"

"我不是战士……"

"我也不是。"

"可是你是负责保护首相的配枪警察。"

"本，拜托，试试吧。试试能有什么害处？"

如果她大吼大叫，他就可以生气。如果她向他下达命令，他可以让她滚蛋，但是她这般的好声好气，触及他心里更深的地方，让他很想按照她的要求做。

"谢谢。"看到他拿起手枪，萨法说。

"你刚才说多要些水是吗，佩特尔小姐？"康拉德端着一只大玻璃水瓶走出来。

"放在桌上，"萨法直率地说，"对，弹匣安在这里……按这里就能取下……看见了吗？"

本轻轻打开保险栓，然后关上，这样反复几次，接着弹出弹匣，那东西从底部弹落的速度过快，他没接住，一下从桌面落在地上。他将其拾起，端起一杯水，看着萨法安上她的弹匣，又弹出来。他学着，安上又取下。打开保险，又关上。安上弹匣，又取下。

"弹匣弹开后，将这个滑回去，以确保里面没有留下子弹，明白？"她将手枪的顶截面滑回去，将腾空的内膛展示给他看，"你来操作……不对，这样。"她再次向他展示，然后观察他笨拙地摆弄手上那把还不熟悉的武器，他的双手因为训练而发抖。有片刻的时间，他觉得拆卸手枪，观察其运转很有趣。她将她的枪拆开，然后重新组装，告诉他如何扣扳机准备射出，释放位在哪儿，并为他展示了内弹簧和活动件。哈里照做，基本上第一次就成功，本则在第一步就卡住，不得不一点一点地重新学。他喝下更多的水。那些名叫撞针、提取抑压器的小东西操作起来比表面看来难得多，还有各种繁琐又烦人的小部件，而且他又热又饿，腿疼，脸庞感觉像在发烧，他又回到之前的苦恼状态。

"本，"她看到他表情变得一片漠然，轻唤一声重新引回他的注意力，"你在看吗？"

"嗯。"他说着看见她手指娴熟地将一只弹簧似的东西推回到其余部件之中。他们重复几次，当他速度变慢，遗失在思想情绪之中，或者只是扭头看向下方开阔的平原时，她一次都没有表现出不耐烦。

"本，"她的口吻一直那样轻柔，"为了我，再试一次。"

于是就那样，仿佛他是在为了她而尝试。他点点头，一遍遍尝试。他摆弄着那些小小的金属部件，看着它们从他手指尖掉落，滚过桌面。她将它们拾起，递还给他。哈里只是静静地忙碌，似乎在自学，他拆卸和重装了好几次。

"好了，今天就到这里。你先休息一会儿，避避太阳。"

哈里本来想说什么，但是被萨法坚定的目光制止了，她的一个眼神就能让疯子哈里·麦登安静，这足以证明她所拥有的权威。

放水果的房间地面铺着粗棉布地毯，是亮蓝色，显然是崭新的。还有护面罩、装有厚厚衬垫的手套，以及其他看上去很难对付的装备。她看到那些东西点点头，满意地咕哝一声，哈里直接走向长桌，拿起一只脚臭味的西葫芦。

"现在用餐？"哈里满怀希望地说。

"嗯，应该还有鸡蛋。"

"鸡蛋？"他环顾四周，目光定在一只木碗上，"鸡蛋！"他说，"他们从哪儿……怎么……鸡蛋！好吧，我完全想象不到。煮熟了吗？"

他拿起一只，在桌沿上敲碎，迅速剥掉蛋壳，然后一口塞进嘴里，满意地大口咀嚼。

"吃几个鸡蛋，"萨法对本说，"你需要蛋白质和脂肪，再吃些水果补充维生素。"

本听到她慈母般的口吻站起身，原本想说些什么的，但是最后仅存的自尊告诉他，不要做一个不知感恩的浑蛋，于是住了嘴。

"我还要了些餐具。"她说。

"是。"哈里将它们都拿过来，包括一碗鸡蛋、水果、刀具、叉子和勺子。他们坐在桌边，像文雅之士那般切水果，敲碎蛋壳，吃掉鸡蛋。他们没说话。本痛苦烦恼地吞咽。他的脸和胳膊感觉火烧一般疼。如果在乎，他应该要些防晒霜，或是一顶帽子。

"本。"她的呼唤重新吸引了他的注意力，"吃点这个，"她说着递来一片既像是柠檬、酸橙，又像是蜜瓜的东西，"味道好极了。"

他接过来，迅速吞下，很快便意识到自己有多么饥饿。

"他们可以带食物回来，"萨法用闲聊的语气说，"所以，如果你们有什么想要的东西，只管说。"

"猪排？"哈里问。

"也许可行，"她笑着说，"想不出不行的理由。"

"牛排？"他仿佛试探她一般地说。

"呃，行。"她露齿微笑。

"啤酒？"哈里问。

"想不到不行的理由。"她笑得更灿烂。

"忍冬。我恶心。"

"什么？"她问。

"忍冬。烟，香烟。"

"你抽烟？"她真的吃了一惊。

"我当然抽烟。每个人都抽。"

"现在没人抽了……或者说现在只有该死的白痴才抽。它们非常危险。"

"啊，得了吧，"他说着冲她摆摆手，"你没有证据。"

"确实如此，"她嘲笑说，"你之前都没要，为什么现在想起来？"

他耸耸肩，吃起来。有时候你不能抽，有时候你不能做你想做的事，那就是生活，也就是战争的影响所在。"一天结束时，来点啤酒，抽抽烟再好不过。"

"好吧，我问问，不过你不能在堡垒里抽。本呢？你想要什么？"

"不用麻烦。"

"好吧。如果你想要什么东西，只管说，行吗？"

"好的。"

下午的训练强度也一样，不比上午轻松。吃完东西，他们就上了粗棉布地毯，哈里和萨法似乎在那里找到了世界上最大的乐趣，他们互相对彼此展示一整套斩杀技巧，本坐在一只椅子上，心不在焉地看着，在痛苦的深渊里越坠越深。他们结束后，叫他过去，嘟哝了一大堆，但是除了那粗棉布垫子是软的之外，他什么也没学会。每当跌倒时，他就倒在地上，直至两人中的一个让他重新站起来。

下午到晚上，最后，他身体的每个部分都疼痛起来，脑子仍旧一片麻木，萨法宣布结束。他们再次进食，吃水果和鸡蛋，补充维生素、蛋白质和脂肪。

回到他们的住所后，他呆站在他的房门口，看到床上放着叠好的干净的灰色运动服，旁边是新的袜子、内衣、吸汗上衣和裤装。

"干得漂亮，萨法。"哈里在他的房间里大喊。

"这么说你看到了？"萨法也在自己的房间里喊着回答，"本，你看到你的了吗？"

他想咆哮，想让她滚蛋，别再装得像个慈母，拿他当小孩哄，就让他一个人待着，也不要再拿新东西来，因为他不会久留。但是这些他一个字也没说。

"嗯，谢谢。"取而代之的是，他咕哝一句。

"本，你先冲澡吗？"她说着从她房间走过来。

"洗澡。"哈里大喊。

"好。"本没出声地说。

"还需要别的什么东西吗？"她停在那里看着他。

他摇头："不，谢谢。"

"书或什么东西？我记得维基百科上说你喜欢看书——"

"萨法。"他突然厉声说，看她的眼神仿佛深沉的怒气正在沸腾，就要冲出来，不过他得到的回应只是一个诧异的表情，后来变成一个牵动嘴角的苦笑，以及眼睛之中微弱的希望的眼神。

"我会帮你挺过去，本·莱德。"她目光锁定在他身上，"泡个澡，放松放松肌肉。明天更累。"

她说完离开。他身体痛得厉害，情绪也是个大问题，不过那一丝怒火是个好预兆。他需要耐心，需要时间来愈合，一旦做好准备，那股怒气就将派上用场。

21

"本，你起来了吗？"

他翻个身，闭上眼睛，不理会捶门声。

"本，你起来了吗？"

"嗯！"他的吼声太大，太过愤怒，但是昨晚比前天晚上更糟，噩梦折磨了他一整晚，而且都回忆不起来，还有外面谈论怪物和战争的声音，说那山谷看起来就不太平。

他坐起身，因为穿透腹部肌肉的疼痛倒抽一口气。他像生产中的女人那样吐一口气，将双腿挪到床边，大腿和小腿肚的疼痛让他叫出声来。接着疼痛击中他的肩膀和手臂，他垂坐在那里，感觉想哭。

"本，你还好吗？"

"我说了没事。"

"你穿好衣服了吗？"

"看在上帝的分儿上，是的，我穿着衣服。"他咕哝着，不知到底该怎么站起来。

"早上好，"萨法说着探进门口，"疼吗？"

"不。"他撒谎。

"你不疼？"她惊讶地问。

"对。"怎么回事？他为什么要否认？

"好吧，那就好，"她显然不相信他，"肯定有点痛的，我就有一点。"

"浴室能用了吗？"他说着抬起头，看见她头发还是湿的，猜测哈里应该已经洗过。

"洗澡。"哈里大喊。

"我不是士兵！"本大叫着回应，"浴室能用了吗？"

"没人了。"她说着等在那里没动。本也等在那里。她继续等待，待在房里等他挪动步伐，好流露出疼痛的迹象。他可以告诉她，说很疼的，说他的身体在痛苦地挣扎，他需要更多的时间来休息。他可以重新躺下，让他们滚蛋，他想一个人待着。但取而代之的是，他迈开脚步，竭力按捺大腿求饶的要求，上唇抽搐。

"泡个澡。"他关上浴室门时，她说。

"稍微拉伸一下。"当他返回自己房间换衣服时，她说。

"喝。"她说着将一大杯水放在他的面前，他们在主室中，他没问新的大水杯是从哪儿来的，也没问那些碗、盘子、餐具、一条条面包的来处。

"吃。"她说着将鸡蛋和已经切成片的水果推给他。

"把这些吃下去。"她说着递给他两粒白色药丸。他没问是什么药，他不在乎。他喝水一口吞下。

"多喝点儿，"她说，他多喝了些，"今天注意补水。"

他喝完水环顾棉布毯，发现护面罩和拳击手套被动过了。也许昨晚马尔科姆和康拉德找了些乐子。也许在他睡觉后，萨法和哈里又多练了几轮。他没问，因为他不在乎。

"出去时把这个戴上，"她说着递给他一顶黑色棉布棒球帽，"给脸挡挡太阳。"

"别拿他当孩子。"哈里咕哝着大口吞咽脚臭味的西葫芦，他将棒球帽戴在后脑勺上，看起来怪模怪样。

"管好自己。"她语气中带着些许尖刻，但是哈里只是耸耸肩，继续吃东西，仿佛什么都没听见。如果本留心，他会发现，三人之间的动态关系正在发生改变。

"你俩都出去，我一分钟后就出来。"

本跟着哈里穿过一扇扇门和一条条走廊。外面的风景还和昨天一样美不胜收。

"看那上面。"哈里说。本循着他的视线，看到上面天空有几只他们昨天见过的飞兽，从森林冠顶冲了出来。该死，这已经是来这里的第三天。不，是第四天。他们还被下药昏睡了一两天，所以甚至有可能是第五天。离家已经五天了。死去已经五天了。他们已经办过葬礼了吗？他们会在没有尸体的情况下举行葬礼吗？我想他们会的，就像是一个象征。史蒂芬一定肝肠寸断，他的父母也一样。史蒂芬正在经历新的恋情。天哪，这想法让他痛彻心扉，这种痛苦永远也不会消退。过了五天，再回去会太晚吗？他可以说自己被打晕了，在地铁隧道里爬了好几天。他们会相信他的。

"你们谁来给我搭把手。"萨法说着推开门，她一只手拿着一只黑色的枪袋，另一只手拿着一只不锈钢瓶，手指间还挂着三只不锈钢杯子。哈里迎上去接过不锈钢瓶和杯子，放在桌上，萨法做了个苦脸，将黑色枪袋从肩膀上拽下来。

"我有点疼，"她说，"你呢？"她问哈里。

"不疼，"他说，"咖啡？"

"是的，"她说，"不过没有牛奶……也没有糖。"

"我无所谓，"他说着举起那瓶子，观察其外部，"这太棒了。"

"你们那时没有不锈钢瓶？"

"不是这样的。"他拧开盖子，嗅嗅里面的液体，眼中对那芳香露出赞许的光芒。

"我快把罗兰惹毛了，"她用稀松寻常的语气说完，看着哈里将黑色液体倒入杯中，"他摸不着头绪，"她又说，"完全不知道自己在干什么。从昨天开始，他已经问过我三次，问我们何时准备好。"

"然后呢？"哈里问。

"我让他滚蛋，说可能要花费数周，也可能数月，反正他有该死的时间机器，所以他可以再次滚蛋。"

"萨法。"他啧啧几声。

"怎么？既然他问了，我也说了，要是他再问，我就一拳塞住他的嘴。"

"相当公平，"哈里说着耷拉下嘴角表示赞许，"他接受了吗？"

"废话，"她说，"谁管他呢？咖啡怎么样，本？"

"很好，谢谢。"

"我们今天做技术训练。"

"好。"

"看起来昨天的练习让我们的身体都很酸痛。"

"好的。我现在没问题。"本说着绷紧大腿，那里已经不再疼痛。

"疼痛只是被遮掩了，"她说，"从袋子里拿一把手枪，拆卸给我看。"

情景再现。他动作虽慢，但一直在推进。

"组装给我看。"

重复动作让他没有时间思考其他任何事情。

"拆开。"

重复行动。只能专注当下的动作，以及接下来的程序，双手做好准备。他一直犯错，然后等待她来告诉他该怎么做。

"组装武器。"

我暖和，我饱足，我水分充足。

"拆开。"

我死了，我死在铁轨上。

"组装。"

重复动作。

"拆卸武器。"

她的声音成为此地唯一真实存在的事物。语气温柔，但是其中的命令口吻让他想要照做。她和善、她耐心、她坚定，当他注意力分散，思绪被内心的痛苦占据忘记手头的作业时，她也毫不动摇。

"本。"她跃入他的视线。

"好的。"他再次开始。拆卸，组装。哈里走过来，背靠在堡垒墙壁上，将棒球帽拉下来挡在眼睛上打瞌睡。

"喝。"回到主室后，她说着将一大杯水放在本面前。

"吃。"她说着将鸡蛋和水果递给他。

"再多喝些。"她说。

"我们出去继续。"

回到外面的桌子边，马尔科姆又端出一壶咖啡。

"拆卸武器。"她说，这一天的时间就这样慢慢流逝到尽头，脑中回荡的只有她的声音。

22

　　水灌进他的嘴巴和鼻子，让他窒息，几乎将他溺死。他的感官关闭了。房间里漆黑一片，但是在他眼前闪耀的灯光却很强，引得他虹膜剧烈疼痛。

　　塞在他嘴里的完全浸湿的布条让他无法呼吸。他身体倾斜，几乎是倒立在一块坚硬的木板上，强有力的手抓住他的胳膊和大腿。

　　他无法喊叫，什么也说不了。他试图大吼，但那样只能打开呼吸道。他反胃，想呕吐，但是那样意味着要吸入更多的空气，意味着要被灌进更多的水。

　　木板砰地一声竖起来，灯光照进他的眼睛，戴着黑手套的粗糙手指强迫他睁开眼皮。

　　疑惑几乎和恐惧一样大。他在军队曾接受过一些基本的审讯训练，所以明白自己正在遭受水刑。他不明白的是为什么没有讯问，或者说的更具体些，是没有任何提问。五个人中没有一个提出任何一个问题。

　　眼下溺亡的可能性减小，于是他咳嗽着清空呼吸道，以便询问他们想要什么，但是他们举起枪，抵住他的太阳穴，不等他开口就射击开火。

　　有灯亮了。刺目的条形照明灯照亮房间中刚刚被杀死的那个男人的尸体。

　　还剩五人。他们的鼻子都断了，身上有淤青，还有脑震荡造成的后续效应。其中一个断了一只胳膊，两个断了手腕，一个睾丸碎了，一个肩膀脱臼。

过了几秒钟，他们眼睛的疼痛才缓解，这样他们才能看清四周，看见等待自己的死亡命运。

和汉斯·马克尔一样，他们都是铁汉，在军队服过役。以前见过冲突和尸体，但是双臂被绑在身后，被迫跪在地上，听到一个同伴悄无声息之间就被执行水刑并死亡，这情景对感官造成的冲击，是他们任何一个都不曾想到的。

五个人环顾房间，迅速眨眼适应晃眼的光芒。他们同一时间看见那位同伴现在已经死在地上，躺在一滩血泊中，那血泊是因为受刑时血水溅落在水坑中形成的。

五个佩戴巴拉克拉法帽的男人盯着他们。他们从头到脚一身黑。

五个人走过来站在五个跪在地上的人面前。他们一人对准一个，从阿尔法到埃科排成一列。

他们有高度优势，他们知道这样能增添威胁的恐吓和感知程度。他们抱起双臂，岔开两腿。他们依旧保持沉默，一言不发。

跪在地上的人里面，有一个咳嗽起来，清清干透的嗓子。他因为关节难忍的疼痛，以及断掉的手臂被绑在身后，再次呻吟起来，肩膀的疼痛让他几乎快昏过去。

阿尔法对德尔塔点点头。德尔塔掏出手枪，朝那摇颤不已的人的脑袋开枪。

还剩四人。四个人都因为恐惧而急切地胡言乱语。他们依然没有提出一个问题，没说一个字。他们是乘坐那两辆救护车过来的。护理人员真的很好，保证了他们的舒适。为他们提供了水，还稍稍交谈过几句。救护车停下之后，护理人员离开。剩下的只有寂静，但是伤员们没有质疑，那是他们一贯的做法。之后来了五个佩戴巴拉克拉法帽的男人。这些技术人员被拖拽、殴打、推搡，扔进一座废弃仓库的地窖之中，并被迫跪在漆黑之中，第一个死去的同伴已被拖走。

恐惧攫住了他们。没有讯问。那些头戴巴拉克拉法帽的男人没有任何语言的交流，这让他们变得就像是怪物。

阿尔法在等待。他手下的人在等待。

"我们什么都不知道。"跪在布拉沃面前的人脱口而出。他的声音得到了响应，其他三人也都呜咽着大喊起来，祈求饶命，祈求不要杀死他们。

"我保证，"布拉沃面前的人抽噎着说，"只是一份工作……只是一份工作……"

头戴巴拉克拉法帽的五个男人依然保持安静，不过他们一起转过身看那人。那微弱的回应激励着他继续发言。他对他们点头，抬起头环顾四周，眼中充满恐惧和痛苦。

"我们被挑中……"他再次点头，一直点头，"在一辆厢式货车中……"

"被蒙上眼睛。"埃科面前的人抽泣说。

"对，被蒙上眼睛，"布拉沃面前的那人说，"说不能让我们看见地址。说那是个秘密……标准拘留中心……汉斯说他们的薪水很高……说工作很简单……"

五个人继续沉默，但是都看着那人，表现出在倾听的样子。这场面给了那人希望。一丝微弱的希望，让他觉得自己在做正确的事，他加快语速，急切地继续说。

"在，呃……在地下……一座堡垒……混凝土的……"

"有水果。"埃科面前的那人说。

"水果！"布拉沃面前的人大喊，"他们有水果，放在一张桌子上……呃……桌椅都是木头做的……大房间……一个满头黑发的英国佬……另一个德国佬翻译……说他们有三个囚犯……"

"被羁押的人。"埃科面前的人补充说。

"对……他是那么说的……他说是被羁押的人……说他们很暴力，所以我们必须做好准备，只需等待……那三人进来时，他正在做简报……他们有两个男人和一个女人……大块头男人叫哈里……长着一副络腮胡……他叫我们打他……叫我们滚蛋……他是英国人……"

"是用德语说的……"

"对！他是用德语说的……用德语叫我们打他，叫我们滚蛋。"

"那女人是……"

"很结实……很漂亮。真的漂亮。黑头发，黑眼睛……"

"厉害得令人难以置信……"

"确实如此，"布拉沃面前的人连连点头，快速吞咽，"那个大块头……哈里……他发了疯。他朝我们发起攻击……那女人加入进来……打得我们不省人事……接着最后那个小子也出手了……"

"给他们打了针……"

"是的……他们有针……他们往他们脖子打了针……我们被干倒了。大概死了三个，然后，然后……然后，他们好像把我们扛出去放进一辆厢车……我们一团糟，不过他们还是蒙上了我们的眼睛……"

"就是那样……"

"是这样的。我发誓，我以我母亲的性命发誓。我发誓……"

"我知道。"跪在查理面前的男人咳嗽一声抬起头。他的眼睛充满恶意。他环顾四周，打量正低头看着他的五个人，"我被蒙上眼睛带走……"

那五个人看着他，没有说话。空气中充满期待。

跪在查理面前的男人摇头。"真是见鬼。"他啐一口唾沫。他有价值,他有筹码,他们需要他活着。这是他唯一的希望。

阿尔法掏出枪,一枪射穿跪在他面前的男人的脑袋。布拉沃跟着开枪,埃科也开了枪。

只剩一个人。他抽噎着,紧紧闭上眼睛。空气中充斥着血、尿和屎的味道。同伴的尸体就躺在他旁边。查理掏出手枪,瞄准目标。

"不!求求你……"局势如此危险。他如此恐惧。千钧一发的局势攫住了他的头脑。这些人的冷酷程度超乎他所有的想象,"仓库……柏林中心的一条小巷……"他闭上嘴,犹豫着,极度渴望他们不要杀他。

阿尔法点头,布拉沃走开。那人抽噎着,鼻涕从他鼻孔中淌下。身体各个部分都在疼。布拉沃拿着一只公文包回来,他将包朝德尔塔端平,后者按下两只锁扣,包盖打开了。布拉沃让那跪在面前的男人看清里面码放得整整齐齐的钞票。

那男人看到这条朝他投来的救生索咽了口唾沫,求生的欲望中突然闪出一丝贪婪的火花。他的目光锁定在那些钱上,肾上腺素飙升,再加上翻搅肠胃的恐惧,他摇晃不已。

"在哪里?"阿尔法开口说了第一句话。

"你向我保证吗?"那男人说着转向阿尔法,恐惧引发的愤怒突然溢满他的全身,"向我保证。"他大喊,鼻涕和唾液从他口中喷溅出来。

"在哪里?"阿尔法问,布拉沃拿着那只公文包上前一小步。

那男人大口喘气,斜瞄那公文包一眼,接着回头看看死去的同伴。他们会杀了他,他知道。他只剩下少量信息,如果他告诉他们,他们会杀了他。

"我对柏林不熟,"那男人声音刺耳、破碎,"我们穿过了一百条街道……那地方在一条小巷中……"

阿尔法点头，布拉沃合上公文包。查理举起手枪。

"不……呃……该死的……灰色砖块！那座仓库的砖块是灰色……该死……求求你们……你答应过……"

他没有任何其他信息可交待，阿尔法觉察出来。一座灰色砖块建造的仓库，在柏林中心的一条小巷。信息不多，但足够。

他点头，查理开枪。那男人的叫声被切断。布拉沃合上箱盖。其余人环顾四周，接着看向阿尔法，他耸耸肩。"看上去接下来我们要步行出门。"

23

卸下弹匣，检查枪膛，释放套筒。将枪对准一个安全方向，勾动扳机。拇指放在套筒下，绕过枪柄后方，手指放在套筒上。拆卸套筒时，先后拉，后下拉。卸下套筒，取出弹簧组，拆下枪管。一把枪就拆卸完成。

"组装。"

本摆弄那些部件，倾听着当枪再次组装完整时，金属所发出的令人心满意足的沉闷的咔嚓声。只有在这时，当组装完成时，他才抬起头，看见哈里又坐在一把大阳伞下方的一只木头椅子上打盹，手臂撑在堡垒大门侧面的一只木头桌子上。本回头看向下方山谷，脑海中一阵激动。好像那些情绪之前一直被操作手枪所取代，这会儿一时之间无事可做，它们就又席卷而来，这突然袭击让一切都变得比之前更糟。

"本。"

他回头看见她温暖地笑着，示意他继续。

时间已经过去一周，一周的跑步和循环训练，一周的体能训练和健康饮食。鸡肉、米饭、蔬菜、水果，喝下比他人生中任何时候都多的水。有些食物已经预先煮熟，是热的。他没有质疑，也没过问是从何而来，他不在乎。两天前的晚上，哈里吃了一整排猪排，配一碗炸土豆条。本吃萨法让他吃的东西，喝萨法让他喝的东西，他按要求睡觉。他就像一个成年儿童，在绝望的黑暗隧道中越滑越深。他做了一周的噩梦，醒来大汗淋漓，心惊胆战地去冲凉。

"本……继续。"

"好。"

一日结束。这是他们来这里的第七天。萨法收起枪支，哈里掉头走进堡垒。本站在山脊边缘，俯视下方的山谷。

"你真的做得非常好，"萨法说着检查一遍每把手枪，然后将它们装进袋子，"本？"见他没有回应，她招呼道。

"啊？"他转身，那副麻木的表情重新回到他的脸上。他走神时，她一直看见他的另一副表情，必须呼唤他将他拉回现实。

"你今天做得很好。"

"哦，谢谢。"

"正在实现目标。"她说。

他点头。

"到今天就满一周了，"她以闲聊的语气说，"时间真的过得很快。"

他点头，将两手抄进口袋。她看着他下巴上的胡茬，眼睛下方的眼袋，这和一周前形成明显的对比。他比一周前更健康了，他吃的是有营养的健康食物，喝了很多的水。他在运动，脸颊有了血色，但是破碎的睡眠和糟糕的精神状态也在产生影响。她露出温暖的笑容，"我们应该庆祝，"她听到这粗鲁的字眼，心里畏缩一下，"好吧，不是庆祝，不过……你知道……纪念一下这个时刻。"

这一次他没有点头，而是耸耸肩。

"今晚也许你可以和我、哈里一起喝杯啤酒。"

"啊，"他看着地面说，"我可能会上床睡觉。"

"和我们喝一杯。这里的日落很美。"

"也许。"他咕哝道。

"我可以用枪，"她说话间仍然在微笑，"强迫你。"

"用不着枪，"他浅浅地笑一下说，"你闭着眼睛都能把我打翻。"

"哦吼，给你几个月时间，你也能把我打翻……"

"呃？"

"我刚才的话不是有意的，"她感觉他已经回过神来，想继续谈下去。她快速思考，咬紧下嘴唇，"哦，我正想征求你的意见。"

"我？"他眨眨眼看着她。

"嗯，呃……和我共用一间浴室，你会觉得奇怪吗？你知道，比如说……我是不是该换一套房子，还是说同你和哈里一起住也没关系？你看，这里有许多房子，而且……呃……你怎么看？"她的声音渐渐降低，知道这是当下她所能想到的最无力的问题。一时之间她窘迫得想钻进地下，脸颊罕见地泛起红润。他看着她，她确定他看得出来这问题的尴尬。

他摸索着下巴点点头。

"其实取决于你。"他说着注意力又渐渐分散。这是一把双刃剑，她一方面感到松了口气，因为他没有注意到她试图让他一直说话的笨拙举动，但是从另一方面来说，她又因为他再次走神而感到挫败。

"帮我拿这个？"她说着拿起装枪的袋子，又端起喝空的咖啡杯，心里咒骂哈里没有收走她的空杯子。

他接过袋子，等在一旁，仿佛变成了小狗，要等到她走进门才能跟在后面，等待、跟随、等待。她将杯子递给他，锁闭后门，然后从他手中接回杯子。任何事情都能让互动继续，任何事情中都能找到谈话的火花。

"今晚吃牛排，"她说着同他一起穿过走廊，"不过当然是很瘦的牛排……我还要了一个很棒的花园沙拉。美味，有净化作用。你喜欢喝葡萄酒吗？啤酒怎么样？喜欢拉格还是苦味？"

"呃……不，呃……你说什么？"

"拉格还是苦味？"

"呃，真的不用那么麻烦。"

她掩饰起沮丧。她对他的了解，比任何有权了解他的任何人都多。她花费了大量的时间，一遍遍阅读报道中有关他的每一个字，她知道他偏爱拉格啤酒，但也真正热爱散装鲜啤。

"散装鲜啤怎么样？我以前很爱散装鲜啤。"

他耸肩点头，双手插在口袋里，用肩膀推开通往主室的门。

"又没收空杯子。"萨法立即说着瞪一眼正在餐桌边转悠的哈里。

"是，"他说，"我们现在吃饭吗？这是牛排吗？闻着像牛排。是牛排吗？"

他们开始吃饭。本能听见萨法和哈里的谈话，但是他没有参与。他吃自己的牛排和沙拉，喝水，然后静静地坐在那里等待。史蒂芬有了私情，不管怎样，他永远都不可能结婚了。他死了也不打紧，因为她在和其他某个人睡觉。他死了。他死了。他想念他的生活和他的未婚妻，哪怕她正要告诉他，恋情结束。

"本？"

"哈？"

"你来洗澡吗？该死，我是说去洗澡。不是和我一起来……我不是那个意思……我不是说来……该死的。我是说，你去洗澡吗？"

"是，当然。"他站起身，萨法将手伸向哈里，后者正摇头叹气。

他洗澡，然后换上灰色运动服，返回他那个只有一张金属窗和刺眼灯光的朴素乏味的房间。

"来喝杯啤酒。"她探进门，看见他坐在床沿。

"不了，我要——"

"别睡了，"她说着走进他的房间，"来吧……你答应过……"

"我只想——"

"不行，跟我来，过来，就一次。"她抓住他的手腕，笑着将他拉起来，"观赏日落，喝杯啤酒。就当这是我们的周末夜，所以……其实，我想知道今天是这里的什么日子。你知道今天是什么日子吗？"

"呃，不……听我说，我只想——"

"得了吧，滚蛋，去死吧，该死的，就喝一杯啤酒。"她依然抓着他的手腕。

听到她说脏话，看到她说那话的样子，他笑起来。她也回以微笑，看见他眼神开始闪烁。

他们重新返回室外，坐在并排排列的三张椅子上。放枪的桌子上有一只冷藏箱，里面是一瓶瓶啤酒。哈里一只手里已经拿着一瓶啤酒，另一只手中则有香烟在冒烟，他伸着一双长腿，在温暖的黄昏空气中光着脚。

"啤酒。"她说着递给本一瓶。

本坐下来，没发现他是唯一穿灰色运动服的人。萨法穿的是松软的麻布裤，上身是一件白色无袖衫。哈里穿的则是在里约穿过的牛仔裤和T恤衫。

234

"我刚问本今天是什么日子。"萨法说着拿起一瓶啤酒也坐下来。

哈里小口抿着啤酒，想了一秒。"不知道。"他沉思片刻之后说。

本喝着啤酒，但是没有品尝味道。他甚至没有在意那是什么啤酒，他不想辨别啤酒的种类，他的思绪不在这里。

"我要，呃……"他站起身，将空瓶放在桌上，"我去睡觉……"

"啊，再喝一瓶吧。"哈里说。

"不了，谢谢，伙计。"本停下来，犹豫着，显得有些尴尬，"累了……我要，呃……那就明天早上见了……"

他们看着他离开，听着他在嘶嘶的气流声中停下脚步，然后沿着走廊走过一扇扇门。萨法叹口气。

"才过了一周。"哈里小声说着点点头，示意萨法再给他一瓶啤酒。

"自己去拿，你这懒蛋，"她说着皱起眉头，"哦，坐着别动吧，老家伙。"看到他装模作样起身的样子，她怒吼道。她又抓起两瓶啤酒，坐在本空出来的那张椅子上。

"谢谢。"哈里说着接过啤酒。

"他会好起来。"她小声说着拿起酒瓶大喝一口。

哈里点头看着下方的山谷。"我敢确定他会的。"

"他会的。"她肯定地说着并朝他投去严厉的一瞥。

哈里没说话，他的沉默持续了足够说十句话的时间："还有老朋友会来支援……铁骨铮铮的老朋友……"

"别想了。你听见了，他会好起来。"

他举起酒瓶大喝一口，并未因为她生硬的语气而感到被冒犯："你打算给他多长时间？"

她也端起酒瓶大喝一口。他是本·莱德，他十七岁的时候就解决了一帮嗑药磕嗨了的狠角色。他本可以跑开的，他本可以藏起来。

他吓坏了，但他还是出手了。霍尔本那次也一样，他吓坏了，但他还是做了其他几百人都没能做到的事。其他所有人都四散逃窜，本却迎了上去。那样的举动意义深远。

"不管多久都等。"

24

"已经过了将近四周。"

"我记得很清楚。"

"但是他没有任何起色。"

"他会好起来的。"

"哈里？"罗兰说着目光从萨法移到哈里身上。哈里看着前方，似乎想说话，却因为对萨法的忠心忍住了。最后他什么也没说，但还是充分表达了他的意见。

"我们的时间所剩无几，"罗兰沉重地说，"你却每天都让他跑步、训练、拆卸那些该死的手枪。"

"时间？"萨法说，罗兰抱怨道。沉在椅子上。

"时间，萨法！时间。"

"你有时间机器。"

"又来了？是不是我们每一次讨论这个问题，你都会搬出时间机器？"

"你有时间机器。"

"四周时间，已经过了四周——"

"将近四周，而且，呃……"她停下来直视他的眼睛，"我们有时间机器。我们就算花费四年，也不会有任何影响。我们可以返回历史上任何一个时刻……"

"是，但是到某个时间，你还是要做出决定，本只是不是合适的人。"

"他是本·莱德，"她突然怒吼。罗兰退缩起来，话到嘴边却说不出来。"他需要多久，就等多久。你感觉有压力，是因为你认为我们没有任何动静，但是我们确实在进步。哈里和我都在训练，我们向彼此学习，而且本正在适应这个新环境。他只是需要时间。"

"多长时间？"

"你再问我这个问题试试看，看看会发生什么……来啊……"萨法大吼，意图明显地写在脸上。站在她旁边的哈里移动了一下，他这一细微的动作让她放松下来，离开罗兰的办公桌。

沉重的寂静开始蔓延，罗兰等待紧张的气氛缓和。结果和上次、上上次都一样。萨法是对的，只不过是又发了一通脾气。从理论上来说，他们可以需要多久就等多久，但是缺乏进展确实在吞噬他们的耐心。

"你是在承受其他某个人的压力吗？"萨法打破沉默。

"你说什么？"罗兰被这个问题打了个措手不及。

"我问你是在承受其他某个人的压力吗？你需要我解释吗，为什么训练一个人要花这么长时间？"

"不，不。"罗兰冲她摆摆手，"事情不是那样的。对，你说得对。是我认为没有进展，我道歉。"他慢慢地长叹一口气。拯救世界的重担压在他肩上，再一次呈现在那些深刻的皱纹之中。他将头发梳到脑后，从椅子上起身，走到窗口那扇打开的百叶窗下，凝视外面的山谷，"只有我。"他沉默几分钟后说。

"只有你？"萨法问。

"只有我和发明家……好吧，还有另外一个人，但是——"

"你是在赌。"萨法说。

罗兰听到她的语气变得强硬起来，"那位发明家告诉我世界毁灭的时间。只有我，我就是这件事的负责人。我负责资助这件事。我，只有我。所以是的，没有可汇报的人，也没有任何其他人对我施加压力，但我还是希望有进展，尽人类最快速度将它完成。"

罗兰究竟是谁？他怎么筹措资金？发明家是谁？那位发明家为什么请罗兰帮忙？他刚才说还有另外一个人，是什么意思？

"那么我们还有时间。"萨法的语气像以往一样生硬，而哈里则一如既往地凝视前方，被动地等待。

"你叫马尔科姆准备了靶场用的沙袋，为什么不用？"罗兰改变了话题。

"他还没准备好。"

"没准备好？一把枪要拆多少次，你才会让它派上用场。"

"是为了熟练掌握。"

"我知道这是在干什么，"罗兰说着从窗口转身，轻声说，"你不敢给他一把上了膛的枪。"

她目光尖锐地抬起头，哈里盯着前方墙上的一个点。

"本不会那么做……"

"不会？那为什么还不让他练习射击？"

"我们在训练一些其他技能，"她解释说，"体能训练和无武器搏斗。"

"我看出来了，"罗兰小心翼翼地说，"他基本上没有付出努力。"

"哈里和我的军队和警察背景，让我们两人都具备了条件，"她丝毫不肯让步，"本却没有丝毫准备。"

罗兰欲言又止，最终重重地坐下来。"他看上去糟透了，"他小声说，"他这段时间睡过觉吗？"

"没有。"萨法叹口气摇摇头。

"那就告诉他。"罗兰叹口气揉揉脸，等待和担忧的这些日子以来的压力都写在上面，一览无余。

"不。"萨法立即回答。

"萨法，"罗兰恳求，"你必须做些什么。告诉他史蒂芬的所作所为，打消他回家的念头。强迫他给出回应，刺激他，这样他的愤怒就能发泄出来。"

"行，为什么不呢？"萨法脸上满是厌恶，"那我们就是在利用一个已经痛不欲生的人，眼睁睁地看着事情恶化。对，那事干起来可真是太地道了。"

"等到了某个时候，它早晚都会到来，我们必须做出这个艰难的抉择，本根本就不是整个案子的正确人选。"

"他会好起来的，我保证。"

"好的，"罗兰掂量着她即将再次喷发出来的怒火说道，"行，跟我保持联系就行。"

他们两人谁都不知道他去了哪儿，对于罗兰在堡垒以外的地方都做些什么，他们一无所知。尽管他们充满好奇，但因为受过去人生的影响太深，不会对此类问题表示疑问。你只管做好你的工作，限制在哪儿，就让其他人去担心。

萨法是一名身穿制服的武装警员。她所携带的每一件工具都是由其他人准备，由其他人提供的。她服役用的随身手枪由其他人维护，汽车由其他人提供，她的制服由其他人提供，餐厅存货由其他人准备，就连枪里的子弹都由其他人挑选。她的工作是保护服务对象，担心工作中的有限细节。

那只是一个简单的举动，却足以改变萨法从那以后的人生。霍尔本事件之后，整个世界似乎都迷上了本·莱德，当真相得到澄清，他就是那个在十七岁杀掉五个帮派成员的人时，人们就愈发对他感兴趣。接着史蒂芬破坏了这种局面，但萨法对他的感情并未改变。她见识过伟大，从不怀疑世界上有体面尊贵的人存在，当她在唐宁街的私室中被触碰摸索之时，是本的高贵帮助她坚持了下来。

还有其他一些原因，某种比那些都更深刻的原因——是在站台上与他的短短一瞥。当时他正在铁轨上拖拽一个死人，但就在那一瞬间，她看到一个拥有无限力量和生机的人。那一刻，她被那情景击中，从此再也没有忘记。

但他还是本·莱德，她看得出来。她之前就见识过那种眼神，分辨得出，就在那怒火爆发的短短一瞬，那怒火让他的眼睛有了神采，让人毛骨悚然，但是那神采消失得那样迅速，他一下子就消极呆滞下来，就像个小孩，一言一行都要听从她的吩咐。

她回到主室，端起钢瓶倒咖啡，然后倒在一只椅子上。哈里停在那里，一时之间不知是否该让她一个人待着，不过他还是选择了另一种做法，给自己倒了杯咖啡，在桌子对面的一只椅子上坐下来。

她小口抿着，想起第一次摇摇晃晃走出这个房间时，刚看到他立刻就认出了他，那是本·莱德，她知道。她难以置信，但是她知道。即便是现在，当她看着他拆卸武器，双臂扼住她的脖颈，以展示他完全有力气扭断某个人的脊椎时，她依然得提醒自己。

"他正变得越来越结实。"她咕哝着看向对面的哈里，后者亲切地点着头，小口喝着咖啡，"而且他能拆卸我们这里的每一把枪。"

"是。"哈里说。

"他的下意识反应令人难以置信。你觉得呢？"她尖锐地问。

哈里摇摇头，然后喝一口咖啡。

"说，"她冲他点点头，"你觉得呢？"

"你以前都不问我的意见。"他小声说。

"因为我知道你会说什么。"

"是，你知道。"

"你觉得他做不到。"

"对。"

她看着他，感觉他还想说些什么，却吞下话头，取而代之的是，继续小口喝咖啡，又露出那个亲切、从容的表情。

"你从未问过任何问题。"她说。

"没有任何事情想问。"他回答。

"哈里。"她坚定地说。

"萨法。"他从容地说，脸上的笑容让她呆住了，她深呼吸一下，那动作融化了她眼中的严酷神色。

"你为什么肯让我负责？"她问出另一个一直困扰了她好几周的问题，"我是个女人。"

"对。"

"你是从1943年来的，你们当时没有女性官员。"

"我们有。"

"但战场上没有。"

"是。"

"所以你没有接受过女性的管理。"

"对。"

"随便你，"她见他拒绝上钩去讨论一个能够让她发泄怒火的话题，她吹一口气，"那我们就只管继续。"

"是。"

"他会好起来。"

"是。"

25

一场消耗战，一场试探和犯错的战争。其中，前线战士们喝咖啡、吃垃圾食品、穿工作服待在没有窗户的房间中。一场黑客和防火墙的战争，手指在键盘上敲敲打打，他们利用每一种现有的方法和技术，在前进的途中，又发明出更多。

柏林是一座欣欣向荣的大都会，拥有超过一千万人口，但是只要有人的地方，就有犯罪。

几乎每一座商务场所都安装有闭路电视监控系统。根据保险政策，全彩高清实时监控画面必须保留三十天。如此大的数据量意味着，对于绝大多数商务场所来说，唯一可行的存储方式就是云存储。就是一座虚拟银行，负责存储上传的视频，并按要求保存足够的时间，以换取一个月的费用。云存储的运营商承诺提供最尖端的安全和无法攻破的系统。

士兵们将武器瞄准这些系统。他们黑进去，找到工程师接入点。

那间私人医院没有安装闭路电视监控系统，但是他们知道，那些人由一辆厢车运送。那辆厢车从哪里来？他们已经知道厢车的目的地，因此需要逆向寻找。入侵商务存储机构，查看视频素材，观察道路的拐角和结合处，以及发现那辆厢车。

这种做法也成功了。他们已经查到那车的生产商和款型，他们弄清了颜色。他们编写代码和算法，嵌入黑客系统，以便帮助他们，以远远超出人脑允许的运行速度完成工作。他们从数以千计的视频中搜索、摒弃、否定和避开了数千小时的素材。

他们很快确定，那辆厢车走的是一条非常迂回的路线，似乎全凭冲动随机选择路线。那就说明，他们对监控有非常清楚的了解。他们知道这一点，因为高级别反监控意识意味着，那辆厢车永远不会出现在任何地方的任何视频监控之中。那很难，但并非无法实现。有一些犯罪防范和侦查网站上显示有预先确定区域内已知固定监控点的地图。只需要打开地图，挑选一条监控摄像头数量最少的即可。但那辆车没有那么做，取而代之的是，它只是随意在柏林绕了一阵圈子，然后开到那座医院。

这个方法不算完美，但有用。

柏林市中心一条小巷中的一座灰砖仓库。

追踪到那辆车进入了柏林的市中心地带，进了老城区。他们咨询了历史学家。

并非所有砖建建筑都用的是灰砖，有些是红砖，而那些红砖建筑一般只局限在特定区域。另一些用的是黄砖，它们也只局限在特定区域。历史证明，以灰砖建造的少量建筑，是这座城市的地理分界线。

将这条信息与从侵入的记录里厢车位置的闭路电视监控系统中所获取的情报结合起来。

地理界限再次闭合，地图上那个看不见的圈越来越小。

在那些区域中，他们分析了工业区、商业区、目前在运营的仓库以及改建作为住宅但依然保留仓库外观的建筑。

任务可谓艰巨，使人精疲力尽。但是他们非常积极地想要获得答案，挣到更多的钱。母亲想要结果。母亲已经说的很清楚，她将奖赏帮她弄清结果的人。

你好，阿尔菲。我希望你正在享受你的旅途，但不要喝得太多！我刚和我的朋友聊过，她说柏林过去的市中心非常漂亮。大教堂以西的区域有许多古老建筑在战争中幸免于难。我知道你热爱建筑，所以我想应该告诉你。不管怎样，注意安全。

你好，母亲！是的，我们度过了一段美妙时光，谢谢。柏林过去的市中心非常有趣，我们一定会考虑那部分地区。兄弟们看到哥特式建筑，激动程度不亚于我。爱你和父亲。

要想在柏林市中心大教堂以西的老城区的一条小巷中找到一座灰色砖建仓库，最简单的办法是挥着票子咨询警察、毒贩、妓女、比萨饼送货司机、导游、出租车公司，以及其他在那片高楼大厦林立，混合有哥特式建筑和新建筑的地区度过了人生中大量时间的人。然而，只需要抓住那些人中的一个，提一句某人对一条小巷中的一座灰色砖建仓库感兴趣，那么每个人都会去寻找它。

所以五个人就采用老法子，亲自搜索那片地区。将那里分为几片相当大的区块，系统排查。每一条街都要查看，每一条大道、公路、小巷和地下通道都要走到。他们变成了徒步旅行者，带着地图，背着颜色鲜亮的帆布包。他们在各个景点驻足，惊叹于他们应该惊叹的事物。他们在经济型酒店睡觉。他们融入人群，不想吸引视线。

比赛已经开始，悬赏的奖励值得他们付出一切代价。

26

没有变化。时间不存在。

他醒来，他训练，他睡觉。绝望越来越深，将原来的他剥得一丝不剩。他不为自己思考，而随着那种缺乏认知挑战状态的持续，他开始变得无法为自己思考。

循环开始了。严重冲击意味着他的脑袋分泌出足以扰乱他的平衡能力的化学物质。肾上腺素太多，睾丸素太多，血清素不够，其他上百种能发挥作用的物质也不够，于是本无法阻止那种循环的恶化趋势。

振作起来，成熟起来。停止担忧，不要害怕。停止思考坏事情。摆脱出来，平静下来。日复一日地坠入自我怜悯的深渊。史蒂芬有了私情，那都是他活该。他死了，因为他毫无价值。他来这里是为了接受惩罚，自我怜悯变成自我逃避。

他身边的两个人都是各自领域内的最优秀的，熟稔于自己所做之事的完美专家，而且过程看起来毫不费力。他将自己与他二人对比。他抓住自己的无价值，与萨法和哈里进行严酷的赤裸裸的对比，而那只巩固了他的自我认知，即他是脆弱的，他是枯槁的。看看哈里。变得像哈里，变得像萨法。摆脱出来，变得像个男人。

在他没有丝毫反应的情况下，他周围的生活就变了。他们公用的浴室中摆满了东西：不同颜色的新毛巾，不同的牙膏和牙刷，一面他不照的镜子，萨法用的剃刀，哈里用来修剪胡子的剪刀，镜子上方有盏灯，淋浴间里的洗发水和护发素，一只马桶刷，清洁液和产品，架子，挂东西用的横杆。他没注意喷头从什么时候开始流热水，没注意马尔科姆和康拉德在终于弄清楚怎样放热水时胜利的语气。

公用客厅地板上的小地毯，蓝色椅子后面挂的衣服，一张矮几上堆放的书本。房外走廊上的靴子、运动鞋和人字拖。

三个朴素乏味的房间变成了一个朴素乏味的房间。萨法和哈里的房间里多了小地毯和挂衣服的横杆。他们床边的组合柜上出现了更多的书，饮水用的玻璃杯和电池带动的柔光灯。墙壁上出现了调光器，可调暗刺眼的灯光。展板柜里放满了除臭剂、毛刷、发带和私人物品，都是他们进入堡垒以后，一天天，一周周，一月月添置的。

本在里面穿行，却毫无察觉。他的房间还是老样子。乏味、冷清、空荡、朴素。他没有价值，所以他不值得任何改变。他的生活变得虚无和无意义。

他身体里的脂肪消失了，他变得瘦削、硬挺。他的四肢和躯干里开始出现肌肉。他挺过来了，皮肤晒黑了。他长出了络腮胡，头发变得蓬乱。眼睛下面的眼袋也变黑变大了，形容一周周枯槁下去。挣扎都在晚上，那是最糟糕、最可怕的时刻，他挣扎着不想睡着，但同时又感觉那么的困倦，满心满脑都是睡意。睡眠带来噩梦，脑海中的恐惧越来越深。它们掺杂成一堆，令人困惑。史蒂芬变成萨法，萨法有了私情，萨法将要离开他。史蒂芬出现在这里，是史蒂芬让他困在这种他不应该过的生活中。他十七岁时杀了萨法和史蒂芬。他十七岁时试图拯救史蒂芬和萨法，但罗兰杀了她们，哈里则哈哈大笑。

他周围的主室也在变。那场大战中断裂的桌椅被换了，食物不再相同，开始出现一种有人居住在一个地方的特征。桌子上出现污渍和咖啡杯留下的圆圈，还有地板上哈里打翻咖啡壶留下的印记。

马尔科姆和康拉德在他周围晃来晃去，安装、修理、取东西、送东西，等待、观看。

罗兰烦躁不安。时间每过去一周，他就更加急躁。萨法仍旧不留情面，从未有人像她维护本一般地维护一个人。从未有人像她付出在本身上的保护精力高过另一个人。其他人不和本说话，甚至不看他。罗兰不再提问，因为提问将激发她的怒火，他们都被困在了这个等待本摆脱出来的挑战之中。

萨法的奉献变成了一个有实体的事物，一个几乎可算是活生生的供人讨论和思考的对象。无论本去哪里，她都会出现，陪在一旁，跟在他身后或在他身前。她知道他的功绩，他救了那对母女。他杀了人，她们才得以幸存。他在霍尔本的举动，他杀了人，其他人才能生存，为了那一原因，她的能量似乎用之不竭。她将永不困倦，她将永不屈服，因为本有价值。哈里重新训练学习八十多年来的新技巧、武器和战略来玩耍。他对自身本领的掌握程度极高，他在自己的行当里堪称完美。他让萨法安心。他付出耐心，他的一个点头比罗兰、马尔科姆和康拉德千言万语所能表达的还要多。

萨法一再尝试想将本救出来，将他从他自身的情绪中拉出来。在过去的数月中，她只抱有过一次希望，哭过一次。

四个月过去。此时的她躺在床上无法成眠，总是黑白的思维开始罕见地涉足理论科学的黑暗世界。她心里一片混乱，而那困惑让她愤怒。她甚至但愿自己根本没有开始思考，但那思绪确实存在。她辗转反侧，暴跳如雷，终于坐起身怒视房内四周，然后冲出房门敲响本的房门。

"你醒着吗？"她问。

"哈？"本还醒着，他躺在床上吓了一跳，她轻柔的敲门声和说话的声音说明似乎有什么急事，"呃，对……"

"该死的，太好了，"她说着冲进他的房间，一直走到他的床尾，重重地坐下，举起一只手，似乎准备证明一个观点。他迅速挪开腿，坐起身。他的目光轻轻扫过她的身体，发现她只穿着一件胸罩和一条紧身短裤。

"是的，你聪明得吓人，"她依然举着那只手，"所以……如果我回去，将婴儿时期的我杀死，那这里的我还存在吗？那么返回过去，将婴儿时期的我杀死的还是我吗？而且那一切能奏效吗？因为婴儿时期的我将被后来的我杀死，那么如果婴儿时期的我死去了，我又该怎么返回将婴儿时期的我杀死呢？"

"你究竟在说什么？"

行星排列成一条直线。此时此刻的氛围，看到她身穿内衣冲进房间的惊讶，还有那费解的问题，这一切联合起来，让他恢复了各项机能，在那美妙、壮丽的瞬间，他的认知功能完全恢复正常。

"这可能吗？"

"什么？"他嗤笑着摇摇头，"什么可能吗？"

"听好，"她说着轻轻捶一下他赤裸的腿，这时候她才意识到，他也只穿着一条四角短裤，"这样……就当我是个婴儿，好吗？我返回过去……所以……我是现在的我，我返回过去，杀死婴儿时期的我……我能做到吗？"

"呃……该死。"他认真思考起来。房间里很黑，他关了灯，只有床头灯洒下来的轻柔光线，"呃……对，一定可行，但是……"

"但是怎样？"她的口吻是希望立即得到答案，"如果我在婴儿时期就死了，那么我怎么能返回过去，杀死我自己？"

"类似误入平行世界理论，不过，对……充分想清楚……根据你能返回过去，杀死婴儿时期的你这一事实来说，那是可行的。所以如果这样可行，那么是的，你可以做到。"

"啊？"她困惑地摇摇头说。

"好，"他俯身朝她凑拢说，"你在这里，对吗？所以你能使用时间机器返回过去，杀掉婴儿时期的你。这件事是可能做到的，根据这一事实，是的，你可以做到。但是这也意味着，杀掉婴儿时期的你之后，你将不复存在。因为在杀死婴儿时期的你这一时刻，你就已不复存在，那么这就意味着，我和哈里永远也不会遇见你。继续往下，你永远不会长大，永远不会加入警察局，永远不会被带到这里来，等等……但是那也意味着，接下来你将永远不会被带到这里来，返回过去，杀死婴儿时的你。"

"你究竟在说什么？"她彻底晕了，大笑起来。

"不，你想一想。你将不得不继续存在，"本说，"因为要不然的话，你将永远不会来这里返回过去，杀死婴儿时的你⋯⋯这就意味着，婴儿时的你将长大，来到这里⋯⋯所以那一定就像平行世界之类的东西。"

"平行世界？"

"对。就像⋯⋯无数个世界连在一起。你看，我们认为时间是线性的，对吧？认为它只能向前。但是时间机器打破了那种看法，因为我们能返回过去⋯⋯但是如果我们没有返回，或者我们返回了，但不是回到我们的过去，会怎样？明白我的意思了吗？"

"没有，一个字也没听懂。"她对他所说的话并不在感兴趣，她只看见他眼中的神采。那样的神采，她只在刚开始的几天，他问东问西，解决问题时看见过。改变是巨大的。他整个人像是都活了过来，充满生气。真正的本就在那里。

"那好吧，"他伸手举起她的手，"现在你在这里。"他举起她的手上下挥舞，那感觉逗得她笑起来，"所以现在我们看见了萨法⋯⋯但是如果我们带走萨法，"他再次挥动她的手，"让她回到过去杀死婴儿时的萨法⋯⋯那么我们杀死的并不是婴儿时期的萨法⋯⋯而是另一个婴儿时期的萨法⋯⋯就像⋯⋯就像⋯⋯每一次你做任何事情的时候⋯⋯任何事情，记住。你做一个决定，做某件事，但是如果你做的是另一个决定，做的是另一件事，结果会怎样？那么另一种人生就将开启。"

"我简直稀里糊涂。"她还是没有听，但彻头彻尾地被他的神采吸引住了。

"啊，那好，"他微笑，他真的在微笑。当他上下挥动她的手时，他的络腮胡中闪出一丝牙齿的光泽，"那么，呃……你清晨醒来，要做的第一件事……是什么？"

"呃……小便。"

"对。"他眨眨眼，又露出一个微笑，"但是如果没有小便会怎样？一个你去小便，另一个你去刷牙，还有一个你在冲凉，第四个你决定去晨跑，第五个你决定在哈里的床上拉泡屎，而且——"

"什么？"她大笑。

"你明白我的意思了吗？你做了一件事，但是你有可能做的任何事情，仍会被其他无限个你完成……阵列无限延展。就像是每一个曾经生活过的人，全都拥有无限个版本，会做出每一个有可能的决定，过每一种有可能的生活。所以……此时此刻的你，"他再次挥动她的手，"返回过去，杀死婴儿时的你，但是谁知道，那是现在的你的婴儿时期，还是另一个你的婴儿时期？明白了吗？"

"一个字也听不懂。"她说。

"这样的话，"他说，"那我就无法回答你的问题。"

"好吧，感谢你的努力。"她看到真正的他重新返回激动不已。

"不用。"他说。

一阵静默，一阵犹豫。他突然意识到两人都几近裸体，而且房间里是那样的黑暗。她美得惊人，完美无瑕。他毫无价值，憔悴、软弱。

她看出来了。她看出他情绪的变化，咽着唾沫咳嗽起来。"呃……那么……"她看出他正在溜走，暗影正在覆盖他的脸。她拼命思考，希望能想出某个可以继续的话题，但是为时已晚。她犹豫了很久，"谢谢。"她说。

他点点头，眼睛再一次失去了那种神采。

"清楚多了，"她笑着站起来，"如果我再卡壳，我会回来找你。"

"好的。"

"晚安，本。"她走到门口，不知他的眼睛是否正在看着她的后背。她走到门口转身回头看，但是看不清他是否在看自己。

那个夜晚给了她希望。他回来过，虽然时间不长，但是证明真正的本还在。那是一段魔幻的时光，那份体验她在接下来的几周里都没有忘怀。

他也没有忘记，而且那记忆让他感觉更糟。几个月来，他第一次感觉自己活着，但是那让他感觉愧疚。他还看见了她的身体，感觉到她体内的反应，那让他的愧疚又翻了一百倍。他怎么敢有活过来的感觉？他怎么敢那样看着萨法？史蒂芬有了私情，史蒂芬就要离开他。他死了，他一无是处，他一文不值。

也正是那个希望之夜让萨法痛苦，那是她来这里以后第一次哭。

萨法虽然个性强硬，但她也是一个美女，完全明白男人对她外表的反应，那一晚她自己也觉察出一丝那样的反应。只有一刹那的时间，她知道那是因为看到她穿着内衣冲进房间的惊讶，而她在他身上没有察觉出一丝威胁，没看出一丝攻击性，但是看到他的那种反应还是在她心中播下了一粒种子。真正的本还在那里，那个男人在那里。

那不是一个简单的抉择，但是他的抗拒越来越强烈。他变得如此沉默寡言，让人看着就痛苦。仿佛他正以极为缓慢的速度走向死亡，而他们却只能站在一旁，眼睁睁地看着。他们必须有所付出，境况危急。她能感觉出，哈里的挫败感正与日俱增。哈里已经做好了出发的准备，她也是。已经有了足够长的时间让种子长成一个计划。

那一晚，她等了几个小时，黑暗终于降临。她因为那想法激动得坐立难安，但是却下定决心付出实施。此外，如果她完全诚实，那么她在内心深处应该知道，那么做并非完全没有私心。然而本必须恢复正常。要么实施计划，要么坐以待毙。她没有更多的主意，没有其他希望。

听到哈里的鼾声响彻堡垒后，她溜进浴室，几个月来第一次仔细端详镜子中的自己。她看着自己眼睛的形状，将头发解开披散在肩头。她准备就绪，双手在颤抖，心中大部分是紧张，但也有一丝几乎看不见的激动。她这么做是为了本，他必须恢复正常。他当时原本就将死亡，他的生命要么是在这里被他自己亲手了结，要么就是返回过去死在霍尔本的铁轨上。他只需要想起来，活着的感觉是怎样的。

她咽口唾沫，深呼吸一次，闻闻腋窝，然后点点头，将胸罩往下拉一寸，让胸脯上方再多露出一点点。

"你醒着吗？"

本突然清醒过来，听到那奇怪的语气，他的眼睛立刻看向门口。她好像很担心。

"本？你醒着吗？"

"嗯，"他的声音低沉沙哑。他本已开始困倦，噩梦的痕迹依旧明显，他仍感到痛苦和恐惧。

门开了。她将他房间的灯光调暗，只让里面有最微弱的光芒。她关上门，走向他的床，胸中心跳如雷。

"怎么？"他低声问。

她不知该说什么，于是便没有发言。她在他的床铺旁边站定，双臂和眼睛都在探索他的脸。

他不得不看着她。看着她走进门，将灯光调暗，停在他床边。他眨眨眼，目光快速掠过她的身体，抵达她的眼睛，停下来。他的心跳有了反应，砰砰声越来越响。他咽口唾沫，眨眨眼睛坐得更直。

她一言不发，只是等待、观察、探索一番后找到了它，看到那神采就在那里。它强化了她的决心，让那微微的兴奋变得更强，也更快。她灵巧地移动，轻而易举地踏上他的床，抬起一只腿，跨坐在他的大腿上。他立刻呆住，瞪大眼睛，嘴巴也变得干拉拉的。他快速地眨眼。她将一只手放在他赤裸的胸膛上，感觉他闷雷般的心跳。她紧张地微笑，突然间变得脆弱，没了保护。他的目光依旧锁在她身上，思绪飞旋，她下滑的速度如此之慢，似乎要持续到永远。她伸出双手，找到他的手，与他十指交缠，没有言语，无需言语。她从他的大腿向上移动，向着他的腹股沟的位置。他屏住呼吸，突然又迅速呼吸。她感觉出他在她身下变硬，她的决心再一次得到加强，那微微的兴奋也愈加强烈。

目光交汇。她的眼睛如此幽深迷人，他的却如此湛蓝，充满痛苦，似乎深不见底，那让她沉得更低，嘴唇永远在朝他移动的途中。他也移动向上，作出回应，朝她抬升。现在他腹部的肌肉已经足够强壮，能够支撑那样的姿势不会颤抖，也不感到痛苦。最后一刻她停了下来，她的嘴唇与他只隔一丝缝隙。她不知道自己为什么暂停，但她确实是停了下来。或许是为了感受这一刻的滋味，或许是为了思考，除了来这里做这件事的原因之外，她也确实是希望他此刻能亲吻自己。

那个暂停动作打断了这一时刻的魔力。他低头看着她完美的身形，她无暇的皮肤色泽，散落的乌黑长发，这一刻他所感觉到的无价值感，比之前所有时刻的绝望加起来还多。这是最惨的境况，他正被某个他一生中所认识的任何人都更尊敬和钦佩的人所怜悯，这个想法成了催化剂。

她察觉到气氛的变化。她看到他目光下移，她希望他看，她希望他明白，她希望本能感受到，他是被人需要的、珍视的，感觉自己是个男人，恢复从前的模样，因为他的生命结束，其他人才存活，所以他必须再做一次。她希望他看，然后兴奋。她希望他感受到亲密无间所带来的温柔。他高贵而自豪，他如此特别，因此他不该被放弃，孤零零地在惊吓中死去。当他抬头重新看着她的眼睛时，她才知道自己错了。她犯了个错，那样的做法突然显得愚蠢和廉价。

"出去，"他的声音很小，颤抖着，却非常激动，"该死的，滚出去……"

她快速移动。从他床上回到门口，返回她自己的房间，迅速关上房门，泪水淌落脸颊。羞辱、失落、被拒绝，她哭了，多年来她第一次哭，她没有出声，几乎悄无声息。这时候本躺在自己的床上，脸颊也在闪光。

27

这个清晨和以往任何一个都没有区别。他在萨法的敲门声中醒来，例行仪式地洗澡、刷牙、换衣服。

"喝。"她的语气是他不曾见识过的生硬。

"吃。"她说。

他从碗里拿起一块新烤的羊角面包，例行仪式地放进嘴巴。

"本！"

"怎么？"他抬头，被萨法怒目而视的目光吓了一跳。

"你甚至都没发现。"

"发现什么？"

"羊角面包。"她从桌旁站起身厉声说。

"嗯？"他不解地问，随后意识到这是他们第一次吃羊角面包，另外他喜欢新鲜羊角面包的事实毫无疑问也登上了维基百科。

"我出去等。"萨法站起身，拿起那只装手枪的黑色口袋。本看着她离开，知道自己应该说些什么，但是他没有。

"她是为你要的羊角面包。"哈里说。

"嗯。"本脑海里没有其他任何思绪。

"她在尝试。"

本看着他，感觉他正在酝酿其他别的什么事。哈里在椅子上挪动一下姿势，咬一口羊角面包，剥落的面包皮轻轻落在他身前的盘子上，"你十七岁时发生了什么？"哈里问。

"萨法让你问的吗？好让我说话？"

"我自己感兴趣。"哈里说。

"没什么可说的。我回家路上经过一条乡村小路，一辆车停下来，五个小子在袭击一个女人和她的孩子……"

"然后呢？"

"就那样。"

"你杀了他们？"

"是。死了三个，另一个在我们等救护车时死了。最后一个送进医院时死了。"

"怎么做到的？"

"用刀。"

"你怎么使的刀。"

"不知道。"

"之后发生了什么？"

"我被捕后又被放了。那帮小子是帮派成员……恶棍什么的。"

"我知道帮派成员是什么意思。"

"我接受了心理治疗。他们给我换了个新名字，就那样。"

"心理治疗？"

"是。他们认为，杀死一群人后，我的脑子一定被搞坏了。"

"那实际呢？"

"没有。"

哈里吃着羊角面包，从桌子旁站起来。"你准备好了吗？"他嘴上虽然在问，但是没有等待就朝门口走去。

本看着他离开，感觉自己拒绝谈话，活像个变态，去他的。但取而代之的是，他继续慢慢进食、喝水，目光凶狠地环顾四周裸露的混凝土墙壁以及混凝土地面，同时回想起昨晚萨法的行为。

最终，他出门看到那二人等在桌旁，桌上已经摆好三把手枪。本叹口气，拿起一把。

"拆卸？"他挖苦地问。几秒种后，那枪就被拆开，变成一堆零部件放在桌上，"重新组装？"他问完又噼里啪啦将其组装起来，"拆卸？"

"不。"她换了一种完全不同的表情看他。她将一只盒子放在桌上，上面印有工厂的商标，侧面和顶上都蚀刻着"9mm"的字样。接着他注意到，桌上放了三只护耳器，在他们背后的远处，沿着岩脊有沙包堆成一座高墙。

"子弹费钱，"她说着打开第一只盒子，露出锃亮的黄铜子弹，"在警局的时候，我们现场使用的子弹是有限制的……但是现在，"她弹出她那把格洛克手枪的子弹匣，开始往里面装子弹，"现在我们已无需担心……可以随心所欲地开枪射击。看那边。"

本抬头看向另一张桌子，看到他们之前拆卸和重装过的每一款手枪都摆放在桌面上，每一把旁边都有一箱箱子弹。

"把那个戴上，"她向他展示过如何装填弹匣后，递给他一只护耳器，生硬地说，"把保险栓打开，直至准备好开火。往回滑，将第一发子弹推上膛。双手握枪，永远不要把枪对准我和哈里。转身时对准地面。脸朝下，面向射击场。"

本拿起枪，开始适应她和哈里双手握枪的握力，同时意识到，她看他的方式变了，轻柔的语气也不复存在。他绕到桌子那头，拿起一把上膛的枪。两人都在密切追踪他的一举一动，直至他目光投向沙袋墙那边的特设射击场。萨法看一眼哈里，哈里点点头，幅度小得让人几乎觉察不出。她将自己的枪放在桌上，紧跟在本的身后，扯掉他右耳上的护耳器，双脚伸到他两腿间，将它们踢开，让他步伐变大。

"张开双腿。再开一点……停，那样就好。"

"你没事吧？"他转身问她，"羊角面包真的很好吃。"

她不看他。"脸朝下，面向射击场，"她简明扼要地说完，弯腰绕过他，直至她的身体压在他的背上。她伸手调节他握手枪的握力，"左手放这儿，右手放这儿。放轻松，正常呼吸。我会监督你开枪的，如果我拍你的肩膀，那你就停止射击。明白？"她没等他回复，就将护耳器重新推到他耳朵上，拍拍他的肩膀。

他开枪射击，感觉巨大的震动沿着他的手臂通向双肩。声音也大得惊人，比他记忆中在霍尔本听见的大得多。他稍稍调整握力，挪动一下，接着再次开枪，这一次他注意到当子弹击中沙包时，空气中腾起一小团烟雾。他继续射击，感受双手中剧烈的反作用力，最后子弹全部射光。他转身发现两人都在密切关注他。

"怎么？"他看见她嘴巴再动，但是听不见她在说什么。她再次从他耳朵上扯掉护耳器。

"我说你完全没有退缩。"她说。

"我应该退缩吗？"

"不。"

"好的。"

"继续。"

"子弹用光了。"

"几发？"

"什么意思？"

"子弹用了几发？"

"哦，反正都用完了。"

"那再多装一些。"

"你还好吗？"

"我很好，继续。"

"谢谢羊角面包——"

"本！"她愤怒地厉声说，"集中注意力。"

"好，抱歉。"

"别抱歉，只管把注意力集中在手头的训练上。"

他返回桌子，因为受了谴责，脸颊刺痛，感觉自己更加幼稚。他在他们的密切关注下装满弹匣。萨法这时将手枪拿在腰侧，单手拿的。从她拿枪的姿势就能看出来，她有多年操作手枪的经验。哈里虽然仍然在密切关注本的每一个动作，但他看上去完全是一副泰然自若的样子。

本回到射击线，握紧手枪，调整双脚位置，朝沙袋射击。他并没有真正瞄准，更多的是指着一个方向，勾动扳机。一时之间，那感觉是那样的新奇和特别。

"现在试着瞄准，"她说，"和我之前告诉你的一样，直线对准，你已经知道该怎样握枪。扣扳机，不是拨或抓，扣。要有自信，但是别自以为是，瞄准目标。"

"好的。"他装填子弹，转身，向沙袋墙射击。

"我说了试着瞄准。"她严厉地说。

"我瞄准了。"他耸耸肩，然后回头继续射击。沙袋最上面一层背后是天空，所以他瞄准的是往下第三层的位置。

"那不叫瞄准，那是盲目射击。按正确的要求来。"

"你为什么冲我发火？"他一边将小小的黄铜子弹推进弹匣，一边问。

"因为你没有尝试。"

"我在，我在尝试。"

"那更努力些。"

"为了什么？"

她吸一口气移开视线，仿佛是要先数到十才能回答："因为你需要学习如何射击，那就是原因。"

"我为什么要学？"

"你知道吗？"她狠狠地瞪他一眼说，"你想怎么办就怎么办。"她举枪射击，一气射空整个弹匣，每一击似乎都设定了时间，完美精准。哈里也一样，稍微调整握力和站姿，朝沙袋墙开枪。

"很好，"射完第一个弹匣后，哈里大喊着冲手中的枪点点头，"好枪。"

上午就这样过去了。三人依次拿起桌子上的一款款手枪射击沙袋。

萨法将目标设定在沙袋上，但没有给出任何指示，要求本瞄准什么地方。但不管怎样，他还是向沙袋开枪了，学着如何瞄准，让子弹离他想射击的地方更近。

午餐时他们走进主室。本坐在桌边，和以往一样愁眉不展。过了五分钟后，他才意识到，萨法给她自己弄了一碗食物，正安静地吃饭。想到他原本期待着她会给他弄食物和水，他的脸羞得通红。

他感觉愚蠢极了，因为好一会儿时间，他竟然什么都没做，只是静坐在那里，盯着放在膝头的双手。然后时间流逝，要想再去弄食物已经显得太晚，因为那样就意味着，他一直都在等待她给他弄吃的。

"你不饿？"萨法最后问道，不过她没有看他。在那一刻，他完全放弃了面子。

"饿。"他说着伸手拿起一只羊角面包，他一点儿都不在乎。他从未要求过这些，他不想待在这里。他放下职责，轻蔑地看着四周那让他无限痛恨的该死的赤裸裸的混凝土墙壁。

"下午我们待在室内。"她说。

"棒极了。"他回答时并没有看她。

"我们徒手格斗。"

"哈？"他假装突然来了兴致。

她眯着眼睛，狠狠地瞪着他："好好享受。"

"本……"

"怎么？"他抬头看她，接着看到哈里换了个姿势，咕哝一声，腰弯得更低，吃他的东西。"有问题？"本问他。

哈里没回答，而是专心吃东西。他们沉默下来。本喝口水，突然感到一股奇怪的释放感，不用再说任何无聊的话语。

"准备好了？"他刚喝完水，她就问。

"没有。"

"加快速度。"她站起身，哈里则将他的头发往脑后拢。

"祝你们玩得开心。"本说着将椅子往后推。

"你去哪儿？"

"出去射击纸靶。"

"我们有工作要做。"

"我说了，玩得开心。"

"你到底有什么问题？"

"没事。"

"本，他们会杀了你。那是你想要的吗？"

"或许是的。"他推开门走上走廊。

"你这浑蛋到底有什么毛病？"她冲到他身后大吼。

"没事。"

"别想从我身边离开。"

"我要出去。"

"你这自私的变态，"她抓住他的胳膊，拉得他原地转圈，"我们在室内训练。"

"不。"

她脸上的怒气表现得很明显，她咬牙切齿，下巴上的肌肉抽搐起来，"我们，在，室内，训练……"

他倾身向前，用表情增加强调效果："不。"

"本。"她再次抓住他的手臂，不肯放他离开。他没有反抗，但维持着被动姿态，不做任何承诺。

"你和哈里一起去扮英雄吧，我没兴趣。"

"他们救了你的命。"

"那他们可以不救。"

"本，你会死的。别在这件事上犯错。他们会把你送回去，把你留在那里，那时候一切就都完了。完蛋了，你死了。"

他耸耸肩，拉长脸，这动作却让她的脸变得更红。

"自私，"她轻蔑地摇着头说，"你是一个自私的人。"

"谁在乎？"

"我在乎！"她突然愤怒地捅他的胸膛，"你要努力。你明白吗？你要努力。"

"别逼我。"

"你要努力活下来。"

"我选择死。"

"成熟些吧！"

"我不想待在这儿……"

"我不在乎你怎么想。你必须努力。"

"该死的，别再逼我。"他怒吼，但是她捅得更狠更快。

"阻止我，"她大喊着将他往墙上撞，"阻止我，做点什么。发怒，给点儿回应，看在上帝的分儿上。"她捅得更狠，将他狠狠推在墙上又弹回来。

"我不想待在这儿。"

"你在这儿。"

"你在乎什么？让我一个人待着。你和哈里一起去训练，拯救世界吧，因为我不会加入……停下来……别再推我了，萨法。该死的别再推我……你到底想要什么？"

"你……我想要你努力！"

"我不会的，"他咆哮着，挺直身体，抵抗她戳近他胸膛的手指，"我不会为你工作，我不会为罗兰工作。"他继续向前逼近，逼得她后退一步，"我不会干的，我不想干，我想出去。我烦透了奔跑、跳跃、拆卸那些该死的枪、被摔在垫子上、锁腕、锁臂、吃水果和鸡蛋。我讨厌它。我讨厌这个地方。我想要我的生活，如果不能过我的生活，那我他妈的宁愿去死。"

"不。"这下子轮到她说出这句一个字的顽固答案，两人陷入僵局，她那根手指直戳他的胸膛，他则奋力反抗。

"离我远点儿，萨法。去找哈里，去找其他人，把药拿回来，往我脖子上注射，把我带回去，因为那样也比待在这儿好。"

"不。"

"由不得你选。"

"不。"

"不要再拒绝。这是我的生活，我的选择。"

"不，你要留下来。"

"我不会留下来。离我远点儿……"他冲她劈头盖脸地大喊，但是她毫不退缩，"我不知道你怎么看我。我不是警察，不是战士。我只是个无名小卒……"

"你不是无名小卒。"

"我是。我他妈的只是个无名小卒，做了一件怪事——"

"两件。"

"好吧……我是做了那些事情，但是在第二次事件中，我被杀死，最后来到这里……那是失败。我失败了，我不能成为你想要我成为的人。"

"成为本·莱德。"

"萨法……"

"只是成为本·莱德，"她激动得声音颤抖，"现在的你不是本·莱德……不是你……"

"这就是我，"他愤怒地说，"我就是这样……我想要我的生活……我想和史蒂芬在一起，我不需要该死的怜悯，在这……该死的，你这是干什么？"他因为扑面而来的重重一揸往后退去，但是下一掌来得更快，力道也比第一掌大。她为他做了这一切事情，她支持他，她付出的信任和精力，昨晚甚至把自己交付与他，所以他才能说出那个女人的名字，并对她恶言冷语相向。她又一次又一次地，大力将他往墙上撞。

"做点儿什么……"她恳求道，"反击……"

"不。"他低吼一声，直挺挺地站在那里，承受住那令人刺痛的下一掌。他们目光紧锁在一起，她的眼睛是暗色的，里面写满愤怒，他的则满是自怜。她又挥出一掌，他承受下来。再一次，他又承受下来。皮肉接触的声音在走廊中回荡。她抿起嘴唇，因为他缺乏反应而怒火冲天。她挥掌，他体内有某种东西发出咔嚓一声。当她的手再次挥来，他在半空中将其捉住钳紧，以有力的步伐逼得她往后退。

"你不知道你对人们所产生的影响……"她愤怒地低声说，"整个世界都知道你的名字……你很重要，你很了不起。"

他体内的怒火仍在积蓄，就要爆发出来。她的眼神从愤怒变成祈求，那其中的一丝希望神色激怒了他。她口中喷洒出来的陈词滥调，还有她那种想要激励他做出反应的眼神，仿佛他有着特别的意义，配得上这一切优待。这一切都让他痛恨，他因为她昨晚的行径而痛恨自己。他痛恨自己竟有这样的感受。这样的自我厌恶吞噬着他，让他痛恨一切。这种对自身的厌恶使得她的说辞都变得毫无意义。

"你的影响比你所知道的要大得多，你赋予了如此多的人希望，你是勇气和高尚的象征。我了解你……我了解你，本。现在重新成为那个人吧。成为本·莱德……看在上帝的分儿上……成为本·莱德……成为我的本·莱德……"

"什么？"他突然顿住了，听到她说的话所感受到的震惊，将憎恶点燃的愤怒从他脑海中驱逐了出去。那一刻他清晰地感知到她的手的握力，于是挣脱出来，她的脸颊一片绯红。

"萨法……"他不解地眨眨眼看着她。

"去你的，"她咆哮着离开他，脸上写满憎恶，"你不是本·莱德……滚去死吧……"

"萨法。"他跟在她身后，但是她走得很快，沿走廊往回走，留他一个人沉默地站在那里，耳畔嗡嗡作响，感觉脸颊刺痛。

他走到外面，从桌上抓起一把枪。打开保险栓，弹出弹匣，他给上面装进子弹，砰的一声推回枪柄。"成为我的本·莱德"。他走到射击线，关闭保险栓，举起手臂，开枪。"成为我的本·莱德"。第一个弹匣清空后，他才意识到没戴护耳器，但感觉很棒。反冲力和噪音似乎将他脑中的胡思乱想清除了。

他重新装填子弹，但是这一次他一下装满了好几个弹匣和枪，还把它们拿到射击线旁的桌子上。"成为我的本·莱德。"他开枪射击，脑海中重新回放出他们刚刚说的每一个字，还有她要他滚去死时的表情。他活该，他是个自私的糟糕的人。他朝纸靶射击，更换枪支，感受重量和反冲力的区别，调整瞄准方位，以便击中更靠近靶心的地方。萨法在帮他。为了帮他度过这段时间，她做了能做的每一件事，但是为了什么？就为了一个她曾瞥见过一次，在铁轨上拖尸体的人？

他加快射击速度，扣动扳机，让空气中充满砰砰的爆炸声，感受着反冲力穿透他的身体。当他捏着她的手，将她往走廊深处逼时，他看见了她脸上的祈求神色，感受到了她的手的触感。他的脸颊仍在刺痛，但那是他活该。他开枪射击，当史蒂芬的影子充满他的脑海时，他换枪再次开火。他最后一次看见她是在他们的卧室，那晚他们做了爱。"要我，本，用力爱我。"她脱掉浴巾，接着看到他被点燃，却冲他发了脾气。他再也看不见她了，他永远也回不去了，他死了。他开枪，开枪，子弹击中靶心。他抽搐着，瞄准外环，击中目标。绝望再次重返。他转身，瞄准萨法的目标。他沿一个角度射击，发现仍然能击中瞄准的目标，感觉很愤怒，因为他竟然擅长此道。他不应该擅长任何事情。

他的心里再次暗下来。萨法的脸庞变成那天早上冲他发火的史蒂芬的脸。

　　他迷失在自己的悲惨命运之中，滑入黑暗的情绪深渊，非但没有停止，反而越陷越深，越变越糟，无法停止。他想阻止，他不想留在这里，但是他又不想让萨法失望。昨晚她为什么会那样交付出自己？他开枪射击，泪水从脸庞淌落，他继续射击，直至就要抽噎起来，有那么片刻他希望能哭出来，那样他就能将情绪都发泄出来。

　　但是情绪没有发泄出来。它消失了，而他再次变得麻木。

　　我憎恶这里。

　　我不能留在这里。

　　我不属于这里。

28

　　她因为多年自律而形成的生物钟自然醒来。此外，也有床边桌上平板电脑发出的轻柔嗡鸣的影响。

　　她抬腿跨过床沿，伸手划开屏幕，关掉闹铃。又一天来临，新的一天。她起身伸个懒腰，感觉肌肉因为严格训练而绷得紧紧的，这是健康的饮食和充足的睡眠所带来的良好结果。她正处于一生中身体条件最好的时候，这一点不会有错，但是内心的忧伤淹没了其他的一切情感。

　　因为两天前，她在走廊上脱口而出的那句，"成为我的本·莱德"。想到这里她就一阵畏缩，她已用尽一切办法。"我想和史蒂芬在一起。"在所有的事情中，这句话最伤她的心。但是本不知道史蒂芬的所作所为。她当时就想告诉他，但她还是忍住了。

从那以后，他们还没说过话，令人尴尬的沉默越来越深。那天之后的时间，本都待在外面。他射了几百发子弹，直至纸靶一无所剩。第二天也一样，拆卸枪支，射空枪膛，装弹，射击。

"你以前从没见过那样的成绩？"那天晚些时候萨法问哈里。

"没有。"哈里诚恳地承认。

本命中目标的能力堪称杰出，实在是非同一般。他天生就是一位神枪手，而那让情况更糟。他甚至还试过走得更远，但还是枪枪正中目标。

哈里还说了些别的什么。他说关键在于时间，解开围嘴，让他自己长大，给他尊严。他言简意赅，口吻诚恳。

昨天她没有叫本起床。她本来想叫的，她内心里依然感觉到那股保护和鼓励他的冲动。但取而代之的是，她和哈里直接出门，开始循环训练、实地射击、徒手格斗、进食。她知道他们准备好了，也知道现在执行工作的只剩下她和哈里。但问题还是没有得到解决。

她走进主室，看着本的房门。也许今天早上她应该叫他起床，也许他会有变化，他转变了态度，准备好了工作。她走向那扇门，抬起一只手，这时哈里在她身后打开了他的房门。他什么也没说，但是他无需语言。她站在那里，手距离本的房门只有几英寸远，她转身看着哈里，后者耸耸肩，走进浴室。

他是本·莱德。她敲门然后等待。他救过数百人。她继续敲，然后等待。"本，你起床了吗？"

没有回应。她又敲，看着房门皱起眉头。"本？"依然没有回应。她这才开始担心，转下门把手，将门推开一条缝，"本？"她将门完全推开，看看那床，可那朴素乏味的房间里是空的，"不……不不……"床铺已经整理好，没有睡过人的痕迹，他的衣服整整齐齐地叠放在地上。

她立即转身，拔腿狂奔冲出走廊进入主室，里面是空的。任何东西都没有被触碰或使用过。桌上没有水杯，椅子全都收在桌面下。她继续奔走，恐惧地穿过房门，沿走廊来到那个放时间机器的房间，门锁着。她继续查看罗兰的办公室，但是一股沮丧沉落下来，她很清楚他在哪里。她拼命奔跑，赤裸的双脚将混凝土地面踩得砰砰作响，她来到出口大门，冲出去，瓢泼大雨顷刻间便将她的衣服淋得透湿。

"本？"她大声呼喊，绕过堡垒边角，来到平时放枪的桌子和容器旁，其中有一只箱子被打开了一部分。她掀开箱盖，看到原本放格洛克手枪的位置是空的。

"本？"她大叫他的名字，湿透的头发紧贴在头皮上。她冲下堡垒边角光滑的草地，这时哈里冲了出来。"本？"她更加声嘶力竭地大声呼叫，心中充满绝望，无比担忧。雨势劲猛，砸在她的脸上，击鼓一般打在堡垒的混凝土侧墙上。他不在这里。她走到土坝边缘往下看，一无所获。她转身搜寻一切能看见的地方。草丛中湿漉漉的小径通往坝顶，"本？"她冲上土坝，赤裸的双脚钻进草里，获得摩擦力，抵达坝顶。接着她跌落在地往下滑。她咒骂着，更拼命地往顶上爬。拜托了，不要这样，不要以这样的方式。不要这样，他不该承受这样的结局，这样孤零零地死去。

她刚冲上坝顶，立刻就看见了他。他灰色的身影跪在地上，背对着她。他握枪的右手垂在腰侧，耷拉在地上。

"他在那儿吗？"哈里跟在她身后也冲上坝顶。

她挥手示意他停下。

"本。"她不顾一切地冲过去，全然不顾尖利的石块钻进她的双脚。她看见他的胸膛因为抽噎而剧烈起伏。他垂着头，一副向命运

268

屈服的模样。"老天哪……本……"她冲到他身边，这时他转身来看着她，她从未在一个人的身上见过这等浓郁的悲伤。他的眼睛因为哭泣而变得通红，下面眼袋肿得很大。他的头发凌乱，因为雨水紧贴在头上，一副绝望颓唐的模样。他开口说话，但只是嘴唇无声地翕动。枪抬起一英寸，然后又落了下去。

"我不能……"他抽噎着说。

"哦，本。"她跪在他身旁，张开双臂搂住他的肩膀。

"我不能，"他呻吟着，痛苦一阵阵逼过他的心头，她能感觉到他的心脏在猛击。他伸出右手抓住她的胳膊，因为那胳膊将他搂得很紧，"我不能，萨法……我做不到……"

"我知道。"她也抽噎着，泪水奔出眼眶，大颗大颗的，一粒粒汇入雨水，沿着她的脸颊往下流。她将他抓得更紧，亲吻他的脸颊，感觉身体的颤动，"不要这样……"

"我必须……"他又抽噎着说。他的手扶着她的胳膊，她感觉到他在往她的怀里钻，极度渴望与人的身体接触。

"不要这样，"她在他耳畔小声说，"本……不要这样……"

"让我……帮我……我不能……我……"

"不要这样。"她在他耳畔痛哭，将脸颊贴在他的头上。她的双臂环住他抱紧，摇晃他，两人的膝盖都沉入泥里。哈里站在土坝边缘观望，脸上是一如既往的无动于衷。

本试图说话，但一张口却哭得更厉害。悲伤和失落喷涌而出，还有彻底的颓丧。他想举起枪，但是却被她攥住胳膊，力道轻柔，却有力地将枪按了下去，然后她的手下滑，从他的手中拿走枪，扔给哈里。

"我不能……让我回家……"

"好的。"她小声说着，想起那天她在铁轨上看见的那个男人。

他抬起右臂触碰她的肩膀，他的手因为激动而攥得紧紧的。

"回家……"他哭着说。

她慢慢地帮他转过身，好让自己的双臂能绕过他，将他搂紧。

"好的。"她又说一遍。

"送我回家……"

"我会的。"她抬起头，哭得和他一样凶。两人在泥泞和雨水中前后摇晃。铁轨上的那个男人无比高贵，这就是那个男人，这就是本·莱德。

"我很抱歉。"

她小声回应，一只手按住他的后脑勺，将他往自己的方向推，"没关系……你可以回家。"

"家……"

"家，本。你可以回家。"

给他尊严，给本·莱德尊严，让他成为一个男人。让他选择死，拒绝生。这举动中自有荣耀之处，是这样的。她点头亲吻他的脑袋，泪水浸湿他的头发。

29

"他在哪儿？"

"在他房里。"萨法回答。

"天哪，"罗兰说着走到桌边抓起他留在这里的水壶和几个杯子，"他还好吗？"

"不，他不好。"她愁眉不展地说。

"他为什么没有开枪打死自己？"罗兰轻声说。哈里摇摇头，耷拉下嘴角。马尔科姆和康拉德在一旁观望，不确定该如何应对这次会面的紧张气氛。

"再次幸存下来。"萨法说着抬头看向罗兰。

"当然。"罗兰点点头表示理解，"可怜的家伙……希望我们能做些什么。有什么事情我们能帮忙的吗？"他问两人。

"你们看过那段录像吗？"萨法转身看马尔科姆和康拉德。

"当然。"马尔科姆轻声说。

"康拉德？"萨法问。

"很多年前，我小时候就看过。"康拉德说。

"我希望你们现在观看，"萨法对他们所有人说，"记住他曾经的样子，而非现在。这样我们就知道，我们是谁……他是谁。那是我们欠他的。"

"当然，"马尔科姆又说一边，"我理解。"

桌边一阵沉默……倒咖啡，端起杯子。康拉德喝一口，深呼吸一次。"那怎么……我是说……"

"我不知道，"罗兰说，"我从没计划过该怎样应对不得不将某人送回去的情境。"

"该死。"萨法骂了一句移开视线。

"给他注射镇静剂，"哈里沉默片刻说，"我送他回去。"

又一阵沉默。

"如果你认为那样是最佳选择的话。"罗兰轻声说。

"是。"哈里坚定地说。

"我们还保存着他的衣服，"马尔科姆说，"我们设定时间，这样你可以刚好在我们将他带走之后抵达。"

"该死，"萨法听到这里又骂一句。在外面时感觉应该这么做，但现在感觉又不对了。不能这样，不能，但事实确实到了这一步，这就是他想要的结果。"马尔科姆，你能弄到那段视频吗？"

"我现在就去。"马尔科姆小心地离开桌子，留下他们沉默地待在那里，只偶尔发出吞咽和清嗓子的声音，以及倒咖啡和举杯的声音。

只用了几分钟，马尔科姆就拿着一台大屏幕平板电脑冲回来，他将电脑放在桌子上，拇指划过屏幕，其他人一边喝咖啡一边等待。

"准备就绪，"马尔科姆说，"呃……你们想看3D的，还是……"

"就看普通的。"萨法说。

马尔科姆点头翻转电脑，这样其他人都能看见屏幕。

哈里盯着画面和中央奇怪的三角形，萨法倾身轻轻碰一下那图形。画面开始变化，出现一座地铁站台的高清实时监控影像。密密麻麻的等待人群，虽然生活年代不同，但哈里立即就认出伦敦地铁的独特风格，以及后面墙壁上装饰的"霍尔本"几个大字。

"那是本，"萨法指着从站台一端的一扇侧门中走出来的本说，"他刚与车间主任碰过头，他不愧是本·莱德，他把那家伙气得够呛，以至于被直接从地铁中间赶了出来。瞧，那扇门当着他的面砸上了。"

"那是本。"哈里因为自己如此轻松就认出了本而感到震惊。

"对，"她暂停这段她已看过如此多遍的视频画面，"看见这个女人了吗？"

"嗯。"

"她是环保斗士之一。这边这个家伙，姜黄色头发的高个子，这个女人，还有后面这个男人……还有一个跪在这群人后面，那边还有一个。他们都穿着写有'我爱伦敦'字样的T恤衫和夹克。"

"装作互不相识的样子。"哈里记下他们之间的距离。

"我继续播放，你注意观察本。"她按下"播放"键，观看这部她已看过上百次的赫赫有名的视频，只是这一遍它的影响变得更大。

她已经认识了这个男人，她已经同本·莱德结识，并说过话。在他哭着求死时，她抱住他。她记得这个视频片段里的每一秒，但现在她有了全新的视角，仿佛是第一次观看。现在她记得他的声音，他说话的语气以及他的幽默。他走路的样子以及掩盖了他超凡能力的友好风度。她是最后一个看到本·莱德活着时候样子的人。他们目光死死地盯着屏幕，在那一刻她看见的是一个气节高尚的正直之士。这个男人永远不会触摸她，强迫她做某件事，或者通过他的力量去索取。他是一股压抑的力量，随时准备好有需要时就发挥能量。她知道本·莱德很爱笑，幽默感满满，很爱逗乐。

在相识的头几天，她就认出了这个本·莱德。他做每件事时大步流星的样子，他从不畏惧，还有他站在后面一直到她挨揍才插手，使用暴力。他没受过任何训练，却拥有摧毁性的力量，无情却又充满人性。他不是怪物，而是英雄。

本十七岁时阻止的那场袭击是因性欲而起，但是即便如此，一个白人少年阻止一群混混袭击一名印度妇女和她的女儿，这件事还是击中了萨法。萨法自己就曾遭遇过种族歧视，她在成长过程中饱受其害，侮辱、讥讽、欺凌，但是她知道世界上还有高贵勇敢的人。她知道她将保护人们，为正义挺身而出。多年后，她在霍尔本目击他的所作所为，看到当人们得知地铁站的那个人就是多年前乡道上那个男孩时的反应。本·莱德的名字成了传统、道德操守、气节和勇气的象征。她加入外交保护分队就是因为他的所作所为，她将生命贡献给保护他人的事业就是因为本·莱德。哈里明白这些，因此几个月来一直对她的发言表现得很有耐心。

有些事情，听别人说起和亲眼见证完全是两码事，哈里目不转睛，凑上前去仔细观看屏幕上的内容。萨法观察着他的反应，但是他没有透露出任何表情。于是她将目光移回视频，当其他人四散而逃时，本却冲上前去。有人坠落在铁轨上，触电死亡。烟雾悬挂在空中，地上四处都是尸体。姜黄色头发的男人正试图引爆他的背心，本朝他冲去。那深色头发的男人用的一把短管霰弹枪毁灭性极强，本立即调转方向，放弃那姜黄色头发的男人，转而加速朝那个正用两把手枪开火的金发女人奔去。他将她狠狠地扑倒在地，女人冲那拿霰弹枪的男人大喊。本凭借本能，切断两人之间的联系，从女人手中夺走手枪将其击毙。片刻之后，他站起身，冲那拿霰弹枪的男人开火，将其射死，然后转身寻找那个这时正将乘客往载电轨上推的姜黄色头发的男人。

又一次进攻，这一次是一个女人，她拿着一把刀冲向本。本的反应速度和他所展现出来的纯粹的侵略性令人震惊。他们看到他跌落下滑，但是他的反应堪称完美，他们明白了这段视频被提供给全世界各地的专业武警观看的原因：成为这样的人，拥有他的攻击性。本朝那女人的脑袋开枪。又过了片刻，那份威胁不复存在，于是本转向之前的目标，在他未受过训练的头脑中的某处，他知道那个姜黄色头发的男人有一颗炸弹，因此是最大的危险所在。他在奔跑中开枪，脸上写满决心和恐惧。我们可以训练你不错失目标，但是只有你能拥有本·莱德的进攻性和本能。

甚至就连手枪咔哒一声宣告没有子弹时，本也没有退缩，而是将那投弹手掀到铁轨上，他的动作中呈现出一种绝对、极端的暴力性，他将那人按在地上，朝他脸部挥拳。他们永远也无法向本确认，但是随后的分析认为，本知道列车就要来，因此他才会撕开那人的自杀式炸弹背心，动作也从挥拳改为踩脚，由此完成致命一击，让那人无法引爆炸弹。

但是风险评估仍在继续。他站起身，将那死去的人沿着铁轨往前拖，不顾一切地想将炸弹拖离铁轨。他几乎就快达成目标了。他原本再多走几米就能活下来。

"那是你吗？"哈里眨眨眼，看到年轻的萨法出现在屏幕上，穿着全套制服冲上站台。

"是。"她小声说。

她能嗅出空气中的化学物质的气息。炎热干燥的空气从隧道中爆发出来。血液中铁的气息，死去的人们肠道开裂散发出的粪便的臭气。她目光锁定正拖着一个死人朝后奔跑的本。在那一刻，她不知道那个人是谁，不知道他为什么要拖着那个男人，但是她看见了那件自杀式炸弹背心，于是反应过来。她一边狂奔一边朝列车司机大喊，后者重重踩下刹车，但为时太晚。列车开进隧道，遮挡住整座车站，她看不见本了，片刻之后，爆炸撕裂隧道，撞得列车朝后冲上站台，她奔回出口的安全位置。

视频结束，她的心脏狂跳。哈里靠回椅背，双臂交抱胸前，思考他刚刚看见的场面。

"天哪，"罗兰又感慨一遍，现在他对本已经再了解不过了。他了解这人，但是看他训练就又是另一种感受了。马尔科姆和康拉德的感觉也一样，他们之前因为看到他拒绝工作而产生的每一种负面情绪都消失了。萨法是对的，他们必须记住他当时的姿态，而非现在的模样。

"好。"哈里依旧抱着双臂说。

"就是这样。"萨法看着视频结束，屏幕变黑，小声说。

针对二战时期的盟军敢死队，有这样一种说法，即你不可能在小说中对他们的所作所为有任何虚构，因为他们可能在现实生活中真的那么干过，哈里有能力辨别出色的工作。他眯缝着眼睛，用鼻孔重重呼气，他刚刚看见的那个人和这里的这个不是同一个人。他想起本在外面，开枪时随心所欲的姿态。他想起第一次见面，本所流露出的智慧。他想起在这个房间里发生过的那场搏斗，本虽然被吓坏了，但还是不顾一切地狂奔的样子。有些战士是后天训练造就，有些则是天生的。

哈里从来不多话，但是这时候他发言了。疯子哈里·麦登，曾毁掉一座德军基地的疯子哈里·麦登，当他发言时，其他人都专注倾听。

30

为了这个任务，他们已经扮演过医护人员，现在他们又成了游客。有的胡子拉碴，有的未剃胡须，有的刮得干干净净，有的头发梳理整齐，有的头发蓬乱。有的穿着整洁的衣服，有的穿着稍稍起皱的衣服。他们混在人群中，不引人注目。他们的衣物是精心挑选过的宽松款，以隐藏肌肉发达的体格，他们一再互相检查，寻找是否有能泄露他们军队背景的视觉线索。

他们喝啤酒，但不会过量。在公众面前，他们像老朋友一样亲切交谈。他们开玩笑，斥责彼此，讨论建筑、艺术、道路布局、现在的年轻人、运动以及其他所有常见的谈话主题。

五个人彻底搜索城市，变换队形，打破样貌，以免被人轻易认出。

今天一个胡子拉碴，一个胡子刮得干干净净，穿深蓝色防水服和结实的步行靴；明天则两个胡子都刮得干干净净，穿格子衬衫、牛仔裤和运动鞋。帽子被用来降低外貌辨识度。他们有时是一群不同口音的德国人；有时是英国人，言语文雅；有时是法国人，展现出与那个国家一致的典型的细微差别。需要什么，他们就是什么。

阿尔法和布拉沃在一间咖啡馆喝咖啡。上午时间已经非常漫长，他们将游客地图铺在桌子上，无所事事地阅读，小声讨论接下来应该参观的景点。

布拉沃在吃一块蛋糕，他其实不喜欢蛋糕，但是因为符合他的身份，所以他就开始吃。阿尔法一边小声哼歌，一边翻阅旅游指南，眼神在书页和桌上的地图之间转换。

咖啡馆里可以说是半满，也可以说是半空，取决于你对生活的态度。但对这些人来说，这间咖啡馆有一半的上座率，这才是他们的思考方式。

布拉沃没注意门开了。直觉告诉他，有两个人走了进来，不过他所受的训练阻止他立即抬头观察。取而代之的是，他故意掉了一块面包屑在衬衫上，然后趁掸除的时候转移视线，这给了他一个合理的理由，他抬头看见两个相貌普通的男人正朝柜台走去。他们看上去丝毫不引人注意。普通身高、普通身材、短发。姿态看起来非常担忧，就像刚刚得知了很糟糕的消息似的。其中一个揉揉后颈，深深叹口气，另一个则点了两杯咖啡，流畅的德语中却能听出一丝英语的口音。

"谢谢。"那个带着一丝英语口音的讲德语的人在柜台前端起两杯咖啡说。

"那段视频是四十六年前的。"马尔科姆揉揉脖颈，说着走过桌子。

"是，"康拉德的语气写满悲伤和担忧，"难以置信我们竟然真的见到了他……她放给我们看是对的。"

"完全正确，"马尔科姆强调说，"你觉得哈里的计划会奏效吗？"

他们继续往咖啡馆里面走，听不见他们的谈话了。布拉沃继续吃蛋糕，阿尔法翻阅指南书。

"咖啡？"布拉沃吃完蛋糕，用完美的德语问。

"谢谢。"阿尔法也用足可以鉴定为方言的流畅德语亲切地说。

布拉沃点了两杯新鲜咖啡回到桌子。他们小声谈论建筑、街区、昨晚住的酒店、吃的食物、公共交通的费用。

阿尔法掏出手机，眼神一转，用拇指拨弄屏幕。"给我妈发个信息。"他说话的语气像是因为不得不给母亲发信息而稍稍感到不耐烦。

"啊。"布拉沃和蔼地笑笑。

阿尔法开始写信息。

你好，母亲，我们正在柏林市中心一家可爱的小咖啡馆中，喝美味的咖啡，吃蛋糕，这里真的很有趣。天气很好。姨妈怎么样？

写完他叹口气，抿一口咖啡。手机发出轻轻的嗡鸣。

我很好，亲爱的。姨妈正在手术恢复期。你说的那间咖啡馆听起来很可爱。下次我去的时候，一定也去试试。

"你母亲的回信？"布拉沃冲手机点点头，仿佛是在嘲笑这位老友有个爱操心的母亲。

"哈。"阿尔法啧啧两声，知道手机信号正在发送他们的位置。

"……萨法会心碎的，她在他身上付出了那么多的努力……"

"但是现在是他的责任。我们无法再为他做任何事情，马尔科姆。谢谢。"那位讲德语的英国人冲柜台后的女孩大喊一句，两人走向门口。

阿尔法和布拉沃收起地图，像中年人一样呻吟着站起身，礼貌地将咖啡杯送回柜台。"谢谢。"布拉沃将杯子递回去的时候说。

"不客气。"女孩为这两位德国中年男子的礼貌程度感到惊讶。

两位游客走向门外。布拉沃将地图调转过来，仿佛是在疑惑，我们一直拿倒了。阿尔法悠闲地看着那两个人走的方向。

"啊，"布拉沃终于将地图拿正，时间刚好够他们开始追赶与那两人之间的距离，"往哪边走？"他用完美的英语问。

"我想是这边。"阿尔法也用完美的英语回答。

他们调整脚步，既不逼得太紧，也不让距离变大。步行跟踪是一门艺术，他们展现出熟练的掌握程度，动作完美，几乎完全凭借第六感在决定何时停止，何时转弯，何时向前。

他们跟着那两人沿繁忙的主路往前走，路上挤满喧嚣的人群。市中心的喧哗如此有益于藏身。他们经过嗡嗡作响的电气汽车，不时还能听到罕见的汽油或柴油发动机的声音。人们似乎都在自言自语，实际上是在用耳塞和无线麦克风展开完美交谈，声音异常清晰。其余游客佩戴的数码眼镜的镜片内侧则显示有他们应该走的路线。另有一些人则停下来阅读只有他们才能看见的信息，然后口述发送回复。

"那是一家中餐馆吗？"阿尔法仿佛因为看到这样一家餐馆而感到非常惊喜。

"我想是的，"布拉沃说，"开着吗？"

"我们过去看看，也许今晚可以过来吃饭。"

"绝对应该。"布拉沃非常激动地说。

康拉德和马尔科姆走到中餐馆的位置，右转进入一条小巷。两位游客漫步跟在他们身后，阅读参观窗户内部的屏幕上呈现的电子菜单。

"这就是柏林老城区了，"阿尔法漫不经心地说着瞄了一眼那条小巷，看见里面灰色的砖建建筑。

"唔？"布拉沃一边看菜单一边心不在焉地说，"那是什么？哦，我明白了，是是，相当老旧啊，历史也许要追溯到二战之前了。我们能进去看一看吗？"

"你介意吗？"阿尔法问。

"完全不介意。在那个时期之后，很少见到还有原封不动保存下来的工业化建筑。"

"天哪，看那一座。好漂亮的哥特式排水系统。"

"飞檐也相当漂亮，就是有点破损。"

"我得说，是一座出色的砖建建筑。"

"确实。我很喜欢从市中心到安静小巷的转变，还有建筑一路从办公室到居民区到简单工业建筑的这种过渡。我说，那是一座仓库吗？"

"看起来确实是。"

"还在使用？"

"我不敢说。看起来安全性非常好。"

"啊呀，我们在市中心的位置，我想这里的犯罪率应该很高。"

"确实。结实的大门，哦对，那两个人在操作一个警报系统进门。"

"是的，确实如此。真令人担忧，不是吗？我希望这不是犯罪高发区。"

"哦，老兄。我母亲又给我发邮件了。这一次我该跟她说什么？"

"告诉她，我们也许找到了一个很适合休息和恢复体力的地方。"

"那我就这么对她说。我们可以回去看看菜单吗？"

"很乐意。"

31

没听见敲门声门就开了，本抬头看见哈里正在看着自己。

"你准备好了？"他直接发问。脸上和以往一样没有表情。

本点头，没有别的话要说。决定了，他要回去。他内心一片荒芜，而且已准备好。他一无所剩。

"跟我来。"哈里说完转身离开。本起身，麻木地跟在他身后，穿过放蓝椅子的房间，走到外面走廊上，两边的一扇扇门后都是随时可以使用的房间。他将再也不会看到这个地方，他将再也不会来到这里。他没有任何感觉，没有，他全无感觉，他不属于这里。

他们走到走廊尽头。哈里推开门，冲本点点头，首先走进那间空荡的主室。本没问其他人都去了哪儿，他们该怎么回去，他不关心。他提不起任何兴趣，只知道他死在霍尔本，从那以后，每件事都不对，仿佛他变成了一个幽魂，被留在一个不再需要他、渴望他的世界。

倾倒液体的声音让本停下脚步。一只笨重的水壶被放回木头桌面，一只杯子被端起来，轻轻地喝了一口。一股不祥之兆，某种出乎意料的事情正在发生。本转身，看到哈里正背对自己，站在大桌子边。空气中充满张力。不祥，沉重。

"我们走吗？"本问。

"等一分钟，"哈里头也不回地说，"这咖啡真好喝。"

"萨法说——"

"萨法不在，我在。"本意识到哈里正用那天在这里格斗时的危险的低音说话。

"什么？"本心不在焉，生硬地问。他想离开，结束这一切。哈里没有回答，而是又端起杯子喝了一口，因为他宽阔的后背和肩膀的遮挡，本看不见杯子。本叹口气，吐气声回荡在这寂静的空间里。他拖着脚在裸露的混凝土地面上行走。哈里抿着咖啡。本松弛下来，不再忧虑，但片刻之后，他突然因为行程的耽搁而感到一股莫名的怒意，稍倾，愤怒消退，他再次回到心不在焉、不为所动的状态。本皱着眉头，试着至少连贯思维，但是脑子里的每一件事都掺杂在一起。

"萨法说我应该试着劝劝你。"

本抬起头，眼神闪烁，哈里转过身面对着他，咖啡杯在他巨大的手中显得很小，在那超现实的时刻，本奇怪他为什么会用双手端杯子。

"不必了，"本咕哝着说，"我们可以走了吗？"

"她说或许由我来说比较好。"哈里继续说。

本耸耸肩转回视线，两人目光紧锁在一起。哈里抿一口咖啡，本看着他，哈里将杯子从嘴边放下。

"我们走吗？"本问，看到哈里投来的眼神，怒意重新返回，因为哈里认为他是个虚弱的懦夫，因为他让萨法带领自己，而且没有完成自己的任务。去死吧哈里，他的价值观和是非观都去死。本决定了，他想结束这一切。

哈里依然看着他，眼睛一眨也不眨，面无表情，但是在那平静的背后，却蕴含着各种讯息。哈里又抿了一口咖啡，那动作是设计好的，为了表明他一点都不赶时间，这反映出，他对本的想法是多么糟糕。

本朝他迈近一步："我们走吗？"

哈里继续喝咖啡，打量着他。同一时间，本感觉到愚蠢、愤怒、疑惑和悲伤。他感觉失落和孤独，对每一件事情都充满愤怒，在那种混乱的情绪中，他还因为哈里刚刚所展现出来的力量而感到受伤。

"看在上帝的分儿上。"本暴躁地咆哮，终于被激怒了。他的情绪急转直下，变成绝望，接着又涌起一股怒意，目光紧紧锁在哈里身上，片刻之后又眨眼移开视线，拖着脚不耐烦地走开。本输了，他的思维正在涣散。他无法应对，他不能待在这里，这里的墙壁让他感到窒息，他感到被困住了。

"我必须走，"本小声说着转过身，胸膛开始迅速起伏，"我不能待在这里。"他的思绪在旋转。他的心跳越来越快，肾上腺素飙升，接着是恐惧和沮丧，"拜托……我可以走吗？萨法说我可以走。"

但哈里还是看着他。哈里目不转睛，一动也不动，只是将那该死的杯子抬高几英寸，小口抿着咖啡，发出指甲刮黑板的声音。

本呼吸一次，强迫语气平静下来。"哈里，萨法说我可以走……别再喝那该死的……"本想把那杯子掀到他长满络腮胡的脸上。他想发怒，想撞击，毁掉一切，同时也毁掉自己。

"萨法在哪儿？"取而代之的是，本用孩子般的声音问。他转身走向门口，哈里没有跟上来。本要去找萨法或罗兰，让他们送他回去。他将穿过那座蓝色的光门，毫不犹豫地走进地铁列车爆炸的火焰之中。

本停下脚步，垂下头来。门是锁住的，他又推又拉，撞啊踢啊。他将拳头砸在上面，但是门没有开，也没有人来开门。本走回房间，抓起一支椅子往门上撞，但是无济于事。椅子是用结实的木头制作的，门是牢固的金属门。怒火聚集，本将椅子从身侧举到头顶，他撞了一次又一次，直至椅子四分五裂，但门依然完好无损。

"怎么回事？"本转身面向哈里大喊，但是那大块头依然站在那

283

里喝咖啡。

"怎么回事？"本怒吼着拾起一根椅子腿，紧紧握住走向哈里，"把这该死的门打开。"本用椅子腿指着他咆哮。

哈里抿着咖啡。本猛端椅子，掀倒一张桌子。他将更多的椅子扔过房间，思绪碎裂成微小的碎片。他想将自己的眼睛挖出来，他想将舌头扯出来，将手腕凿开，直至找到一条血管，沉潜下去。本想大哭大叫，但哈里只是出声喝着咖啡看着他。

他想打我，本看得出来。哈里盯着他看，就是为了激怒他。哈里又喝一口咖啡，声音更响，持续时间更长。本畏缩起来，感到愤怒腾腾在烧穿他的颅骨。哈里咽口唾沫。本做个苦脸，脸部肌肉抽搐着扭起来，每一盎司的重量都集中起来，不要攻击哈里。

时间静止一秒，两秒。目光紧缩，意图明显。本没有眨眼，哈里也没有眨眼。本抓住椅子腿，哈里端起咖啡杯，举到嘴边。本脸部肌肉抽搐，翘起上嘴唇。哈里暂停动作，瞪着他，挑衅刺激他。他的嘴唇抬到杯子边缘。

"别。"本的手指关节因为紧攥椅子腿而发白，发出明显清晰的警告信号，那椅子腿现在已经是一件武器，那一刻本终于看见门钥匙挂在哈里左手一根手指上勾着的一个大金属圈上。

"给我钥匙，"本立即说，"我要走。给我钥匙。"

哈里稍稍摆摆头。

"钥匙，"本咆哮着朝他走近一步。哈里大声喝着咖啡，本内心只感到对他的憎恨，"你想……"本想说话，但因为紧张而无法出声。他咳嗽清清嗓子，"该死的钥匙……"他伸出一只手，寄希望于哈里能将钥匙扔过来。

哈里低下头，漫不经心地看了一眼挂在他手指上的钥匙，然后又看看本，继续端起杯子抿咖啡。

"我要那把钥匙。"本又上前一步说。他丢掉椅子腿,木头落在地上发出沉闷的砰的一声。本在哈里身前停下,两人之间的距离不及一只胳膊远,如此之近,他都能看见哈里虹膜上的斑点。哈里没有动。一股奇怪的平静感降临下来,本完全清楚,如果他试着将那钥匙圈从哈里的手指上滑下来,或者哪怕只是伸出手去碰一下,会发生什么。那不是预感,而是事实,必然会发生的事实,而且本虽然思绪一片混乱,但也知道自己没有任何机会强抢成功,于是他慢慢抬起一只手,盯着那钥匙。

本距离那钥匙不到一英寸。哈里右手一挥,手掌啪的一声拍在他脸上。本眨眨眼,回头去看时,发现哈里又用两只手端着咖啡杯。

他又试一次,又被掴了一掌。哈里的速度之快令人震惊,他胳膊的动作已成模糊不清的一片。本感觉他的脸颊刺痛。他去抢钥匙,但又挨了一记耳光,声音沉闷干脆,脸颊烧疼。他又试,哈里力道更猛,而且每次扇完,他都会端起杯子喝咖啡。本加快速度,想强抢钥匙,但是哈里一掌掌将他摇摇晃晃地扇到一边。他恢复过来,眼神闪烁,脸已经肿了。本转身,以非常慢的动作去抢钥匙,但又被打得更厉害。

本感到极度的愤怒,还掺杂着疼痛、丧失、被拒、悲伤、哀痛、自怜、悲惨等情绪,它们都聚焦起来形成一股纯粹的怒火,逼着本朝哈里发起进攻。他只有一个想法,那就是在这里被杀死,就和在霍尔本死去一样。

本快速出拳,但那士兵轻而易举就挡住了。最后哈里放下咖啡杯,将本一把掀开。

"你缺乏训练。"哈里似乎厌倦了。

本左右出击,哈里躲闪着,轻轻松松挪开身躯。

"无章可循……"

本重拳猛击，但是哈里将他双臂锁在两侧，推搡他的胸膛，逼得他后退几步。

"再来我就揍你了。"哈里的语气那样悠闲自得，那样轻而易举，让本更加愤怒。

本再次出击，怒不可遏。他被自己心里潜藏的怒火蒙蔽了双眼。哈里岿然不动，直至最后时刻，他耸耸肩开始行动。

动作快得看不清。

本有能力反抗，但是疯子哈里·麦登打得他在房间里转圈。出拳，推搡，将他扔进椅子和桌子堆，桌椅碎裂变成武器，他抓起来疯狂挥舞，但是哈里的技巧远远在他之上，本根本砸不到他。

本倒在地上，但又不停地重新爬起，最后他的双眼红肿，鼻子断了。但他又爬了起来，他痛恨这地方。他讨厌哈里，他讨厌成为死人。这不是他要求的，但他不知道除此之外还能有别的什么办法，于是不停地爬起来，这样哈里就能杀死他，疼痛越来越厉害，血流得越来越快，但他还是不停地重新站起身。

哈里没有说话，而是在房间高视阔步，等待本起身发起进攻，再左右抽打，拳拳直击他的脑袋。他重重一拳捶在本的肚子上，打得他吐在地上，胃酸烧疼他的喉咙，但是他又爬了起来，因为体内的怒意如此强烈，他无法压抑。

"史蒂芬出卖了你，"哈里在附近某个地方隆隆地说，"你死后的第五天，她就找了一家报纸，告诉他们，你打她。"

本站在原地一阵眩晕，竭力想要理解哈里刚才说的话。他的脑袋又中了一拳，接着一阵连番出击打得他跪在地上，血混着口水从嘴里淌落。

"她知道你是本·莱德。她说你威胁她，说如果她敢告诉任何人，你就会杀死她……"

"不。"本的声音含混不清，连连摇头，但他还是站了起来。

"我不喜欢打老婆的人，"哈里一只手抓住本的头发，将他的头往后拉。哈里贴在他耳边说，"史蒂芬说你打她。她说本·莱德是个残暴成性的男人……"

"不。"本想摇头，但是哈里抓得太紧，接着他抽回手，膝盖向前抵着本的膝盖，将他钉在被鲜血浸透的地上。

"……说你打她，说你揍她，告诉全世界你揍她……"哈里几乎是怀着恶毒的欣喜粗声粗气地说，"你死的那天，她就决定离开你……"

"今晚我们需要谈谈。"

"……有私情……"

"今晚我们需要谈谈。"

"……离开你去找他……"

"今晚我们需要谈谈。"

"……打老婆的人……"

本用力地胡乱挥动，一大撮头发被撕扯下来。哈里想钉住他，但是他剧烈扭动，凭借体内新涌现的力量挣脱控制。本脸上血流如注，四肢着地爬开，但哈里追了上去，将他一脚踢翻侧躺在地，接着一脚重重地踩在他胸膛上。

"我不喜欢打老婆的人……"

"我没有……史蒂芬……爱……我爱……"

哈里弯腰蹲下，脸悬在本上方几英寸的地方。"你打她，你揍她。一无是处的蛆虫。她说你死之前的那个晚上强暴她……"

"不！"本冲他大吼，血水从口中喷涌而出，洒在哈里的脸颊上。

哈里擦干净，低头看他。

"说你用强的，说你揍她，告诉世界……"

"要我，本。用力爱我。"

"说她……爱上了别人，但是太害怕，不敢告诉你……说你威胁她……说你……"

一幅幅画面从本的脑海中划过，史蒂芬在他们的卧室里转身去看她的手机，扯掉她的浴巾，她发短信。头一晚他们做爱……萨法走进他的房间，萨法冲他微笑，他拉着她的手给她解释平行世界。萨法和史蒂芬。

"一无是处的蛆虫……"

"我没有……"

"打老婆的人。懦夫……"

"我没有……"本想起身，但是哈里继续倾身，脚重重地踩在本的胸膛上。

"你一文不名。你活该像个打老婆的蛆虫那样死去……"

"我没有。"本冲他嘶吼。

"打老婆的人，"哈里抬脚，那大块头俯身流畅地抓住本的上衣，一只手就将他拽了起来，抬到离自己的脸只有几英寸的地方，"懦夫……蛆虫……"唾沫溅在本的嘴唇上，"一无是处的小人……"他一只手就能轻轻松松地拽着他前后摇晃，"强奸犯……"

本绝望到极点。时间变慢，那样的状态他以前经历过三次。一切都清晰无比，但还有未耗尽的愤怒、丧失感、悲剧感和伤痛添油加醋。无法控制的纯粹的怒火激得他一拳砸在哈里的鼻子上，跟着一拳接着一拳不松手。哈里被这出乎意料的猛攻惊呆了。这时候要起身就容易多了，不过现在形势变成了对垒，那士兵开始反抗，更具摧毁力的拳头一拳拳砸在本已经淤青破损的脑袋上。几个月的训练，几个月被萨法和哈里到处扔，本虽然没有刻意回忆，但课程内容还是浮现出来。让他提高警惕的持续不懈地提醒自己：去封堵和反抗，去瞄准目标，出拳时找准支点，去挪动脚步和迂回行进，去抓、拧、推和打，像个职业军人那般。

对阵局面堪称严酷。本有能力搏斗，能超脱出来保持平静；狂暴怒火的驱使也使得哈里的进攻越来越狠。几分钟的时间里，两人僵持不下。他们在房间里团团打转，拳头残暴地打在脸上、头上、身体上和四肢上。一方锁死，另一方就反抗。一方猛然移动身体，另一方就阻挠。血水四溅，掺杂的还有从他们脸上倾盆而下的汗水。现在已不是格斗，不是在教学，这是战斗。一场狠命严酷的战斗，作战双方都知道自己在做什么。多年的经验以及心如止水的状态，让哈里有了优势，他以施加伤害来减慢对手的速度。

本感到困惑、恐惧和担忧。

史蒂芬把那些事告诉所有人了？她知道他是本·莱德？想到这里他充满力量。这想法让他震惊，但不知为何却又合情合理。他曾让萨法告诉他史蒂芬的情况，但是她拒不开口。本知道史蒂芬有了私情，并以为那就是萨法不肯明说的原因。各种记忆和情绪掺杂起来盘旋不止，萨法和哈里教他如何战斗；史蒂芬的冷酷和刺人的语调；萨法拒绝谈论史蒂芬，并且几乎每次听到本提起她时都变得充满攻击性。"这就是我的真实面目……我想要我的妻子……我想和史蒂芬一起。"萨法打他，当他说想和史蒂芬在一起时，她一巴掌打在他的脸上；萨法走进他的房间。

这些想法给了他足够的干扰，他无法集中精力感受哈里的重拳出击。灯灭了，本感觉地面升起来碰到了他。他醒过来，语声含混缓慢，身体的每一个部分都疼。思绪如此混乱，以至于他无法思考。他翻身想站起来，但发现自己一只眼睛看不见东西，嘴巴肿得那样厉害，他无法说话。他在哪儿？他在反抗某个一拳又一拳向他砸来的人，直至疼痛变得如此剧烈，成了他感官系统中的一个新维度。

"卧倒，老兄！"哈里恳求道。本不肯卧倒，他爬起来，呼吸粗重，右眼盯住哈里。本吐出血水，呕吐不止，感觉牙齿正在松落，但还是跌跌撞撞地朝哈里扑去，胡乱出拳。

"够了，本……"

不够，永远不够，他必须死，他不该留在这里。他必须返回……必须回家……

"看在仁慈上帝的分儿上……停下，本。"

家、史蒂芬、萨法。

史蒂芬不爱他。史蒂芬把他出卖了。史蒂芬告诉全世界，他打她，强奸她。

萨法来到他的房间，萨法抱他。

"你这蠢货。"轻柔的说话声充满哀伤，但是本依旧朝那声音扑过去，他挥出一只胳膊，却被紧紧剪住，于是他改用头撞，接着又失去知觉。脑中一幅幅画面闪过。一个满脸络腮胡的男人看着他，脸上写满真实的担忧。本打他，哈里承受住他的攻击，低头看着他，脸上少见的有了表情。

"我收回我的话，"哈里的语气里充满悔恨和自责，本不明白，"你并不懦弱。"

本再次失去知觉，这一次他没有再爬起来。

哈里站在失去意识的本·莱德伤痕累累的身体旁边。他自己的脸上也满是淤伤，还在流血，肿胀疼痛。他的胸膛不住地起伏，汗水与血液混在一起。他低头看一看自己遍布血迹的关节，然后继续向下，看向那躺在血泊中一动不动的身体。

一声沉闷的金属声传来，门旋开，萨法冲进房间，环顾断裂的家具，接着看到哈里站在本旁边的场景。

"天哪，哈里，"她大喊着冲过来，"他死了？"

她蹲下来，手指在他沾满血污的脖子上摸索着寻找脉搏。

"我说了，你的方法不会奏效，"哈里说着用满是血迹的手擦一把伤痕累累的脸，"他还活着吗？"

她点头："有脉搏，但很弱。"

"出什么事了？"罗兰大步走进房间问，看到本的样子，他停下脚步，接着看到哈里也满是血迹的脸，很快露出难以置信的表情。"老天哪，"他脱口而出，缓缓地环顾房间四周，打量那毁坏的房间和四处留下的血迹，"他打你？本打你？"

"是。"哈里自己也难以置信。

"他死了吗？"罗兰问。

"没有。"萨法说。

"要想重塑一个人，必须先把他旧有面貌打破。"哈里虚弱地说。

"重塑他？"罗兰紧张地问，"要在他死前，把他送回去……马尔科姆？"

"在你身后。"

"去找康拉德，把本送回霍尔本的铁轨。"

"你不能那么做。"哈里的声音嘶哑低沉。

"哈里，"罗兰脱口而出，"这个人没用了……你已经把他打得半死了。"

"他需要一个医生。"哈里低头看着本。

"看看他，"罗兰伸出一只手，颤巍巍地指着本，接着转身看着房间里一片凌乱的场景，"他完了……他必须回去……他不能死在这里。我们该把他的尸体放在哪儿？也不能等他死后再送回去。验尸官会……他需要呼吸隧道里的烟气，将它们吸进肺里……天哪，哈里，必须赶在他死前将他送回去。"

"是，"哈里说着伸展后背，"我揍过人，但是没有一个像这样……"他转身看着萨法，"你说得对。"萨法耸耸肩，她当然是对的，她总是对的。"我们要把本留下，"他又说，"毕竟他是这份工作的正确人选。"

"你能找个医生来吗？"萨法问。

罗兰咕哝一句："你确定吗，哈里？"

"是。"哈里说。

"哈里，"罗兰轻声说，"看看他。他已经完了……"

"你跟他说了史蒂芬的事吗？"萨法问。

"是，"哈里说，"我从没遇见过比他更坚强的人。"他思忖着摇摇头，"他最后回来了……跌入谷底后回来了，他做到了。"

"你确定吗，哈里？"萨法问。

"我确定，"哈里坦诚地说，"给他找个医生，把他医好，他就是你需要的人……"

"文件夹里有个医生。"马尔科姆插话道。

"文件夹？"萨法问。

"在办公室里。"马尔科姆说着看了一眼罗兰。

"他说的是那份列出了拥有提取技能人士的清单。"罗兰说。

"不过我不会再去提取任何人，"马尔科姆立即说，"康拉德也不会再回去……"

"我们去，"萨法立即说，"我们去找那位医生……"

32

希望，希望总是存在。在内心深处，他知道自己将死。在远离任何活人几百英里的海上，水面两小时前还平静得如同磨坊里的储水池，现在却翻涌着几米高的波浪，白色泡沫随疾风飞溅。

他擅长驾驶游艇，经验丰富，懂得规避风险，但是近来他一直无法集中精力，而且情况愈演愈烈。有时忘东忘西，更多的时候则是心不在焉。记得人们的脸，却想不起他们的名字。年纪越来越大，秃头周围环绕着斑白的发丝，还有配套的络腮胡。皱纹让他看起来显得更老，不过那是酒精的影响。正餐喝葡萄酒，晚餐喝威士忌，这样晚上就能愉快地入睡，但是接着她过世了，夜晚不再愉快，而是变得漫长和孤单。很快正餐也开始喝威士忌，接着午餐也喝，再接下来，早餐时喝几口也不是什么大事。

现在他孤身一人，任何事情都不再有意义。每一件事都令他困惑。世界变得太快，他追赶不上。新的技术，新的规则，新的法律，新的面孔，每一件事都是新的。

但海永远是海，当魔鬼威胁要接管一切时，他就会来海上，但现在，直面死亡之时，被高过头顶的水墙环绕在中间，他本应该安静接受那种命运，但是他没有。在那一刻，当游艇高高抬起时，他想要活下去。当船攀上那几近垂直的汹涌浪涛时，他希望能抵达波峰，然后安全地降落在浪涛的另一边。

现在已经过去一个小时了，他让船一直迎向波浪。攀爬，下降，上升，坠落。他双手灵活地在舵盘上作调整，让船舵转向这边，他在那边放松，喝了一半的威士忌酒瓶被遗忘在他脚旁的桶中翻滚。

他张大嘴巴，充满恐惧，但感觉比前几年更加充满活力。他的老脸摆脱了多年的压力和抑郁，而那些皱纹现在都在述说经验和智慧，而非担忧和酒精。还有悔恨，后悔他抛弃职业技能，陷入奢靡生活，在其中他更关注社会地位，而非他能帮助的人。他并非天生的贵公子，从未计划过这种生活，但他有天赋，而且那份天赋受人赏识，只有傻子才会拒绝这样的高薪工作。伴随那份工资，有了额外收入，也有了房子、车、娇妻，还有假日和餐厅。

他发誓，对高高在上的神明祈祷，那样的举动既蛮干又显得无能。我要返回我的事业，如果活下来，我将努力成为一直梦想成为的人。一份祭品，一项牺牲，在他的脑海中，那种生活方式可以下地狱了。

唉，现在才做这种美梦已经太晚。希望越来越渺茫，波浪在增长，风呼啸吹过游艇上的索具。船帆被撕裂，在空中快速扑打。吊杆松弛，每次震动都摇摆不已。他反抗只是为了保持正轨深入波浪，但是每一道波浪都像是一场永不结束的战斗中的一只需要被打败的怪兽。

他抵达波峰，为自己的生命又多争取到几秒时间，而在那几秒的时间里，他在波峰上上下摇摆，维持在平衡位置的中心，然而无论往哪个方向看到的都是绵延数英里的惊涛骇浪。如此景象，如此一番值得观看的景象，是时间，或许几分钟之久。向你选择的神明说出你的祈祷，因为你的时间即将结束。

下坠，如此猛扑向下的速度，以至于空气猛撞在他的脸上，他恐惧地大叫，又为这种感触而感到喜悦。撞到谷底，高高扬起一股浪涛，碎裂成雨花，将他浸湿，但是他活下来了，又打败了一头怪兽。

　　他们说的是第七道波浪，第七道是最大的。他没有计数，不过当他转身迎向下一只扑面而来的怪兽时，这个想法冒了出来，他脖子挣啊挣，但怎么也看不见波峰。就是它了，这只怪兽不可打败。向上开，攀上这座摩天大楼，如果不拼死一搏，他就完蛋了。

　　"来吧。"他大喊。话语被匆忙吹走，但是天哪，能大吼大叫感觉好极了。"来吧。"他又喊一遍，声音更大，悲伤鼓着泡泡，溢到他灵魂的最顶端，他冲浪涛大吼，那浪继续朝他扑来，每分每秒都在高涨，他在波谷中越沉越深。丧失感、哀痛、放纵和后悔的生活，一切都涌上他喉咙中的声带，血管鼓胀，他将恐惧发泄而出，多年来第一次获得宁静。

　　船头遭到撞击，抬升起来，结实的游艇英勇挣扎，完成它应有的使命，它向上冲，将船身中段和船尾也拽上去。虽然违抗重力，但它还是在上升。他大吼，要求游艇继续尝试。他朝空中挥拳，它继续上攀，竭尽全力，但大海要拿走它想要的一切。他到了无法回头的地方。在那孤独的沉思时刻，他怀着敬意低下头，向那被打败的对手致谢，游艇开始下滑，退回谷底。先下降的是船尾，但是这艘船按照设计不该这样行驶，它转成危险的侧面向下，船头挣扎着获得牵引力。浪涛切入，轻轻咬一下，但力道已经足够，船跌落下来，摔在一堵浪墙上。一生的画面在眼前连续划过。

　　他被抛下船，感觉空气在耳畔嗖嗖划过，接着是水，他沉入黑暗之中。浮力帮忙将他拉起来，他大口呼吸，但是浪墙依然在袭来，这只怪兽还没和他玩够。他被浪涛的吸力拉向上，救生衣帮助他浮在水面上。水，空气，水，空气。他将两者都吸进体内，感觉越来越高。即将抵达波峰时，他短暂地瞥见他心爱的游艇，它正勇猛无比地搏斗，在那一刻，他祈祷着游艇能幸免于难。

"我们要降落在水上对吗？"

"对。"马尔科姆点头拽出一根杆子。

"去它的，"萨法说，"那风暴是几级？"

"很大。"马尔科姆的语气充满歉意，仿佛风暴剧烈是他的错。

"好的。"她系好紧救生衣，接着弯曲胳膊钻进紧贴在她身体上的潜水服，然后用手指拨弄着，将那条粗重的绳索系在救生衣背后的背带上。"我们的绳子有多长？"她看着房间后部巨大的绳卷问，"行了。"她没等到回答就说。

"你们乘船过去，"马尔科姆说，"引擎发动，进入水中，然后冲进波浪。记住这一点。"

"啊，"哈里皱起眉头，他坐在后面，握住尾舵摇杆的旋转手柄，"你们什么时候经历过风暴？"他说。

"麦登先生，"马尔科姆彬彬有礼地说，"这艘船的引擎真的很有劲，怎么说呢……比你过去见过的有劲得多……大概要强十倍……你转动那根手柄，它就会咬人……"

"少说话，快干事，"哈里看着前方赤裸的混凝土墙壁，接着眨眨眼，看看肿大的橡胶护板，"再问一遍，这船叫什么来着？"

"RIB，硬壳充气——"

"知道了，硬壳充气艇。"

"有趣的是，我们提取你时真的找了艘船，哈里，不过某人却要把它扔掉，因为我们不会再用到船……"马尔科姆说着看一眼罗兰，后者突然像是对自己的脚起了兴趣。

"我们会把设备搬到你们身上，"康拉德对他二人说，"当蓝光划过，你们就会出现在选中的时间和地点……呃……也就是海上……风暴之中的海上……"

"好的，了解。"萨法坐在那艘硬壳充气艇的前面，咬紧牙关，盯着同一道赤裸的混凝土墙壁。

"硬壳充气艇。"哈里又说一遍。

"是的，"马尔科姆说，"落在水中，冲进波浪，找到那位医生，将他救上船，穿过蓝光返回……"

"明白，"哈里说着蹲坐下来，面朝墙壁，表情一脸严肃，"水、医生、蓝光、回来喝茶和咖啡。"

"如果你们无法返回蓝光，"马尔科姆瞪大眼睛看着一脸震惊的两人说，"我们会等五分钟，然后用绳索将你们两人都拉回来。"

"绳索，明白，"哈里说着站起身，这样他才能再次蹲坐下来，"水、医生、蓝光、绳索、茶和咖啡……硬壳充气艇。"

"五分钟不算太长，所以你们必须快速行动，"马尔科姆说，"你们将降落在那艘船倾覆时，GPS信号记录到的呼救信号所在位置，但是你们必须用眼睛搜索。"

过去的两个小时简直忙乱不堪，马尔科姆和康拉德快速通过机器去取需要的设备，罗兰则趾高气昂地叫嚣不停。

一艘高舷硬壳充气艇、潜水服、救生衣、绳索、卷轴、潜水镜、手套。哈里和萨法将本轻轻地抬到他的床上，如果当他们返回时，他已经死在这张床上，那么这里的每一个人都将死得很惨。

"这简直就是疯了，"罗兰嘀咕着敲敲平板电脑的屏幕，"彻头彻尾的疯狂。接通电源。"黑色箱子上红灯闪耀，房间里充斥着一种低沉的嗡鸣。"校准……"他说完开始等待。几秒钟后，他用手指敲击屏幕侧面，口中哼起一支曲子。

"水、医生、上船、光、返回，"哈里说，"现在想发动引擎吗？"

"哦，好主意，"马尔科姆惊讶地眨着眼睛，"没想到那个……你知道怎么弄吗？"

"拉线？"哈里看着那只大引擎说。

"呃，不，"马尔科姆小心地说，"现在没有拉线了……按那个按钮。"

"这个？"哈里猛击那个按钮。引擎立即发动，往房间里喷出浓重的黑烟，当哈里测试尾舵摇杆上的旋转手柄时，引擎声提高变成沉闷的嘶叫。

罗兰尖刻地咳嗽起来。"准备好了，"没有人听他说话，于是他转转眼睛，"我说准备好了。"他挥手。

哈里点头竖起大拇指。萨法也学样，接着抓住将她固定在船舱前面的安全缆绳。

蓝色荧光充满整个房间。那结实的东西微微闪耀出美丽的光芒，将他们所有人都沐浴在深沉的彩色色调之中。马尔科姆和康拉德一人握一根长杆，准备好将光芒从前到后扫过他们。

"开始，"罗兰大喊，见没人听见便自顾自地喷喷两声。"我说开始。"他又喊一遍，冲两名手下挥手。

萨法惊呆了，看见船最前面的尖角就那样消失在视线中，钻进蓝色光幕，就像被拉着钻进一面幕帘一般。长杆移动，蓝光划过，船一寸一寸地消失。

"加快速度。"罗兰大吼，因为他知道那一边会有怎样的危险。马尔科姆和康拉德奔跑起来，拽着长杆向下拖，萨法瞪大眼睛，看到那堵蓝色光幕扑面而来。

上一秒她还在温暖干燥的室内，下一秒她就看到一堵水墙赫然出现在头顶，水沫和风摔打在她脸上。四周一片喧嚣，是大海和狂风在愤怒地鞭打。她看一眼后方，发现那蓝光正向船尾远去，船身的出现就和消失一样迅速。哈里进入视线，正一脸痛苦地拧动油门杆，给身后的房间留下更多呛人的黑烟。接着完成了，他们坠落一英尺，掉在水面上，哈里已经打开引擎，掉头钻进正朝他们压下来的巨浪之中。

马尔科姆是对的，引擎确实很有劲。片刻之后，螺旋桨就将船头推进浪底。哈里没有犹豫，没表现出任何惊讶，他凭直觉和感觉行动。浪很大，但没大到成为问题，他感觉着身后引擎的动力。他更用力地拧油门杆，一开始下降就逐渐加油门。萨法抓住绳索，因为眼前的情景和行为紧张得吞了一口唾沫。从白垩纪时代一座堡垒中的一个房间，跳转到2032年一片波涛汹涌的大海上。

她的头脑用了几秒时间才适应这种变化，在这期间，哈里将船开上波浪顶部，在那里，他们坚持了宝贵的几秒钟。

"你看得见它吗？"哈里大吼着，迅速回头看见那蓝光依然在波谷底部闪烁，波浪嗖嗖穿过去，他好奇水最后是否会流进那个房间。

"在那儿，"萨法指着左边大喊，"船。"一艘白色游艇，它攀上一道波浪顶峰，开始加速下坠到另一边，看起来很小，能清晰地看见一个男人正在舵轮位置疯狂大笑。他是秃头，脑袋四周和后面有花白的发丝，络腮胡也是一样的颜色。他还活着，船竖起来了，她看见那游艇快速冲下水堤，坠入谷底，激起一片水花。

哈里控制引擎，他很清楚要么就待在这道浪的顶峰，要么就船头朝下先降到谷底。他选第二个，于是就驾船攀越波峰，冲向下方，过程令人反胃，萨法双眼紧紧锁住那艘游艇。

在谷底时，哈里利用下一道波浪来之前的时间，将船开到满舵，同时完全打开引擎。船嘶吼着在海面加速前进。萨法指着那艘游艇，哈里则盯着下一道波浪，抬头看清它大得惊人的体积。不管怎样，他一直等到最后一秒钟，才强行将船头开进水堤，而那浪涛隆起，开始将他们往高处抬。他松开油门杆，任引擎加速将他们抬高，直至重力开始拉拽，他才又继续拧，强迫船向上开。

萨法看着那艘游艇，那男人出拳捶进空中。他能做到，他能攀越那道波浪。在那一刻，她看见战斗开始，看见那位医生的决心，他试图让他的游艇完成不可能完成的任务，但是没有动力和船帆，那艘游艇无法翻越一道这么高的波浪，船停了下来，暂停片刻后开始后退。船舷翻转，船头想取得控制，翻转又翻转，从波峰表面坠落，重新栽进下方波谷。

"他掉下去了。"她冲哈里大喊，哈里平静地点点头，让硬壳充气艇继续沿着波浪的脊背攀爬，他知道现在转向只会让他们翻倒。他强行将船开到波浪顶峰，接着重重一拉船舵，沿着汹涌海面上的白沫前行，为船增加动力。趁波浪积蓄力量之时，他灵活地左转右转，乘在波浪上方。萨法目光死死地盯住那艘游艇第一次坠落的地方，扫描那翻涌的黑暗浪涛，寻找那位医生的身影。

"找到他了吗？"哈里的吆喝声压倒喧嚣，他感觉船已经无法继续坚持。

"在那儿。"她指着下方的波谷，一抹橙色冲破海面，有两只手臂在连连拍打。哈里的目光越过波脊，毫无笑意地笑着，露出牙齿。好吧，死了一次，又活了过来。他转动舵盘，开始下降，同时松开油门杆，让船自然下落。他们达到了令人难以置信的下降速度。头发狂乱地飞舞，眼泪从眼眶摔落，但两人都没想过要将护目镜拉下来罩住眼睛。那位医生开始攀爬他们正降下来的那道浪，消失在他们的视野之中。

哈里看着前方，心中已经在计划抵达谷底后，利用里面的那个深坑掉头，重新爬起来。

那位医生沉了下去，从他们的视野里消失了，接着又重新钻出来。一口一口的海水灌满他的肺，他即将溺死。萨法紧紧地盯着他，祈祷他能坚持到他们够到他，船飞快地从他身边掠过，她咒骂起来。

"重新爬上去。"她指着那位医生冲哈里大喊。哈里继续前进，嗖一声将船开进谷底，然后加足马力掉头，重新攀上波浪，过程中他连连点头，满意于这艘船的能力。

她将有一次机会抓住他，她知道那一点。那浪涛如此之陡，如果试着停下来将导致船再度下坠。哈里一路判断与那位医生的接近程度，既要关注前方的浪涛，又要注意萨法的胳膊与目标的距离。

她的肚子贴在充气橡胶护板上，伸手向前摸索，水花连续击打在她的脸上。现在已经能瞥见了，一抹橙色在水中起伏，她一瞬间反应过来，抓住机会。她没有任何东西可以抓取，那男人比她重，如果她拉住他，那么她自己也会被拖下水。她环顾四周，寻找能勾脚的地方，但是手把相隔太过遥远，没有任何地方可供抓握。不可能将那位医生拖起来的，只有一只手，她甚至试都不能试，因为她的左手没有任何地方可抓。

哈里加速向前，驶完最后几米距离，接着当他们抵达那件橙色救生衣的时候，便松开油门杆，那医生此时脸朝下飘在水上。萨法伸出胳膊，哈里警惕地发现，她无法保证自己的安全，但他也不可能松开舵盘或是放开动力。

"萨法，不行。"他怒吼，但为时太晚。她猛冲出去，一把抓住那件救生衣，试图只靠双臂的力量，将那位医生拉起来，但他太重，她滑进水中。哈里用最大的力气转动油门杆，让船跳起来，越过两人，接着一头从船侧扎进冰冷汹涌的海水之中。一瞬间，他感觉到，因为扎进正剧烈波动的水中，各种感官都在遭受冲击，同时他又感觉到正在随波浪爬升。

他一头冲出水面，双腿使劲蹬水上浮。他转过身，看见萨法正挣扎着转动那位医生，往背上扛。

哈里用力抗击浪潮往前游，强迫身体往波涛下方扎，萨法和医生两人随浪涛上抬，撞进他的怀中。他一个熊抱将两人抓住，抬出

301

水面，萨法将那医生的脸推到水面上。她粗重地喘气，令人窒息的海水从她的嘴巴和鼻孔中喷涌而出，眼睛被盐水刺痛。在此期间，他们越升越高，绳索松松地拖在身后。那艘硬壳充气艇已经攀爬到了最顶端，现在正沿着波浪表面下坠，光滑的船底滑动着，发出嗡鸣，从他们脑袋旁边擦过，距离如此之近，如果不是那船速度快，他们可能就被击中了。

他们被那道一直伸展到天空的浪涛光滑的侧面越抬越高，哈里凭借腿部力量让他们三人都漂浮起来。现在已经快抵达峰顶，尖峰上的白沫被吹到风中的高处。

"光门在哪儿？"萨法喘着气，咳嗽着喷出一口口海水。

哈里伸长脖子四处张望，想看到那个蓝色的方形，但是目力所及的四周都只有一层层的黑暗。隐隐约约看见某个东西，是一道光，但是很快便远去了，而且现在已变得如此遥远。他目光锁定那个地点，拼命想要看清，接着当那闪烁的光芒真真切切地出现在谷底最深处时，他大喊出来，与此同时那艘游艇也正在起起落落地朝那光芒冲去，不过它应该距离那里也有一英里远，他们完全有希望游到这道浪涛的底部。

抵达那高度令人头晕目眩的浪涛顶部后的一秒钟内，一切都是平静清晰的，他们看见广阔的天空中密布翻腾的灰云，锯齿状的闪电划破天空，深沉的闷雷发出怒不可遏的低吼。他们开始转身，乘着波峰，坚持住，浪涛托着他们向前，经过弥足可贵的几秒钟之后，不可避免的结局还是发生了。当那一时刻到来，他们感觉仿佛乘坐在一辆过山车上正在下降一般，坠入那令人胆寒的深渊，扎进波峰的山腰，浪涛碎裂砸在他们的脸上。他们大叫起来，那恐惧的感觉令人不寒而栗，他们从波峰之上下坠，速度越来越快，哈里拼命蹬水，以保障他们都浮在水面上，他抓住萨法，萨法抓住那位医生，三人在自然之力面前绝望地无计可施。

从浪涛上坠落就够糟的了。而顺着峰脊下坠就更糟，不过在沿着峰脊下坠的途中，绳索开始绷直拉紧，他们感觉到有拉力先是拽住他们的脚，沿着峰脊往下拉。所有的控制力都丧失了，他们扎向深渊，绳索毫不留情地拽着他们穿过宽厚的浪涛，朝那光芒而去。

他们坠入黑暗之中，是一道波浪，它如此之厚，光芒无法穿透，但是大海的怒吼灌满他们的耳朵，血液在他们的颅骨中重重锤击，逼得他们急切地渴望呼吸。他们紧紧地抱在一起，只能寄希望于那拉力能赶在他们憋气憋到失去意识，不得不尝试着呼吸之前，将他们拉进光门。

萨法将嘴闭得紧紧的。她看不见，也听不见。她无法伸出手去触碰任何东西，那拉力速度如此之快，她完全不可能保持清醒的思维。当身体开始反抗，想要呼吸之时，她唯一的希望就是，那位医生能挺过去，能拯救本。他必须活下去，本必须活下来，他是本·莱德，他很重要。首相对她动手动脚，其他人只当她是个性用品，但是她知道世界上有高贵的人存在，而且她曾经见过一个。

他们突破峰脊，有一秒钟的时间，他们呼吸到宝贵的空气，他们往肺里猛灌，而肺叶正在渴望发挥作用。他们坠向下方，重新跌进水中，绳索拽着他们往波谷底部的那个蓝色的方形前进。

那蓝色的方形如此清晰，但是游艇的白色船壳也出现在视野中。撕裂的船帆垂挂在桅杆上，船壳撞向下方的波浪，朝那入口而去。哈里大喊起来，仿佛是在发出警告，但是却被风和浪涛的声音掩盖住。那艘游艇穿越光门进入堡垒，消失在视野之中，而桅杆被蓝光上方的线条干净地一切为二。片刻之后，拉力消失，被迫移动的感觉突然之间停止了。

"游！"哈里大喊一句，然后大口喘气，同时双腿猛踢，带着他们朝那光芒降去。萨法也加入一起用力踢水，一只胳膊抱住那位医生，另一只则不停地划水。

将医生送进去，将医生送进去，那是最重要的事。将他送进去，给本一个活下去的机会。本必须活下去，将医生送进去。

他们游啊踢啊，拼命划水反抗一直想将他们拉回腾起的浪墙的波浪的作用力。他们游啊踢啊，双手负担起那位医生的重量拼命划水。眼睛烧疼，嘴巴和喉咙刺痛。他们反胃呕吐，大声喊叫，一直在游，但还是不够，萨法逐渐失去力量，四肢拒绝听从指令工作。

"走。"她气喘吁吁地放开医生，因为知道哈里有力量将他送进去，但是那大块头停了下来，情绪突然爆发，萨法奋力将脑袋保持在水面上。

"萨法。"哈里咆哮道，他一只手抓着那位医生，萨法沉了下去。他等待着，祈祷她会再次浮上来，接着却看到她的身体出现在几米外的地方，被浪涛冲走。必须以任务为第一优先，任务总是最重要的。将医生送回去。他们是战士，与如此之多的人的生命相比，区区几个人的性命不值一提。他游着，他痛恨自己，但也知道必须这么做。他游啊游，朝那光芒前进，但心中最想做的事却是丢下这个人，回去找萨法。

他离光芒近了些，随浪涛升高，不过他扭动身体往浪墙下方下落，其余的事就交给重力。他计算好接近光芒的时间，脑中有了计划，他在波浪中上下起伏，他每蹬一下腿，那光芒就越来越近。他沉下去，靠感觉而非认知来确定何时该踢腿，何时该让浪墙将他带得更高，直至即将越过那扇闪闪发光的光门。他转动身体，用两只手抓紧那位医生，将他翻到自己的背上。一阵剧烈的起伏，他强挣着将医生抬到空中，自己却因为那爆发力往下沉落。那医生穿过光门，他却没有。取而代之的是，他沉到深深的水下，过了光门，而

那股爆发力已经榨干了他四肢所有的力量以及肺部所有的空气。他
试着吸气，但是灌进来的只有海水。令人窒息的水灌满他的肺叶。
他开始惊慌失措，双腿猛踢，双臂连连扑打，在那种慌乱状态下他
再次呼吸，却只让情况变得更糟，他的身体因为缺乏氧气而迅速失
去力量。

海面汹涌，山一般巨大的浪涛向遥远的海岸翻涌。一艘空荡荡
的硬壳充气艇从波峰弹跳到波谷，两具尸体脸朝下浮在水上，在墨
绿色的深海上起起落落，一道微微闪耀的蓝光突然之间消失不见。

33

那座仓库对面的空置建筑是直接以现款购买的，通过一家地产
发展公司支付，这家地产公司的所有者是一家金融公司，而这个金
融公司为一家投资公司工作，这个投资公司可能是，也可能不是注
册在一家保护伞公司名下，而这家保护伞公司可能是在巴哈马群岛
注册的。

五个人一个接一个地走进门，他们穿着一模一样的工人制服。
颜色、松紧程度、款式都毫无二致。不是五个人一个接一个地走进
门，而是同一个人在来来往往。

既然是一个走进一座建筑的技术工，那么他便有理由搬运包袋
和设备。他有理由将厢车停在外面，有理由闲逛，带来大罐的漆料
和一箱箱的补给品。他有工具箱、导线绝缘套管、梯子、电动工具，
耳后还别着平板电脑用的触笔。他气喘吁吁，稍显疲倦，工作过量，
报酬过低。他私下里寻找停车场员工，小声咒骂。他这样干了五次。

那五个人走进门，在里面占好位置。窗户是首先需要额外关注的。每扇窗户上方都安装有一面特制的荧幕，它们以一个角度展开，伸进房间。任何人往里面看，都只能看见房间的一部分投影和外面的景象。里面的人却能站起来肆无忌惮地打量外部，无需害怕被发现。

高功率望远镜准备就绪。高功率定向传声器定位朝向对面的仓库，特别瞄准那扇安装有警报系统的前门和前面的窗户。从那座仓库右侧的窗户，能一瞥内部看上去未被使用的大房间。左侧上方的窗户被涂成黑色，左侧一楼的三扇窗户污秽不堪，有两扇能看见大门里面的走廊，透过第三扇能看见一个使用中的房间，墙壁上安装有架子，几把椅子和一张桌子，但是整个房间的面貌看不清楚。那扇窗户才是他们关注的焦点。

当最后一扇窗户上的最后一块荧幕安装完成后，他们看到一艘硬壳充气艇被装在一辆由厢车拖拽的拖车后部送了过来，驾车人是之前他们在咖啡馆里见过的那位讲德语的英国人。

那是一艘出色的硬壳充气艇，规格非常之高，舷外发动机极好。那位讲德语的英国人打开警报大门，另一个英国人跟了上来。两人一起将潜水服、潜水用具和一个附着在一只发动机上的巨大绳桩搬进仓库。接着他们气喘吁吁地将那艘硬壳充气艇搬进那扇宽阔的大门。

接着出现一道奇怪的蓝光，显得那样的与众不同，倒映在窗玻璃上。几秒种后光芒熄灭，接着又再度亮起，但是这一次出现在左边最远处一楼肮脏的玻璃窗上，蓝光闪闪烁烁。

当那位讲德语的人出门来移动厢车时，大门里面的走廊上已经看不见那艘硬壳充气艇的身影。那船很大，不可能搬进左边房间的房门。厢车被开走了，几分钟后，那位讲德语的英国人冲回来，穿过装有警报的大门进入房内。他出门期间蓝光依然在闪烁，他返回的几秒种后，光芒也熄灭了。

"母亲会开心的，"阿尔法对其余四个人说，"我想我们找到它了。"

34

"本……本……你能听见我说话吗？本，睁开眼睛……对了。现在看着我，看着我，本。很好。"

本抬起头眨眨眼，一个男人正低头朝他眨眼。他的眼眶里满是血丝，鼻子上的血管断了，络腮胡花白。

"本？你能听见我说话吗？"

本闹不清此时此刻他究竟身处什么鬼地方。从这个男人说话的语气就能明显看出，他是个医生，当然白大褂和听诊器也泄露了他的身份。有那么一秒钟的时间，本以为自己返回了现实世界，在一家普通医院之中，直至眼睛开始聚焦，他看到头顶上方裸露的混凝土天花板。我没死。哈里没把他送回去，一股奇怪的轻松感涌上心头。

"你疼吗？"医生问话的低沉声音听起来有点沙哑，好像嗓子不好似的。

本想说话，但是嘴巴和喉咙都太干。医生帮他坐起来一点，双手颤巍巍地将一杯水端到他的嘴边。本贪婪地大口吞咽，干渴感愈来愈强烈，但是医生收走了杯子。

"暂时来说，喝那么多就够了。"医生坚定地说完，将杯子从本的手中拿走，因为他正试着将杯子拉回去。

"渴。"本看着杯子说。

"好的。那是一个好的迹象，"医生说完放下杯子，"再过一分钟，等我给你做完评估后，你可以多喝点。现在，你感觉有什么地方疼吗？"

"到处都疼，"本立即说，接着他开始切实地查看哪里疼哪里不疼。他想将注意力集中在身体上，轻轻绷紧大腿和手臂上的肌肉，然后尝试着转换姿势，接着重新抬头看医生，"也不尽然。"他承认。

"好的。那是一个好的迹象，"医生又说一遍，"看着光。"他将一只小手电悬在本的眼前，看到他的目光定在光束上，便左右晃动几次。"好的，别动。"他将光束照进本的耳朵，接着又挪回他的眼睛，仔细查看，然后移开手电，伸出双手抓住本的颅骨开始探索，仿佛是在查找肿块。

"你是谁？"本趁医生摸索他的脑袋时问。

"约翰·华生。"

"哈？"

"我没有瞎说，"那医生的口吻表明，同样的话他已经说过许多次。"只是个普普通通的名字。"

"华生医生？"

"是，我是华生医生。"

"哦。"

"我父亲叫约翰。"

"哦。"

"我祖父也是。"

"哦。"

"我的曾祖父叫做——"

"约翰？"

"哈米什。"

"哈米什？"

"华生医生的中间名。"

"叫什么？"

"哈米什。"

"华生医生的中间名叫哈米什？"本奋力想理清疑惑，跟上他的话语。

"是的。约翰·哈米什·华生医生。"

"哦。那你的家人很喜欢夏洛克·福尔摩斯。"本说。医生的手指四处探索，开始按压本的腹部和肋骨，同时观察本，看他有没有疼痛的反应。

"确实。"

"你的中间名是哈米什吗？"

"不是。"

"哦。"

"是夏洛克。"

"你逗我呢？"

"是。"

"呃？"本冲他眨眼。

"我在逗你，我的中间名不是夏洛克。"华生医生说着开始检查本的大腿。

"哦……那是什么？"

"福尔摩斯。"

"你认真的吗？"

"不。"

"这算怎么回事？你是谁？"

"华生医生，我刚说了。"

"不……我是说你是谁？比如……"

"啊，"那医生一副完全了解的样子，"我想我们出现了认知功能丧失。"

"做什么？"

"你叫什么名字？"

"什么？"

"唔，似乎出现了相当严重的认知功能丧失。"华生医生冲本严肃地点点头。

"本。"

"什么？"

"我的名字，我叫本。"

"很高兴认识你，本。我是华生医生。"他说着伸出一只手来握手。

"你可真够奇怪的。"

"你知道你在哪儿吗？"

"你知道？"

"我？"

"对，你知道吗？"

"我知道，你知道吗？"

"或许，你呢？"

"唔。"那医生思忖着，认真地看着本。

"我们在罗兰位于恐龙时代的蝙蝠洞。"

"唔。"

"那你是谁？"

"很高兴认识你，我是华生医生。"华生医生说着伸出手再次握手。

"呃……我们刚刚握过手了。"本说着再次摇头。

"是吗？"

"是的。"

"确定？"

"是的，我确定。"

"你确定我们握过手。"

"是的。"

"唔。"

"好了，怪胎，你为什么会在这儿？"本问。

"给你做检查。"那医生说着低头看着他，仿佛答案显而易见。

"不是问你为什么在这个房间，是问你为什么来这儿？来罗兰位于恐龙时代的蝙蝠洞。"

"我刚说了。我来给你做检查。"

"饶了我吧，你真讨厌，真的。"本说着起身坐好，伸手去拿杯子，那杯子放在一个新安装的床头桌上，或者说只是一块带腿的粗糙的木板。

"我允许你喝水了吗？"

"没有，"本说着拿起杯子，一口气喝完，"那么……你为什么会在这儿？"

"啊，"他说话的语气让本觉得，他刚才是不是在胡闹，不过他现在的语气很认真，听起来很深沉庄重，"介意我坐下吗？"

"请便。"

"是允许了吗？"医生问。

"是的。"

"谢谢。"他在本的床沿坐下，深深地叹口气，就和正打算告诉某人他们只剩十四秒好活时的医生一个样。

"你看上去糟透了。"本龇牙咧嘴地说。

"我感觉也很糟，"华生医生说，"我是个酒疯子。"

"哦。"

"不过已经四天没喝酒了。"

"很好。"

"谢谢。"

"为什么四天没喝？"

"我四天前来了这里。"

"你四天前来的这里？"

"是的。"

我已经昏迷了四天？

"你处于一种诱发性的昏迷状态，好让你的身体恢复，度过任何危险时刻。你一直在打点滴，直至两个小时之前才停。跟你所生活的时代相比，医疗技术已经取得了长足的进步，本。"

"哦。"

"你没事了，只是还需要好好休息。"医生又叹口气，那是即将通报坏消息的前兆，"不过……我有一些坏消息。"

"好的。"

"佩特尔小姐和麦登先生来找我……我想这里该用的术语是'提取'？当时我正在驾驶我的游艇，一场风暴袭来，我被告知，我在那场风暴中丧生。"

"是的。"本感觉心跳频率加速。

"你被麦登先生打了，事后需要一名医生来做治疗。我就是那位被挑中的医生，你的同事在我死亡的时刻来提取我，将我带来这里，治疗你的创伤。"

本被这个陌生人的话惊呆了，他是如此的直言不讳，但是那样反而叫他听得全神贯注、毫不动摇。

"他们没能回来，"医生看着本说，"佩特尔小姐和麦登先生都在那场风暴中丧生了。"

本沉默良久，他的眼睛一眨一眨，身体一动不动，"但是……你是怎么回来的？"

"我不知道，我失去了意识。我所知道的就是我穿越过来了，他们没能赶回来。"

本咽口唾沫，感觉世界正在旋转，让人头晕目眩，让他想要抓住床架，害怕被摔下床去。萨法和哈里死了，两人都死了。

"但是……"

"这个消息令人震惊，"华生医生轻声说，"我很抱歉用这种方式告诉你，但是我需要确保，你的认知能力正常，能应对坏消息。"

"萨法？"

"是的，本。萨法没能回来，哈里也是。我很抱歉。"

"我……但是……"

"我明白，哈里揍了你。"他依然紧紧地盯着本。

本点头，无法说出任何话语。

"我想重要的是，应该让你知道，哈里当时是在尝试最后一个拯救你的方法。罗兰想将你送回去，但是哈里告诉他，要想重塑一个人，先得将他的过去打破。所以他才对你出手……"

"是我袭击他的。"本不知所措地说。

"将所有事实拼凑起来，我想应该是你被激怒产生了那种反应，这样才好对你出手。我明白你之前并不想执行被要求的那项任务。"

本坐在那里，震惊到了极点，肾上腺素灌进每一条血管，涌遍全身，让他无比清醒，思绪飞旋。"杀了我吧……"

"确实如此。"那医生说着沉重地低下头表示尊敬。

"那么做是错的……整件该死的事都是错的……萨法说得对……"

"我不明白你在说什么。"那医生语声温柔，仿佛对一个正含混不清地说些无稽之谈的惊呆的病人已做好准备。

"这件事，这整件事……将人们带到这里，却全无预料他们会做出怎样的反应……萨法说得对……我必须断开……"

"是的，确实如此。"华生医生任由他发泄自己的悲伤。

"哦，该死，我都做了些什么？"

"你不能因为其他人所做的决定而责难自己——"

"该死，"本厉声说着将双腿伸过床沿，"我杀了他们……该死的我杀了他们……"

"本，你没有杀死他们，是风暴导致的。你必须休息。拜托回到床上，我给你拿些药帮助你入睡。"

"我要杀了他。"本怒不可遏，他扯掉灰色运动服，赤裸地站在那里，全然不顾医生还在面前。"我要杀了他！"他咕哝着伸手捡起依然整齐叠放在地上的他的黑色衣服，穿上。

"本，我知道你会很震惊，但是你还在愈合之中。你必须休息。"

"萨法说得对，我必须超脱出来，但是我没有。我沉湎于自怜之中，像个该死的自私的浑蛋……老天哪，我都做了些什么？他为什么要让他们返回？"

"本，拜托……"

他穿上鞋子，迅速系好鞋带，然后大步走出打开的房门，医生急忙追上去，恳求他返回休息。

"本，你必须听……"

本走出门进入走廊，朝走廊尽头的主室走去，胸中怒火聚集。

"罗兰？"

"本，别这样。"医生在他身后大喊。

"罗兰，你这浑蛋到底在哪儿？"本更大声地吼起来，他的思绪终于清醒，他意识到自己在哪里，原本应该做些什么。罗兰说的是对的，他说他没有任何线索。这个人的无能程度超乎言语所能表述的极限，就因为这样，本才被放任陷入那样糟糕的境地，以至于需要一顿打才能清醒，而正是因为他自身的愚蠢、自私和固执，才让他在哈里祈求他蹲下时一再地重新爬起来。哈里伤了他，但是他所挨的每一拳都是活该，是他自己导致了这个结果，是他使得这样的事情发生。他使得他们必须去找那位医生，他害得他们死去，这一点不能被原谅，但是将他们带来这里的人是罗兰，是罗兰没有考虑到人们可能会产生的反应，是罗兰让他们返回去找那位医生。

罗兰从后面的几扇门里走出来，看到他脸上露出一个安抚的微笑，"啊，本，我很高兴你醒了——"

"你这该死的变态！"本怒吼着朝他逼近。

"本，快停下。"罗兰坚定地伸出一只手，但那动作让本想起萨法，那只手伸出来后没多久罗兰就被抓住，被一个锁腕功翻倒在地，那一招本被要求反复练了好多次。罗兰想说什么，但是本没有给他机会。

"你这该死的垃圾。"

胸中一片怒火。任何事情都让他愤怒，但是这人是重中之重，那怒火喷发出来，不过现在情况有了改善，他有了目标，思维终于清晰无碍。

"你让他们返回……"

"我别无选择。"罗兰抱怨道。

"你有，你有！哈里执行命令……你说什么他都会执行……"

"他不会，本。"罗兰气喘吁吁地说。

"本！"马尔科姆冲进走廊，医生和康拉德紧跟在他身后。

"哈里是个战士，"本咆哮，"他执行军令……你为什么让他们回去？"

"我——"

"为什么？"

"本，停下……"马尔科姆上前抓住他的胳膊，他的动作也引得康拉德和华生医生朝他靠拢。两人将他从罗兰身上拉开，罗兰因为胳膊的疼痛而翻滚着呻吟起来。

"为什么？"本又问一遍，其余三人轻轻地将他拉回来。

"为了救你。"罗兰倒吸气说。

"我就要回去了。"本咕哝说。

"我们看了那段视频，"马尔科姆立即说，"哈里看了。他改变了对你的想法，说他要用自己的方法试一试……"

"但是……"

"我们孤注一掷，"马尔科姆脱口而出，"我们不想送你回去……萨法建议我们看看那段视频，好让我们记住你在霍尔本的英勇画面，而不是……不是在这里的样子……"

本跌靠在墙上，想到这里叹息起来："我都做了些什么啊？"

罗兰站起身，揉着发疼的手腕，脸部肌肉抽搐。"萨法试了一切办法，想让你振作。"他冲房间里的紧张气氛说。

"你不该用这种方式把我们带回来，"本的声音很小，却很清晰，"放进一座乏味的堡垒。"他厌恶地环顾四周，"它……你……"他支支吾吾，然后停下来，整理好思绪，"不。不，这是我的错……我们来这里多久了？"本看着周围其他人说。

"多久？"马尔科姆被这个问题弄蒙了。

"几周？几个月？多久？"本对这里的记忆无可救药地混杂成一团。

"你不知道？"康拉德震惊地小声问。

"六个月。"罗兰站直身体说。

"六个月？"本踉跄地往后退，"不……不可能……那不可能……"

"六个月了，本。"马尔科姆露出一副担忧的表情。

"该死……该死的，不要……"本靠在墙上。已经过去六个月了，不可能，这不可能。他已经在这里六个月了？所有事情都混淆起来在他的脑海中，时间模糊不清，显得十分怪异。

"我也说过同样的话。"华生医生看一眼罗兰说。

"哈？"本眨眼看着医生。

"就那样把人带回来，"医生说，"会让人感到震动，再加上对你使用的药物治疗和镇静剂，以及肾上腺素和化学物质的分泌，任何人都会陷入糟糕的情绪状态。同样也可能导致精神错乱不同程度的焦虑，以及严重的临床抑郁。医生，或者说我应该第一个被……"

罗兰听到这一再重复的责难僵硬起来，脸色变得紧张："这种事没有先例……"

"有的，"华生医生不客气地说，"不是时间旅行的提取，但是有过与世隔绝的先例。监狱？单独拘禁？被长期困住的人们？被绑架的囚犯？有很多先例。"

本听着他们的谈话，不再试图理清混乱的思绪。他咽口唾沫，点点头，对医生所说的每一句话都表示赞同。

"你能送我进去吗？"本问其他一脸困惑看着他的人，"去找萨法和哈里。你能送我过去吗？"

"本，"罗兰轻声说，"他们走了，已经太迟。"

"我要回去找他们。"他的语气和决心越来越坚定。

"你不能……"马尔科姆说。

"我要去,"本打断他的话,坚定地点一下头,从墙边站起来,"送我回去……"

"本,拜托,"马尔科姆抗议道,"请听……"

"我要回去。"

"请听我说,"马尔科姆说,"那是个坏……"

"怎么回事?"

"我们打开了窗口,但是那是在一次风暴之中,浪涛从窗口卷进房间……"

"所以呢?"

"好几吨水,"马尔科姆语声急切,急着想把话说完,"我们的位置太低,医生的游艇钻了进来……"

"你究竟在说什么?"

"听他说,本,"罗兰恳求道,"萨法和哈里身上系有绳索。他们有五分钟的时间去找到医生,之后我们会将他们拉回来,但是医生的游艇撞进窗口,阻挡了一切。水灌得到处都是……我们无法快速将游艇移出房间……看看四面的墙壁。"

每面墙上都有暗斑。水渍有三英尺高,表明了冲进堡垒的水量有多大。

马尔科姆趁他们短暂沉默的空隙插话进来。"水太多。没人能挺住活下来。"

"让我看。"

"你做不到的。"罗兰说。

"让我看。"

"本,拜托,"马尔科姆小声恳求。

"只管给我看。"本转而开始恳求。

"让他看吧，"华生医生说，"让他亲眼看清楚。"

"罗兰？"康拉德转身问罗兰，后者点点头，鼓起脸颊吐一口气。

马尔科姆打开那扇上面有红灯的门，房间里现在散发出海水和海藻的臭气。墙壁上的坑坑洼洼都在诉说曾经被侵蚀的历史，到处都是深深的沟痕。

"本，"本转身看见医生站在隔他几码远的地方，"我当时就在水里，我知道情况有多糟糕。你也活不下来。"

"你活下来了。"本直言不讳，说完他转身去看正在调整长杆的马尔科姆和康拉德，罗兰则用手指激活平板电脑。

"好了。"马尔科姆说，本听到喇叭中传出低低的嗡鸣，红灯闪耀。片刻之后，绿灯亮起，和之前一样美丽，让人着迷。

"那水在哪里？"本环顾房间四周，接着看着罗兰。

"我们没定位到那个地点，"马尔科姆说，"我们的设定还在上次使用的时候。"

"调到……萨法和哈里在的地方……去那里。"

"本，"马尔科姆说着咽口唾沫，紧张地看着那蓝光，"浪涛会冲过那扇窗口，力道之大会让每个人都站不稳脚。那艘游艇冲进来时，我们好不容易才逃生。"

"但是你们确实活下来了，"本指出，"去找萨法和哈里。"

"你没听我说的话。"罗兰说。

"你把他们带回来过一次，那么我们就能再干一次。"

"从那里做不到，"医生急忙说，"波浪至少有十米高。"

"好吧，"本转身看着他们的脸，"你们每个人都一直喋喋不休，说我没有认真听，萨法也一直那么说。这一次是你们没认真听，但是你们给我听着，记住。我要去把他们救回来。你把窗口定到需要在的地方，我要穿进去。我对这里一无用处，你们需要的是萨法和哈里，不是我。如果你不这么做，我要开始伤人了。"他暂停下来，确保他们能听清楚，"但是拜托了……拜托不要让我那么做。帮帮我，配合我，告诉我需要做什么，让这个办法成功。"

房间里一阵沉默，但是一股能量的流动告诉他，齿轮开始缓缓转动，马尔科姆看了一眼罗兰。

"帮帮我……拜托了……你对萨法的需要程度超过需要这里的所有人……包括你在内。"他指着罗兰，"我有什么用？"本继续说，急切地想让他理解，"哈里打我是因为我烂透了，不肯听，不肯照他们说的做。我反正会被送回去杀死对吗？"本问他们所有人，"对吗？"他们点几下头，虽然不情愿，但还是诚实应对。"所以管他呢……拜托让我试一试。拜托……"

"罗兰？"马尔科姆明显表现出他的意图，但是他放弃了，将最终决策权交给罗兰，后者揉揉手腕看着本。

"好，"他咕哝一句，"是你决定赴死。"

"谢谢，"本认真地说，"我需要了解什么？"

"你应该休息，"华生医生打断他，"多休息几天不会影响任何——"

"现在，我们现在就得行动。我需要了解什么？告诉我。风浪很大，你说过。"本说着看着医生。

"本，"华生医生的声音深沉严肃，"你才刚刚从药物导致的昏迷中苏醒，如果现在出发，你几分钟就会昏迷。那是事实，你明白吗？你的意志力虽然坚强，但敌不过身体的能力。"

本又咽口唾沫，心中的急切感逼着他让他现在就想行动起来。潜进去，纠正错误。"你们上一次是怎么做的？"

"他们乘一艘硬壳充气艇进去，"康拉德说，"但是出了错。我们等了五分钟，然后用绳索将他们往回拉，但是游艇钻进来，堵住了缆桩……"

"他们有空气可供呼吸吗？我是说水肺氧气瓶之类的。"

"没想到那东西。"马尔科姆一副悲伤和痛苦的表情。

"我们要吸取失误的教训……我带三罐氧气……你能弄一些小瓶氧气吗？"

马尔科姆看一眼康拉德，点点头，"我们可以使用压缩氧气瓶……真的很小。"他说着将双手张开几英寸。

"三瓶……绳索……游泳圈之类的漂浮设备，或者是某种他们能抓住的浮力设备……"康拉德说。

"我需要一点时间。"马尔科姆回头看着本说。

"我们没有时间。"本的感觉愈发的紧急。

"他们死了，本。"马尔科姆说着咽口气，重重地闭上眼。本想回复，但是马尔科姆的话对他打击很深。

他们死了。

他们几天前就死了。

眩晕感重新袭来，本突然之间无法站稳。世界开始旋转，肾上腺素飙升，震动袭来，身体无法移动，华生医生冲上前来，在他即将跌倒之前扶住他。

35

"M和K出门。"埃科说。德尔塔将信息输入平板电脑，手指在屏幕上敲击。

马尔科姆和康拉德。名字是在那艘硬壳充气艇被运进去后，过去的四天中，从他们的谈话中偷听得来的。有时候是马尔科，有时候是康。马尔科姆被叫过一次，康拉德被叫过三次。

罗兰，他们还没见过那人。本，他们还没见过本。萨法和哈里，他们也没见过他们。萨法和哈里双双死亡。

"……难以相信，他们都死了……"

他们听到这样的一个句子片段，但是在那之后，从那两人谈话的方式中，他们又听到，本还活着，罗兰还活着。

"……本会被打垮……"

"……罗兰的压力如此大……"

现在事态透露出事实。

还出现了新人，华生医生。华生医生在照顾本。哈里打了本。

"……哈里差点杀死他……"

情报获得。画面正在构建，消息被反馈给母亲。

他们怀疑那道蓝光也有关联。K和M出门前，那道光会亮起。如果之后K出来，那光可能会熄灭，但是接着会再次亮起。五个人已经弄清楚，操作光芒的人不知道K的返回时间，因为有时K要等几分钟，有时光会在他返回之前就亮起。这就意味着，K和操作光芒的人之间没有交流。五个人还猜测，M就是操作光芒的人，因为当K和M都出门时，那光芒会一直亮到他们返回。

"他一定是疯了，"马尔科姆对康拉德摇摇头，显然是在让监控者看到，"他两天前才刚刚醒……"

本一定醒了。哈里伤了本。本之前昏迷了。

"不过训练强度很大，所以他才下定决心。"康拉德说。

本在为某件事接受训练。

"游泳氧气瓶什么时候来？"两人沿街道往前走，马尔科姆说。

阿尔法冲查理和布拉沃点点头，他们朝后门走去，跟随那两人穿过错综复杂的小巷，走上主路，开始徒步跟踪。

"一小时后。"康拉德说。

阿尔法透过头戴式受话器监听。游泳氧气瓶，他们说游泳氧气瓶，而非游泳池。游泳氧气瓶是一种单人用训练设备，装配在波浪产生器上，好让人保持静止，游过机器推来的浪涛。本在训练，他们在等待一只游泳氧气瓶，本在出于某种目的进行游泳训练。

"他是个特别的人，"马尔科姆的说话声现在开始减小，两人往前方越走越远，"就像他刚过来时……"

康拉德回了一句，不过说的话被静电的滋滋声所掩盖。

情报图像在扩展。拼图中的一片被反馈给系统，被那些在母亲时刻保持警惕的目光下工作的专家拼凑起来。哈里和萨法乘坐一艘硬壳充气艇进入一个水世界。他们没能活下来，但是就在那之后，华生医生的名字第一次被提起。据推测，哈里和萨法救了那医生，但两人却在过程中丧生。

阿尔法、德尔塔和埃科留下等待，布拉沃和查理步行跟随。马尔科姆和康拉德去了那家咖啡馆。出来后，他们继续往城市深处走，去了一家专业潜水用品商店。他们买了小瓶压缩氧气，三瓶。他们买了浮游装备、潜水服、潜水刀、绳索、橡胶蹼、潜水镜以及所有关于水肺潜水相关的设备。

"M和K返回。"埃科看着道路尽头说。

"……但是没有他们感觉很可怕，"马尔科姆说着因为肩膀上扛的包的重量做了个苦脸，"感觉很空……他们在那里待了六个月……六个月……"

"本不该那么做，"康拉德说，"如果他死了，那你我又要返回，去进行该死的提取作业……要么是那样，要么我们就返回本出发之前，告诉他，他会死，所以放弃这个想法……不过如果他不去寻找他们，那么我们是不是永远也不可能知道他会死？饶了我吧，这破事儿真叫人头晕脑胀……"

阿尔法抬起头，迅速给母亲发了一条信息。

我们有时间，阿尔菲，亲亲。

确定了。那段对话刚刚确定，那件设备就在那座仓库中。本想用那件设备尝试着去拯救哈里和萨法。

干得漂亮。母亲，亲亲。

36

关于时间，他多了一种全新的思维方式。它不存在，但又确实存在。它是非线性的，但又是线性的。他能重返过去，他能前往未来。但是有一件事他做不到，那就是让时间过得更快。一分钟依旧有六十秒，一小时依然有六十分钟，每一天依旧有二十四个小时。事实上，他确实记得，白垩纪时代的一天是更长还是更短来着，要么就是某件与地球旋转相关的事实，或其他什么事。他皱起眉头，试着回想，但又打消了这念头，转而回头思考时间的事。

本从药物导致的昏迷中苏醒是四天之前的事。他起床，威胁罗兰，告诉每个人，说他要去拯救哈里和萨法，然后又昏了过去。

三天前本再次苏醒，他意识到，虽然有不屈的意志，但凡事还是得依赖于健康的身体。他的身体现在仍然非常虚弱。因此时间是一个问题，而且存在令人费解和沮丧的悖论，所以他必须等到健康状况好转才能去拯救他们。有那么短短的一瞬，他确实想过，可以直接用时间机器前进一周，不过那样从机器中出来的将是虚弱的他，从未来的另一侧走出来的是虚弱的他，所以那样也不顶用。接着他又想到，如果那样使用机器，他将会与自己面对面。现在虚弱的他和未来不那么虚弱的他面对面。那样将产生两个本。接着他又想，说不定他可以助自己一臂之力，帮助拯救哈里和萨法，接着他疯狂地想象了几秒，他能弄到多少个本来帮助他呢？

他真切感受到的是，六个月的健康饮食和持续的体能训练是有成效的。他的身体看起来确实很健康，他的心脏很强壮，他的肺叶很结实，他的血压正常。他其实并没有什么实实在在的大问题，只不过被一个大块头毒打了一顿，因此给他的身体系统造成了很大的冲击。卧床不起好几日意味着他变弱了。他的能量水平降低了。他的内部资源专注于治愈和修补受损的身体部件，这样一来就导致他很容易疲累。

除了这些，除了知道萨法和哈里已死所导致的彻底孤寂，他的思想再一次属于自己。为了弥补丧友之痛，他一直提醒自己，他有一台时间机器，可以出发将他们救回来。

在那个念头的驱使之下，他产生了一种无法阻挡的持久不息的能力。他训练，他进食，他睡觉，游泳氧气瓶堪称绝妙。本以前游泳只是为了消遣，氧气瓶是那样的小，意味着他可以提高技巧，全力穿越一道越来越强的海潮。它还意味着，他习惯了面罩、橡胶蹼，习惯了咬着呼吸管的衔口拼尽全力。

他还跑步。一开始不会跑太远，但是随着日子一天天过去，他能跑的距离越来越远。沿着堡垒侧边来来回回，那里是萨法和哈里曾经毫不留情地训练他的地方。他记得那些课程，他记得热身运动、拉伸练习和放松动作。他记得循环训练，以及萨法让他吃的食物，蛋白质、碳水化合物、脂肪和营养。

本知道，虽然他很想立刻就出发，潜水穿过那扇门去拯救他们，但他有一次机会，只有一次机会。马尔科姆和康拉德永远不会跟他一起。关于那一点，罗兰说得很清楚。罗兰不可能冒险，在已经失去哈里和萨法，如果他回不来，还要加上他的基础上，再失去马尔科姆和康拉德。所以那就意味着，他必须一次就扭转局势。

夜晚是最糟糕的。白天他可以集中精力训练，他可以游泳、休息、继续游，做一些练习，接着继续游泳。他可以朝目标开枪，使用金属探测器到草丛中寻找子弹壳。他能找到焦点和事情，让它们占据头脑，但是当夜幕降临，堡垒里空空荡荡的感觉变得那样显著。

于是他会拿上一瓶啤酒，坐在外面，观看哈里和萨法看过那么多次的夕阳。他坐在两张空椅子旁，接着返回他们的房间，那里已经变了那么多，但依然留存着他们的气味。这种苦乐参半的感觉总能激发他太多情绪。

现在他能睡安稳了，虽然还是会做梦，但是恐怖程度降低，外面的噪音现在听起来也更温馨，更正常和有生机，仿佛它们属于这个地方，属于他的生活。就像生活在繁忙公路旁边的人会说，他们已经习惯了路上的噪音，没有它们简直睡不着觉。华生医生给的药起了作用。它们减弱了他的不良反应，帮助他生成血清素，而那种物质能提高他的推理能力和健康程度，而合理化思考就是了解人在时间和空间中所处的位置。

"很美，不是吗？"本苏醒的几天之后的一个晚上，罗兰从堡垒中走出来说。

本点点头。"是。"他说。

罗兰走过来看着本。笑容彬彬有礼，但是非常明显是在审视他。

"你感觉怎么样？"

"不错，"本说，"累……依然感觉酸痛……但是在恢复。"他说。

"看得出来。"罗兰说。

"你在这里待到这么晚。"本说。罗兰很少在堡垒。本早就发现，即使是在他精神颓废期间，罗兰也很少出现，不过他从不会提起质疑，或是费神询问，这样的做法意义重大。

"确实，"罗兰说着看看冷却器中的瓶装啤酒，"介意我坐下来和你一起喝吗？"

"请便。"本说。他差点说"这是你的堡垒"，但最后一刻还是停住了。

"马尔科姆和康拉德需要些钱，"罗兰挑了瓶啤酒，起开盖子，痛饮一口解释说。不过不知为何，那场景看起来却有失自然。罗兰太过坚硬和正式，不适合拿着啤酒瓶直接喝。本感到非常好奇。他的调查思维准备就位。他的脸上并无表情，但是思维却开始转动，对这场谈话产生兴趣，不过表现方式却是，不开口询问罗兰，反而继续保持沉默。"花了一大笔钱。"罗兰感觉有必要打破沉默。

"做什么用？"本问。

"这个，"罗兰说，"这一切。"

"哦，"本温柔地说一声，停下来，大口喝啤酒，然后呼气，表明自己正处于很放松的姿态，提出的每一个问题都只是为了闲聊。"你一定很有钱。"

罗兰干笑一声："天哪，不是。我死于2046年，自杀。走进海里，将自己溺死。"

这突如其来的信息通报把本惊呆了。他原本期待的是一次徐徐推进的谈话，但是阵仗的转变告诉他，罗兰有事情想说。

"继续。"本轻声说。

罗兰看他一眼，眼中写满疲倦，肩上似乎扛满重担。本很想提问，为什么、在哪里、出了什么事，但是坚持住不提出任何只会得到单一回答的封闭式问题。

"生意破产，"罗兰看着啤酒瓶，愁眉苦脸地点点头，"经济损失。我买过一份保险，如果我死亡他们会赔款，而且幸运的是，自杀也在保单范畴之内。"他放下啤酒，"我的死亡为我的孩子们支付了教育费用。"

本点点头。他开始自由清晰地思考，得出结论，提出疑点，补全省略部分，沿着浏览路径记录前进。罗兰是被他的一个孩子提取的。为什么？罗兰在为一个人工作。谁？罗兰很少待在这里。为什么？本揉揉后颈，冷漠地笑笑。"啊。"他说。

"确实。"罗兰恢复。他没有看本，而是盯着前方。

"儿子还是女儿？"本问。

"儿子。"罗兰说。

"明白了。"本说。

"是吗？"罗兰问，他换个姿势，看着本，"说来我听听。"

本被他的语气刺痛，但是压抑住没流露出任何愤怒表情。"你死了。你的孩子们进入一家私立学校求学。你的儿子发明了一台时间机器，用来拯救父亲，但是却毁了整个世界，之后才返回，真的救回父亲，这位父亲现在正试着修补儿子制造的烂摊子。这就是你从来不留在这里的原因。因为你要花时间陪你的儿子。"

"你很精明，对不对？"

本这一次没有隐藏愤怒之情，而是歪着头狠狠地瞪了他一眼，说："所以你现在开始扮演上帝，随意操纵人们的命运，好去修补你儿子制造的该死的烂摊子。就像我说的，我明白了。"

罗兰僵住了，脸颊泛起一片潮红："我……"

"怎么？"本冷冷地说。

"抱歉。"

"钱是从哪儿来的？"现在是时候该提出具体问题了。

"什么？"

"钱。你说过，运营这个地方耗资不菲，你说过你并不富裕。那钱从哪儿来？"

"我最好不——"

"是啊，我可没有给你选择的机会。钱从哪儿来？"

"本，怎么——"

"再过一分钟，我就要把你扔下那该死的岩脊，你这可恶、卑鄙、自私、自负的变态。你把三个人带来这座乏味的堡垒，你把他们扔进牢室一样的房间，期待他们做英雄，因为一个该死的电脑程序告诉你，他们能行，你把他们留在这里，自己却去公园陪你的儿子——"

"先听我说——"

"我调查过自杀案索赔。我必须调查人们的生活，决定是否受理索赔，那些自杀的人，几乎个个都和你一样卑鄙。那些该死的富裕的浑蛋，因为贪婪而破产，无法面对贫穷的生活，不能接受不能开该死的保时捷的生活。像你这样的人，完全不懂你们带来的灾难。你杀死自己就为了钱？你放弃家人就为了钱？你把我们带来这里，扔在该死的恐龙时代，就为了减轻你自己的愧疚？去死吧你。去死吧你，还有你所代表的东西。这项事业太过重要，不能留在你这种该死的白痴的手中。钱从哪儿来？"

罗兰咽口气。本口中喷出的话语的严厉程度令他畏惧。他眼神的凶猛，再加上说话口吻的平静令人恐惧。"投资。"他无力地说。

"投资？什么投资？"

329

"我们不可能直接拿钱。那样对时间线的影响将会……我是说，从理论来讲，我可以利用对未来的了解来发大财，但是那样会影响时间线。我投资我知道会取得好成绩的股票和股份。这里那里地做些小额投资，能取得好收益，但又不会影响自然——"

"干脆去偷。找个药品或枪支走私贩，直接去偷……告诉我哪儿有这种人，我现在就去干。"

"不行。你不能……我是说……想想看。走私贩一觉醒来，发现他的钱不见了。他会觉得是谁干的？为了复仇他会杀死谁？那就是对时间线的影响。"

"那就去找金子。回到过去，找金子或钻石。"

"还是一样，我们不能那么干。如果那金子或钻石在时间线往后有用处呢？"

"又是这一套，一模一样。"本阴沉地说。

"什么？"罗兰问。

"你认为物质财富的价值比人的生命更高。"

"我请你再说一遍。"

"你杀死自己就为了钱。你把我、萨法和哈里扔在这里，自己却一走了之去当股票经纪人，你对一块金子或一串钻石的关注度，超过对整个人类……"

"好吧，"罗兰站起身，"我想这场谈话到此为止。"

"你将我从死亡边缘提取过来——"

"我是干了，但——"

"但那并不意味着你就是上帝。那并不意味着你能控制你所提取的人的一言一行。"本站起身，恶狠狠地朝罗兰走去，后者警惕地往后退，"你不能就这么走出来站在这里，吹嘘你的生活，然后在你认为合适的时候就该死地终止对话。萨法和哈里死了，就算我把他们

带回来……而根据华生医生的说法，那种可能性很小，他们还是
已经死了。他们的死是因为我遭遇了一次精神崩溃。我之所以会
遭遇精神崩溃，是因为你的行为，你所做的事，以及你做那件事的
方式。"

"本，拜托……"罗兰后背抵着堡垒侧墙停下来。

"你没有付我钱。我不欠你任何东西，你不能控制我。你把我们
带回这里，解释为什么会在那一刻将解决问题的职责交付给我们。
你能理解吗？运营这一切的不是你，这不是你的。这个问题严重
得多，超出你所……你的疏忽程度令人震惊。我建议，罗兰。我真
的……真的建议，从现在开始，你只管集中注意力提供钱，其他任
何你可能会搞砸这项事业的事情你都不要做。"本停在罗兰身前一寸
的地方，两人鼻子抵鼻子，他所说的每一个字都透露出威胁和恶意。

罗兰咽口气。

"你去找个有军事情报工作背景的人来，"本死死地盯着罗兰说，
"去找个知道自己在做什么的人来，因为你不知道。"

这场谈话以罗兰的匆忙离去作为结束，但是本心中的怒火并未
消退，而是越烧越旺。他想念哈里和萨法。他又喝了一瓶啤酒，一
边喝一边来回踱步，头顶的天空越来越暗，夜的噪声越来越响。

他走进门，往走廊里面看。堡垒感觉如此空荡，如此孤独、乏
味和冷清。那座设备的蓝光从储存它的房间里洒泻出来。他往前走，
看着那个房间里面的那个闪闪发光的荧光方形。罗兰回家了，罗兰
变通规则就为了适应他自己。本知道，毋庸置疑，如果他跟在罗兰
身后，那么他将看到一座豪宅。对于那样的人来说，财富的诱惑力
太过巨大。罗兰不在堡垒中睡觉，他驰骋股票市场，扮演上帝，让
小人物帮他做脏活。

想到这其中的不公平之处，本心里就升起一片愤怒。他走进房

间，抄起留在机器旁边桌子上的平板电脑，是一台简单的个人数字助理机器，很容易操作。他抬起头，听见马尔科姆和康拉德正在他们自己的房间中说话。他将屏幕往下翻，弄清楚操作技巧。"访问历史"，他按下一个按钮，拉出一个长长的列表。他往下翻，看到"柏林"和"罗兰"两个词出现多次。"柏林"一定是马尔科姆和康拉德寻找他们所需要物品的地方。"罗兰"一定是指罗兰的家。他继续往下翻，直至看到那个词呆住，"里约1999"。该死。他咽口唾沫，不假思索，什么也没想就按下去。屏幕发生变化，"将入口调至里约1999？"该死。他按下绿色的"接受"按钮。蓝光闪烁着熄灭了，片刻之后又闪烁起来，重新恢复。他看着那光芒，心脏在胸腔中怦怦直跳，嘴巴突然干拉拉的。里约就在那里。那其中暗含的意味击中他的要害，时间旅行的交叉点。如果他走进去，他将遇见之前的自己。他会看见马尔科姆在门的另一侧等待其他人归来。那场景在诱惑他，诱惑他走进门去，再次看见哈里和萨法。只要一分钟就好。

他迅速跑回自己的房间，抓起黑色棒球帽。他穿上牛仔裤和第一次出现在这里时穿的灰色运动服上衣。他的头发和胡须又长又密。他戴上棒球帽，将帽檐压低，他看上去差别迥异。他重回时间机器，那想法依然让他感到鼓舞。

到了摆放机器的房间，他盯着那座蓝色的门，心里却知道不能穿越。马尔科姆在门那头，但是有一个危险，那就是重设入口后，之前的那次会被推翻。想到这里，他猛击屏幕，关掉机器，但这个想法依然在脑海中回荡。于是他找到设定，将GPS坐标调至"里约1999"。六位数的经纬度数字就在那里，他所需要做的，就是调整最后一个数字，改变位置。原来的入口应该不会受到影响，这样他将会创造一个新的入口，从现在这个时间穿越到那个时间，但是会到达一个新的地址。他照做，他删除维度的最后一个数字，在原来的基础上加二。他对经度数字也做了同样的改变，然后按下按钮，让那美丽的蓝光充满房间。他试探地往前走一步，脑袋轻松钻进去，出来时发现入口在一座墙上。他调整数值，又试一次，钻进去。声音充斥他的双耳，炎热的空气扑打在他的脸上。狂欢节结束了，里约的味道立刻让他想起六个月前的记忆。他环顾四周，钻进门。左边是另一个入口发出的光芒，在视线看不见的地方，就在巷子拐角的那头。他意识到必须将入口开在同一条巷子更里面的位置。他钻出去，站在那里倾听。感觉令人难以置信，这里的湿度，生活的味道，人和音乐的声音。他轻手轻脚地走到拐角，往那边窥看，发现康拉德正靠在一面墙上抽烟，目光则看着眼前的主路。那道蓝色的入口就在他旁边。

本的心怦怦直跳。那是六个月前的康拉德。这想法让他思绪万千，诱惑和吸引力太大。他往反方向走，蜿蜒通过这条长长的小巷，它在更远的地方汇入同一条主路。他走到外面的光芒和音乐声中，四处都是跳舞的人们。他走到人群中，四周欢呼声、口哨声、电喇叭声和随意弹奏的节奏此起彼伏。他在游行队伍中发现一个缺口，于是全速穿过街道到了另一侧，然后拨开人群往前走。他被推挤着，碰撞着，但滋味很美妙。他冲人们点头微笑，人们也微笑、大笑回应。气氛火爆，充满节奏，让他早已兴奋起来的内心更添活力。

透过游行队伍的缺口，他看见那家酒吧的雨蓬，不过两边人群都太密集，他看不清楚。他上下跳动，想看一眼，但是也无济于事。他继续向前，等到游行队伍出现缺口，立即横穿街道到达街对面，然后开始朝着那块雨蓬前进。他将帽檐拉低，头也一直低着，只抬起视线，在帽檐的遮挡下朝酒吧门外密集的人群看去。

他仿佛遭受了重重一击，肾上腺素飙升。哈里被一位衣着清凉的舞者拉到路上。是哈里，本原地停下脚步张望。是哈里，那大胡子男人大笑着，将一瓶啤酒举到头顶，吸引了所有人的目光。他在人群中四处搜索，看见罗兰呆呆地站在那里，一脸担忧的样子，手里紧紧握着一瓶啤酒。就在他前方，他突然清楚地看见自己在和萨法说话。那场景让他的心往下直坠，他的肚子轻弹一下，他的双腿摇摇晃晃，但是感觉很好。不只是很好而已。

他看上去如此不同。短发，没有络腮胡，还很胖。好吧，不是胖，但是不如现在的他这般结实。过去的本看上去又圆又肿，不太一样，虽然他非常渴望盯着自己看，但他发现注意力却不由自主地被萨法吸引，她看上去没变，一模一样。同样的乌黑长发，同样的身材，同样的姿势和脚步。在那一刻，他既感到难过又觉得欣喜若狂。只需要看着他们，看着他，看着哈里和萨法。这音乐，这喧嚣，这热浪，还有大笑的人们。看到过去的自己，知道他后来必须经历什么。这时候他心中有一股渴望，想要打断他们，说几句话，告诉他们做些不同的事，但是再一次的，他的脑海中开始提醒干涉的危险性。

他靠拢些，被他们所吸引。他想听听他们的声音，他需要听到萨法的声音。他拉低帽檐，弯腰低头，做出一副无精打采的样子，还改变了步伐，拖着脚走，仿佛喝醉了酒一般。他钻进人群，用迂回的方式愚蠢地靠拢。

"我的天哪，本！看看他。"萨法的声音飘了过来。她沙哑的笑声，他记得那么清楚。他闭上眼睛，专心聆听，只需要一秒钟的时间。他只需要知道她就在那里，就在那里。"我得去方便一下，帮我拿着……"

该死。他猛地睁开眼睛。萨法要去酒吧上厕所，但他就在去厕所的路途中。他转身低下头，萨法从他身边绕过，肩膀撞到了他。

"抱歉。"她说着抬起一只手。他也举起一只手,看着她走远,突然间他感觉自己就像个偷窥者。该死,这不对,这太不对了。他迅速离开,穿过马路,全速返回那条小巷,然后往里面走,穿进他的入口,他一走进堡垒那入口就失效了。他重重地呼吸,胸膛剧烈起伏。有那么一秒钟的时间,他因为自己刚刚的行为而感到恶心。接着却又被其中的幽默感击中,大笑出声。他看见哈里了,他看见萨法了,萨法还撞到了他的肩膀!

如果说在那一刻之前,他还没做好精神准备的话,那么从这一刻起,他准备好了。

37

他的目光定在那个蓝色方形上,问:"我只管冲进去对吗?"

"我会潜水穿过去,"医生在他身后说,"不是说我真的要潜水穿进去,因为只有疯子才会真正地穿过那样的东西,进入——"

"明白了。潜水进去,"本说着担忧地看了一眼医生,他还在自言自语,"现在我能看了吗?"他问马尔科姆。

"当然,"马尔科姆说,"只是需要当心,以防有波浪钻进来。"

本将脸探进门,看到滔天巨浪距离他的脸只有几英寸距离,他大声尖叫。在被击中之前他后退一步,一股汹涌的浪涛拍得他无法站稳,倒在墙上。

"该死。"本说着开始摸索,将氧气瓶的衔口塞进嘴里。

"本,"马尔科姆站在门口喊道,其余人都已经逃出了房间,"或许这不是个好主意……"

本坚定决心，重新走回入口，探头进入，看见一片巨浪翻腾如高山的大海，天空被一道道闪电划破，雷声轰隆。在波峰顶端，白沫被高高吹到空中。

"我看不见另外那道蓝光。"本说着伸直后背。

"我们已经被迫改变了位置，因为那艘游艇，而且还要让华生医生进来。"罗兰在外面的走廊上大喊。

"为什么？"

"时间旅行，本，"罗兰愤怒地说，"那扇蓝窗是几周之前从这里架设的……我们必须让萨法和哈里将医生从第一座门送进来，否则他现在就不可能在这里。"

"啊，对，明白了……好，那样就说得通了……所以如果他们还和医生在一起，那我就不能救他们？"

"天哪，是。"马尔科姆因为这条建议而吓得脸色苍白。

"如果我把他们三人都从这扇窗口带进来，会发生什么？"

马尔科姆耸耸肩，被这个问题惊呆了，"那我们就有了两个华生医生。"

"我认为，两个人不可能占据同一个……同一个什么来着？"

"那是电影里的内容。"

"那么……好的……"本点点头看着前方，接着回头看了一眼马尔科姆，"那是坏事吗？"

"你是问同一个人出现两个？"马尔科姆说完直盯着本。

"哦，哦，对，当然，完全是坏事，"本迅速说，"那就让他们先把医生送过来，然后再去救他们……对吗？"本说。

"对。"马尔科姆说话间的表情，却并没有传达出同等程度的信心。

"明白。"本重新将头探进去，环视那噩梦般的场景，寻找他们的任何迹象。"从这扇窗到那扇窗之间的距离有多远？"他退回房间问。

"第一扇窗应该在你前面两百米远的地方。"马尔科姆说。

本倾斜身体，仔细打量海面，雨点拍打在他的脸上，风吹得他直流眼泪。天空中有闪电频频闪亮，雷声深沉隆重。四周都在移动。浪涛翻滚如沸腾的群山，有深深的谷地，有耸立到天空的高峰。在那儿，在那边。前方两百米处有一个蓝光形成的方形，听起来不远，但在这恐惧的海面上，看起来像是有几英里远。

看到那艘硬壳充气艇加速攀上第一扇窗前方的一道浪墙，他的心跳开始超速，在他看见船的那一秒，引擎声也传入他耳朵。哈里和萨法还活着，就在那艘船上，光是看到他们，他的身体就一阵震颤。这些疯狂的浑蛋们竟然想只靠他们两人的力量，就挑战如此危险的行动。天哪，那简直堪称英勇，了不起的英雄正在执行英勇行动。

"好了……我能看见他们，"本冲着呼啸的海风大喊，接着反应过来，缩回房间。"我能看见他们，"他告诉其他人，"他们在那艘船上，正在攀爬一道波浪。"

"他们还没救到我，"华生医生从走廊里大喊，"你必须等他们将我送进那扇窗……"

"是。"本从光门中踱步回来，准备冲刺。

"你需要多长时间？"康拉德站在那一大卷绳索旁，做好准备。

"干什么用？"本问。

"在我们将你拉回来之前？"

"鬼才知道，"本耸耸肩，"他们要了多长时间？"

"五分钟。"他说。

"好，那么他们可能用了一分钟时间来做那个……当他们救下医

337

生后你们将他们拉回来……那么，见鬼，我不知道！"

"十分钟？"马尔科姆问。

"那些瓶子中的氧气能用多久？"

"我不知道。"康拉德说。

"饶了我吧，这简直就是活见鬼。好吧，行，那就给我十分钟。"

"十分钟在那里是很长的。"医生说。

"哦，看在上帝的分儿上……对……那就八分钟，"本对康拉德说，"八分钟，然后就拉。"

"明白。"

"一直拉，直到把萨法和哈里拉进来。"

"明白。"

"如果那个医生也被误拉进来，那么就再把他扔回去。"

"什么？"华生医生说。

"八分钟……"本点点头，将衔口塞进嘴里，又点点头，然后大步冲向那扇窗口，以免被有脚掌一半大的橡胶蹼绊倒。他展开双臂向前俯冲，再一次从另一个时间和地点进入另一个世界。

"疯狂的浑蛋。"他一走，马尔科姆就说。

生活真疯狂，而且愚蠢又奇异，不过要是和哈里一样，还要和生活友好相处，那就是见了鬼。将它牢牢锁定，放开它，专注于此刻的当下，一头扎下去，穿过一台时间机器，进入一片激烈的海上风暴，他想大吼，只是嘴里被塞得满满的。

他垂直落下，胸腹向下，落在两道波浪之间的深谷，沉入水下，肚子里在翻搅，心脏怦怦直跳。漂浮助力设备发挥了作用。他重新漂浮上去，感到一股巨大的轻松感。接着他想起来，自己正在呼吸一只氧气瓶中的氧气，所以不需要屏住呼吸。

现在一切看起来都不一样了。一分钟之前，他的位置也才只高一点点，但是就那么一点高度，看到的却是一个不一样的世界。现在他在谷底，抬头望着那朝他打来的浪涛，感到敬畏，他必须强迫自己保持冷静，弄清所处方位。

他扭动着划了几下水，直至发现刚刚穿越的方形光芒就在身后的下方，仍然在浪涛之前的深谷之中。他将光芒的位置记在脑中，开始向正前方游动离开，他快速呼吸，声音透过衔口听起来很粗重。

之前的氧气瓶游泳训练发挥了作用。他能够承受住风浪，并没有感觉完全处于一个陌生的环境。游了感觉像是几分钟之后，他回头看一眼，那四方形的光芒仍然在原地，所以他更加卖力地游动，记着要正确使用橡胶蹼。

一道巨浪翻涌而起，将他抬高，他能感觉得到，有了高度之后，他开始搜索前方。他瞥见另一扇方形的蓝光，还有一艘白色的游艇正上下跳跃着朝那光芒跃进。哈里和萨法也在那里，忙着解救那位医生，全然不知再过几分钟他们就将死去。想到这里，他体内爆发出新的能量，推动他更加努力。他回忆起哈里以及他对他的全部了解，他的功绩，他英勇执行的任务。现在本认识了他，无法将曾经在电影和电视节目中看到的哈里同真人联系起来。哈里是活生生存在的，无拘无束的随和性格近乎不合常理，不过他的脾气就像随时即将沸腾的水，只等着释放出来。他将第一杯水递给萨法的样子，他的动作如此缓慢，他试着想要表现出危险性不那么高的样子。如果他们要做一个有史以来最杰出的人的清单，哈里·麦登应该荣登上去。

本游啊游啊，奋力抗击想要将他抬高的波浪和想将他吸下去的暗潮。他在前进，但是速度太慢，所以他开始寻找能带他前进的力量，好加快速度赶在他们溺死之前抵达。他必须够到他们，他必须将绳索和漂浮设备递到他们手中，将呼吸管塞进他们嘴巴。剩下的就教给马尔科姆和康拉德。无论发生什么，萨法和哈里都必须活下来，返回堡垒。华生医生曾告诉过他这会有多么艰难，但是他从未想到会是这样的情景。浪涛上下起伏，狂风怒吼着从他身边刮过，雨点滂沱，闪电快速闪耀，雷声轰鸣，浪潮比他所想象的猛太多，有那么一瞬间，他意识到这个任务的绝望性。

接着他记起来，萨法不曾放弃他，六个月的时间都没有，他一生中从未感觉到这样的抱歉。他失败了，他搞砸了，让每个人都失望了，他们甚至因此而死亡，但是他不会让那种事再次发生。所以他游啊游，拒绝被原本就已经开始精疲力尽的四肢里灼烧的疼痛屈服，游得更用力更快，同时一边呼吸橡胶衔口里的氧气，一边看蓝光闪耀的地方。

现在，那艘游艇正越来越近，它在水流、浪涛和疾风的冲击下上下起伏，不停旋转。船体不停摇颤，有那么一瞬间，它看起来像是要被波浪抬起，但是却落入谷底，即将开启的只能是撞进窗口的最后冲刺。

他看得出，距离依然太过遥远。游啊，该死的，就这一次，做点正确的事吧。谢天谢地，他听了医生的话，没有在一醒来就立即赶过来。如果是那样，他可能早就死了。即便是现在，经过了十天的恢复，他仍感觉到费力，他对自己的失败大为发火。那怒意驱使着他穿过那一直在晃动的汹涌的水域。他伸展四肢用力划水，漂浮设备阻碍了他的行动。水拖拽他，摇晃他。他重重地呼吸，担心是否吸氧量太大。他应该用船的，用救生设备，用该死的海军或是尝试除这个愚蠢想法之外的任何其他方法。如果他死了，那么他们全都得死去，然后就再也没有人会来救他们，这想法让人绝望。他被困在原地，缺乏进展，感觉一直在起起落落，这时他看到一抹橙色，还有三个脑袋紧紧地抱在一起，在水面跳动，但是片刻之后，一切都变了，那一幕消失了。

那情景赋予了他继续的力量，他加速穿过水面，眼睛一眨也不眨，用思维遮挡正在体内蔓延的疼痛。他不能失败，他不能放弃。失败不是选项。牺牲一个人，拯救无数人的生命。现在他能理解这种做法的意义了。

他又看见他们。哈里抱着萨法，萨法抱着医生，三人正慢慢滑下波浪，朝那光芒移动，但是即便是他也能看得出来，他们无法实现目标，他们速度太慢。他必须游到他们身边，这样才能乘着波浪攀上那道陡直的浪墙获得高度。

萨法停下来，被浪涛推走，她挥手示意哈里抱着医生继续前进。哈里在漩涡中向身后大喊。本能听见他的声音，但是看到萨法沉了下去，哈里虽然有所犹豫，但是本知道他会继续前进，因为必须以任务为重。哈里确实这么做了。哈里咆哮着连连踢水，获得速度，拽着医生往那道蓝光移动，这时萨法重新浮上水面，却没有动弹。本乘着下一道波浪攀升到高处，看见哈里也和她一样，利用波浪的抬升力升起来，这样才能重新落回去穿过那道光芒。只是本知道他不可能穿过去，哈里会将医生推进去，然后回头去找萨法。

那就意味着要优先救萨法。本开始划水下降，他扭动身躯翻滚着，让重力占据上风，超过波浪的抬升力，好将他拉下去，这么做消耗了他所有的能量。他所能做的就是翻滚，强迫身体从那道波浪上坠落，落入萨法沉落的那片水域。萨法现在没有游动，也没有划水，而是一动不动地停在那里，仿佛已经是一具尸体。

近了些，但还不够近。本双腿连连拍打，手臂疯狂滑动，嘴巴紧紧咬住衔口。他就要够到她了，但是在最后一秒被波浪拉开。他继续尝试，踢水、游动、反抗整个世界以及所有阻止他接近那个女人的力量，而萨法看上去异常平静，她的双眼紧闭着，仿佛就连死亡也无法沾染她。

他再次抵达她身边，不顾一切地展开双臂。他的指尖擦到她的浮力背心了，于是他又是踢又是划，直至突然间她钻进他的怀抱。一股猛力拽着她穿过水面，钻进他的怀抱。他拍拍她的侧脸，希望她睁开眼睛，同时吐出口中的橡胶衔口。

"萨法，"他一边喊，一边试着够到手腕上的一个氧气瓶，"你现在安全了……你安全了，萨法……你会活下去……"他气喘吁吁地说着，肺部发出刺耳的呼吸声，他将束带掀过她的脸。"张开嘴巴，萨法……我是本……张开嘴巴……"她照做了。她张开嘴巴，他感觉希望大增，在她心里的某处她是能听见他说话的。"你没事了……现在咬住……咬住……咬住，萨法。"

她狠狠咬住，牙齿钳紧橡胶衔口。萨法会活下去，她不会死。他将她拉近些，感觉到她的手臂环在了他的脖子上，但她依然闭着眼。

他奋力将她抱紧，呼吸一口，然后沉到水下，寻找那条依然挂在她救生衣上的绳索。一切动作耗费的时间都如此之长，摸索刀具，找到办法抓住绳索以便割断，但是他最终还是成功了，他重新浮出水面，呼吸空气，她的脸紧紧地贴在他脸上。

"得去找哈里……得去找哈里……"他脱口而出，但是呼啸的风吹走了他的声音。雨点滂沱而下，波浪将他们一起抬起来，那阵势令人作呕。他抓住漂浮装备，塞进她的手中，"抓住这个……抓住它……抓住它，萨法。"她抱着他的脖子，将他抓得更紧，"不是我……该死的。"他挣扎着将漂浮装备上的绳索绕过她的身体系紧。"你咬紧……听见了吗？"他大喊，希望她能听见自己的声音，"他们会把你拉回去……只需要坚持住，咬紧……"

他强迫将她的胳膊从自己脖子上拉开，突然间，他很渴望能一直抱着她，直至她获得平安。她能呼吸，她被绑紧了，他必须放手。他抓住自己的衔口，推进嘴巴，将她拉拢来，轻轻地亲吻她的额头。接着他离开了，转身疯狂地游走。

哪里都找不到哈里。只看见一望无际的海面，随浪潮和风起伏不定。本一头扎下去，因为少了一个漂浮装备，他现在感觉重了些。一无所见。他继续下潜，奋力沉入水下深处，那里看起来如此黑暗，但还是一无所见。他转身搜索每一个方向，但还是一无所获。他在哪里？本继续寻找，搜索，希望能看见一丝动静或一个影子，某样东西，任何东西。拜托，拜托，我必须找到他。

拉力来了。他的救生衣上的绳索在拉紧，告诉他，他们很快要开始拉了。他还没找到哈里。绳索又拉扯了一下，力气更大，拉着他在水中后退了几英尺，他继续搜寻一个影子、一道闪光或类似的东西。

接着他突然想到，自己是在向下看，他应该向上看的。萨法因为穿着浮力背心所以浮在水面，哈里一定也穿了同样的东西。他扭头向上，立刻看见了他。一个黑色的形状，就在头顶几米高的地方。本奋力上浮，但已没有力气可使。他的四肢如此沉重，他的脑袋像被重击一样疼。他感觉恶心、虚弱和晕眩，但是他要救的是疯子哈里·麦登，所以他必须努力。他必须努力，训练，做萨法让他做的事。他不能自私，不能自私，本。成为本·莱德，我是本·莱德，他从体内深处扒出能量。本靠近他，现在已经如此靠近，像萨法一样，哈里也一动不动静止地浮在汹涌的水面上。

本游到那大块头的两腿之间，抬起他的身体，正要抓住他的救生衣时，哈里身上的绳索拉紧，将他们拉走。那强大的拉力再次穿透水域，将他们两人都拉到水下深处，被拉着穿过波涛，朝另一个方形光芒而去，在那里是过去的马尔科姆和康拉德在操纵绞盘。

本身上的绳索也开始拉扯，是现在的马尔科姆和康拉德在从另一个入口操纵绞盘。两根绳索，一根连接过去，一根连接现在。两根都在拉扯。他们所施加的力量大得令人震惊，拽着两个成年男人翻过一道道巨大的波浪。必须切断哈里的绳索。哈里需要呼吸。先做什么？去取衔口还是切断绳索？本从大腿上的刀鞘中抽出刀，靠感觉摸到那根拉紧的绳索，刚要切割时，又检查一遍，才发现那是绑在他自己身上的绳索。他再次使劲划水，依然被拉扯，依然遭到连续猛击，依然知道哈里不能呼吸。他找到另一条绳索，用尖利的刀刃切开，那绳索砰的一声断裂。他们被拉拽的方向突然发生变化，本的绳索拉紧，拉着他们两人穿过浪涛。

他放下刀，奋力将衔口塞进哈里的嘴巴，握紧拳头敲击其末端，强迫它塞进去。衔口终于进去了，哈里的嘴巴终于张开到足以将那东西咬进去。他必须将哈里绑住。他必须将哈里绑在绳索上，但是力气迅速衰减，他能感觉出来。他的思维距离关闭，坠入黑暗已经不远，但是如果发生那样的情况，他就会放开哈里，那样哈里会被丢在这里死去。

本已经抓不住他了，他无法坚持。他想坚持，他想抓住哈里，比任何想法都强烈，但是力量流失得如此之快，他正在丧失知觉。本将漂浮设备放在两人之间，水涌过他们的脑袋和身体。他将那士兵的双手推到握柄上，用自己的手指紧紧地盖住他的，告诉他抓住。哈里照做了，他突然间开始使劲了，双手绷紧，本能感觉到他的力量。他看看哈里，发现他的衔口有泡泡冒出，哈里在呼吸，他在抓紧。本不能失败，这一次不能。

片刻之后，本眨眨眼睁开。拉力已经停止，他正漂浮在一片几近漆黑的海面，看着哈里向远处那道蓝色荧光漂去。

现在他感觉到平静和安静，没有噪音。只有他的呼吸声从衔口传出来，激起的泡沫涌向他上方的水面，或者他的身下，他不知道。他已精疲力尽，即将死去，他失去知觉。几秒钟？几分钟？可能是几小时，或者几天，但是他睁开眼睛，他仍然在水中，感觉身体已经麻木，瓶中的氧气尝起来有点怪，一定是即将耗尽。

不管怎样，萨法和哈里将回去，他们将拯救世界，一边讲笑话，一边开枪。啊，至少他曾遇见过他们，那本身就是一项荣誉。只与他们相知那几个月就已足够，在失去知觉的那一刻，他感觉到后悔，他曾是那样一个浑蛋。

他被某个撞上来的东西重重击中，力道如此之强，以至于现在已经吸空的氧气瓶衔口从他嘴里脱落。一双手环住他的腰，将他紧紧抱住，透过面罩，他看到萨法正瞪大眼睛看着他，熊熊燃烧的目光中充满力量，拒绝被任何东西或任何人击败。

本抓紧她，将她拉到自己身边，两人目光牢牢锁在一起。浪涛从他们身上翻涌而过，她腾出一只手，将氧气瓶衔口从嘴里拽出来。有那么一秒钟时间，本以为她会将瓶子从束带上拽掉。但取而代之的是，她将他拉过去，嘴唇盖上他的嘴巴。本很久才反应过来，她的舌头推挤着进入他紧闭的嘴唇，强迫它们张开，这样她能将氧气吐进他的嘴里，无论是无意还是有意，这动作的效果比任何除颤器都强。他突然恢复意识，将萨法·佩特尔吸进肺里，接受她所赋予的生命，再一次按照她的指令做。

她闭上眼睛，退回去咬住衔口。她吸气，吐出一串气泡。她再次吸气含住，然后伸手将他拉过来，吐进他的口中。这一次他很乐意，她的手扶着他的后脑勺，他的双手抱住她的脸颊。当他们嘴唇触碰到一起时，她伸出舌头，告诉他，他可以张开嘴唇了，但是他的嘴唇已经张开。她吐气，他吸气。这混乱的时刻，过去六个月以来的混乱，她将严重受伤的本留在堡垒中。但是现在他出现在这里，抱着她，看着她。即便是透过海水，她也能看到他的眼睛重新有了神采。这是一个疯狂的瞬间，这是生与死的瞬间，他们被拉拽着，穿过翻涌的巨浪，朝一台时间机器前进。他的嘴巴张着，她也是。她可以吐气给他，他可以从她那里吸气。但是这情景也让人困惑。她知道那一点。她眼中的顽皮告诉他，她知道那一点，他们都有可能立即死去。她的舌头在寻找他，而他的舌头也在寻找她。成为英雄，做英勇之事。穿过大海，朝一台时间机器前进，同时接吻，因为稍后，如果你活下来，你可以说那只是个意外，你不知道自己当时在做什么。那一刻很短，转瞬即逝，一秒钟就结束了。它真的发生过吗？

波浪和绳索拉着他们穿过入口，数百加仑的水在一瞬间穿过那扇窗口，进入一座几十亿年前的混凝土堡垒。他们被一台马达拉拽着，轻快地划过水面和空气，那马达为一台绞盘赋予了能量，过程如此凶猛，他们被撕开来。

本旋转下落，水花的连续击打将他拍在一面坚实的墙壁上，浪潮如此之大，以至于他被钉在原地，无法站立或做任何事情。有人大声叫喊，有人落在他身上，将他狠狠地撞到墙角。他扭动着，挣扎着，从那纠缠成一团的肢体中摆脱出来，设法抓住一个不知道的人，强迫他们站起来，将脑袋探出水面。水还在往里灌，一浪接一浪地撞进房间，将其迅速填满，形成一道喷射流，喷涌冲出打开的房门。本依然戴着面罩，能看到绞盘上的马达依然在拖拽萨法和哈里，将他们拖过房间，几乎就要将他们吸进去。他不顾浪涛的冲击，突然离开墙壁，潜入水中涉过房间，同时伸手去摸索腿上的刀，但是刀已经不在那里。

他够到哈里身边，从他的刀鞘中拔出刀砍下去，切断绳索，断掉的绳子以更快的速度嗖嗖卷进绞盘。哈里立刻沉入水下，不过氧气瓶衔口依然咬在嘴里。

本转身去找萨法，这时另一道浪从背后打来，他双脚离开地面，被推到墙上，那速度足以撞碎他的骨头，他再一次跌落下来，风灌进他的肺叶。他被抛落下来，又被抬起撞在墙上，但是整个期间，他一直在寻找萨法，他终于看见她在绞盘旁边，双臂将其抱紧，以避免被那东西拉进去。她脖颈上的血管鼓胀。她拼尽全力，大吼出声。氧气管从她脖子的束带上垂挂下来。

本潜水朝她前进，双脚擦地涉过齐大腿深的湍急水流，打开的房门所造成的吸力在水中形成漩涡和涡流。

哈里冲上水面。那大块头看起来就像是海神波塞冬本人，水流从他的络腮胡中喷涌而下。他伸出巨大的手臂，环抱住萨法的腰举起来。绞盘马达发出刺耳的摩擦声，她尖叫起来。本奋力穿过水面，另一道浪打过来，他拼命涉水而过。哈里伸出一只手，本抓住他的手，将自己拉过去，来到萨法面前，连连挥舞刀刃切割绳索。锋利的钢刃最后一割，绳索砰的一声断裂。又一道浪打进房间，他们重新跌入水中。

康拉德努力将平板电脑举到水面，他滑了一下，连连划水。他一再尝试，想戳点屏幕，但每当浪涛打来，他都被流过房门的漩涡的吸力拉得双脚离开地面。他倒下去后，本从他手中夺走电脑，抓住他的衣领将他提起来。康拉德站直大口吸气，口中喷出海水，呕吐起来。又一道波浪打来，冲力将他们冲出打开的房门。离岸流和反向漩流横生，浪涛在墙壁之间弹跳，有尖叫声传来。走廊里的水已经齐腰深，还有更多的水在连续不断地涌来，速度比上次的水流入其他房间的速度更快。

他们一起抗击，本和康拉德竭尽所能地将电脑举在水面上。马尔科姆从他们身边漂过，他大喊大叫，连连拍打，想让自己停下。

罗兰已经看不见踪影了。

"把它举起来。"康拉德咕哝着说。他冒出头，本举着平板电脑，划过屏幕。他的手指疯狂地拨动，接着红色的"停止"键显现出来。他重重地按下去，猛击又猛击，本冲他大吼，要他阻止不停灌进来的水。

"搞定。"康拉德松口气大喊。片刻之间，水的冲击力就停止了。康拉德跌下去，本呕出肚子里的海水。水奔流出去，被其他房间吸收，水位下降。走廊尽头的房门打开了，水从医生身边冲走。

"他们在哪儿？"华生医生大喊，他其实不用那么大声的，因为噪音现在都平息了。

"在那边。"本朝后挥手，指着门口，然后又竭力将清醒状态多保持了五秒钟，之后才跌下去，终于放手任由疼痛和疲劳将他拉倒在潮湿的地上。

38

"休息几分钟。"华生医生说着站起身。

"谢谢，医生。"哈里咕哝道。

"你看起来不错，没有损伤。"

"你管那东西叫什么来着？"哈里问。

"急性呼吸窘迫综合征。肺部进水导致的，但是没有症状……所以我才要观察你两天。萨法快醒了……你没问题吧？"

"没事。"哈里摆摆手。

这是现代科学的奇迹，现代药物治疗的奇迹。可以设定时间等到完全康复再醒来，华生医生走到萨法床边停下时，萨法刚刚从药物导致的昏睡状态中苏醒。她眨动着眼皮，移动四肢。

"你没事了，"华生医生低沉的声音让她感到安心，因为她又回到了活人的世界，"萨法……你没事了……你只需要慢慢睁开眼睛……一切都没事了。我要握着你的手腕一分钟。"他说。马尔科姆、康拉德和罗兰全都告诉过他，萨法的反应有多么快，而且她讨厌被人触碰。他抬起她的手腕，探测脉搏，看着手表计时。

"你到底是谁？"

"早上好。"他笑着说。

"我问你这浑蛋到底是谁？"萨法抬头看看他粗糙的脸，然后低头看到他的手正握着自己的手腕。

"华生医生，"华生医生说，"没有联系，和夏洛克·福尔摩斯无关……"

"谁？到底……"

"算了，脉搏稳定。我来给你检查眼睛和耳朵。"

"你该死——"

"哦，闭嘴，"他气鼓鼓地说，立即让她安静下来，"看我的手指。"他伸出一只手在她眼前摇晃，"很好。有任何模糊的影像吗？没有？很好。耳朵。"他用一只手电探照，然后大胆地将她的脸扭到一侧，去检查另一只耳朵。"很好……"

"你是我们救回来的那位医生吗？"

"侦探技能很优秀。"

"我查案技术很烂。"

"显然如此。"

"我倾向于打到人们招供为止。"

"真的？那方法有用吗？"

"不知道，想试试看吗？"

他轻声笑笑。"我是你们救回来的医生。谢谢。"他真诚地说。

"本和哈里在哪儿？本来救我们……所以他活下来了……他现在还好吗？哈里在哪儿？哈里？本？"

"老天爷，你真是急脾气。"

"在这儿呢，"哈里在外面中间的房间大喊，"别打医生。"

"本？"她喊着坐起身来。

"你应该休息。"华生医生说，他知道她不会理会他，就同本和哈里一样。

"本？"

"他很好，"华生医生说，"他想过来的，不过我让他在餐厅等候。"

"餐厅？我们现在有餐厅了？"萨法依然看着他问。

"就是放食物的那个房间。"

"那是主室。"

"或者叫餐厅，"华生医生说，"你吸气时会疼吗？我猜不疼，因为你大喊大叫也完全没问题。"

"我很好，"她说，"不过很渴……我能喝点水吗？"

他把杯子递过去："只能小口抿……小口抿……我说了小口抿……哦，仁慈的神啊，你们这些人就是不懂得善待自己。"

"什么？"她说着放下已经喝空的杯子，"我很渴。"

"我也是那么干的，而且也被说了一顿。"哈里在外面喊。

"你见过本了吗？"她大喊。

"哇哦，"华生医生咕哝着在萨法面前挥挥手，"你能看见我吗？我存在吗？我是鬼吗？你的脑子或许毁坏了，需要再次进行药物治疗……我说了本在餐厅……"

"主室。"

"好吧！随你怎么说。"华生医生说。

"我能起床吗？"她问，"我要起床。"她说完就下了床。她低头看看自己只穿着胸罩和短衬裤，然后抬头看医生，一脸怒不可遏，接着她想清楚，他是医生，因此她不会因为他给自己脱衣服就杀了他。她穿上慢跑裤和T恤，然后冲进公共休息区，看见哈里坐在一张蓝椅子上。

"早。"他说。

"早，"她说着直接经过他身旁，走到本的房门口，推开门，"哦，"她平静地说，"你看过吗？"

"看过什么？"哈里问。

"这个。"萨法说着冲本的房间点点头。

"没有，什么东西？"

"本的房间。"

"里面怎么了？"

"起来自己看，你这个懒虫。"

哈里摩挲着络腮胡，思考这一要求。"不起来，直接告诉我吧。"他说。

"床头桌……台灯……地上铺了地毯……还弄了几个架子放他的衣服，"她说着环顾四周，打量里面显眼的变化。她在空中闻了几下，"他还用了除臭剂。"

"谢天谢地。"哈里咕哝道。

"好吧，"她说着朝哈里转过身，意识到医生一定已经离开，"这么说奏效了。"

"似乎是的。"哈里说。

他站在走廊上，那扇金属铆钉的门上标有"哈里·麦登""本·莱德"和"萨法·佩特尔"三个名字。他快速深呼吸一口，走进门。

"早。"本的声音既紧张，又充满期待。

"本！"哈里笑着站起来。萨法惊喜地回过头，脸上慢慢露出笑容。

"别动。"本说着冲哈里招手，要他坐在原位。

但他还是站了起来，捏住他的手，一边摇头一边笑，"啊，见到你真好，本。你还好吗？"

"我很好，"本说着闪到一边，躲避哈里拍击他肩膀的动作，"你感觉怎么样？"

"啊，很好。"那大块头露出牙齿开心地笑着。

"萨法呢？你还好吗？"本问，萨法离开他的房门。

"很好，"她说着露出一个灿烂的微笑，"看看你羞怯的样子……顺便说一句，你的房间看起来好多了。你的络腮胡呢？刮掉了？我喜欢你的胡子。你穿着牛仔裤？你看上去好多了。他是不是看上去好多了，哈里？"

"是。"

"确实。你脸上有颜色了，"她说着细细打量他一番，同时微笑地说个不停，感觉不出任何羞愧。"是，我是喜欢你的络腮胡，不过看到你又开始刮胡子了，很好。就是你的头发乱得不行。不管怎样，该死的，别再唠叨不停，喝啤酒吧。"

"什么玩意儿？"本听到这一大段话连连摇头。

"该死，我知道我对调查很不在行，"她依然笑着对他说，"哦，看在上帝的分儿上……过来……"

"呃？"本看到她飞扑过来说。

"我讨厌与人拥抱，"她说着抱住他，"说真的，我只抱过你和哈

352

里……从没抱过其他任何人……"

"好吧。"本说着看看哈里,他还在微笑。

"好吧,那你倒是回应我啊,你这个该死的浑蛋。"

"抱歉。"本说着伸出双臂搂住她的身体。

"把手拿开吧,"她退回去看着他,接着看向哈里,"太好了。对了,"她说着点点头,仿佛因为自己展现出的情感而感到有一丝的尴尬,"不过你还是个浑蛋。"

"大概。"本说。

"别再唠叨不停了。那么?是因为哈里搂你,还是因为我们死了?"

"呃……"本说。他曾担心过,该怎么告诉他们,他们之前已经死去,但是接着他想起来,他们是哈里和萨法,死亡这种小事对他们根本不是问题,"都有……像是……"

"好吧,关于那一点,"哈里伸出一只手摩挲胡子,严肃地说,"没想到你能重新爬起来。"

"但确实是发生了。"本不等他继续开口便说道。

"是。"哈里说。

"医生跟你们说了发生的事吗?"本问。

"没……但是你回来找我们,"萨法说,"你一个人?对吗?"

"是,不过,等等,"他说,"我有东西想给你们看。医生说我不能让你们激动,不过就在隔壁,所以……"

"是什么?"萨法问。

"来看看。你们俩都能走路吧?我可以找两辆轮椅过来,把你们推过去,如果你们愿意的话……"

"搞笑,"萨法说着从他身边走到大门,"哪边走?左还是右?"

"等等。"本大喊一声,跑着跟在她身后。

"我试试左边。"她向左转,哈里冲本笑笑,也跟了上去。

"不对，"萨法看着左边的隔壁房间说，"那一定是右边……"

"你们能不能慢点，"本说，萨法大步跨过他，走到另一侧。

"啊，"萨法说着在隔壁门口停下，"啊，对，对，真的很棒。是你弄的吗？"

"唔，好吧……"

"哈里，过来看看这个。本？是你弄的吗？"

"我只是——"

"这简直太棒了！"哈里又走到隔壁门口，萨法打断本的话。

"是。"哈里看着里面说。

"那是谁弄的？是你弄的吗？"她又问。

"饶了我吧，"本说着从他们身边挤进门，"是的，是我弄的……"

里面的房间和他们的一样。三间卧室、一间浴室、一个中央公共休息区。不过相似处到此为止。三人走进屋子，透过房门往卧室里看。地面铺着很大的长毛地毯。有床头桌、扶手椅、组合柜，墙上有油画和照片。照明灯灯光柔和，家具色调温馨。公共区域的蓝椅子换成了扶手椅，地上铺着面积更大的地毯。墙壁被刷成白色，上面挂着照片和油画，还安装有架子。头顶上刺眼的照明灯现在加了一层灯罩。浴室也变柔和了，设施更多，粗糙的混凝土和一尘不染的不锈钢也有了更多的柔化色彩。百叶窗拉起来了，自然光倾泻进来。房间里看起来很诱人，温暖舒适。

"有过先例的，"本在他们环顾四周时说，"华生医生因为罗兰的做事方式，恨不得把他撕碎了做厕纸。罗兰说这事没有先例，但是他指的只是时间旅行，没考虑到将某人带离原本生活环境的情况。几百年来，监狱一直在做这种事。类似的记录还有，人们被困在荒岛上，想方设法战胜精神痛苦。绑架、单独拘禁、社会隔离实验，就连《老大哥》这种真人秀节目也提供了某种程度的科学研究。这样，"本慢慢挥手，指指房间四周，"有助于减轻一开始的冲击。医生也表示，镇静剂以及我们被注射的为避免环境伤害和氧气中毒的药物，都有可能导致严重的精神崩溃。我们当时正处于生死攸关的高压环境，你们两人之前都受过训练，所以你们的精神状态差不多已经准备好面对这样的状况。我却没有，而且我只是对药物副作用敏感的人士中的一个。如果我们还要带人回来，医生已经改了用药方法。"

"该死。"萨法咕哝着，听着这番话眨眨眼睛。

"抱歉，"本说着举起一只手，"你们才刚刚苏醒……"

"没关系。"她说着冲他摇摇头。

"罗兰真的毫无头绪，因为是他的儿子发明了那台设备，所以他才担任——"

"什么？"萨法说。

"怎么？"本问她。

"你刚才说什么？"

"哪一句？"

"罗兰的儿子？真的？该死的，是他儿子？"

"你在开玩笑对吧？"本看着他们俩说，"你们不知道？你们不知道是他的儿子？六个月过去了，你们都没问过他吗？"两人都摇头，"你们没问过他平时都去了哪儿？钱从哪儿来？你们问过他任何事情吗？"

"你是调查员。"萨法说着否认了任何责任。

"对，"本说着慢慢点头，"那就公平了结……不管怎样，我已经告诉他，让他找个有军方情报工作经验或者类似背景的人……找个明白该如何运转这种规模行动的人。这事不能交给罗兰做。"

他停下来，给他们时间消化，然后说些什么作为回复。哈里走向最近的那把扶手椅，重重地叹口气坐上去，满足地点头。萨法也学样，弯腰坐在中间那把柔软的椅垫上。

"非常好。"她说。

"就像你说的，"本看到他们找到舒服的姿势，慢慢说，"你说我必须切断过去，我做到了，一开始我做不到，非得疯子哈里·麦登揍了我一顿，你们俩死过一次，我才终于做到。"

"我们不能在人们刚过来时就揍他们。"哈里若有所思地说。

"而且我可不想每次救人都溺死一次。"萨法补充说。

本喷喷两声，继续说，"看看这座堡垒。到处都是裸露的混凝土，乏味透顶。就像是监狱什么的……但是这里至少……"他环顾这个房间，"这里的东西能让我们产生联系。那样合情理吗？比如窗户、皮椅和咖啡桌……"

"我们对自己的房间做过改动，但是你不想变。"萨法说。

"我当时精神崩溃。我不知道自己想要什么。听着，无论任何人做什么，那种事都有可能发生，但是……却有可能得不到正确的处理。"

"对，我同意。"萨法说。

"是，干得漂亮。"哈里咕哝着伸开双腿，环顾四周。

"那么罗兰心中有人选了吗？"萨法问。

"不知道，我有两天没见他了。马尔科姆和康拉德说，他在这里出现的次数越来越少……仿佛他觉得你们俩回来了，我现在也好了，所以他就不必担心了……或者他是因为太过担心，所以离开去忙别的事情了。我不喜欢他，我也不信任他。我们越快把它运转起来，安全性就越高……不过，我这么说并无冒犯之意，不过整件事情我们不能掉以轻心，这事关系重大。他们每次往这里运东西，使用的那扇该死的门都选在2061年的柏林的一个固定的地方，他们毫无安保和监控的意识。天哪，他的儿子发明了时间机器，却不能保证它的安全。"

"本？"马尔科姆在走廊上大喊。

"在这，伙计。"本说着转过身，看见马尔科姆拿着一只托盘走进房间，上面放着三大杯冒着热气的咖啡。

"哈里，萨法，"他说着依次向他二人点头，"很高兴见到你们重新回来……喜欢你们的房间吗？"

"非常好，"哈里说着从托盘上端起一杯咖啡，"你好吗？"

"好，好，"马尔科姆将托盘递到萨法面前，"这样好多了……我、本和康拉德想到一些好点子，可以装饰主室和其他区域……本有没有告诉你们医生对药物治疗的看法？"

"嗯，刚刚告诉他们了，伙计。"本说。

"我们不懂，"马尔科姆说着满含歉意地看着哈里和萨法，"不管怎样，就交给你们讨论了。我们要进城一个小时，本，需要任何东西吗？"

"不用，没问题。晚点见。"

"谢谢。"马尔科姆离开时，哈里说。

"好的，"萨法说着目光坚定地看了本一眼，那眼神让他立刻不好意思起来，"房间里的大象。"

"呃？"本问。

"什么大象？"哈里转过头问。

"我来说好了，"萨法说着看着本，"现在换个话题……"

"哦，"本咕哝着，"别……"

"什么？"哈里问。

"史蒂芬。"萨法说。

"胡说。"本咕哝道。

357

"哦，"哈里说，"那个啊。"

"怎么样？"她问，"你释怀了吗？"

"萨法。"本咕哝着，在她洞穿一切的目光下不安地挪动着身体，哈里在他的扶手椅上稍稍往后靠一点，不想参与这场对话。

"怎么样？"她催问。

"我猜是的。"本立即移开视线。

"哈里，先关闭耳朵几秒钟。她是个该死的贱人，本。她绝对是个恶心冷血的唯钱是图的贱货，该死的白痴贱人……"

"好吧……"本咕哝道。

"我还没说完。她是个肮脏恶心的该死的贱人。哈里，现在必须闭紧你的耳朵……"

"关上了。"

"她是个贱货。"

"萨法！"本和哈里惊呼，不过她脸上却看不出丝毫歉意。

"而且我痛恨那个词，"她强调说，"所以对我来说，使用这个词，就意味着她是实打实的贱货……"

"嗯，好吧。"本立即说。

"哦，你不知道，"她声音低沉地说，"当时你死了。"

"是，我是死了。"他的声音模糊，稍稍有些受惊。

"说实在的，在这个世界上……我们的世界……过去的世界……不管怎么说吧，有两个人，有两个人是我痛恨的，真的恨透了。说实话，我恨不得杀了他们才能睡得安稳，她是其中一个……"

"天哪。"本又咕哝一句，看着哈里，后者假装没听到。

"说真的，"她继续说，"她想毁掉你的所作所为……你的两次英勇之举。你做了两次，她却试图将你的一切功绩都抹掉。哈里告诉过你吗，她知道你是本·莱德。"

"呃，我想是的……我不记得他的原话，不过我记得要点。"本皱着眉头试图回想。

"她说你强奸她。"

"我没有。"本的语气立刻强硬起来。

"哦，该死，"她啧啧两声，"我当然知道你没有。每个人都知道你没有。"

"哈？"

"长话短说。你死了。有人从那段视频中认出你是本·莱德。消息传出去，媒体轰动了。那个贱人早就知道你是本·莱德，因为她偷听到你和你父母的对话。你告诉他们，说打算告诉史蒂芬你的真实身份，而且她已经和老板有了私情，接着你死后，她靠这个故事赚了一大笔。媒体再次轰动，不过接下来认识你的所有人都站了出来，说她是个谎话连篇的贱人……"

"他们真说了？"本问。

"大概是那个意思，"她挥手打断了这个问题，"接着你的父母再次拿他们的房子做抵押贷款，聘请伦敦最好的私人调查机构，他们窃听史蒂芬，终于在一家餐厅抓住她趁晚餐时敲诈她的老板。"

"为什么？"

"她老板想离开她。她受不了，就想敲诈他，但是……"她说着挪到椅子边缘，"这个贱人承认了，在那场窃听到的谈话中，她承认她所说的一切都是谎话……"

"媒体第三次轰动，她算是被毁了。一家报纸支付了侦探社的费用，你的父母得以付清了抵押贷款的欠债。"

"我——"

"所以她是个贱人。"

"我——"

"彻头彻尾的贱人。"

"呃——"

"说够了，"她坚定地说完坐回去，"不过她就是个贱货。"

"可是——"

"现在我说完了，"她举起一只手，"我们再也不用谈起那个贱人渣滓了。"

本慢慢地呼口气，试着理清思绪。他突然冒出一个想法，问道："那另一个人是谁？"

"什么？"萨法问。

"你憎恨的另一个人，谁？天哪，萨法。"他再次绕回话题，如果说在她谈论史蒂芬时，他在她脸上看到了憎恶表情，那他一定是看错了。她现在的表情堪称邪恶。

"不重要。"她咕哝说。

"萨法。你不必——"

"我确实，"她一个阴暗的表情截断他的话，"别说了。"

"好的。"他举起双手投降。

"有一天我会告诉你。"

"好的。"

"但不是今天。"

"好吧。"

"也不是明天。"

"知道。"

"所以别再问我。等我做好准备，我会告诉你。"

"嗯。"

"那就是永不可能。"

"好吧。"

"我们有时间机器。"哈里漫不经心地看着她说。

"就在你前面两步远的地方。"她回答。

"怎么？"本疑惑不解地摇摇头。

"什么？"哈里问。

"你知道她在说什么？"本问他。

"不。"他简明地回答。

"我真是闹不懂。"本咕哝道。

"天哪，本，"哈里的语气中稍稍带着责备的意味，"我们有时间机器。"

"所以呢？"

"萨法有心结需要纠正……我也想再见见伊迪斯。"

"该死的，暂停一分钟！"

"怎么？"哈里说。

"那时间线怎么办，还有不能返回，要切断与过去的联系，这些狗屁规定呢？"

"天哪，本，"萨法咕哝道，"哈里不是说要走……"

"但是……你说……我说……该死的，暂停一分钟！"

"维基百科上说，本·莱德很聪明。"萨法指出。

"是，但是……我因为说想回去而被揍得满地找牙……"

"不，"她说，"你被揍，是因为你浑蛋。哈里只是在说，如果机会出现，我们应该去旅行一趟……他想去见伊迪斯，而我则想去……做我需要做的事……那么，你知道……看在上帝的分儿上，本！我们有一台时间机器！"

"时间线。"他脱口而出。

"是，所以我们才没有付诸实施，除非我们知道不会打乱任何事情的进程。"她说。

"你们已经讨论过这个？"他看着两个人说。

"没有，"她诚恳地说，"我刚刚发现，哈里也一直有一样的想法。"

"是的。"哈里说。

"我不知道该说什么。"本愤怒地说。

"我们说的是，如果机会出现，"萨法说，"但是还没有出现。"

"我现在无比震惊。"

"成熟起来。"萨法咕哝着朝他露出微笑。

"要以任务为第一优先。"哈里指出。

"所以你会回去见伊迪斯，然后再回来？"

"是。"他的语气不留情面的坦率。

"饶了我吧，"本咕哝着，"我想我还是把注意力集中在装潢上吧。"

39

"他们喜欢那儿。"马尔科姆说。

"啊？真的？他们说什么了吗？"康拉德问。马尔科姆笑着走进去，"说了吗？"康拉德又问一遍，从白垩纪时代的堡垒走进柏林的仓库。

"没直接说，不过我看得出来。"马尔科姆说着领路穿过房间，走到尽头的门口。

"他们看上去什么样？"康拉德等着马尔科姆打开门锁，然后跟在他身后走到外面临街的那扇门前。

"呃……其实还好，"马尔科姆说着左右扭头，"嗯，就像，就和平时一样，其实。"

"难以置信，罗兰竟然没回来看他们，"康拉德啧啧两声，站在那里等待马尔科姆打开临街的仓库门。他抬头看向对面的那座建筑，只看到过去六个月以来几乎每天都看到的那些窗户和门，"不过他一直都那样，"康拉德的语调变成没好气的抱怨，"总是理想远大，很快就厌倦失去兴趣。他的儿子把事情搞砸了，所以你觉得他会坚持到底……"

"他是去找钱了。"马尔科姆的语气表明，这个话题已经持续有一段时间了。

"是啊，一直找。"康拉德懒散地说。

"走吧，"马尔科姆说着超过他，沿街道往前走，"我们先去喝杯咖啡。嘿，我们要不要给他们带点什么回去？一只大蛋糕什么的？你说呢？"

"可以，"康拉德点头说，不过还是有些闷闷不乐的样子，"再顺便弄几顶寿星帽和几根蜡烛。"

"好，一起打包，"马尔科姆啧几声，"他们回来了。现在三个人都凑齐了……罗兰在不在都不要紧。就让他们去解决……"

在十字路口，一个游客从街角转身冲康拉德和马尔科姆微笑。他手中抓着旅游手册和地图，脸上一副在陌生城市里迷路人的典型的疑惑不解、疲惫不堪的表情。

"呃……你会说英语吗？"那游客用清晰的声音慢速地问，眼中带着能与某个人交流的希望。

马尔科姆咧嘴笑，"你运气不错啊，伙计，"他咯咯笑着说，"你迷路了？"

"你是英国人！"那游客显然放松下来，"我不知道我在哪……这里应该是一座博物馆的。"他看着街角那座建筑说。

"让我看看，"马尔科姆冲那幅地图点点头说，"你要找的是什么地方？"

"先生们，多说一个字，你们立刻就会死。"阿尔法说着将藏在地图下的枪展示给他们看。一瞬间的工夫，他脸上的友好表情就消失了。他的目光在吓呆的两人之间扫射。

"待着别动。"布拉沃的语气几乎算得上礼貌，他迈着轻快的步伐朝他们走来，粗短的黑手枪半藏半露。

人从各个方向聚拢来。他们都穿着普通的平民服装。马尔科姆畏缩起来，心脏在胸膛中重重锤击。康拉德转个圈，发现一张网正在收拢。

"别动。"阿尔法平静地说。

"别乱来，伙计。"马尔科姆急忙说。

"误会，"康拉德脱口而出，"说真的……别这样……"

"嘘。"布拉沃小声说着走到马尔科姆背后，埃科走到康拉德身后。阿尔法举起藏在地图下的手枪，饶有兴趣地瞪着他二人。

"伙计，"马尔科姆说，"别……你不知道他们是谁……"

"他们会干掉你们……一个都不放过……"康拉德快速说。

"照我们说的做，你们就能活命。明白？"阿尔法语气平静，姿态悠闲。那五个人全都悠闲平静。

"不，"马尔科姆因为要大费口舌而做起怪相，"别那样……"

"听他的，"康拉德争辩说，"你不会——"一把匕首刀刃上的超薄点往他右腿大腿肌肉中咬了一毫米，他倒吸一口凉气停止说话。

"一个字都别想说，"布拉沃咕哝着举起刀刃，显然是想从两人之间的空隙看到那位拿地图的游客，"蓝灯，是那件装置吗？"

"该死。"马尔科姆跌落在地。他意识到发生了什么，闭上眼睛。

"蓝灯就是那台设备吗？"阿尔法问。

"你知不知道你们在做什么。"康拉德强硬起来，那匕首又往他的大腿中咬了一毫米。两人的呼吸都加快了，胸膛开始发抖，腹中因为恐惧而结起硬块，它们扭动弹跳。

"好了，先生们，你们看得出来，我们是来真的，"阿尔法和蔼地笑着说，"蓝光就是那台设备吗？"

"哦，该死，"马尔科姆低声抱怨，"请不要这样……"

"杀了我们也无济于事。"康拉德倒吸一口气，刀刃继续往深处钻。一双结实的手抓住他让他无法动弹。一把手枪按在他的背上，让他无法后退。

"回答这个问题，你俩都能活。我们会付你们钱，一小时后你们将会成为百万富翁。你们的老板永远也找不到你们。我们会保护你们，去你们想去的任何地方，拥有你们想要的任何东西……"阿尔法用一种打磨到完美的渴切语气说，表情极为可信和真诚。他凑拢过来，声音变得更轻柔，"拜托……告诉我吧，那蓝光是不是那台设备？"他的声音中几乎含着担忧，甚至听得出恐惧。

"他会捅死我，马尔科。"康拉德咽口气，低头看着那匕首。

"是，"马尔科姆咕哝道，"我们会没事的，伙计。"

"太他妈的疼了，马尔科。"康拉德呻吟道。

"马尔科姆，康拉德。我们知道你们的身份。我们知道你们的仓库里都有谁：本、哈里、萨法、罗兰、华生医生。我们已经知道。你们会变得很有钱，去任何地方，新的身份，不要白白牺牲了性命……"阿尔法恳求地说着，脸上浮出一层担忧和怜悯的表情。

康拉德干笑一声，"他觉得是钱的问题，马尔科……啊，该死的，疼死了。"

"是的，百万富翁。"马尔科姆点头看着刺进康拉德大腿的刀刃。

"你们想死？"阿尔法一副搞不懂，为他们担忧的样子，"在这儿？在这条街上？为了什么？没人会知道，你们为何而死……"

"以前又不是没死过。"康拉德小声说。

"再死一回。"马尔科姆说。

"本曾为救他们返回，马尔科。"

"我知道。"马尔科姆点头。

"而且他救了他们……"

"是的……"

"马尔科姆，康拉德，理智点，死在这里不是荣耀。他们不会回来救你们，我们会赶在任何损坏产生之前将设备带走。帮助我们，成为富翁，拯救你们自己……"

"马尔科？"

"嗯？"马尔科姆哼一声。

"我会把你们撕开，把你们该死的小弟弟塞进彼此的喉咙……"阿尔法看出两人的反抗，转变语气。

"该死。"刀刃继续往更深处钻，康拉德大喊起来。

"生或死？你们选……"阿尔法说，他的语气由硬变软，"选活着，选择生，成为富翁……"他催促，恳求，祈求，"理智点，做正确的选择。"

"他们会来找你们复仇的。"康拉德咬着牙说。

一声轻柔的声音，宛如空气快速通过一条软管。马尔科姆往后倒，他的肚子突然感受到一阵温热。一双手将他牢牢抓住，他低头看到自己的T恤衫上一片殷红，"他们射中我了……"他呻吟着，"康……该死的，他们射中我了……"

"你们都死定了。"康拉德又咕哝一句，匕首继续往里钻。

又一声空气发出的柔软声音。马尔科姆又摇晃一下，那双手抓住他，他的脸上已经不见血色。"请不要再射我。"他小声说。

"那道蓝光那边是什么？"阿尔法问。他降低手枪，朝马尔科姆的膝盖骨开枪。一只戴着手套的手捂住马尔科姆的脸，打断他的吼叫。康拉德大腿中的刀搅动起来，从一边捅到另一边，"那一边有什么？"

"去死吧，"康拉德呻吟，"去死吧去死吧去死吧——"

空气的嘶嘶声被他突然爆发的声音所掩盖，子弹钻进他的心脏，叫声停止。手枪移到他脑后，开火，他倒在地上。马尔科姆被捂住的嘴里发出尖叫，内脏生疼，膝盖生疼。

"那一头有什么？"阿尔法问。

马尔科姆闭上眼睛。康拉德死了，但是哈里和萨法也都死过，是本把他们救回来了。这不是终结，他们会来。他猝然一动，张开嘴巴想大喊。枪响，他倒在地上。

< < <

袭击就要来了，她知道那一点，他们是专业人士，他们的行动像是专业人士所为。他们群聚在康拉德和马尔科姆周围的架势像是专业人士，虽然听不见他们说的话，但是她猜得出他们说的内容。先是以礼相待，语气轻柔、渴切。在展开金钱攻势的同时以死相逼。在同一时刻，对恐惧和贪婪两种心理大加利用。

现在他们已经揭穿他们的假面。他们在大庭广众之下对那两人发动攻击。她的目光越过那聚在一起的七个人，看向岔路口，发现有更多的特工。除了那条小路以外，其余所有方向都有看上去很普通的男男女女。她看着那辆长长的卡车慢慢开过路口，拦住任何过路机动车司机的视线。她点头以示尊敬，时间把握得非常好。调派一辆卡车穿过城市，恰好在你需要的时刻抵达，这并不是容易事。那副情景告诉她，他们是个大组织，他们资源广泛。她知道他们在这里，她知道他们在监视那座仓库。她看到那些特工走到卡车旁边的一座公寓，开始掏出长管突击步枪。更多的特工汇聚过来，更多的男人，更多的女人。她的目光挪回拥在一起的七个人身上，看到康拉德被开枪射死，马尔科姆挣扎着想要摆脱，悲伤地喷几声。马尔科姆也被处死了，是时候出发了。

< < <

阿尔法和手下四个人等待着。卡车已经停放到位，特工们跳下车，抬起尸体搬回卡车。路口两侧的工作人员展开巨大的遮挡幕布，从建筑线一直延伸到卡车两侧，有效地封闭起那条小路，挡住任何过路人的视线。

阿尔法拿起他的冲锋枪，逐个部件开始检查。布拉沃、查理、德尔塔和埃科也一样。他们脱掉身上的游客外衣，露出黑色紧身衣，从侧口袋掏出巴拉克拉法帽套在头上。枪套固定到位，将手枪插进去，弹匣检查完毕，从卡车中取出眩晕手榴弹。他们行动快速，一言不发。

阿尔法移步去观察通往仓库的那条路。他的人环绕在他身边，新增的特工准备就绪，也将巴拉克拉法帽拉下来，做好攻击准备。

布拉沃环顾四周，确认每个人都已到位，且做好准备。他拍拍阿尔法的肩，阿尔法抬起右手，示意前进。他们一齐迈步，朝那座仓库进发。

< < <

她从仓库返回，下楼梯走到一楼。她停下脚步，收集之前留下的物品，然后沿走廊走到那扇门前。她停下来，从口袋里掏出一个薄薄的金属文件夹，弯腰时因为背部下方的僵硬咕哝了一句。她开始摆弄那个锁，又戳又拨。她站起身，拧动门把手，用一只脚推开门，拾起地上的两个重物，走进门。她用脚带上门，因为臀部的隐痛做了个苦脸。她摇摇晃晃穿过房间，因为手中的重物，步伐偏来偏去。

看到点亮房间的蓝光，她发出啧啧两声。看到四处散放的物品，她啧啧两声。看到用螺栓固定在墙上的金属架，她啧啧两声。架子上塞满潜水用具、黑色衣服、灰色运动服、台灯、家具、地毯、食物、洗漱用品以及五个人在这座堡垒中生活所需要的其他一切物品。她感到震惊，他们竟然没有在门上挂出标牌，说明"时间机器在这里"。

< < <

阿尔法领头，布拉沃和查理紧随其后，德尔塔和埃科守护两侧。他们稳定又迅速地迈步，现在没有必要奔跑。小心移动，谨慎靠近。他们无需谨慎，运转这地方的人没有安全意识，他们没有监控意识。他们没有权力拥有这么个东西。

那样东西才是目标，那件设备必须被保护好。比其他一切都更重要的是，那样东西的安全必须保证。

< < <

对于这项工作，她年纪太大。她在房间里转悠，目光集中在架子上，接着看向入口旁边的一堆堆货物。她的步伐稳定迅速，没必要赶时间。小心行动，谨慎工作。她完成第一件，举起第二件插入

角落里的缝隙。做一件正确的事，一开始就做对。她听到耳畔传来的沉闷的金属声抬起头，开始往蓝光处退。

< < <

阿尔法看着负责处理大门上的门锁的特工。他的工作发出沉闷的金属声，那是学校男孩才会犯的错。那位特工叹口气，刚才的行为保证了这项任务结束后他将受到惩罚的命运。不过那不是他的错，那把锁实在很旧，他很多年没解决过年代这么久远的锁了。他点点头往后退，阿尔法冲下一名特工点头，后者拉开门，其余特工走进走廊。并不是每一个人都能进去，出于警惕，能进去的都是拥有用得上的技能的。

< < <

外门被突破了。她环顾房间四周，拉开一只黑色小旅行袋上的小格的拉链，手伸进去，将里面的重物掏出来。她将袋子扔进入口，凑拢去，头伸进去，快速瞄了一眼堡垒里的那个房间，然后又退回到仓库。她调整好姿态，做好准备。一只脚迈进去，这样就等于一只脚回到过去，一只脚踏在未来。想到被这句比喻所概括的她的人生的最后几年，她又发出啧啧声。一只脚留在过去，总是有一只脚留在过去。她按下手中那件设备上的一个按钮，做好准备。

< < <

阿尔法指着里面的门，接着开始关注破门特工的行动方案。他比

了个手势，说明如果破门特工搞砸了这扇门，会面临什么结果。那位特工点点头，走向门口。他蹲下来，然后打开一只小皮袋，从中挑选需要的工具。他将它们推入锁中，只听得咔嚓一声响，锁就开了。

< < <

只有咔嚓一声，但已经足够。她微笑着扔掉那两个物品。片刻之后，她就站在堡垒之中，拿起平板电脑，扫几次，断开联系。信号发出之后，蓝光闪烁着熄灭，一股火苗燃起，光芒消失后火焰也熄灭。

< < <

阿尔法听到什么东西被扔到地上的声音，布拉沃听见了，查理听见了，德尔塔和埃科听见了。他们都听见了，这就是他们拿到的薪水更高的原因，他们是精英的原因，他们被选中做这份工作的原因。他们停下脚步，其余人则朝那扇门走去，门后的房间被塑性炸药引爆，定时器是被那女人带来的罐子里溅出的燃料点燃的。火焰烤人，压力波巨大。爆炸引发的声音，热量，轰动，以及漩涡将其他特工当场杀死。五个人迅速移动，挣扎摇晃着钻出大门，这时仓库外墙爆裂开来。玻璃和砖石横飞到道路对面，空气帮助让火焰咆哮着窜上天空。

< < <

她叹口气环顾四周。她的姿态中没有一丝激动，没有一丝震颤。

她走到外面的走廊上，然后经过一扇扇门来到主室。两天前的晚上她来到这里，罗兰趁所有人都睡着将她带来的。她看着堡垒，听着他的讲述，没有表现出任何反应。她让罗兰回家，不要插手。接着她和本一样，摸索清楚平板电脑操作那台机器的方法。之后她回家，拿到她之前存储的装载。她还拿到了那把现在插在她腰上枪套中的九毫米手枪。返回后她将剩下的时间都投入在监控和评估上。她想亲眼去看一看，亲眼看一看总是最好的做法。她并没有被所看到的吓到。她没有感到惊骇，因为要感到惊骇，你必须原本就拥有情绪波动范围，而经历过她那样的人生后，她已经不存在那种东西。她开始准备，并且完成了工作。将会发生什么，结果其实是显而易见的。使用暂存区是一个愚蠢的想法，但至少那个入口现在已经不复存在。

走进主室后，她朝华生医生点点头，然后走向那张大桌子，拿起一只苹果，咬下去。她有条不紊地咀嚼，医生瞪大眼，感到十分震惊。

"他们醒了吗？"她问。

他点点头。他看到她腰上的枪，想着是否该做点什么，说点什么。

< < <

她为他的注目计时，咽下满口的果肉。"我是你们这边的。"她的声音低沉，美国口音很重。华生医生迅速点头，因为她的目光而沉默下来。她的身高和体型都是平均水平，她的肤色是晒成的棕褐色，很健康，但看起来疲倦不堪。她的年纪可能介于五十岁到六十五岁之间，深棕色的头发中泛出丝丝灰白，在脑后梳成一个简单的马尾辫，脸庞因为过去的生活而写满皱纹。冷灰色的眼眸盯得

他不敢继续看，不过里面闪烁着深深的智慧光芒。

"你是医生？"她问。

他再次点头，还是无法张口说话。

"坐骨神经痛，"她说着拍拍她的后腰，"弹片……"

他抬起头，"是的。"他说。

"年龄是心态塑造的产物，"她更像是在自言自语，她说着走向门口，"他们是这么告诉我的。"

她出门来到走廊，循着他们的声音，朝那扇门走去。她走得很慢，倾听消化他们的谈话。快走到时，她停下脚步。

"你确定？"萨法问。

"是，"本说，"来自超市，转基因，注射过类固醇，跟DNA有关的什么水果……"

"呃，"萨法的声音从门那边传来，"不知道我现在是否还喜欢。"

"还有我们以为超纯净的水？"本说。

"哦，别告诉我。"萨法抱怨道。

"自来水。它们流过一根管子，注满水箱。"

确实，女人自己思考起来，然后又咬一口苹果。

"德国自来水？"

"呃，对，"本说，"其实只是水而已。"

三个声音告诉她，他们全都在一个房间里。她继续走，咽下满口的果肉，停下脚步往屋里看。

三人立即站起身，动作整齐划一。三人看到这个腰上挂着枪，正在吃苹果的人都呆住了。

她点点头，咬一口苹果。她咀嚼着看着他们，"嘿，"她含着满嘴的苹果说。她咽下果肉，看着他们，"我是你们的新上司……"

关于作者

R.R.海伍德是亚马逊一位非常成功的老牌作家。他创作并自行出版的畅销系列《不死族》僵尸恐怖小说已成同类作品的热门作品，读者跨越性别和各个年龄层。

他生活在一座地下洞穴，远离BBC发射来监控我们的间谍卫星和隐形无人机，他做着一份全职工作，养有四只狗，身上有许多文身。同时他也是一位有证明文件，登记在册的疑病患者，为此他责备是BBC隐形无人机的错。

如果你手上没有无人机，那么你可以在www.rrhaywood.com找到他。